W0305959

Mireille PLUCHARD

# Le Petit Bâtard

L'Écir

*L'amour le plus sûr est le sein d'une mère*
*Jean-Pierre Claris de Florian (1755-1794)*
*Les Sarigues. Fable :* La mère et l'enfant

# I

## La famille Chardenon

LES MOUVEMENTS RÉGULIERS que Julie Chardenon imprimait à son rouet avaient, au fil des heures, perdu de leur vélocité. Les reins douloureux, le dos courbaturé, la jambe qui lançait le disque de bois mordue par les crampes, la fileuse attendait avec impatience qu'une de ses filles vînt la relayer.

Le jour s'étiolait en cette fin d'automne qui avait amené, tout à la fois, neige, vent et frimas. Il n'en était resté, en ce mois de décembre 1826, qu'un temps glacé et gris suant l'humidité et des brumes qui s'effilochaient dans le ciel bas et lourd.

« Va chercher quelques bûches, Denise. Ne vois-tu pas que le froid va nous prendre ? »

Malgré elle, Julie avait laissé percer, dans sa voix, une exaspération à peine contenue et qu'elle regrettait déjà, la sachant inutile.

Denise, sa première née, celle qui s'était annoncée dès les premiers mois de son mariage et qu'elle avait portée dans une attente fébrile, n'était qu'un corps sans âme, qu'une tête sans raison, qu'une bouche inutile à nourrir comme ne manquait pas de le faire remarquer le père.

« Une *drola*[1] sotte et bêtasse que tu m'as faite là, ma pauvre Julie ! Et sans la moindre idée dans sa tête, dis-tu ? J'y vois

1. *Fille.*

surtout malice et mauvais vouloir à ne pas être capable de remplir l'auge du cochon puis de déchirer à belles dents le *misson*[1] que tu mets sur la table ! »

Pierre Chardenon n'était pas méchant homme, pas plus que mauvais père ou bien piètre mari. Il affichait tout au plus un orgueil de paysan honnête et travailleur, sans dette ni créance, sans richesse non plus que celle du labeur et pour qui, l'état de sa fille Denise relevait d'une punition qu'il n'avait pas méritée.

À l'acceptation commode de la fatalité, il opposait une attitude de refus, fermant les yeux sur une triste réalité. De là à nier la débilité mentale de la pauvrette, il n'y avait qu'un pas que le malheureux père avait franchi ; à chaque occasion, il se retranchait derrière cette fausse illusion que Denise jouait une comédie bien confortable qui lui évitait toute corvée. Julie, alors, se dressait entre son époux et sa fille, véritable bouclier aux offenses superflues.

L'avait-elle dorlotée cette fillette au regard vide, aux gestes maladroits, usant son temps et sa patience pour tenter d'obtenir un mot, un sourire, un babil ?

Quatre années durant, Julie avait espéré, prié, voué l'enfant à tous les saints et puis Jean était né, robuste et vigoureux, et Denise avait été reléguée au rayon des objets encombrants que l'on tolère ou que l'on oublie. Elle aurait pu s'y étioler et s'y laisser mourir mais la nature est ainsi faite qu'elle avait passé la trentaine sans rhume ni bronchite.

Julie leva la tête. Denise n'avait pas bougé, perdue dans des limbes inextricables mais à coup sûr délicieusement ouatés à en juger par son sourire béat.

« Denise ! *Lo fuiòc*[2] ! »

---

1. *Saucisson.*
2. *Le feu.*

La voix impérieuse fit sursauter la jeune fille, et le doigt pointé vers l'âtre somnolent lui expliqua, mieux qu'un flot de paroles, ce qu'on attendait d'elle. Sans bruit, ses gros bas de laine frottant le plancher rugueux, elle alla vers la réserve, en revint avec une bûche qu'elle posa délicatement sur les braises vacillantes.

« Une autre encore, Denise ! »

Les ordres courts, secs, sans fioriture, c'est ce qui marchait le mieux. Julie le savait et se reprochait pourtant de n'entourer son enfant d'aucune tendresse.

Son enfant ? Ses enfants, en vérité ! Mais comment s'adonner à des cajoleries quand les gosses se suivent, petits ventres affamés, braillards aux fesses souillées, et que le travail, récurrent comme les saisons, grignote les jours, les mois, les années ?

Après Jean, il y avait eu Estelle, puis Émilie. En 1810, alors qu'au cœur de l'Espagne grondaient les canons de l'armée napoléonienne, Clarisse avait vu le jour, suivie de près par les jumeaux Joseph et Victor qui épuisèrent Julie sans pour autant la rendre inféconde. Elle avait quarante-six ans quand arriva Juliette, la petite dernière.

Oublié le châtiment injuste qui lui avait été infligé à travers la petite Denise ! Pierre Chardenon exultait, annonçait haut et fort, à chaque naissance, qu'il était père d'un enfant bien portant et s'en allait faire inscrire le nouveau-né sur les registres communaux. Son frère Étienne, alors maire de la commune du Cheylard-l'Evêque, s'empressait de le congratuler et de lui annoncer, dans une fausse confidence hilare et sans raffinement :

« *Ma fenna ès presa*[1] ! »

---

*1. Littéralement : ma femme est prise. Ma femme est enceinte.*

Et tous deux à se frapper les cuisses et s'ébaudir d'une compétition qui durait depuis l'enfance et que l'âge n'avait pas émoussée.

Une fois dissoute leur joie communicative, Pierre retrouvait son sérieux et partait à Chaudeyrac. Il fallait penser au baptême ! Le jovial père Pradelle ne manquait pas de féliciter et de promettre :

« Je viendrai baptiser ton enfant, Pierre, dans quinze jours, le temps que ta femme se remette… et nous prépare une bonne *copetade*[1]. »

* *
*

Les flammes voletaient, captaient le regard vide de Denise qui s'en approchait dangereusement.

« Viens près de moi, Denise ! » cria Julie.

Se détournant du feu qui lui racontait une histoire, Denise vint se planter à côté de sa mère dont la jambe fatiguée actionnait encore et toujours la pédale. Le rouet, mu par ce mouvement régulier, s'appropriait la laine cardée que lui fournissait Julie tandis que sur le tambour se formait un nuage écru qui sentait encore le suint.

Du plus loin qu'elle se souvînt, Julie avait toujours été imprégnée de cette odeur forte et persistante, de ces bourrettes de laine qui vous chatouillent le nez et se collent aux vêtements. Il lui arrivait de penser à sa grand-mère qui filait à la quenouille, les yeux au bout des doigts, elle qui avait perdu la vue dans sa prime jeunesse. La patience de l'aïeule avait eu raison de la puérile maladresse de la petite fille et Julie Hugon passait pour la plus habile fileuse de Saint-Flour-de-Mercoire.

1. *Recette lozérienne à base de pain rassis, de cèpes et d'œufs battus.*

Dix ans après la mort de la grand-mère, l'ancestrale quenouille et son fuseau dormaient encore dans la cuisine, tout habillés de poussière, supplantés par le rutilant rouet en bois de mélèze, ramené d'une foire de Châteauneuf-de-Randon.

Les prétendants, alors, ne manquèrent pas, qui se bousculaient devant la porte du père Hugon, attirés par le jeune minois de sa fille tout autant que par son ardeur au travail.

Seul Pierre Chardenon fut agréé. Diable ! Le frère du maire du Cheylard-l'Evêque !

Le nouveau foyer de Julie, à une bonne heure de marche de Saint-Flour-de-Mercoire, ressemblait comme deux gouttes d'eau à sa maison paternelle. Même ferme trapue regardant vers le midi, mêmes gros murs de pierres granitiques, irrégulières et sombres, grossièrement liées à la chaux, même toiture pentue en lauzes de schiste clouées sur des bardeaux de résineux qui craquaient dans le silence de la nuit.

Léchée par les flammes de l'âtre, un *pairòu*[1] noir et ventru, qui laissait échapper des soupirs embaumés de lard gras et de choux, attendait les jeunes mariés après leurs épousailles. Pierre s'empressa de préciser :

« C'est Emma, la femme de mon frère, qui a mis notre souper à cuire. Tu as faim, Julie ? »

Julie ne prêtait pas attention aux verbiages de son mari, tout occupée à chercher ce qui la troublait dans l'agencement de son nouveau logis. Elle qui avait cru retrouver point par point la maison de son père, scrutait la pièce éclairée par les flammes, intriguée, curieuse. Elle demanda en rougissant :

« Où se trouve le lit ?

– Par ici, dans la chambre. »

Pierre désignait une porte. Devant la curiosité qu'il lisait sur le visage de sa jeune femme, il l'ouvrit.

1. *Chaudron.*

« Viens voir, Julie. Notre lit est prêt, dit-il en désignant un châlit haut et étroit, coincé dans une alcôve.

– Mais nous allons avoir froid ! frissonna Julie.

– Les jeunes mariés n'ont jamais froid, rétorqua Pierre pour la rassurer.

– Je vous assure… je t'assure, Pierre… si loin de la cheminée ! Et un lit sans rideaux ! »

Pierre s'impatientait. C'était bon pour les vieux, perclus de rhumatismes, de s'enfermer dans ces armoires de bois qu'ils appellent lits clos et qui ressemblent à de prudes confessionnaux. Le matelas de laine et l'édredon de plume étaient, à ses yeux, un luxe qu'une jeune épouse se devait d'apprécier.

Julie avait ravalé son angoisse, servi la soupe chaude et la tomme blanche qui s'égouttait sur des brindilles de paille sèche. Levant les yeux au plafond, elle avait compté *maoutcbos*[1] et saucissons qui pendaient à une poutre.

« C'était un beau *monsur*[2] ! » s'était-elle exclamée.

Pierre avait ri de voir son franc visage enfin épanoui. Elle aussi avait ri de le voir si joyeux. Tout alors était devenu très simple et plus jamais Julie n'avait craint le froid dans le lit sans courtines.

Entre la grande salle éclairée par la cheminée et la chambre plongée dans la pénombre, entre l'étable et le lavoir, les champs et le potager, entre la marmite et le rouet, l'existence de Julie s'était écoulée, laborieuse et monotone.

Trente années d'une vie qui n'était que travail, soucis et privations !

À mesure que Pierre Chardenon agrandissait sa famille, il tentait désespérément d'accroître ses biens ; quelques brebis de plus qui donneraient le lait, la viande, le cuir et puis la laine,

---

*1. Saucisses aux choux.*
*2. Monsieur, ainsi nommait-on le cochon.*

une vache et son veau qui, bien engraissé, se vendrait à bon prix à la foire de Langogne, rien moins qu'une ambition mesurée, non pour lui mais pour ses enfants comme il s'en expliquait à Julie qui s'étonnait de sa frénésie à boiser, coûte que coûte, un bout de terrain escarpé.

« Quand nous marierons Estelle, rêvait-il à haute voix, je ferai une coupe de bois et ce sera sa dot.

– Deux chemises et trois *cotilhons*[1] feront l'affaire. Moi, je n'en avais pas plus !

– Les temps changent, Julie, et je veux donner de bons maris à mes filles.

– Un bon mari ! Et qu'en sauras-tu, mon pauvre homme ? La bonté ne s'écrit pas sur la figure et quand bien même cela serait, tu ne sais pas lire ! »

Pour Estelle, le bon mari ne se fit pas attendre. Il n'était pas un jeune premier, ce Léon Souche qui s'agitait bruyamment dans les foires à bestiaux !

Vaporeux dans sa large blouse noire qui lui tombait jusqu'aux mollets, le poil et le cheveu brun, le verbe haut, sa trogne d'épicurien striée de veinules rougeâtres, le maquignon de Chaudeyrac séduisit Pierre Chardenon bien plus sûrement qu'il ne charmât sa fille.

Le mariage, traité en dehors des femmes, comportait des avantages que le père appréciait à leur juste valeur. Qu'importait si les futurs époux n'y étaient pas sensibles !

« Je prends la fille toute nue, *mèstre*[2] Pierre ! Gardez votre coupe de bois pour la cadette. »

Pierre réprima un sourire de satisfaction, puis il glissa, matois :

*1. Cotillons, jupons.*
*2. Maître.*

« J'en pourvoirai mon gars qui fricotte avec ta jeune sœur ; tu ne seras pas perdant, Léon !

– Il me plaît bien ton Jean, il fera un bon *conhat*[1] et un bon mari pour Louise… dans quelques années : elle n'a que seize ans !

– À quoi bon attendre ? Un double mariage, c'est du bonheur garanti ! »

La *patche*[2] fut ainsi faite au nez et à la barbe des intéressés qui s'inclinèrent sans rechigner.

Le bonheur ! Jamais Julie n'avait cherché à savoir ce que cachait ce mot, ni s'il la concernait.

Ses joies étaient si simples, si fugitives aussi et se diluaient dans tant de travail qu'elle ne savait pas les saisir au passage, ni même les savourer pour peu qu'elles s'attardent.

Ses peines, ça oui, elle aurait pu en parler mais préférait les taire, les enfouir ou faire semblant de les oublier.

Mais quelle insignifiance à côté du malheur, celui qui surgit, sournois et qui chamboule tout !

Bousculée, souffletée, vouée aux gémonies par un Pierre Chardenon hors de lui, Émilie avait confessé ses rencontres clandestines avec Albert Brumelle.

« Le fils du *fornaire*[3] ! Tu entends ça, Julie ? Ah, la bougresse ! La mauvaise et ingrate fille ! »

Julie avait essayé, en vain, de calmer l'ire dévastatrice du père bafoué. Pierre s'emportait à ressasser le contentieux qui l'opposait au père du galant de sa fille, contentieux qui l'avait amené à réclamer justice devant la loi, une procédure qui traînait tant les protagonistes étaient de peu de foi et le litige de peu de poids.

---

*1. Beau-frère.*
*2. L'entente, accord que se donnent les maquignons en tapant dans la main.*
*3. Celui qui construit des fours à pain.*

Un matin, Brumelle, le constructeur de fours à pains, s'en était allé chez maître Gibalin de Villard, juge de paix au Malzieu ; il avait déposé une plainte à l'encontre d'un sien client, un dénommé Pierre Chardenon qui refusait de payer la totalité des travaux qu'il avait commandés.

Le lendemain, ledit Chardenon était à son tour chez le même fonctionnaire de justice contre Brumelle le *fornaire* qu'il accusait de malfaçon et de détournement de matériaux.

« Nous le sommerons de restituer les pierres par lui détournées », avait promis le juge avec conviction.

La veille, il avait été catégorique avec le *fornaire :*

« Votre Chardenon vous rendra gorge jusqu'au dernier sou, je m'en porte garant ! »

Le litige, en fait, lanternait depuis une décennie sans que l'homme de loi du Malzieu s'inquiétât d'y mettre un terme. Et voilà qu'Émilie, la douce et rieuse Émilie, si bonne fille jusqu'à ce jour, s'était amourachée du fils d'un renégat ! Et voilà qu'Albert, le fils obéissant et placide, se consumait d'amour pour la fille d'un mauvais payeur !

Le raisonnement du père Brumelle rejoignait celui du père Chardenon :

« Je te tuerai plutôt de mes propres mains ! »

Au comble de la colère, Pierre laissait enfler sa voix ; il roulait des yeux exorbités ; sa face congestionnée le menait au bord de l'apoplexie.

Alors que toute la maisonnée baissait l'échine sous la colère paternelle, Émilie, droite comme un i, planta son regard embué de larmes dans celui, injecté de sang, de son père :

« Je n'épouserai qu'Albert Brumelle ou bien je rentrerai au couvent ! »

Ce jour-là, le destin d'Émilie fut scellé. Celui de Julie aussi, en quelque sorte, qui ne pouvait plus compter que sur l'aide de Clarisse et de la petite Juliette.

* *
*

Soudain la maison s'anima. De l'étable attenante parvenaient des bruits familiers. Après le silence quasi religieux dans lequel s'effectuait la traite des vaches, la vie reprenait ses droits ; les seaux s'entrechoquaient, les sabots raclaient le sol de terre battue, les bêtes répondaient aux compliments et flatteries par des meuglements de connivence.

« Bonne Noiraude, là ma belle, tu m'as rempli la gerle !

– Et toi la Tirsoune, toujours la première à donner du pied et de la queue ! Te voilà enfin raisonnable ! »

Un vague sourire se dessina sur la face inexpressive de Denise, elle avait reconnu la voix de ses cadettes.

« Entre vite, Clarisse, j'ai une nouvelle à t'annoncer, cria Julie Chardenon, sans cesser le mouvement de balancier qui actionnait le rouet.

– J'arrive, Mère ! Je finis d'écrémer le lait, Juliette agitera la baratte. »

Quelques instants s'écoulèrent avant que la porte donnant sur l'étable ne s'ouvrît. Clarisse entra, charriant avec elle des effluves de litière chaude et de lait suri.

Pour la première fois depuis de longs mois, sa mère semblait presque heureuse. Clarisse, cependant, n'était pas dupe ; derrière l'ébauche d'une félicité, se dissimulait le chagrin et la plaie encore béante du départ d'Émilie. Et si les yeux de Julie brillaient plus vivement que d'ordinaire, n'était-ce pas plutôt une mauvaise fièvre qui creusait des cercles gris sous ses yeux ?

« Approche, petite !

– Je viens vous remplacer, Mère. Vous devez être épuisée.

– Seuls les malheurs épuisent, ma fille. Les bonheurs donnent de la vaillance. Dieu ne nous a pas oubliés, Clarisse, j'ai eu la visite du père Pradelle.

– Que voulait-il ? Avait-il des nouvelles d'… »

Elle s'interrompit. Il était un nom à ne plus prononcer. Julie comprit son hésitation :

« Non, aucune nouvelle du couvent de Langogne, mais une grâce qui mettra du baume dans le cœur de ton pauvre père. C'est toi, Clarisse, qui sera la Vierge Marie pour la grande procession de la fête de l'Assomption ! »

## II

## Un mauvais coup de froid

De toute la nichée de Julie Chardenon, Clarisse n'était peut-être pas la plus jolie, encore prisonnière de l'enveloppe mièvre de l'enfance et supplantée par l'enflammée Émilie qui avait brûlé ses ailes aux amours impossibles ; mais elle était sans contexte la plus volontaire, la plus intrépide et surtout la plus attentive à tout son entourage.

Rien ne lui était étranger de la fatigue ni du chagrin qui minaient sa mère. Habile et vaillante dans tous les travaux des champs ou de la maison, elle ne songeait qu'à soulager Julie, ne s'arrêtant que pour dormir.

Sur les courroux de son père, elle ne portait aucun jugement et s'appliquait quotidiennement à le satisfaire, espérant voir naître orgueil et satisfaction là où ne persistait que rancœur et outrage.

Denise l'attardée, la pauvre innocente, bien que de douze ans son aînée, était devenue tout naturellement son bébé, celle qu'elle gratifiait au passage d'une caresse furtive, d'un sourire d'encouragement, d'un petit mot tendre. La simplette, par les soins de Clarisse, était toujours vêtue de propre, les cheveux tirés à quatre épingles dans une coiffe à la « Gréco » dont les canons de toile blanche bordaient le visage lunaire, éclairé par des yeux sans âme.

Des années passées avec ses sœurs aînées maintenant parties, Clarisse s'appliquait à ne retenir que les moments heureux, ceux qu'elles partageaient autour de la table familiale en se poussant du coude et en riant pour des riens, ceux qui les trouvaient à trois pelotonnées dans leur grand lit, tiraillant ici et là la chaude courtepointe dans les longues nuits des hivers lozériens.

« Tu prends toute la couverture, ma pauvre Estelle ! râlait invariablement Émilie en tirant d'un coup sec la literie vers elle.

– Émilie, tu exagères ! » répliquait mollement l'aînée.

Coincée entre ses deux sœurs, Clarisse souriait béatement : elle avait chaud à droite, à gauche et au-dessus !

Ce n'était pas seulement dans la maison paternelle que les trois sœurs partageaient leur couche ; il en était de même lors des « saisons » qui les menaient jusqu'en Provence.

La misère était si grande et les terres de si peu de rendement, en ce pays de Gévaudan plus encore que partout en France, qu'il en était ainsi : les filles, dès leur dixième année, étaient placées dans de grands mas ou des domaines pour y faire une éducation de vers à soie.

Logées et nourries dans ces grandes fermes où, de la mi-avril à la fin juin, elles accomplissaient un travail harassant, elles s'en retournaient chez elles pour la fenaison avec, dans leur poche, quelques monnaies sonnantes et trébuchantes que le père encaissait avidement.

À l'image de tous les Lozériens dans leur farouche aversion envers les huguenots, Pierre Chardenon, plus buté qu'une mule, avait décrété :

« Mes filles n'iront pas dans un mas cévenol au risque de *s'empaganiser* au milieu de tous ces *gòrja négra.*[1].

---

*1. Surnom péjoratif donné aux protestants.*

Faisant fi du long trajet qu'elles devaient effectuer avec la seule escorte des muletiers nombreux qui sillonnaient l'ancienne voie romaine appelée Régordane, l'entêté paysan avait placé ses filles à Aygalières, entre Alpilles et Camargue, chez maître des Chazettes, un important magnanier.

« Il donne repos le jour de la Pentecôte à tous ses *mesadiers*[1] et les convie à l'office dans la chapelle Sainte Sixte », pérorait-il dans le village pour justifier son choix.

De son côté, maître de Chazettes se frottait les mains :

« Ces petites Gavotes sont rudes au travail et si frugales à table. C'est la manne qu'une telle main-d'œuvre ! »

Il n'avait pas tort « l'Estrampala » comme le surnommaient les jeunes magnanarelles, à cause de ses jambes écartées et de ses lents déplacements ! On ne trouvait qu'en Lozère des jeunes filles travailleuses et faciles à contenter.

Marchant derrière les longues *coblas*[2] de mulets qui, guillerets, redescendaient la laine après avoir monté de lourdes bâtées de sel, la lente transhumance des filles de Lozère commençait dès les premiers jours d'avril.

À peine la petite pervenche naissait-elle sous les bois et la giroflée s'extirpait-elle des murailles annonçant le réveil de la terre, qu'Estelle, Émilie et Clarisse, baluchon à la main, partaient vers le soleil.

Petites ou grandes étapes, tout dépendait du temps que l'on rencontrait. Les fleurs avaient beau claironner l'arrivée du printemps, un orage de grêle, la *burle*[3] ou les brouillards lents à se dissiper, régissaient la marche ou la halte et plus cette dernière s'éternisait, plus la journée suivante pesait lourd dans les jambes.

---

1. *Travailleurs au mois.*
2. *Grands attelages.*
3. *Vent glacé.*

La « route du sel » étalait ses ornières, ses pierres et sa poussière dans un ruban tortueux qui toujours se déroulait sous les sabots crottés.

Les « faïsses » cévenoles et la plaine-garrigue revêtaient déjà des habits de verdure qui ne dureraient que le temps du lilas. La nature du « Pays d'en bas » faisait la fête aux petites Chardenon qui ne la voyaient pas, pressées d'arriver enfin dans cette terre d'accueil qui s'appelait Provence et dont l'accent chantait.

Et puis, n'avaient-elles pas, selon les directives paternelles, à éviter toute contagion propagée, en son temps, par le fâcheux Calvin ? Aussi traversaient-elles les Cévennes protestantes au pas de charge, aiguillonnées par une menace plus effrayante que le Drac[1] !

Logée précairement au cœur même de la magnanerie, toute une ribambelle de jeunettes faisait vivre, le temps d'une éducation, les vieux murs de pierres baignés de soleil.

De la petite graine noire à la montée en bruyère, quatre changements de peau seraient nécessaires pour que les œufs du papillon bavent un fil continu et précieux. Mais que de tourments pour que tout se déroule en un cycle parfait !

Cueillir une feuille bien saine, nourrir l'éternel affamé quatre fois par jour, changer autant de fois sa litière souillée, saisir le moment où, la tête dressée dans une quête muette, il cherche la bruyère pour s'y agripper ; et puis, l'en déloger avec délicatesse pour qu'enfin la bastide retrouve le repos ! Sans parler du soleil qui, trop chaud, l'incommode, ou du vent, ce mistral impétueux, qui peut, en un seul jour, mettre à mal le bombyx. Que dire de la pluie qui détrempe les feuilles, les échauffe, les cuit, les rend inconsommables ? Et de ces maladies qui guettent les magnans, la vieille grasserie qui fait enfler les vers, la

1. *Le diable est souvent cité sous ce nom dans les légendes de Lozère.*

brutale muscardine qui les rend *canelats*[1], la traîtresse pébrine, de loin la plus redoutée ?

La petite Clarisse, quittant pour la première fois son cadre familier fait de vallons et de rochers, de vaches rustiques et de paysans engourdis dans le froid et l'isolement d'une contrée ingrate, n'aurait pu s'accoutumer sans la présence de ses sœurs, déjà expérimentées en la matière.

Les vers à soie la rebutèrent et, à leur cinquième âge, alors qu'ils atteignaient allègrement sept à huit centimètres, elle éprouva pour eux une répulsion qui lui soulevait le cœur.

« Ne cesseront-ils donc jamais de manger comme des ogres ? À mâchouiller sans cesse la feuille, un seul fait plus de bruit que toutes nos vaches quand elles ruminent ! »

Un beau jour enfin, le silence se fit que Clarisse crut libérateur. Rien n'était terminé pour autant. Des charretées de rameaux de bruyère apportées par les ouvriers agricoles s'empilaient, formaient d'énormes tas dans la cour du domaine.

« Fais comme moi, Clarisse. Il suffit d'installer des sortes de tunnels où les vers grimperont.

– Avec tout ce qu'ils ont englouti, ils auront la force d'escalader ces arches ?

– Ils n'attendent que ça ! »

En effet, dans le calme revenu de la magnanerie, les bombyx s'enfermèrent, à force de tortillements et de sécrétions, dans des nids douillets, bien arrimés par plusieurs points d'attache. Les magnanarelles soufflaient enfin pendant quelques jours avant le grand « décoconnage ».

Solidement attachés à leur branche, les cocons résistaient ; il fallait insister, tirer sur les fils nacrés, séparer les doublons, éliminer les mous et retirer la bourre qui entourait l'enveloppe.

1. *Les vers atteints prennent la couleur cannelle.*

Les cocons s'entassaient, petits nuages crémeux, dans les corbeilles d'éclisses, sous le regard satisfait du maître des lieux :

« C'est du bien beau travail, jeunes magnanarelles, vous n'avez pas démérité. Madame de Chazettes vous fait préparer saucisson et fromage, un bon morceau de pain et un sachet d'amandes qui vous tiendront compagnie pendant votre chemin de retour.

Les filles rougissaient sous les compliments du maître ; les nouvelles rêvaient déjà à la lourde musette que leur préparait la patronne. Émilie avait tôt fait de briser leur espérance :

« "La Moureto" est plus avare que L'Estrampala ! »

Oubliant leur déconvenue, toutes riaient du sobriquet dont Émilie avait affublé la patronne. Petite, vive, le visage pointu et la peau basanée, La Moureto portait bien son surnom. Puis, tout ce petit monde redevenait sérieux ; maître de Chazettes faisait tinter une clochette : c'était l'heure des comptes.

Installé dans la cour du domaine à l'ombre d'un grand tilleul, il remettait à chacune les pièces d'argent convenues. Les filles jetaient un dernier coup d'œil aux cocons assagis, eux qui pendant plus de deux mois les avaient tenues en alerte. Dès demain, ils prendraient le chemin de la filature. Dès demain, les jeunes filles, lestées de trente malheureux francs, s'en retourneraient chez elles où d'autres travaux requerraient leurs bras.

Les années qui suivirent, bien que le dégoût des gros vers fût là, toujours latent, Clarisse sut trouver, en compagnie de ses sœurs et malgré le dur labeur, quelques agréments à leur séjour provençal.

À l'instigation d'Émilie, elles se risquèrent à se rendre en Arles, le jour de la Pentecôte.

La veille, il leur avait fallu ramasser deux fois plus de feuilles et, les vers à soie ne se nourrissant pas de psaumes ni d'alléluia, les ravitailler une fois dans la nuit, une autre avant la messe.

Après l'office qu'il n'était pas question d'esquiver, un quignon de pain et une pomme en poche, elles prirent la route d'Arles. Le soleil dardait ses rayons sur leur tête chapeautée de paille et leur faisait cligner les yeux. Qu'importe ? Elles avançaient sur le chemin de l'oisiveté, sur le chemin de la liberté.

Comme à un spectacle, elles s'extasièrent à voir se promener les élégantes Arlésiennes dans leur jupe de moire. Nonchalantes et rieuses sous leur ombrelle blanche, jeunes femmes et jeunes filles au petit tambourin de velours noir sur leurs cheveux lissés laissaient deviner des richesses que l'on ne rencontrait pas, même dans les plus grandes foires du Gévaudan.

« Regarde, Émilie, ce châle et ces gants à “trou-trous” !

– Ces “trou-trous” comme tu dis, Clarisse, s'appellent de la guipure, une sorte de dentelle à larges mailles.

– Et leurs bas ! s'extasiait la gamine sans écouter la réponse de sa sœur. Si fins ! Si blancs !

– Des bas de soie, ma toute belle, la soie qui nous permet de sortir de notre village perdu et de voir du beau monde.

– Notre village perdu, comme tu dis, ne nous laisse pas espérer des richesses qui ne seront jamais pour nous, répliquait sentencieusement la sage et résignée Estelle.

– Il n'empêche ! Le spectacle vaut bien que nous y revenions. »

Elles y revinrent chaque année, le jour de la Pentecôte, une sorte de pèlerinage, une parenthèse de rêve dans leur vie monotone. Elles en oubliaient leur robe de cadis, leurs bas de laine écrue et leurs sabots grossiers. Elles se plantaient sur le boulevard des Lices et regardaient, comme à la parade, les hommes en habit noir et les femmes en dentelles.

« Et si nous allions voir la mer ? proposa un jour l'intrépide Émilie qui se lassait un peu de tout ce déballage.

– Tu n'y penses pas, Émilie ? Si Père le savait…

– Et crois-tu qu'il le sache que nous déambulons, seules, dans la cohue de la ville d'Arles ?

– J'ai dit non, Émilie, il n'en est pas question et tu dois m'obéir. La mer ! Qu'y ferions-nous ? De l'eau et des *moisans*[1] ! »

Estelle tint bon. Jamais les trois sœurs n'allèrent voir la mer.

* *
*

Clarisse s'était assise devant le rouet alors que sa mère, réfugiée près de la cheminée, réchauffait ses doigts gourds. La joie qui exaltait le cœur de Julie lui faisait prononcer des mots qui se bousculaient :

« Oui, oui… le curé, il est venu exprès de Chaudeyrac. Ah ! Quel bon et saint homme que ce père Pradelle ! “De tout le village, m'a-t-il dit, c'est votre Clarisse la plus méritante, la plus priante !” Il n'a pas tort, ma fille, je suis fière de toi. »

Julie claquait des dents :

« Tu ne dis rien, Clarisse ? Tu n'es pas heureuse ?

– Si, Mère, bien sûr. Mais, avez-vous pensé… la robe… et le voile… la couronne… Père ne voudra pas… c'est beaucoup trop d'argent…

– Je te dis, ma fille, que le père Pradelle est un homme de grande bonté. Tiens, regarde sur la table ! »

Clarisse arrêta la roue. Dans une boîte en carton, le tissu satiné d'un bleu couleur d'azur et l'écharpe de batiste d'un blanc immaculé lui tirèrent un sourire :

« Et la couronne, Mère ?

– On la fera avec des fleurs des champs cueillies le matin même, ce sera très beau. »

---

1. *Moustiques.*

« Mais bien vite fané », se dit Clarisse. Puis, elle chassa promptement cette ingrate pensée. S'appropriant malgré elle les attitudes de la Vierge Marie, elle savourait en son cœur cette joie sans mélange : elle allait incarner la mère de Jésus !

La seconde pensée, beaucoup plus pragmatique mais tout aussi jubilatoire, l'amena sur les bords du Rhône : « Je serai parée tout comme une Arlésienne ! »

* *
*

Depuis plus de deux mois que Julie avait dû s'aliter, Clarisse avait pris les rênes de la maison. Levée au petit jour pour ranimer le feu et réchauffer la soupe, elle ne regagnait son lit que tard le soir, filant encore à la lueur des dernières braises.

« *Un plurèsie* ! répétait Pierre Chardenon en secouant la tête. Le docteur a dit : un *plurèsie !* »

Car il avait bien fallu en arriver là : faire venir le médecin de Châteauneuf-de-Randon, ce qui avait mis tout le village du Cheylard-l'Evêque en émoi :

« Le docteur est chez la Julie ! »

Malgré la neige qui s'entassait contre les maisons et la *bouffado* qui soufflait sans répit, soulevant châles et cotillons, la nouvelle avait fait, en un clin d'œil, le tour du patelin.

« Le Pierre a fini par délier sa bourse. Faut-il qu'elle soit mal en point, cette pauvre Julie ! »

Et d'une maison à l'autre, d'une bouche renseignée à une oreille curieuse, tous s'apitoyaient sur la « mourante », sur sa famille et sur ce pauvre Pierre qui, assurément, était un bon mari.

À vrai dire, il en avait fallu des prières, des suppliques et des larmes pour circonvenir le récalcitrant. Clarisse s'y employait déjà depuis un mois sans obtenir rien d'autre qu'un haussement d'épaule et une vague assurance :

« Elle ira mieux demain. »

Comme tout ignorant éprouve de la défiance envers un plus savant, Pierre accordait meilleur crédit aux mages et rebouteux, des hommes comme lui, en quelque sorte, sans savoir, sans science et qui se contentaient de quelques œufs, de lard ou d'une tomme ; le médecin, lui, l'obligeait à délier les cordons de sa bourse.

Julie avait « croqué » un gros froid au début de décembre, un jour de grande lessive alors qu'elle rinçait son linge dans le filet clair et glacé du Langouyrou qui descendait, à travers champs, de la forêt de Mercoire.

Elle s'était mise soudain à frissonner alors que des sueurs lui perlaient au front. Le ciel était chargé de lourds nuages de neige, il fallait terminer au plus tôt la *bugada*[1] ; on ne relaverait pas de sitôt les draps ni les chemises.

Avec pour seul remède une opiniâtre volonté, elle avait essayé d'oublier sa fièvre et sa fatigue jusqu'à ce qu'une toux sèche et caverneuse qui la pliait en deux lui fît prendre conscience de son état. Bien qu'il lui en coûtât de se dénuder quelque peu devant sa fille, elle se décida :

« Clarisse, lui souffla-t-elle à l'oreille, tu viendras dans la chambre me poser quelques ventouses. »

Clarisse fut presque heureuse de cette demande : enfin sa mère prenait le temps de se soigner !

Quand Pierre et les jumeaux furent sortis de la pièce tandis que Juliette pelait des raves pour la soupe sous le regard atone de Denise, Julie et Clarisse s'enfermèrent en grand secret dans la chambre.

Frissonnante de fièvre et de pudeur innée, Julie offrit son dos à la vue de sa fille. Tout aussi prude et réservée, Clarisse

1. *Lessive.*

rougit à voir cette chair blanche et flasque, abandonnée à ses mains.

Elle prit une petite cloche de verre, y enflamma une mèche de coton à l'intérieur et l'appliqua sur le dos de sa mère. Aussitôt le vide d'air assuré, des boursouflures se formèrent sur la chair de la malade. Une ventouse, puis deux, puis trois, une dizaine en tout qui s'embuaient, tiraient la peau en boursouflures rouges. Julie eut une nouvelle quinte de toux, les verres s'entrechoquèrent, Clarisse rabattit la couverture.

« Merci, ma fille. Va, je t'appellerai pour les ôter. »

Le dos de Julie, révulsé par le barbare traitement, n'était que chair meurtrie. La maladie, elle, continuait vaillamment son chemin.

La Mélaine qui « guérissait du secret », consultée en cachette, lui donna des racines cueillies dans le bois de Laubarnès :

« Tu en feras des tisanes adoucies de miel. »

Le conseil n'était pas superflu, la tisane se révélant plus amère que le fiel !

Pour la nuit de Noël, Julie se mit au lit et ne le quitta plus, remettant dans les mains de Clarisse les brides du ménage. Préparer le matin la soupe d'eau bouillie dans laquelle nageaient trois ou quatre oignons et qu'elle enrichissait d'un bon morceau de beurre, la tirait du lit avant la maisonnée.

Pendant que le père et ses frères et sœurs mangeaient, Clarisse essayait d'alimenter sa mère.

« Faites un effort, Mère. Si vous ne mangez pas, vous ne pourrez guérir.

– Rien ne passe, ma fille. Va, laisse-moi tranquille, je vais me rendormir.

– Attendez, je vais arranger votre lit. »

De la pudibonderie qui les avait saisies toutes deux le jour des ventouses, il ne restait plus rien qu'une tendre attention de la part de Clarisse et qu'un abandon total de la part de Julie.

Sa fille lui mettait une chemise propre, démêlait ses cheveux, replaçait son bonnet, lui remontait le drap sous le menton et Julie souriait, ses yeux disaient merci, ses lèvres murmuraient :

« Tes mains sont habiles, ma fille !

– Mais cela ne suffit pas, Maman, il vous faudrait des remèdes.

– *Quau pauc se droga, melhor se porta*[1] ! » soupirait Julie.

Après la mère, la sœur ! Denise attendait, bras ballants, que Clarisse lui tendit un à un ses habits : les bas, la chemise, la robe de tiretaine, et, sur les épaules une chaude palatine tricotée en laine du pays qu'elle remplaçait par un châle fleuri pour l'office du dimanche.

Depuis la maladie de sa mère, Clarisse n'avait plus le temps d'ajuster méticuleusement la coiffe de Denise ; elle se contentait de tresser ses cheveux en deux petites nattes qui battaient ses épaules.

À peine se sustentait-elle, qu'avec Juliette, elles s'attelaient à la traite du matin. Les vaches paisibles broyaient le fourrage dont Pierre et les jumeaux venaient de garnir la mangeoire. Installés dans un coin de l'étable pour bénéficier de la chaleur des bêtes, assis sur une selle à trois pieds, tous trois débitaient à la serpe des bardeaux de fayard qu'ils liaient ensuite en fagots.

Dans les foires, les tonneliers recherchaient ces douvelles dont ils cerclaient fûts et tonneaux et qu'ils payaient royalement un sou la fascine.

Comme tous les matins, Clarisse revint à la charge :

« Mère a très mal dormi, elle brûle de fièvre. Il lui faut un docteur, Père.

– Comme tu y vas, petite ! À t'entendre, on croirait ta mère à l'article de la mort !

---

1. *Qui peu se drogue, mieux se porte.*

– C'est le père Pradelle qu'il lui faudrait alors ! répliqua vivement l'adolescente.

Trop vivement au goût de Pierre. D'un bond, il fut debout, montrant sa main tendue prête à la talocher.

– Et celle-là, tu la veux, *mournifle*[1] ? Occupe-toi des vaches ! »

Les larmes de Clarisse se mélangeaient au lait. Alors qu'elle reniflait son chagrin et sa crainte, le père radouci lui fit une promesse :

« Dès qu'il aura fini, j'enverrai Joseph chez le *masc*[2] de Boissanfeuilles. Il trouvera bien quelque *potinga*[3] pour soulager ma pauvre Julie.

– Le sorcier de Boissanfeuilles ? »

Joseph ouvrait de grands yeux ronds : au catéchisme, le père Pradelle vilipendait toutes ces pratiques qui éloignaient de Dieu. Jésus n'était-il pas le seul habilité à faire des miracles ?

« Gardez-vous, disait-il aux catéchumènes, visant à travers eux leurs parents, gardez-vous de ces créatures du diable qui vous entraînent plus facilement en enfer qu'ils ne soulagent vos maux ! »

« Le curé… hasarda le malheureux Joseph.

– Eh bien quoi, le curé ? gronda Pierre.

– Il dit que les sorciers…

– Il n'en saura rien, si tu gardes ta langue. Tu ne veux pas que ta mère guérisse ?

– Si, si bien sûr ! »

Clarisse ravalait ses larmes et sa colère, mais quand Joseph revint avec, dans un pot de grès, une embrocation camphrée, elle voulut croire à tout prix au remède miracle et en massa les flancs, la poitrine et le dos d'une Julie maigre à faire peur.

1. *Morveuse.*
2. *Rebouteux, un peu sorcier.*
3. *Remède.*

Or, pas plus que les tisanes de la guérisseuse du secret, les applications méthodiques prescrites par le masc ne venaient à bout du mal pernicieux.

Une douleur, aiguë et persistante, née sous un sein, arrachait à la malade des gémissements au moindre mouvement, tout autant que ses jambes, enflées et violacées.

Avec soin et persévérance et toute la conviction que lui dictait l'espoir, Clarisse utilisa tout le pot de grès sans qu'un jour fût meilleur que la veille.

Un matin, Julie eut un malaise dans les bras de sa fille. Affolée, celle-ci appela son père :

« Père ! Père ! Venez vite ! Notre mère est très mal ! »

Un sifflement s'échappait difficilement de son étroite poitrine ; ses yeux révulsés témoignaient de sa grande souffrance respiratoire.

« Joseph ! Victor ! Courez jusqu'à Chaudeyrac chez le père Pradelle ! Dites-lui de quérir le docteur de Châteauneuf. Avec sa mule, il sera plus rapide que vous. »

Clarisse poussa un long soupir comme si le bloc de granit posé sur sa poitrine lui était soudain ôté.

« Merci, mon Dieu ! » murmura-t-elle.

Rendait-elle grâce à son père qui, enfin, fléchissait ? Ou bien pour le bonheur de voir sa mère reprendre connaissance ?

Julie émergeait de son long étourdissement, retrouvait une respiration plus régulière et réclamait à boire.

Clarisse inséra entre ses lèvres quelques cuillérées de tisane qui provoquèrent une violente quinte de toux. Pierre, livide, sentait le souffle de la mort rôder dans la chambre où se mêlaient les effluves de fièvre, de linges souillés, de sueur et de camphre.

« Laisse-moi seul avec ta mère », ordonna-t-il.

# III

# Une pleurésie

UN TIMIDE SOLEIL à son zénith jouait sur la neige, dégelant pour quelques heures le bord des toitures, avant que ne s'y forment de nouvelles chandelles de cristal, fines et déliées comme un ouvrage de dentelle.

Dans le silence de la campagne qui faisait écho à celui de la maison, le père Pradelle frappa à la porte de la cuisine. Tout au long du chemin, alors que le bas de sa soutane crottée battait ses sabots de cuir et de bois, il avait eu le temps de se faire une opinion ; il n'était pas dupe : si l'on demandait le médecin, il n'y avait pas loin qu'on ait besoin de lui.

Après le départ de Joseph et Victor, il avait asticoté sa mule jusqu'à Châteauneuf-de-Randon et laissé la consigne à l'épouse du docteur Pierrel :

« Dites-lui bien, Marinette, que c'est urgent. Je connais Pierre Chardenon, il ne le demanderait pas pour une broutille. »

Clarisse ouvrit la porte.

« Entrez, entrez, mon Père.

– C'est ta mère qui est malade, petite ? »

Une flamme bienveillante éclairait son regard.

Clarisse opina puis éclata en sanglots suivie de peu par Juliette, imitée à son tour, par simple mimétisme, par la pauvre Denise.

« Allons, allons, les filles, calmez-vous. Où est passé le Pierre ?

– Il est… avec notre… mère…, hoqueta Clarisse. Il nous a… fait sortir… »

« C'est donc bien grave ! » se dit le brave homme en frappant à la porte de la chambre.

Pierre ouvrit. Il pressait un mouchoir sur ses yeux, lui le fruste paysan, colleté aux malheurs plus souvent qu'à son tour.

« Vous, mon Père ? J'attendais le docteur…

– Il sera là bientôt, sa femme m'a promis. »

Puis, se dirigeant vers le lit :

« Que vous arrive-t-il, ma pauvre Julie ? Je vous ai connue plus vaillante !

– Pour ça, mon Père, ma Julie n'est pas femme à s'écouter ni à se ménager. Il faut que cette fièvre soit de bien méchante nature pour la laisser au lit.

– Il y a longtemps que vous êtes alitée ?

– Cela va faire deux mois qu'elle est là, sans force, sans courage…

– Deux mois ? Mais c'est de la folie ! Que n'avez-vous demandé le médecin plus tôt ?

– Elle ne voulait pas ! s'empressa Pierre qui répondait à la place de la malade. Vous connaissez les femmes, elles sont réticentes à tous leurs boniments…

– Tandis que le sorcier…

– Le *masc* ? Ah ça, jamais, mon Père ! Nous sommes trop chrétiens ! »

Julie tendait une main suppliante vers l'homme de Dieu :

« Vous arrivez à point, mon Père, pour écouter mes péchés et me donner le pardon de Dieu.

– Gardez-vous de telles pensées, pauvre femme ! Ma présence chez vous est de tout autre cause que de vous aider à passer de ce monde. Une prière, cependant, vous apportera réconfort. Laissez-nous, Pierre. »

Le docteur Pierrel arriva peu après, interrompant les patenôtres ardentes du curé. Il demanda à rester seul avec la malade, et la famille au complet se retrouva dans la salle, autour de la longue table.

« Ah mon pauvre Pierre, quelle pitié que de voir une femme, naguère vive et courageuse, terrassée par le mal.

– Hélas, hélas, mon Père, nous en sommes tous si navrés !

– Je prierai ce dimanche pour votre mère, les enfants, dit le père Pradelle en caressant les cheveux de Juliette. Ah, Pierre, j'ai sur moi les contrats d'Aygalières. Je sais que ce n'est pas le moment d'en parler, pourtant je dois les renvoyer au plus tôt. J'ai déjà distribué ceux de Chaudeyrac, de Pierrefiche et de Rocles. Il ne me restait plus que ceux du Cheylard et de Saint-Flour. Je vais les déposer en mairie, votre frère fera la distribution et me les rendra signés dimanche, à la fin de l'office. Tenez, voici les vôtres. »

Comme chaque année à la même époque, maître de Chazettes renouvelait ses offres d'embauche pour l'éducation des vers à soie par le truchement du père Pradelle qui se chargeait de lire, écrire et expliquer leur contenant. Les mêmes noms revenaient, ceux des filles qui, ne rechignant pas à la besogne, avaient contribué à une bonne récolte.

Émilie et Clarisse faisaient partie du lot. Pierre devina, plus qu'il ne le déchiffrât, le prénom de la trublionne et jeta le contrat aux flammes de la cheminée.

« Si ta mère est sur pied avant le mois d'avril, tu iras seule, Clarisse ! » laissa-t-il tomber, la voix nouée de sanglots refoulés.

Le docteur Pierrel sortait à l'instant de la chambre :

« Sur pied au mois d'avril ! Vous n'y pensez pas, mon brave ? Savez-vous que votre épouse souffre d'une pleurésie ? »

Il aurait bien pu dire une grippe, un catarrhe. Le mot de pleurésie laissa Pierre perplexe :

« Pourtant Julie est une femme qui ne se plaint jamais. Pleurer, elle ? À cause d'Émilie, alors ? »

Le mot défendu était dit ; à ses yeux, Émilie était cause de tous les maux.

« Une pleurésie, Monsieur Chardenon, est une maladie, une grave maladie qui atteint les poumons. Elle a pris froid, s'est peu ou pas soignée, se faisant appliquer des vésicatoires qui n'ont fait qu'aggraver le mal… »

Clarisse étouffa un gémissement. Le médecin regarda la coupable, puis son visage s'éclaira d'un bon sourire :

« Les ventouses, il est vrai, ne sont pas, dans son cas, très recommandées mais on croit toujours agir pour le mieux. Allons, ne parlons pas d'hier, d'avant-hier ou même de plus longtemps encore, c'est maintenant que nous devons faire notre possible pour la tirer de là.

– Elle ne va pas mourir ? hoqueta Juliette, aussitôt relayée par les couinements de Denise.

– *Taisa te, nècia*[1] ! » la foudroya Pierre.

La tension de la pièce était telle que le médecin préféra retourner dans la chambre.

« Qui s'occupe d'elle ? demanda-t-il en s'y dirigeant.

– Moi, murmura Clarisse.

– Alors, suis-moi jeune fille et vous aussi, Monsieur Chardenon. »

Enfermés dans la chambre où Julie sommeillait, Clarisse et Pierre étaient suspendus aux lèvres du docteur.

« Je lui ai fait une piqûre pour calmer la douleur et recommencerai à sa demande. Tu vas lui faire boire, jeune fille, de la tisane de fleur de sureau en abondance, il faut que la fièvre tombe au plus vite. Ensuite tu lui appliqueras trois fois par jour, sur la poitrine, un emplâtre de feuilles de choux imbibée de vinaigre. Tu changeras son lit autant de fois qu'elle l'aura trempé en suant abondamment. Elle devra avaler coûte que coûte du bouillon de poireaux, c'est un excellent diurétique ;

1. *Tais-toi, idiote.*

tu verras petite, ses jambes devraient désenfler et son pouls ralentir sa course affolante.

– Son pouls ?

– Oui, tiens, presse ton doigt là, contre son cou. Tu peux sentir son cœur qui bat beaucoup trop vite. Il faudrait qu'il retrouve un rythme plus normal d'ici deux à trois jours. Voilà, je crois que je vous ai tout dit... Ah ! Je veux des nouvelles détaillées tous les jours. Envoyez les garçons chez le père Pradelle qui me rapportera l'état de la malade. »

Pierre glissa un doigt dans la poche de son bourgeron :

« Je vous dois combien, docteur ?

– Je reviendrai, mon brave. Nous verrons ça plus tard. L'important, c'est de sauver votre épouse. »

Avec l'énergie du désespoir, Clarisse cuisait du chou, infusait des tisanes, préparait des bouillons, traquait les draps humides et fouillait dans le cou de sa mère pour y tâter, espérait-elle, un pouls plus régulier.

Elle délaissait Denise et déchargeait sur Juliette le poids de la maison. Seule sa mère requérait ses attentions, ses soins et ses prières.

Comme une enfant qui s'applique au jeu de la marelle pour parvenir au ciel, elle donnait à tous ses gestes envers la malade des valeurs de symboles :

« Si maman avale la moitié du bol de bouillon... Si elle mouille deux fois ses draps... Si elle dort toute la nuit... »

L'échelle de l'espoir ne manquait pas de barreaux qui sans cesse se dérobaient :

« Mère a toussé toute la nuit... Son côté lui fait mal... Et si je viens à manquer de vinaigre... »

Chaque matin, elle expédiait Joseph ou Victor chez le curé Pradelle avec un bulletin de santé bien circonstancié... que Pierre modifiait, happant le gamin avant qu'il ne coure à Chaudeyrac :

« Tu diras au curé que ta mère a bien dormi, qu'elle ne souffre pas... »

Quand, par quelque répit que lui donnait le mal, Julie tombait enfin entre les bras de Morphée, Clarisse soupirait d'aise et, sans bruit, s'éclipsait de la chambre. Laissant la porte entr'ouverte pour saisir un appel, une plainte, un râle ou une toux, elle s'installait devant le rouet et se mettait à filer, recopiant ses gestes, sa posture et son rythme.

Ce matériel de bois que Julie avait amené – inestimable dot des pauvres gens – dans le foyer de Pierre qui devenait le sien, était aux yeux de Clarisse indissociable du destin de sa mère.

Elle en fit un enjeu plus encore qu'un jeu : tant que martèlerait le pied qui entraîne la roue, le cœur de Julie battrait.

« File la laine, file le temps. » Un voile s'enroulait tout autour du fuseau, léger, vaporeux, suscitant les approbations de Denise qui sortait de sa torpeur pour agiter les mains et pour hocher la tête. Blancs, burels ou bisets, les manteaux des moutons devenus pelotons s'entassaient dans les *descas*[1].

« File la laine, file le temps. » Jour après jour, Clarisse s'appliquait à filer la vie de sa mère.

Trompant les funestes pronostics du docteur Pierrel qui, par trois fois revint à son chevet, Julie Chardenon démontra à tout le village qu'elle faisait partie de la race des battantes. La pleurésie n'eut pas raison d'elle !

Elle s'éveilla un matin, pâle et amaigrie, mais avec l'agréable sensation d'un bien-être inouï. À la douceur du demi-jour qui filtrait aux fenêtres, elle observa ses mains posées sur l'édredon. Longues, blanches et fines, si longtemps inactives, elles donnaient l'illusion de ne pas lui appartenir. Des chuchotements lui arrivaient de la cuisine où Juliette rangeait les

1. *Grands paniers d'osier.*

écuelles du déjeuner tandis que Clarisse s'activait autour du feu.

« Je boirais bien un peu de lait », dit Julie.

Elle ne reconnut pas cette voix qui, pourtant, sortait de sa gorge, un son rauque et bas, à peine susurré qui parvint illico aux oreilles des filles.

D'un bond, Clarisse fut près d'elle, illuminée de joie.

« Vous avez faim, Maman ? Vite, Juliette, fais-moi passer un bol ! »

Elle ne prit pas le temps de réchauffer le lait, encore tiède de la première traite. Maintenant d'une main la tête de sa mère, elle l'aida à boire.

Dès lors, le rétablissement de Julie ne fut plus qu'un intermède, épuisant certes, pour Clarisse qui ne songeait qu'à contenter la convalescente. C'était avec joie qu'elle mettait à cuire un *ordiat*[1], qu'elle battait un œuf assaisonné de miel et blanchi de lait chaud, qu'elle tartinait d'un *companatge*[2] de belles tranches de pain, cherchant à réveiller son appétit endormi par de longs jours de fièvre.

Un matin de mars, tout comme l'alouette pressée d'annoncer le printemps, Julie voulut se lever, s'habiller, reprendre son rouet alors que Clarisse veillait sur elle, prête à la retenir si elle vacillait, toujours à ses petits soins. Elle renaissait à la vie, fragile encore et pourtant déjà inquiète du désordre qui régnait dans sa famille.

Pierre lui parut plus sombre, plus bourru que jamais : « Pauvre homme, se disait-elle, il a eu bien du tracas par ma faute ! »

Et ses garçons ? Dépenaillés, hirsutes ! Leurs grossières chaussettes trouées au talon montraient des pieds crevassés d'engelures et leur culotte longue méritait bien un fond pour durer quelque peu.

---

*1. Potage d'orge perlée.*

*2. Littéralement : accompagnement. Beurre ou fromage frais qu'on étale sur du pain.*

Vissée sur une chaise près de la cheminée, Denise riait, pleurait ou bien restait muette, se mettant par instant à l'unisson des autres. Julie la trouva sale, elle d'ordinaire si proprette. Elle s'approcha d'elle, passa une main diaphane dans ses longs cheveux rêches et l'innocente enfouit sa tête dans son tablier.

Julie posa les yeux sur sa benjamine. La gamine affichait un visage épuisé, deux cernes violets soulignaient son regard noyé de larmes.

« Ma pauvre Juliette, comme tu as l'air fatiguée ! Viens dans mes bras, ma fille. »

Sans vraiment réaliser le temps qu'elle avait failli à ses devoirs de mère et d'épouse, Julie Chardenon mesurait à quel point elle avait fait défaut au sein de sa famille ; elle se promit de reprendre au plus tôt la place qu'elle avait délaissée.

Avait-elle oublié la dévouée Clarisse, elle qui, rongée par l'angoisse, s'était battue à ses côtés, lui insufflant la vie quand elle s'échappait ? Julie observa Clarisse, mal coiffée, mal vêtue, dont les yeux délavés ternissaient le visage.

« Eh bien, ma pauvre Clarisse, si le père Pradelle te voyait ainsi falote et bien mal attifée, il regretterait de t'avoir choisie pour être la Madone ! »

Les mères ont le pouvoir, ô combien redoutable, d'anéantir d'un mot les rêves de leurs filles !

# IV

## La terre du diable

PIERRE CHARDENON EN RAGEAIT. Trente cinq francs ! Le docteur lui avait fait payer trente cinq francs les visites et piqûres à sa pauvre Julie !

« Pour lui prescrire tisanes et bouillons de poireaux ! » fulminait-il, persuadé que seule la bonne constitution de sa femme lui valait d'être aujourd'hui sur pied.

Sa bourse était légère et son cœur était lourd. Il traînait sa méchante humeur à longueur de journée, désœuvré pour la première fois de sa vie.

Julie, assise à son rouet, entendait ses sabots racler le sol autour de la maison.

« Pauvre homme, se disait-elle, faut-il qu'il se soit tracassé pendant ma maladie ! On dirait un ours qui tourne dans sa cage. Ce n'est pourtant pas le travail qui manque. »

L'hiver, en effet, avait marqué de son coin coutumier le toit de la maison, les volets et les portes. La *burle*[1] n'avait pas manqué de soulever des lauzes et d'arracher des clous.

D'ordinaire, Pierre s'attelait à ces tâches avec entrain : n'était-ce pas le retour des beaux jours, des vaches dans les prés, de la récolte du miel ? Or, les sombres pensées qui couraient dans sa tête lui empêchaient de voir les prémices des

1. *Vent glacé.*

jours d'été, si beaux, si bleus, si courts dans cette région de froidure.

Il trimbalait sa lourde carcasse au grand torse carré sur ses jambes courtes et solides, les mains enfoncées dans les poches de son bourgeron noir, comme pour en éviter toute autre fuite d'argent.

L'argent ! Pierre entretenait un rapport ambigu avec ces indispensables pécunes qui lui échappaient bien plus vite qu'elles ne rentraient.

Ni vénal, ni cupide, encore moins prodigue, il était sans cesse rongé par cette peur ancestrale de finir aux galères, faute d'avoir pu payer l'impôt, la taxe qui l'attendait au hasard d'une foire, le droit de plaçage sous la halle de Langogne, le loyer d'une terre où ses moutons paissaient ; les occasions ne manquaient point pour mettre à mal les parcimonieuses rentrées d'argent.

De la *paronelle,* il n'avait nulle crainte. Cette taxe visant les valeurs mobilières ne le concernait pas, lui qui ne possédait qu'un coffre, une maie, quatre châlits branlants, une table, des chaises et deux bancs.

Encore, dans ses bons jours, se sentait-il soulagé en pensant à son père accablé en son temps par la dîme injuste et l'exécrable gabelle. La Révolution n'avait pas été vaine ; pourtant, il portait comme une faute personnelle les exactions de quelques enragés qui n'avaient pas manqué de troubler sa jeunesse :

« On n'aurait pas dû le guillotiner *aquel paure rèi*[1]. »

Alors que le renouveau de la nature se devinait au détour des chemins, réjouissant le regard du vert tendre des prés, Pierre se laissait-il gagner par des pensées chagrines au point d'en oublier la grâce venue du ciel : Julie était guérie !

Résignée à attendre que son homme émerge de cette torpeur si peu conforme à ses habitudes, la « ressuscitée » avait repris

1. *Ce pauvre roi.*

en main sa maison. Clarisse était aux champs à surveiller les vaches et ravauder chaussettes, chemises et pantalons ; les jumeaux dans les bois à ramasser les branches que la neige avait arrachées à leur tronc.

Denise, bouchonnée, étrillée, le visage et les mains rougis par l'énergie qu'avait déployée sa mère à sa toilette, souriait benoîtement. Confinée à l'entretien du feu, elle avait retrouvé son lent ballet malhabile qui la menait de la réserve à la cheminée dès que Julie l'appelait :

« Denise, va chercher quelques bûches ! »

Juliette ne quittait pas sa mère, quémandait une caresse, un sourire. Assise sur un banc ou sur le bord du lit qu'elle partageait avec Clarisse, elle se repaissait les yeux et la mémoire des gestes rituels de sa mère : le lancement de la laine cardée entraînée aussitôt dans une rotation qui l'étirait jusqu'à former une mèche épaisse s'enroulant sur le fuseau.

« Surveille la soupe, Juliette ! »

C'était tout ce qu'elle lui demandait ! Julie en avait décidé ainsi ; sa benjamine hâve et chagrinée lui avait fait pitié.

« Notre fille a besoin de repos, je préfère la garder près de moi, avait-elle rétorqué à Pierre qui appelait sa cadette pour la première traite.

– Qui va s'y atteler ? demanda-t-il, perplexe.

– Clarisse s'en sortira bien seule ! »

Pierre n'avait rien dit. Après une courte hésitation, il avait rejoint l'étable et, prenant un seau et une sellette, il avait aidé sa fille. Clarisse l'avait remercié d'un sourire et cet échange muet les rapprocha plus que de grandes effusions qui n'étaient pas de mise.

Julie n'entendait plus le raclement des sabots. Il y avait bien une demi-heure qu'elle avait aperçu, passant devant la fenêtre, la silhouette de Pierre et depuis, plus rien ; le silence régnait au-dehors et dedans, à peine troublé par le fuseau magique qui emportait des écharpes de laine et par le battement de son pied.

À grandes enjambées, Pierre Chardenon cheminait vers Chaudeyrac. L'allure vive, le visage lisse et détendu, un demi-sourire aux lèvres, l'homme était décidé.

Envolés les soucis financiers, les plis qui barraient son front, les tourments qui le rendaient maussade !

Vif à la colère mais lent à la réflexion, son esprit avait mis du temps pour trouver la solution : le curé Pradelle avait certainement le contrat de maître de Chazettes ; il lui suffirait d'y apposer une croix en guise de signature. Dans quinze jours, au plus, Clarisse serait en route pour Aygalières.

« Oui, mon brave Pierre, j'ai toujours le contrat de votre fille mais les autres sont partis, il y a plus d'un mois dans la malle de la Turgotine[1]. Maître de Chazettes doit avoir embauché pour remplacer vos filles, la saison va bientôt débuter. »

Déconfit, Pierre triturait son chapeau :

« Il n'y a rien à faire ? Et la prochaine malle ?

– Dans plus d'une semaine, Pierre, et autant pour la réponse qui, je me doute, sera négative. Maître de Chazettes n'est pas homme à laisser traîner une affaire. À l'heure qu'il est, sa magnanerie est sur le pied de guerre et ses embauches closes.

– Il n'y a rien à faire ? répéta Pierre dont l'enthousiasme retombait comme un soufflet.

– Pour Aygalières, non ! J'ai cependant d'autres demandes mais je crains fort, mon pauvre Pierre, que vous y trouviez quelques réticences.

– Et pourquoi donc ? »

La répartie vive et inhabituelle chez cet homme lourdaud trahissait l'impatience.

« Parce que, mon ami, de nombreux magnaniers de Cévennes sont à la recherche de bras pour leurs éducations de

1. *Diligence des Messageries Royales.*

vers à soie mais vous et vos compères qui voyez le diable partout...

– Mais c'est vous, monsieur le curé qui nous mettez en garde contre la religion réformée et ses déviances !

– C'est mon rôle de prêtre que celui de vous éclairer sur le vrai chemin de la vie éternelle. Ai-je pour autant voué aux gémonies nos frères réformés ? Ils ont, tout comme nous, emboîté le pas à leurs ancêtres et vivent leur foi au grand jour, ce qui n'était pas le cas aux siècles précédents. »

Plus que de grands discours d'indulgence et de respect, le contrat que lui lut le père Pradelle conforta Pierre dans sa décision de passer outre les divergences cultuelles propres aux Cévennes réformées et au Gévaudan catholique.

« Quarante francs, dites-vous, mon Père ? Quatre-vingt si j'envoie mes deux filles ?

– Votre dernière a déjà dix ans ?

– Bientôt, dans quelques mois.

– Dix ans révolus, Pierre, vous connaissez la loi !

– Qui viendra contrôler ? La petite est vaillante, elle fera l'affaire.

– Je veux bien essayer, mon brave Chardenon, je sais combien la vie est rude. Tenez, signez là et là. »

La réponse, rapide, arriva, non par la Régordane si peu entretenue qu'elle était devenue le passage des mulets et des colporteurs mais par la Route Royale de Saint-Jean-du-Gard, via Florac, Mende, Châteauneuf-de-Randon et enfin Chaudeyrac qu'empruntaient coches et diligences. Elle ne combla Pierre qu'à demi. Seule Clarisse était prise.

« Tu n'y pensais pas, mon pauvre homme, à envoyer Juliette pour faire une saison. Si jeune, encore fragile...

– Et ses sœurs, à son âge, n'y allaient-elle pas ? »

Julie ne répondit pas, elle se contenta d'entourer d'un bras protecteur les épaules de sa petite dernière.

Un vent de révolte soufflait-il dans sa maison ? Pierre jugea qu'il était temps d'y mettre un terme :

« Juliette, va aider ta sœur pour la traite ! À trop bailler aux corneilles, tu ressembles à Denise ! »

L'allusion était claire. Julie ne répliqua pas.

* *
*

Clarisse cheminait, silhouette anonyme, au milieu du troupeau des jeunes excitées. Derrière elle s'estompaient les paysages familiers : les prés verts ondulant sous la brise légère, les champs ensemencés, délimités par des haies d'arbrisseaux dans lesquelles piaillaient, pour une courte halte, le vanneau et l'outarde, les forêts de mélèzes, de hêtres et de bouleaux, si denses qu'en leur milieu on oubliait le jour.

Sa jupe de futaine flottait autour de ses hanches étroites et le châle de laine, croisé sur sa maigre poitrine, soulignait son profil d'adolescente androgyne.

Sa mère le lui avait fait remarquer avec ses mots rudes qui blessaient la sensibilité de Clarisse. Avant que sa fille ne parte en Cévennes, elle avait tenu à tailler sa tunique de madone dans le satin nacré apporté par le curé Pradelle.

– J'aurai le temps de coudre, le soir, après manger. Les journées sont plus longues.

Mesurant en hauteur, en largeur, en carrure, l'adolescente sage qui rêvait déjà de la robe emblématique, Julie avait raillé sur ce corps encore prisonnier des téguments de l'enfance :

« Un vrai garçon manqué, ma pauvre Clarisse !

– Je suis *fille,* ma Mère, depuis trois ans déjà ! avait protesté Clarisse, revendiquant cet attribut féminin qui, par ailleurs, la tracassait quatre à cinq jours par mois.

Ces jours-là, sa mère, enfin attentive à sa pâleur et à ses douleurs de ventre, lui faisait boire des infusions de thym, assaisonnées de quelques prédictions mystérieuses :

– Viendra le temps, ma fille, où tu seras bien aise de souffrir tes menstrues. Les douleurs de l'enfantement sont d'une autre nature ! »

À la transparence cristalline des nuits hivernales succédait la suavité des longs jours de printemps avec, dans le petit matin, la lumière munificente d'un ciel d'ors et d'incarnats qui brouillait le paysage, le rendait irréel, somptueux, voire impalpable.

Clarisse ne voyait rien des sorbiers exubérants, des pins majestueux et des fayards cendrés qui préparaient leurs faines. Hermétique aux beautés que déployait la nature en pleine mutation, on pouvait deviner ses soucis et ses angoisses derrière son front ombrageux.

En cela, elle ressemblait à son père ; on lisait sur son visage comme dans un livre ouvert. Elle ne dissimulait rien de ses joies ni de ses peines.

Confinée dans le silence de la docilité, elle ne maîtrisait pas ce mode d'expression plus vrai que des mots, plus concis que des phrases, mais qui s'intéressait aux émois de Clarisse ?

Alors qu'elle essayait de maintenir la cadence alerte imprimée par le gros de la troupe pressée de jouir de la halte bienvenue de Villefort, la jeune fille ne parvenait pas à être à l'unisson de ses camarades.

La joviale Émilie se faisait regretter, elle qui s'amusait d'un rien, d'une boutade et qui se posait en joyeuse commère de la bande de magnanarelles. Égratignant l'une d'une remarque narquoise, affublant une autre d'un sobriquet moqueur, tout en se dévouant auprès d'une jeunette que la nouveauté apeurait, elle en imposait par son dynamisme et sa joie de vivre.

Clarisse regrettait chaque jour son départ, cette fuite qui ressemblait si peu à la jeune fille déterminée. Plus dur encore était ce silence qui entourait l'absente et que ni son père ni sa mère ne brisait.

Sa mère ! Julie occupait en grande partie ses pensées : ne se fatiguait-elle pas trop à reprendre si vite les rênes du foyer ? Qui saurait la soigner si elle rechutait ? Son père ? Ce n'était pas dans l'ordre des choses qu'un homme s'occupât d'une malade. Juliette ? Ce n'était qu'une enfant qu'il fallait guider et sans grande résistance. Denise ? Les jumeaux ? Ils attendaient tout d'elle, les soins, les conseils, les paroles rassurantes et la protection qu'elle leur assurait pour cacher leurs bêtises.

« Clarisse ! Tu traînes et ralentis la troupe ! Encore à rêvasser !

– Elle a certainement laissé un galant au pays !

– Au Cheylard-l'Evêque ? Qui serait assez bien pour la demoiselle Chardenon ? Dans sa famille, on se marie à Chaudeyrac ou bien on entre au couvent ! »

La dernière phrase eut raison de sa patience. Imitant une fois de plus les gestes et paroles de son père, elle montra sa main :

« Et celle-là, tu la veux sur ta *gautassa*[1] ? »

L'effrontée s'enfuit en courant, poursuivie par Clarisse, prête à empoigner la médisante et lui faire rendre gorge. Il fallut toute la diplomatie de sa cousine Honorine pour calmer la belliqueuse Clarisse. Le reste du chemin se fit dans le silence.

À Villefort où les Petites Sœurs de la Miséricorde, moyennant quelques sous, tenaient leur table ouverte et proposaient leur grange pour dormir sur la paille, la cohorte des émigrantes ne fut pas longue à trouver le sommeil.

Les haleines chaudes s'exhalaient sans retenue et les membres durcis par la longue marche de la journée s'étalaient, se

1. *Grosse joue.*

délassaient dans des crissements de chaume et des soupirs de satisfaction.

Enveloppée dans sa cape de bure, les yeux grands ouverts suivant la lune ronde qui lui faisait des signes à travers une lucarne, Clarisse ne trouvait ni repos ni détente, pas le moindre apaisement à ses nombreux tourments.

Sa famille, objet de sa grande inquiétude, était déjà loin derrière elle, alors que se profilait la Cévenne huguenote, en partie cause de ses appréhensions.

Son père n'avait pas mâché ses mots, ses conseils qui étaient surtout des mises en garde et recommandations.

« Tu n'ignores pas, ma fille, combien j'aurais préféré que tu retournes à Aygalières ? Les événements en ont décidé autrement et, par les temps qui courent, j'aurais eu mauvaise grâce à bouder la proposition de cette magnanerie cévenole plus généreuse que les Provençaux.

– Et si c'était un piège du diable ? s'était affolée Julie en se signant prestement par trois fois.

– Notre curé est le garant de ce contrat honnête. Tu vois Satan partout, ma pauvre femme ! »

Pour quarante francs, Pierre Chardenon savait modifier son jugement… – du moins en apparence. Au fond de lui, la crainte atavique du huguenot continuait son bonhomme de chemin même s'il voulait donner le change à l'ignorance de Julie.

Son père et son grand-père n'avaient-ils pas bercé son enfance de ce triste récit du malheureux Esprit Séguier mettant le feu à la maison de Rouville et faisant périr l'éminent abbé du Chayla ? Les histoires venues du fond des âges ont la vie dure tant la fougue du conteur influence les oreilles attentives et les âmes simples.

Il n'empêche qu'à l'insu de sa femme, il crut bon d'enfoncer d'un même coup, le clou de la méfiance et celui de la prudence :

« Ne t'avise pas, Clarisse, d'écouter les sornettes de tous ces *gòrjas negras* et de te laisser éblouir par les plaisirs de la ville. Tout cela n'est que miroir aux alouettes propre à appâter les filles sans vertu. »

La mise en garde sibylline tourmentait depuis son départ les pensées de Clarisse au point qu'elle en perdait le sommeil.

Comme il était bon, les années précédentes, de se rendre en Provence ! Même si c'était loin, si le travail ne laissait pas une minute de répit, même si les patrons lésinaient sur la nourriture et le confort des magnanarelles ! Que n'aurait-elle donné pour se retrouver quelques années plus tôt chaperonnée par la prude Estelle et la rieuse Émilie, entourée de leur chaleur, de leurs conseils ?

Il y avait bien Honorine, du même âge qu'elle, mais sa cousine poursuivrait la route jusqu'à Aygalières alors que Clarisse poserait pour la première fois son maigre baluchon en terre cévenole, cette contrée hostile à la Vierge Marie.

Le chemin s'étirait au milieu des châtaigniers qui chassaient, un à un, les sapins de leurs *faïsses,* ces précieuses bandes de terres arrachées à la montagne grâce à l'inlassable travail de conquête du pugnace cévenol.

La bande traversait des petits bourgs tranquilles frileusement serrés autour de leur église… à moins que ce ne soit un temple réformé qui usurpe la place. Le bien, le mal, tout s'embrouillait dans la tête de Clarisse, à l'approche d'Alais.

Soudain elle fut là, la ville redoutée. Entourée de sa ceinture d'eau, l'imprévisible Gardon, la cité éclectique abritait ici ses chevalements noirs, saupoudrés de poussière de charbon, là les hauts conduits de briques rouges de ses fonderies, au loin sa plaine riante inondée de lumière. Au centre de ce tissu industriel et agricole, les rues et les ruelles, les places et les commerces, qu'on devinait florissants, grouillaient de tout ce qui faisait l'animation matinale des villes.

Quelques mots inutiles avant de se séparer :

« Au revoir Clarisse et sans rancune, j'espère ? »

Un haussement d'épaule indifférent de la part de l'interpellée.

Des baisers sonnants échangés avec Honorine :

« Je prierai pour toi, Clarisse, que tu sois bien traitée !

– Merci cousine. »

Enfin, une promesse collective :

« Nous te reprendrons au retour... à moins que tu ne sois trop bien ici ! »

Et puis la dernière plaisanterie qui fit sourdre des larmes aux paupières de l'adolescente :

« Fais attention, Clarisse, il paraît qu'ici, les vers à soie sont noirs... et mangent deux fois plus ! »

La troupe des muletiers, chaperons habituels des jeunes Lozériennes, se scindait elle aussi.

Au carrefour des routes qui menaient vers l'Espagne, la Provence et la vallée du Rhône, Alais voyait passer, en moyenne, trois cents mulets par jour, le double lors des foires.

« Tu sais où habitent tes patrons, petite ?

– À Saint-Raby, monsieur, sur la route de Saint-Jean-du-Pin, répondit Clarisse comme une leçon bien apprise.

– Tu trouveras ton chemin toute seule ?

– On doit venir me prendre à l'auberge de l'Ermitage mais je...

– Je connais, c'est une halte-muletière dans le quartier de Rochebelle. Veux-tu que je t'y accompagne ?

– C'est pas de refus.

– *Adieusiatz*[1] muletiers ! cria le serviable. Je vous rattraperai avant le pont de Lézan !

– Ne te presse pas, Henri le joli cœur ! »

1. *Au revoir.*

L'auberge de l'Ermitage, au pied de la colline du même nom, était située à l'extérieur de la ville, sur l'autre rive du Gardon.

La bâtisse principale, flanquée de part et d'autre de longues et basses écuries, était enclose dans de hauts murs telle un castelet dans son corset de *barris*[1]. Les gardonnades[2] imprévisibles avaient motivé ces murailles élevées, au sein desquelles s'agitaient servantes et valets, palefreniers, rôtisseurs et arpètes.

Dans un coin de la cour, loin des ballots de paille entassés pour les bêtes et tout près d'un four à pain qui paraissait immense, enfilés dans une broche au-dessus d'un grand lit de braises, poulets, gigots, rôtis commençaient à rosir dans une valse lente. Des larmes graisseuses en tombaient, finissaient en flammèches et parfumaient l'air d'arômes alléchants. Les yeux rivés sur ces victuailles, Clarisse ressentit des douleurs d'estomac.

« Je te laisse, petite ? »

La voix du muletier lui parvenait à peine dans son rêve gourmand.

« Oui, merci », répondit-elle, distraite.

L'homme hésitait, la petite semblait tellement vulnérable ! Il aurait bien voulu la confier à quelqu'un.

Soudain, telle une tornade noire, une femme entra dans l'enceinte de l'auberge. Loin d'être embarrassée par son poids, par son âge, elle arpentait à grandes enjambées la cour de l'auberge. Pointant en l'air un parapluie fermé qui, à l'occasion, lui tenait lieu d'ombrelle, elle haranguait chacun, groupes ou isolés :

« Les *mesadiers* pour la magnanerie Blanchon-Troupet ! Autour de moi, pressons, pressons ! »

La voix tonitruante sortit Clarisse de sa torpeur :

---

1. *Remparts.*
2. *Débordements imprévisibles du Gardon.*

« La magnanerie Blanchon-Troupet ! C'est pour moi, alors ?
– Oui, petite, va vite et bonne chance ! »

Ils étaient vingt, trente, agglutinés autour du parapluie ; Clarisse ne savait pas compter.

« Écartez-vous, que diable, vous allez m'étouffer ! Je vais faire l'appel. »

Le cercle s'agrandit autour du dragon en jupe noire. Les noms défilaient ; les filles étaient à l'évidence bien plus nombreuses que les garçons et tous observaient un silence attentif pour ne pas encourir œillades ou réprimandes.

« Clarisse Chardenon !
– Je suis là, Madame.
– Mademoiselle ! Mademoiselle Henriette ! Mais, quel âge as-tu, Clarisse ?
– Seize ans et six mois, Mademoiselle Henriette.
– Seize ans et six mois, minauda le dragon. Et tu en parais à peine dix ! Ils ne manquent pas d'air, ces Gavots, qui nous envoient leur gamine en villégiature ! »

Elle oubliait un peu trop aisément, la plantureuse gouvernante des Blanchon-Troupet, que sous le ciel de Lozère, moins clément que celui de la plaine cévenole, la misère et les privations étaient de fidèles compagnes.

Rouge de confusion, Clarisse ravala ses larmes. Le diable ne se dissimulerait-il pas sous les volumineux jupons noirs de Mademoiselle Henriette ?

# V

## *La Languda*

C'ÉTAIT VISCÉRAL, la gouvernante des Blanchon-Troupet ne supportait pas la maigreur. Avait-elle un jour souffert de la disette, de la noire famine ? Il n'y paraissait plus !

Mafflue et callipyge et malgré tout alerte, elle avait le pas vif, l'œil toujours aux aguets et la langue si bien affûtée que, dans le secret des cours et des magnaneries, on ne lui connaissait que ce surnom irrévérencieux : la Languda.

De même que la fainéantise, la fourberie, la maraude et la crasse qu'elle traquait sans état d'âme, elle menait une guerre sans merci contre tout ascétisme, volontaire ou subi.

Dès qu'elle prit ses fonctions chez les Blanchon-Troupet, elle s'était attelée à ce qui, à ses yeux, relevait d'une mission quasi divine : engraisser ses patrons !

Deux vieilles familles alaisiennes avaient eu ce bonheur suprême d'allier leur fortune en mariant leurs enfants.

Les chagrins, les bileux, les envieux peut-être soupçonnaient cette union « arrangée ». Les bien-pensants avaient souri aux anges : la demoiselle Troupet, d'avenante tournure, ne pouvait faire plus heureux choix ; le distingué Blanchon avait, de son côté, suffisamment « jeté sa gourme » pour enfin convoler.

Tout comme sa mère avant elle, la jeune Madame Blanchon-Troupet installa sa maison ; cuisinière, femmes de chambre, hommes de peine, le personnel ne manquait pas qu'il fallait commander, éduquer, surveiller. Une gouvernante s'imposait.

Mademoiselle Henriette s'imposa... de toutes les façons !

Trente et un ans plus tard, l'épouse du magnanier se réjouissait de son choix ; la gouvernante aussi qui n'avait pas failli à son apostolat : leurs trois décennies de collaboration se soldaient, outre une maisonnée impeccablement dirigée, par trente bons kilogrammes irrémédiables installés sur des hanches, des bras, des cuisses, un abdomen, partout où la graisse se loge. Grâce aux bons soins de la Languda, ses patrons attestaient de visu qu'opulence rime avec corpulence.

Rien ne rendait plus fière la dévouée gouvernante, que de voir s'apprêter Madame et Monsieur pour le culte dominical. La redingote tendue sur sa bedaine proéminente, Monsieur Blanchon-Troupet n'avait plus rien du jeune premier qui faisait rêver les belles alaisiennes. Son épouse, elle, tentait désespérément de se dissimuler sous une robe fluide nouée sous la poitrine, laquelle dévoilait, par ses débordements, les riches mets des tables cévenoles. Sautant d'un sein à l'autre au moindre mouvement, frottant la modestie de fine soie sauvage, une énorme croix huguenote, suspendue à un sautoir en or, témoignait s'il en était besoin des deux vertus premières de cette honorable famille : la richesse et la foi !

Dans leur petite enfance, les bambins Blanchon-Troupet n'avaient pas échappé à l'attention touchante de la gouvernante. De purées, de panades, de jaunes d'œufs sucrés, d'entremets, de compotes, ils ne manquèrent point et, petit à petit, les trois gamins se mirent à ressembler à la corpulente Henriette. Des joues rondes creusées de profondes fossettes, des fesses rebondies tendant les pantalons, des mains si potelées qu'on les aurait croquées !

Aujourd'hui, enfin soustraits à l'ancillaire dépendance, les trois fils Blanchon-Troupet avaient, à l'instar des vers à soie de papa, traversé les dures étapes de la mue.

Sanglés dans d'élégantes vestes de drap lustré, une mousseuse lavallière négligemment nouée sous un col de chemise, Julien et Mathieu prenaient un intense plaisir à jouer les dandies alaisiens, tandis que leur cadet, Jean de son prénom, prêtant le flanc aux railleries de ses frères, ne se trouvait heureux qu'en magnanier cossu. Pantalon de velours, chemise de batiste, petit gilet croisé fermé par six boutons, Jean n'avait rien à envier à ses aînés ; l'habit de hobereau, nonobstant l'élégance, flattait son corps tout en muscles harmonieux.

Ralliés au parapluie noir qui leur montrait le chemin, comme autrefois la troupe au panache blanc d'Henri IV, les *mesadiers* avaient mis leurs pas dans ceux de la Languda, pressés tout autant qu'elle d'arriver à destination.

Il y avait les habitués qui connaissaient les lieux et, pour l'avoir pratiqué, le tempérament d'Henriette ; et il y avait ceux qui, comme Clarisse, découvraient la région et les gens qui feraient partie de leur vie le temps d'une éducation de vers à soie.

Ils arrivèrent à un domaine, au lieu dit de Traquette, tapi dans un vallon exubérant de verdure. Encore un petit effort pour monter dans les combles, ouf ! On y était enfin !

La chambrée était vaste, claire et bien aérée. Blanchis à la chaux dans un but sanitaire, murs et poutres de bois se confondaient dans le plafond à la « Philibert », rareté en Cévennes.

Les lits étaient en fer, étroits mais bien garnis de paillasses en maïs et d'édredons de plumes. Une chaise pour déposer ses hardes parachevait ce rudimentaire confort. Clarisse s'y laissa lourdement tomber tant elle était fatiguée. Elle ne parlait pas, laissant piailler les autres. Apeurée, prête à défaillir d'angoisse et de fatigue, elle sursauta : une main venait de frôler son épaule.

« Tu ne vas pas bien, Clarisse ?

– Vous me connaissez ?

– J'ai entendu ton nom crié par la grosse femme. Moi, je m'appelle Justine et je viens de Lozère.

– De Lozère ? Moi aussi !

– J'habite à Jalcreste.

– Moi, au Cheylard-l'Evêque ! »

Justine n'avait jamais entendu parler de ce bourg pas plus que Clarisse ne situait Jalcreste. Qu'importait ? Elles se reconnaissaient en tant que Lozériennes et l'une comme l'autre en eut du baume au cœur.

« Clarisse Chardenon ! Justine Chabalier ! »

Le dragon en jupon se tenait au milieu de la soupente aménagée en dortoir, cherchant du regard les deux interpellées.

L'once de réconfort qui avait, en les rapprochant, dénoué quelque peu leurs craintes, fondit comme neige au soleil.

« Suivez-moi toutes deux ! »

Mille pensées assaillaient les adolescentes : on les trouvait trop jeunes, inexpérimentées, manquant de force, de bonne volonté ? Pire ! On s'était avisé, peut-être un peu trop tard, qu'elles n'appartenaient pas à la religion réformée ? En tout cas, rien de bon ne pouvait résulter de cette convocation, à peine arrivées !

C'était sans compter sur l'œuvre nourricière à laquelle Henriette vouait toute sa vie. Elle avait déniché, au milieu du petit peuple migrateur venu louer ses bras, deux oisillons chétifs, non pas que les autres respirassent l'opulence, certes non ! Mais il n'y avait pas péril en la demeure.

Tandis que ces deux-là…

« Et c'est avec ces bras, épais comme mon pouce, que vous espérez arracher la feuille aux mûriers ? » les apostropha-t-elle de sa voix de bourdon.

Que répondre à cela ? Les filles restaient coites.

« Et vos mollets ? Soulevez vos jupailles ! J'en aurais mis ma "main au feu", des *botèls de gals*[1] ! Savez-vous, jeunes filles, le nombre d'échelons, d'escaliers, de marches d'escabeau qu'il vous faudra gravir pour atteindre les branches, accéder aux magnaneries, parvenir aux claies les plus hautes ? Le ver, lui, n'attendra pas que vous soyez disposes.

– Nous le serons, Mademoiselle Henriette, se hasarda Justine.

– Ah, la belle réponse ! Et combien dureront, mademoiselle la savante, vos bonnes résolutions ? Un jour ? Trois jours au plus ? »

Piquée au vif par les insinuations du dragon, Clarisse crut bon de se justifier :

« Chaque année, je fais l'éducation chez Monsieur de Chazettes et j'ai toujours...

– Chez qui dis-tu, petite ?

– Chez maître de Chazettes à Aygalières.

– Que voilà une mijaurée qui va baguenauder en Provence ! Après les vaches du Gévaudan, les taureaux de Camargue ; vous ne sortez de l'étable que pour entrer dans l'écurie, jeune fille et cela se voit ! »

La réponse, cinglante, souffleta Clarisse plus douloureusement que la main pourtant lourde de son père. Prenant conscience de son impuissance face à l'autoritaire gouvernante, la jeune fille baissa la tête, bien décidée à souffrir toutes les humiliations, pourvu qu'on la gardât.

Mademoiselle Henriette ne lâchait pas ses proies. Détaillant leur allure, leur minois, leur toilette, s'agitant en paroles, en gesticulations, elle prenait son temps. Faisant confiance à son esprit obstiné jamais à court d'idées, elle laissait germer la

1. *Mollets de coqs.*

solution idéale qui la remplirait d'aise et la conforterait dans son apostolat.

Cessant soudain ses allées et venues, rien moins que féminines mais à l'évidence source d'inspiration, elle se planta devant Justine et Clarisse :

« Les cuisines ! Vous allez aider aux cuisines. Suivez-moi que je vous présente à Fine, vous travaillerez sous ses ordres.

– Mais, Mademoiselle, notre contrat...

– Peut être rompu à tout instant, petites ! »

Puis, se radoucissant :

« Cependant, pour l'instant il n'en est pas question : Fine a grand besoin de personnel supplémentaire pendant la saison.

– Notre salaire... insista Clarisse.

– Rien n'est changé. Allons, allons, ne traînons pas, c'est par ici. »

Une bonne odeur de poireaux envahissait le corridor qui menait aux cuisines, chatouillait les narines, révélait des saveurs bienfaisantes. Fine était à l'image de son domaine, méticuleusement propre, tirée à quatre épingles et dispensatrice de savoureux fumets. Les papilles réveillées, Clarisse était au bord du malaise.

Or, rien n'échappait à l'œil vigilent de la Languda :

« Fine, servez un bol de soupe à ces demoiselles !

– À ces heures, Mademoiselle Henriette ?

– Pour les ventres affamés, il n'y a pas d'horaire ! C'est qu'elles viennent de loin, ces petites.

– Les pauvrettes ! Voilà, asseyez-vous. »

Déjà devant elles, un bol bouillant fumait. D'une grosse miche de pain tendre, Fine trancha deux larges tartines, puis ce furent de petits fromages ronds et crémeux qu'elle posa sur la table et enfin un panier où vieillissaient des pommes.

Le dragon au cœur tendre salivait de plaisir : ses petites protégées, oubliant leur déconvenue, se brûlaient au bouillon de légumes délicieusement velouté et sur lequel nageaient les yeux de quelque morceau de lard. Elles accoutumaient leur palais aux subtiles saveurs des pélardons fraîchement égouttés qui s'étalaient, onctueux, sur le pain généreux.

Repues, les deux jeunes Lozériennes chipotaient maintenant leur pomme comme une pâtisserie superflue.

Mademoiselle Henriette les observait, claquait la langue de satisfaction. Il n'était pas rare, hélas, que des jeunettes lui arrivent dénutries, épuisées par une longue marche, inaptes au travail.

« C'est le Seigneur, pensait-elle, qui les met sur ma route. »

Fine s'extasia :

« Vous n'avez pas votre pareille, Mademoiselle Henriette, pour traquer les estomacs creux. Ah, jeunesse ! Préférer s'acheter un ruban plutôt qu'un morceau de pain !

– Ces deux-là, ma bonne Fine, ne sont pas des coquettes mais bien des miséreuses. La vie n'est pas tendre pour les pauvres gens ! »

Tout en devisant, la gouvernante entraîna Fine hors de son domaine.

« Il faut leur trouver des tenues plus appropriées que leur vilaine robe de futaine. Montons au grenier, Fine, nous y trouverons notre bonheur et de quoi donner à ces donzelles un aspect plus présentable. »

Plongées malgré elles dans la béatitude que procure une paisible digestion, Clarisse et Justine paressaient dans la cuisine. Le doux engourdissement qui s'emparait de leur corps et de leur esprit leur faisait oublier la situation affligeante dans laquelle les avait plongées l'intraitable Henriette.

Justine la première s'ébroua de cette inhabituelle léthargie :

« Des souillons, voilà comme on nous traite ! Des souillons tout juste bonnes à récurer les marmites et touiller les chaudrons. Le père m'a louée pour élever des vers...

– Et de quoi te plains-tu ? Le salaire est le même ! Donner à manger aux gens plutôt qu'aux vers à soie, moi je ne suis pas contre. »

Malgré plusieurs années de ce travail saisonnier censé mettre « un peu de beurre dans les épinards » de la famille, Clarisse n'avait jamais maîtrisé sa répulsion envers ces bombyx gras, jaunâtres, mangeurs insatiables et, à ce point si bêtes, qu'ils s'épuisaient à construire un abri avant de se transformer en papillon sans grâce.

À tout prendre, aider aux cuisines lui convenait pourvu qu'elle ramenât à son père les quarante francs promis. Elle essaya encore de convaincre Justine :

« Fine la cuisinière n'est pas désagréable, comparée à la diablesse noire… »

Démon, dragon en jupons, la Languda, Mademoiselle Henriette ne manquait pas de sobriquets rien moins qu'avantageux, elle qui dissimulait si bien l'attention innée qu'elle portait à tout être humain.

Diablesse noire… L'expression suffit à dérider Justine. Elle partit d'un grand éclat de rire qui se perdit dans le corridor.

« Les mâtines ont repris du poil de la bête ! » s'exclama la gouvernante, revenant du grenier.

Les bras chargés de jupes, jupons, chemises et caracos, trottinant à perdre haleine dans les grands pas de la gouvernante, Fine souriait d'aise : les nouvelles recrues seraient d'agréable compagnie.

L'irruption des deux femmes dans la pièce où s'égayaient les adolescentes ramena instantanément le silence et l'inquiétude. L'ambiance chaleureuse, éclairée des bavardages juvéniles, s'interrompit soudain. Clarisse et Justine, debout, presque au garde-à-vous, n'osaient lever la tête.

« Eh bien petites, êtes-vous deux sottes transformées en statues ? Voilà de quoi mettre au clou votre méchante robe et votre châle ravaudé, dit Henriette en désignant les vêtements que Fine avait posés sur la table. Ajustez, taillez, ourlez et surtout, faites en sorte demain matin de vous présenter propres et pimpantes à Madame Fine. À propos, Fine, à quelle heure les attendez-vous ? Cinq heures, cinq heures trente ? »

La cuisinière, affairée à démêler fils et cotons dans un nécessaire à couture, leva la tête, gratifia les adolescentes d'un indulgent sourire :

« À six heures ce sera bien assez tôt, Mademoiselle Henriette ! Tenez, petites, voici quelques aiguilles et un peu de fil.

– Merci, Madame Fine, murmurèrent-elles dans un bel ensemble.

– Filez maintenant et ne manquez pas l'heure ! » les congédia Mademoiselle Henriette.

Le ballot de frusques sous le bras, fils et aiguilles dans une main, Clarisse et Justine ne demandèrent pas leurs restes. Leurs sabots claquèrent dans le corridor, puis on entendit un cri, le bruit d'une chute et Clarisse qui balbutiait lamentablement :

« Faites excuse, Monsieur. »

Piteuse, les jupons relevés sur ses maigres genoux, la jeune fille aurait pleuré de honte.

Un homme jeune, bien bâti, au visage avenant, au regard plein de charme saupoudré de malice, lui tendait une main secourable.

L'aide, bien que courtoise, était empreinte d'ironie. Clarisse l'ignora, se releva plus vite qu'elle n'avait chu et s'enfuit à la suite de Justine.

À l'autre bout du corridor, poussées par la curiosité, Fine et Mademoiselle Henriette, observaient la scène.

« Monsieur Jean ! Que vous arrive-t-il ?

– À moi, rien, ma brave Fine mais dis-moi, ai-je l'air d'un démon cornu tout juste bon à faire fuir les jeunes filles ?

– Soyez rassuré, Monsieur Jean, vous êtes le plus charmant jeune homme que la terre ait porté et ces deux-là ne sont que de stupides sauvageonnes. »

Et Mademoiselle Henriette lissa du plat de la main la chemise de Monsieur Jean pour l'en débarrasser d'imaginaires faux plis.

Fine, l'air attendri, s'empressa auprès du jeune homme :

« Je vous prépare un bon café, Monsieur Jean ? »

À l'évidence, le benjamin de la famille Blanchon-Troupet était le chouchou de la gouvernante et de la cuisinière !

# VI

## La vie au Château

Qui ne connaissait le domaine des Blanchon-Troupet ? Qui pouvait ignorer que, au cœur de la luxuriante végétation du lieu-dit de Traquette, entre le bois de Valz et le domaine du Rouvergue, derrière les murs centenaires de La Bâtisse et du Château, s'était, au fil des générations, élaborée une fortune qu'étalaient sans vergogne les propriétaires ?

On appelait Bâtisse l'imposante construction rectangulaire, recouverte de tuiles rouges, blanchies par le soleil et qui abritait la magnanerie alors que la résidence de la famille, dissimulée dans un parc arboré avait pris le nom pompeux de Château à cause d'une tourelle d'angle chapeautée de tuiles vernissées qui luisaient au soleil à travers la verdure. Bien qu'un peu décrépi, il gardait cependant le charme suranné des gentilhommières d'antan et Madame Blanchon-Troupet y jouait volontiers à la châtelaine.

Au premier abord, La Bâtisse n'avait rien de gracieux avec son toit qui, tel un couvre-chef enfoncé jusqu'aux sourcils, arrivait à ras des étroites fenêtres du dernier étage, ce qui écrasait un peu l'ensemble.

À l'opposé de sa façade sud, rectiligne et sans fioritures, percée à intervalles réguliers de chiches ouvertures, l'arrière du bâtiment s'ornait, sur toute sa longueur, d'une double galerie d'arcs en plein cintre appuyés sur des piliers carrés.

Ces longues terrasses sur lesquelles s'ouvraient de larges et hautes fenêtres étaient desservies, à chacune de leur extrémité, par des escaliers de pierre.

Sur deux étages et toute la surface de La Bâtisse, dans ces lieux assainis chaque année, aérés ou chauffés selon le temps, les vers à soie naissaient, mangeaient, muaient, construisaient des milliers de cocons alors qu'au plus haut niveau, le grenier se transformait en dortoir pour les magnanarelles.

Au rez-de-chaussée où s'entassaient claies, escabeaux, échelles, enfin tout le matériel nécessaire à une bonne et grande éducation, les *mesadiers,* moins nombreux que les femmes, s'installaient sur des châlits rudimentaires dans une vaste cave de terre battue.

Il faisait encore nuit lorsque parvint aux oreilles de Clarisse le son aigrelet de la cloche agitée par Madame Fine.

Éveillée depuis de longues heures pour ne pas être en retard, la jeune fille sauta de son lit et secoua Justine qui dormait à poings fermés :

« Justine ! Lève-toi, c'est l'heure ! »

Sans bruit pour ne pas réveiller la chambrée qui, elle, serait appelée par un autre son de cloche – Mademoiselle Henriette l'avait bien expliqué – elles se vêtirent, enfouirent leur longue natte dans le bonnet de tarlatane et, les sabots à la main, sortirent du dortoir.

Depuis La Bâtisse, elles n'avaient que quelques mètres à parcourir pour arriver aux cuisines qui occupaient l'arrière du Château qui était en fait une grande maison carrée aux arêtes soulignées de pierres de taille rouges.

Le titre était ronflant, prétentieux en diable mais la maîtresse de maison y tenait et s'en gargarisait à la moindre occasion.

« Nous donnons une soirée au Château samedi prochain. Serez-vous des nôtres, chère Madame ? » minaudait volontiers

Madame Blanchon-Troupet, toujours en quête d'agrandir le cercle de ses relations tout en jouant les châtelaines.

Or, depuis des décennies, Le Château battait de l'aile malgré les dépenses d'entretien récurrentes et onéreuses qu'il engloutissait sans paraître pour autant rajeuni. Plusieurs fois, Monsieur Blanchon-Troupet avait suggéré de le raser et de bâtir sur ses ruines une demeure solide et confortable.

« Vous n'y pensez pas, mon ami ! s'était écriée son épouse, outrée. Mes aïeux nous maudiraient d'une telle forfaiture.

– Vos aïeux, ma chère, préféraient leur maison de ville et ne venaient au Château qu'au plus fort de la canicule humer l'air frais du bois de Valz.

– Il se peut, consentait-elle, mais il est de notre devoir d'entretenir un bien de famille pour le transmettre à nos enfants. »

Monsieur Blanchon-Troupet n'insistait pas, connaissant l'entêtement irréfléchi de son épouse. Il injectait quelques milliers de francs dans un pan de toiture, faisait remplacer portes ou fenêtres, refaire un crépi et son épouse le gratifiait d'un sourire teinté d'ironie qui semblait dire :

« Le Château de mes ancêtres est certes une maîtresse exigeante mais elle vaut bien les vôtres… »

Épaulant, bien que pour tout autre raison, sa patronne, Mademoiselle Henriette n'était pas en reste pour s'intéresser à l'entretien du Château.

Ce qu'on appelait les cuisines, et qui occupait tout l'entresol de la construction, était en fait une juxtaposition de pièces plus ou moins vastes qui servaient de réserve, d'appentis, de pièce froide, cave et autre cellier.

Bref, dans ce sanctuaire de la nourriture, supervisé par la gouvernante et admirablement tenu par la dévouée Fine, il y avait une place pour chaque chose et chaque chose était à sa place !

Ordre et propreté étant les maîtres mots de ces deux femmes, c'est dire que Monsieur Blanchon-Troupet était tout autant sollicité pour l'entretien des communs que des pièces à vivre.

« Monsieur aura-t-il l'obligeance de venir dans les cuisines s'assurer de visu du mauvais état d'un plafond qui menace ruine ? » demandait la gouvernante d'un ton sans réplique.

Qu'il s'agisse de la cheminée qui enfumait la pièce, d'un mur qui s'écroûtait, du sol dont les dalles grossières branlaient dangereusement sous les pas, Monsieur Blanchon-Troupet se hâtait de contenter Mademoiselle Henriette dont le harcèlement insistant quoique respectueux, ne lui laissait aucun répit.

Fine attisait le feu sous ses grosses marmites d'où s'échappait déjà un alléchant fumet.

Sans relever la tête, ayant reconnu les petites au bruit de leurs sabots, elle les félicita pour leur ponctualité, puis d'un geste, elle désigna le vaisselier sur lequel s'empilaient de grandes écuelles.

« Il faut mettre le couvert sous les terrasses de La Bâtisse. Les cuillères sont dans le tiroir et le pain dans le coffre. »

Sous les arches, en effet, des tables étaient dressées, planches rudimentaires posées sur des tréteaux, entourées de bancs et, à chaque extrémité, d'une chaise de paille. Clarisse et Justine disposèrent cuillères et écuelles. Le pain, respectueusement tranché par la cuisinière, attendait d'être distribué en main propre à chacun des ouvriers et ouvrières. Fine avait trop l'expérience de ceux ou celles qui jouaient au petit chef et s'arrogeaient le droit de déposséder les plus timides, des plus vulnérables.

« Deux tranches à chacun, leur recommanda-t-elle.

– Voilà ! Tout est prêt, Madame Fine !

– C'est bien, vous n'êtes pas des lambines. Venez déjeuner avec moi. Il nous reste peu de temps avant que la horde n'arrive. »

Sur un coin de la longue table de bois qui occupait une grande partie de la cuisine, Fine emplit trois grandes assiettes creuses d'une soupe rendue onctueuse par un assaisonnement sans réserve d'huile d'olive. Les tranches de pain y gonflèrent, s'imprégnèrent de la saveur subtile et légèrement âcre de ce qui, en Cévennes, remplaçait le beurre de Lozère.

Cette façon d'accommoder le premier repas de la journée réservé aux employés du domaine avait été un sujet d'affrontement entre Fine et Mademoiselle Henriette qui n'en démordait pas.

« Rien ne vaut un bon morceau de lard pour que la soupe tienne au corps, s'entêtait la gouvernante.

– L'huile d'olive est aussi nourrissante et ne manque pas de vertus pour entretenir une bonne santé. Croyez-moi, Mademoiselle Henriette, il est bon parfois de rompre la monotonie des soupes au lard, insistait Fine à bout d'arguments.

– Il n'empêche qu'un morceau de ventrèche ou quelques couennes roulées font un excellent brouet. »

Il avait fallu la pugnacité de la cuisinière pour venir à bout de l'entêtement de Mademoiselle Henriette. Les *mesadiers,* eux, n'avaient pas boudé la soupe du matin, pourvu qu'elle soit grasse et bien trempée.

Occupées à satisfaire Madame Fine, les jeunes filles n'avaient pas prêté attention à la cloche qui appelait ouvriers et ouvrières. Leur arrivée, bruyante, les fit sursauter.

Le premier à s'asseoir – il choisit une chaise – était un grand échalas sec et nerveux. Il avait l'air à son aise et coutumier des lieux. En quelques secondes, tous eurent pris place autour de la longue tablée, les hommes du côté de l'escogriffe, les femmes à l'opposé. Elles se serrèrent sur les bancs, aucune n'osant prendre la chaise en bout de table.

Clarisse et Justine firent le tour de la tablée, l'une tenant avec les pans de son tablier les poignées brûlantes de la marmite, l'autre remplissant les écuelles à grandes louchées.

Par trois fois, il leur fallut remplir la marmite au chaudron suspendu au-dessus des braises ; enfin, tous furent servis de soupe, il ne manquait plus que le pain qu'elles distribuèrent avec le respect qui entourait la distribution d'une manne.

Clarisse observait à la dérobée celui qu'instinctivement elle avait baptisé le Cambalut à cause de ses grandes jambes et de son corps dégingandé. Il mangeait bruyamment, presque avec avidité, les coudes sur la table, le couteau à la main.

De retour aux cuisines, elle confia à Justine :

« Le Cambalut a l'air d'un méchant homme. »

Fine avait entendu. Elle s'approcha de Clarisse.

« Qui donc appelles-tu le Cambalut, petite ?

– L'homme en bout de table. Il ne dit pas un mot et n'a pas l'air commode.

– Basile, un méchant pas commode ? Un homme juste et de bon raisonnement, tu peux m'en croire ! C'est le premier valet du domaine ; Monsieur lui fait entière confiance et lui donne toujours raison. C'est un peu le patron des employés, en somme… encore qu'il n'a pas toujours le dernier mot avec Mademoiselle Henriette… ni avec Monsieur Jean. »

Devinant la cuisinière en veine de confidences, Clarisse demanda :

« Qui est Monsieur Jean ?

– Quand on parle du loup… Tiens, voilà Monsieur Jean ! »

Clarisse rougit jusqu'à la racine des cheveux. Ce jeune homme de belle tournure, bien que simplement vêtu, qui s'approchait de la tablée, était sans aucun doute celui qu'elle avait bousculé, la veille, dans sa course désordonnée.

Le Cambalut se leva de sa chaise, il essuya son Laguiole à son pantalon, le referma d'un geste sec : c'était le signal : tous quittèrent la table. Le Cambalut ôta son informe chapeau noir et, avec force gestes comme pour s'aider dans ses explications, il s'entretenait avec l'énigmatique Monsieur Jean.

Celui-ci acquiesçait par hochements de tête approbateurs aux arguments du Cambalut.

« Je vais organiser les *mésadiers* en deux équipes, une pour préparer les magnaneries, l'autre pour la cueillette des feuilles. Les *fogairons*[1] sont arrivés, Monsieur Jean ?

– Je les attends demain, mais rien ne presse, le temps est avec nous : ni trop chaud, ni trop frais.

– On n'est pas à l'abri des quelques belles *barbastas*[2], insista le Cambalut. Souvenez-vous, Monsieur Jean, les grandes gelées du printemps 1819. Vous étiez un peu jeune, il est vrai...

– Et les grosses *tofas*[3] des années qui suivirent, je sais ! Mais les mauvaises périodes sont derrière nous, Basile. Songez aux belles productions depuis que nous avons réinstallé les magnaneries. Père qui était réticent à engager des frais est le premier à s'en réjouir. »

Tout autre que Basile, le Cambalut eut été vexé de se faire clouer le bec par un jeune godelureau encore inexpérimenté, mais le premier valet avait vu naître et grandir le plus jeune fils de ses patrons ; il aimait son regard franc et sa bonne volonté à tout apprendre ; il se réjouissait que ce soit au jeune Monsieur Jean qu'échouerait un jour le domaine. Tout en lui respirait l'amour sincère de la terre, amour qui faisait cruellement défaut à ses aînés.

À la suite de Basile, la troupe s'éparpilla dans le domaine où le travail ne manquait pas.

---

*1. Petits foyer de fonte à bois qu'on disposait, à la demande, dans les magnaneries pour y maintenir une température constante.*
*2. Gelées blanches matinales.*
*3. Chaleurs étouffantes.*

Justine et Clarisse s'empressèrent de débarrasser la table et l'essuyèrent à grands coups de chiffon vigoureux. Monsieur Jean s'approcha d'elles, ses yeux pétillaient de malice quand il taquina Clarisse :

« Voilà donc le petit feu follet si pressé de s'enfuir qu'il ne m'a pas dit son nom. »

Cramoisie, Clarisse baissait la tête :

« Excusez-moi, Monsieur…

– Mais c'est moi qui m'excuse, demoiselle ! J'étais au milieu de votre chemin. Ne vous ressentez-vous pas de votre culbute plutôt… spectaculaire ? »

Dans le cœur de la jeune fille, la honte se confondait à la colère. Elle en voulait au jeune homme d'évoquer sa chute malencontreuse, de la mettre si mal à l'aise. Elle en aurait pleuré.

« Je vais bien, Monsieur », murmura-t-elle.

Et elle s'engouffra dans les cuisines espérant trouver un refuge dans le giron de Madame Fine.

« Voulez-vous votre déjeuner, Monsieur Jean ? »

Clarisse se retourna. Le jeune homme était sur ses talons.

« Je déjeune au Château, Fine. Père et Mère ont insisté. Mon frère veut organiser une soirée pour nous présenter sa dulcinée. Il choisit bien son moment, celui-là ! Il ne connaît les saisons que pour troquer sa redingote de laine peignée contre son veston d'alpaga !

– Monsieur Julien va se marier ? Déjà ?

– Il a trente deux ans, Fine, un diplôme de notaire en poche, bientôt une étude dans la rue de l'Hôtel de Ville. À lui d'ouvrir le ban, c'est l'aîné. »

Clarisse ne perdait pas un mot de leur conversation. Ainsi Monsieur Jean était le fils de ses riches patrons ! Qu'avait-il pensé d'une sotte pareille, étourdie et dévergondée qui exhibait sans vergogne ses mollets, genoux et plus encore ?

Fermant les yeux sur cet épisode humiliant, elle se disait : « Pourvu qu'il oublie jusqu'à mon existence ! ».

« Eh bien, petite, tu dors debout ? »

Clarisse ouvrit les yeux, Monsieur Jean était parti.

Fine leur fit préparer le déjeuner du Château. Madame Blanchon-Troupet avait, depuis belle lurette et au grand dam de son mari, banni de sa table la soupe rustique de leurs ancêtres au profit d'une collation plus… aristocratique ! Sacrifiant à la mode, elle s'était particulièrement entichée de ces petits pains anglais à la levure de bière qu'il était de bon ton de servir sur les tables raffinées.

Avec des haussements d'épaules entendus, Madame Fine ne manquait pas de brocarder ces « infâmes cylindres de pâte molle et *acoutie*[1] » qui n'avaient rien à voir avec le bon pain de la boulangerie Martelli, de bonne renommée dans la ville d'Alais.

Quand Mademoiselle Henriette arriva aux cuisines, tout était prêt sur un plateau d'argent : le pain frais et les tranches de brioche, la motte de beurre jaune qui fit saliver Clarisse et les coupelles de confitures variées. Ne manquaient plus que les verseuses de café et de lait tenues au chaud en attendant.

Clarisse et Justine n'en crurent pas leurs oreilles, quand elles entendirent pour la première fois un mot aimable sortir de la bouche du dragon en jupon :

« C'est un plaisir de voir des minois reposés et des tenues avenantes. Vous êtes plus agréables à regarder qu'hier, demoiselles !

– Et plus *espompidas*[2], n'est-ce pas, Mademoiselle Henriette ? »

Les adolescentes échangèrent un sourire.

1. *Pâte compacte et serrée, d'apparence sans levain.*
2. *Ragaillardies.*

Mademoiselle Henriette se faisait un devoir, un plaisir à vrai dire, de servir ses patrons. N'était-elle pas ainsi aux premières loges pour veiller à ce que Monsieur et Madame Blanchon-Troupet et leurs rejetons se nourrissent en suffisance ?

Et d'insister parfois lorsque Madame, repue, calait sur la brioche ;

« Madame ne finit pas sa tartine ? Madame n'est pas malade ? »

Ou bien de tyranniser Monsieur Blanchon-Troupet :

« Un peu plus de café, Monsieur ? Ou bien du lait ? Voulez-vous d'autres marmelades ? »

Il arrivait que ses patrons se lassent ou aient à parler sans témoins ; ils remerciaient alors Mademoiselle Henriette de sa sollicitude dans un laconique :

« Vous pouvez disposer, Mademoiselle Henriette ! »

La gouvernante s'éclipsait alors avec la lenteur d'une reine outragée.

Ce matin-là, non seulement la Languda ne fut pas évincée mais, au contraire, priée de rester là :

« Demeurez avec nous, Henriette, nous avons besoin de vous entretenir d'une chose importante. »

La conversation qui mettait la famille en ébullition requerrait l'écoute et la participation de l'indispensable Mademoiselle Henriette.

Il fut d'abord question des *mesadiers* et de leur installation. Monsieur Blanchon-Troupet qui s'en remettait, pour ces détails domestiques à la gouvernante, ne souhaitait pas moins être au fait de tout ce qui se passait sous son toit.

« Monsieur peut être rassuré, tous les embauchés étaient au rendez-vous. D'ailleurs, Basile... »

Jean lui coupa la parole et s'immisça dans la conversation, désirant démontrer à son père combien il prenait à cœur la bonne marche de la magnanerie :

« Avec Basile, nous avons organisé deux équipes pour la première semaine. Ensuite, nous composerons à la demande. Demain, les foyers à bois devraient nous arriver et je réserverai trois gars pour leur installation. Ne vous tracassez pas, Père, la saison se présente bien. »

Impatient, Julien souhaitait que son père et son frère en finissent avec ces vulgaires affaires d'intendance. Le dîner à organiser pour recevoir sa promise lui paraissait d'une plus grande importance.

Madame Blanchon-Troupet porta secours à son fils aîné.

« De grâce, mon ami, pria-t-elle son époux, ne pourrions-nous déjeuner en paix ? Vous aurez tout loisir de parler valetaille après. De plus, l'établissement de Julien me paraît un sujet pour le moins sérieux.

– Il l'est, ma chère, assurément, et nous signerons le bail de son étude notariale dans le courant du mois de mai. L'affaire, comme vous le voyez, est fort bien engagée.

– Il y a établissement matériel et... comment dirais-je... affectif, et de ce dernier, notre fils est tout autant pressé de présenter à notre famille l'élue de son cœur. Nous devons organiser une brillante réception pour accueillir officiellement Clémentine Tubœuf. J'ai hâte pour ma part qu'une jeune femme et quelques bambins viennent égayer les vieux murs du Château.

– Si, en plus, la belle amène des capitaux pour refaire la toiture... », ironisa Mathieu le cadet.

Son frère le foudroya du regard et sa mère crut bon de lui donner en exemple son aîné :

« Tu ferais bien, Mathieu, d'envisager ton avenir avec le même sérieux que ton frère. Comptes-tu jouer les carabins de longues années encore ? »

Piqué au vif, Mathieu se défendit contre la cabale familiale à laquelle seul Jean ne prenait pas part :

« Vous savez bien que je souhaite me spécialiser en médecine chirurgicale. Vous m'avez donné votre aval, Père. Et puis, il faut vous faire à cette idée, Mère, mon avenir comme vous dites, se dessine à Montpellier, la ville qui fait référence en la matière. »

Jean n'écoutait plus. Les grands projets de ses frères, les réceptions de sa mère étaient si loin de ses préoccupations ! Seul son père le comprenait et lui faisait confiance et le jeune homme savait parfaitement se contenter de l'appui paternel. Il laissait volontiers à sa mère le soin d'établir ses frères dans la société ; tout cela ne le concernait pas.

Mademoiselle Henriette attendit patiemment que Madame lui confiât la tâche de préparer une réception digne des Blanchon-Troupet et de la demoiselle Tubœuf qui allait entrer dans la famille. Elle connaissait sa patronne et ses idées farfelues qu'elle se chargerait d'ordonner et de rendre réalisable sans que Monsieur Blanchon-Troupet levât les bras au ciel devant tant d'onéreuses futilités.

« Madame peut compter sur moi. Je verrai avec Fine et vous soumettrai la composition d'un buffet.

– Quarante personnes, pas plus, précisa Madame Blanchon-Troupet. Pour une première réception, nous n'inviterons que la proche famille. »

Le petit déjeuner avait traîné en longueur et cela avait suffi à irriter Jean. Les soucis frivoles de sa mère étant aux antipodes de ses affairements beaucoup plus prosaïques ; il ne cessait de bougonner :

« Une réception ! Au mois de mai ! Comme si nous n'avions que ça à faire ! »

De son côté, la gouvernante auréolée d'une responsabilité qui la faisait saliver de fierté, s'en retourna aux cuisines, portant à bout de bras le lourd plateau d'argent du petit déjeuner.

« Ma bonne Fine, nous avons du pain sur la planche ! »

Puis, se tournant vers Clarisse et Justine :

« Quant à vous, demoiselles, il est temps de vous apprendre qu'il y a service et service. Verser la soupe aux ouvriers est une chose ; tenir le rôle de servante stylée devant les invités de Madame demande un apprentissage rigoureux. Je vais m'y employer ! »

## VII

## Le dimanche de la Pentecôte

LES JOURS PASSAIENT, se compilaient en semaines laborieuses. Basile veillait à ne laisser personne oisif tout en dosant judicieusement les corvées.

L'homme connaissait le travail et savait qu'il grimperait en intensité au point de ne laisser ni répit ni point mort.

Les cuisines bruissaient d'une activité quotidienne dans laquelle Clarisse et Justine avaient trouvé leurs marques et donnaient toute satisfaction à la bienveillante Fine.

Sans se laisser aller au moindre compliment, l'imposante Mademoiselle Henriette n'en jubilait pas moins, satisfaite de son choix : les deux jeunes Lozériennes abattaient leur lot de travail sans rechigner. De plus, leur service dans les cuisines n'était que bénéfice pour leur corps d'adolescente en plein développement et ce constat n'était pas sans conforter, une fois de plus, la gouvernante dans son apostolat nourricier.

Sans qu'elle s'en doutât ni même songeât à s'en réjouir, Clarisse avait nettement amorcé l'inévitable et soudaine métamorphose que subissent les corps restés trop longtemps juvéniles.

Lentement, par petites touches que seul un œil avisé aurait pu déceler, l'enveloppe de l'enfance se déchirait, craquait de-ci de-là pour laisser entrevoir l'émergence d'un corps de jeune fille, gracile certes, mais agréablement modelé.

Ses gestes perdaient leur brusquerie maladroite pour devenir amples, aimables, presque charmants et son allure furtive, pressée, tout empreinte de timidité, se faisait malgré elle plus ondulante, une démarche de « presque » femme qui ne tarderait pas à éveiller l'intérêt de la gent masculine, retenue jusque-là par les lumières d'enfance qui transparaissaient encore dans ses yeux.

À bien y réfléchir, Clarisse aurait pu se douter de cette silencieuse mutation à laquelle son être tout entier participait.

Ne ressentait-elle pas au fond de son cœur une sérénité jusque-là inconnue et qui rendait toute chose simple et agréable ? N'avait-elle pas relégué inconsciemment les préoccupations ramenées de la maison paternelle ?

Longtemps, la santé de sa mère avait accaparé ses pensées quotidiennes et perturbé le sommeil de ses nuits ; or, elle n'était plus l'essentiel de ses inquiétudes, pas plus que sa famille tout entière.

Si son esprit, voguant souvent auprès d'eux, les imaginait chacun à ses activités coutumières, c'était avec un détachement paisible, quoique dénué d'indifférence. Elle se sentait proche d'eux par l'esprit mais en totale symbiose avec le milieu dans lequel elle évoluait.

Au plus profond de ses moments de solitude, il lui arrivait de se dire :

« Comme il est dommage que Père se fasse une si mauvaise idée de cette région et de ses habitants ! Le travail y est rude, la misère y fleurit tout comme par chez nous, un peu moins peut-être, mais le climat est doux et les gens sont plus *amistòs*[1] ».

1. *Aimables.*

Elle pensait à Fine la cuisinière qui, pour elle, représentait l'idéal cévenol. Connue et reconnue aussi bien aux étals du marché que dans les maisons traditionnelles du commerce alaisien, la cuisinière des Blanchon-Troupet était saluée, interpellée, chouchoutée, non seulement au regard de la famille qu'elle représentait mais également pour sa compétence et sa connaissance en matière de « bon manger ».

« Respect, Madame Fine ! Ce n'est pas à vous que les bonimenteurs en feront accroire.

– À qui le dites-vous, mon brave ! "Morue salée de premier choix !" qu'ils s'égosillent, tous ces poissonniers à la sauvette. Une fois la peau retirée, il ne restera plus qu'à sucer les arêtes de leurs *stockfisches*[1]. »

Deux fois par semaine, la cuisinière faisait « ses courses » accompagnée de préférence par Clarisse. Elle n'aurait su dire pourquoi la petite Chardenon avait ses faveurs tant il est vrai, qu'elle n'avait rien à reprocher à Justine... sinon cette rancœur injustifiée d'avoir été reléguée aux cuisines et qu'elle devinait sous-jacente.

Clarisse aussi était excédée quand sa camarade maugréait en desservant les tables :

« Des souillons, des filles de cuisines, voilà comme on nous traite. Si mon père savait ! »

Au début, Clarisse lui faisait entrevoir leur chance d'être au service de Madame Fine, mais devant l'entêtement obstiné de sa consœur, elle ne prêtait plus l'oreille à ses doléances aussi vaines qu'injustes.

Revenir de la ville lourdement chargée d'un grand panier sous chaque bras n'était en aucun cas synonyme de corvée pour la jeune Clarisse, bien au contraire.

---

*1. Déformation de stockfischs : morue salée.*

La cohue bigarrée qui envahissait la place du marché ou qui se bousculait dans les rues commerçantes y convergeant était à ses yeux un spectacle bruyant et coloré qui amenait un pétillement joyeux dans ses yeux couleur de miel.

Tous ses sens, en fait, participaient à cette fête populaire qu'était le grand marché d'Alais. Avec une grimace de plaisir, elle croquait dans un quartier de pomme reinette qu'un marchand, descendu du Vigan, tendait à la dégustation.

« Tu aimes ça, petite ! » s'exclamait Madame Fine et Clarisse rougissait comme une gamine prise en faute.

Un autre bonheur l'attendait à la boulangerie Martelli, dernière étape de leur récréation au pays des senteurs. Le léger nuage de farine qui voletait autour des clients charriait les arômes les plus subtils qui caressaient l'odorat de Clarisse.

Dominé par l'envahissante odeur de pain chaud légèrement piquetée de l'acidité du levain, un parfum de fleur d'oranger s'échappait des pâtisseries rondes pour se mêler aux essences puissantes du chocolat qui nappait d'appétissants gâteaux oblongs.

Monsieur Martelli s'était fait une spécialité de ces brioches qu'il déclinait de deux façons. Il y avait les rondes, toutes débordantes de leur moule et qui se fendillaient en leur milieu pour laisser entrevoir une énorme praline rouge dont le sucre fondait en traînées sanguinolentes. À côté, bien alignées sur des petits cartons dentelés, les brioches longues ressemblaient à des pains ; mais, blanches en leur milieu et largement tapissées de chocolat durci et craquelé, elles se laissaient admirer, humer, avant de disparaître dans le fond d'un cabas.

Clarisse les regardait comme un fruit défendu et cela suffisait à son bonheur.

Les souvenirs, dit-on, passent par l'odorat. Bien des années plus tard, la vieille dame qu'elle deviendra se souviendra encore de la boulangerie alaisienne et, comme par magie, tout le mœlleux de ces brioches qu'elle n'avait fait que voir et sentir lui montera aux narines, éclatera en parfums caressants, suaves et délectables.

Madame Fine, corsetée dans d'immuables habitudes, ne déviait pas de ses fournisseurs attitrés et ainsi s'en justifiait-elle : « On ne perd pas de temps. »

Clarisse aurait traînassé volontiers au milieu des étals débordant de marchandises mais la cuisinière veillait au grain :

« Nous ne sommes pas à la promenade, petite. Hâtons-nous, Mademoiselle Henriette doit trépigner ! »

La gouvernante, effectivement, si elle n'en était pas à minuter les escapades de Madame Fine et de sa protégée, restait plantée dans la cuisine en les attendant et, tout naturellement, Justine faisait les frais de son impatience :

« As-tu salé la soupe convenablement ? Tu sais que Madame Fine est pointilleuse sur la bonne quantité de sel.

– C'est fait, Mademoiselle Henriette. La soupe sera bien grasse et bien *goûtue* ce midi. Le Cambalut n'y trouvera rien à redire.

– Le Cambalut ! C'est Basile que tu nommes ainsi ?

– Ce n'est pas moi, Mademoiselle, c'est Clarisse qui...

– Et toi tu le répètes !

– Ce n'est pas méchant, Mademoiselle Henriette. Et puis, le Cambalut... je veux dire Basile, c'est mon *pays*... ou presque. Il est natif de Florac, qu'il m'a dit...

– N'as-tu pas d'autres occupations que d'ennuyer le premier valet ? Il n'a que faire d'une gamine comme toi qui... »

L'arrivée de Fine, ahanant et suant, mettait un terme aux rebuffades de la gouvernante. Plongeant un regard gourmand dans les paniers, approuvant les emplettes de hochements de tête appréciateurs, Mademoiselle Henriette notait sur un cahier d'écolier le montant des achats et le nom des fournisseurs. Rien n'était laissé au hasard par la scrupuleuse Henriette.

Peler, éplucher, couper, plonger dans l'eau bouillante du chaudron raves, pommes de terre, *caulets*[1] ou toute autre plante potagère digne d'entrer dans la composition d'une soupe généreuse, constituait la base du travail quotidien qui incombait à Clarisse et Justine.

S'y ajoutaient la mise de table, le service et la vaisselle et ce, trois fois par jour, Fine se réservant de trancher le lard maigre, les saucisses ou les couennes et de portionner les fromages de chèvre qui clôturaient invariablement les repas à moins que ce ne soient quelques pommes plissées qui fondaient dans la bouche.

À peine Justine et Clarisse soufflaient-elles un peu en milieu d'après-midi et voilà que déboulaient Mademoiselle Henriette et ses leçons visant à gommer les manières rugueuses des deux jeunes filles et en faire des serveuses stylées.

« La classe, ce n'est pas inné, répétait-elle, mais cela s'acquiert. Vous me remercierez un jour si vous désirez vous placer dans une maison bourgeoise. »

La gouvernante avait l'œil à tout, pas un pli de nappe, pas un verre terni, pas une serviette de guingois n'avait échappé un seul jour à son inspection. Il en serait de même pour la réception de la *jouve*[2] de Monsieur Julien, Henriette s'en faisait le serment.

Après la mise de table, le service !

« Tiens-toi droite, Justine ! Que diable, le plateau n'est pas si lourd qu'il te fasse plier ainsi les épaules.

– De la distinction Clarisse, et surtout, surtout de la discrétion ! Des petites souris efficaces mais silencieuses et invisibles, voilà ce que vous devez être. »

Les filles, à cette image, pouffaient de rire dès que la gouvernante tournait le dos. S'éclipsant pour la sacro-sainte heure

*1. Choux.*
*2. Fiancée, promise.*

du chocolat, instituée par Madame Blanchon-Troupet, Mademoiselle Henriette s'arrogeait le rituel de la préparation et du service.

À chaque repas, hormis le dimanche qui le retenait au Château, à la table familiale, Monsieur Jean se joignait aux employés. Il prenait place en bout de table, face à Basile et tous deux menaient la conversation.

Grâce à sa simplicité et au profond intérêt qu'il manifestait pour tout ce qui relevait de la production de cocons, premier et conséquent revenu de la famille Blanchon-Troupet, le jeune homme, loin de figer l'atmosphère par sa présence, animait la tablée. Matin, midi et soir, les voûtes centenaires de la Bâtisse résonnaient d'une ambiance bonne enfant.

Des petits clans se formaient, parce qu'ils étaient *pays,* qu'ils rencontraient les mêmes difficultés à vivre trop nombreux sur de pauvres lopins de terre ou tout simplement parce que des amourettes naissaient de cette promiscuité de vie et de travail.

Monsieur Jean posait, sur cette équipe besogneuse et motivée, un regard bienveillant, paternel, lui qui sortait à peine de l'adolescence.

Poussé par il n'aurait su dire quelle attirance affectueuse, il essayait en vain d'apprivoiser la jeune servante bousculée dans le corridor. Un petit mot gentil, un franc et beau sourire, un compliment à propos d'un plat particulièrement réussi… Il n'obtenait rien en retour mais devinait les joues empourprées et le regard baissé d'une Clarisse qui ne pensait qu'à fuir dans les cuisines pour y cacher sa gêne et son érubescence.

Monsieur Jean, pourtant, ne pensait pas à mal. D'humeur joviale, il eût aimé voir fleurir l'ébauche d'un sourire sur ce visage dérobé qu'il devinait charmant.

Clarisse, de son côté, n'arrivait pas à oublier leur rencontre peu glorieuse et ne flairait que persiflages à travers les attentions du jeune homme.

On était à la mi-mai et déjà, Pentecôte précoce bousculait quelque peu les habitudes.

La grande fête de l'Esprit Saint faisait partie des terreurs enfantines de Clarisse quand le père Pradelle, perché dans sa chaire de bois, faisait enfler sa voix et, les bras tendus vers le ciel, appelait jusqu'à l'apoplexie le souffle glacé curieusement mêlé aux langues de feu censées s'abattre sur les chrétiens en prière.

Les envolées lyriques du père Pradelle avaient laissé la place, dans son souvenir, au jeune prêtre qui officiait à la chapelle Saint-Sixte d'Aygalières. Introverti, égrenant ses prêches comme son chapelet, le curé timoré, empêtré dans sa foi, murmurait son sermon émaillé de phrases incompréhensibles. Il y était vaguement question d'une allégorique tour de Babel dénonçant l'absurde orgueil de l'homme, d'un chemin de lumière tracé par le tour de passe-passe de cette mystérieuse et sainte Trinité et puis encore de l'énigmatique universalité de l'Esprit de Dieu.

À tout cela, Clarisse et ses compagnes n'y comprenaient goutte mais buvaient les paroles sibyllines du jeune prêtre au point qu'elles étaient encore présentes à la mémoire de la jeune fille.

Pentecôte ! Pour la première fois depuis de longues journées, Clarisse eut un pincement au cœur.

Nostalgie des séjours provençaux ? Pensées mélancoliques surtout en évoquant ses sœurs ! Estelle, mariée et qu'elle ne voyait qu'à de rares occasions. Émilie surtout, qui ne donnait pas de nouvelles. Émilie qui se savait bannie, effacée à jamais du clan des Chardenon. Émilie que Clarisse essayait de chasser de sa mémoire pour ne pas souffrir. Émilie qui lui manquait tant !

« Eh bien *pichona*[1], tu rêves ? »

---

*1. Petite.*

Clarisse sursauta, essuya furtivement une grosse larme qui se formait au bord des cils.

Fine houspillait Clarisse, bousculait Justine, courait à la resserre autant que ses jambes lourdes le lui permettait, en revenait les mains vides… bref, la cuisinière s'affolait.

Diable ! Ce n'était pas rien de nourrir tout ce monde et, respectueuse de la tradition, elle se devait de faire bonne table, tant aux patrons qu'aux employés.

« Qui m'a mis de telles empotées dans les jambes ? J'en oublie ce que j'allais chercher.

– Pardon, Madame Fine. Des pommes de terre, disiez-vous ?

– Oui, oui, petite, une grande *banasta*[1]. Et toi Justine, as-tu soutiré du vin ?

– J'y vais, Madame Fine. »

Les usages voulaient que bêtes et gens cessent toute activité le jour de Pentecôte. Mais les vers à soie, ces demi-dieux n'appartenant à aucune de ces catégories, réclamaient leur pitance comme si de rien n'était.

Demain, au petit jour, il faudrait que leurs claies soient garnies de feuilles fraîches ramassées la veille. Le petit déjeuner serait servi un peu plus tôt et chacun pourrait se préparer pour le culte exceptionnel au cours duquel de nombreux catéchumènes proclameraient leur foi et leur attachement à la religion de leur père, celle pour qui leurs ancêtres avaient lutté, souffert, résisté.

« Irez-vous au culte, Madame Fine ? demanda Justine.

– Quelle question ! Il ferait beau voir que l'on m'en empêchât ! Que l'on nous en empêchât ! C'est bien pour cela que tout doit être prêt aujourd'hui, nous n'aurons qu'à réchauffer à notre retour du temple. »

1. *Corbeille.*

Justine et Clarisse se jetèrent un coup d'œil interrogatif, traversées toutes deux par la même pensée : Madame Fine savait-elle qu'elles étaient catholiques ?

Ce n'est que tard le soir, dans le grenier-dortoir, alors que les magnanarelles plongeaient dans un sommeil récupérateur, qu'elles essayèrent d'élaborer une stratégie pour aller à l'église.

« Je sais où se trouve la cathédrale comme l'on dit ici. En cours de route, on pourrait fausser compagnie à Madame Fine..., suggéra Clarisse.

– Cela me semble assez facile mais crois-tu que le dragon en jupon ne nous aura pas à l'œil ?

– Elle ne peut pas nous obliger... Oh, mon père m'a souvent mise en garde... Quel péché s'il nous fallait écouter... des mauvaises paroles...

– Chut, les filles. Ce n'est pas parce que vous avez la belle vie aux cuisines qu'il faut nous empêcher de dormir. »

Le grand silence de la nuit enveloppa tout le grenier alors qu'une angoisse indicible étreignait le cœur de Clarisse.

Un bouquet de printemps ! Il n'y avait pas plus exacte expression pour dépeindre Clarisse ce matin de Pentecôte.

Rafistolées avec goût et habileté, les nippes descendues du grenier par Mademoiselle Henriette, prenaient sur la jeune fille des allures coquettes, et il avait fallu toute la persuasion de Justine doublée, il faut l'avouer, de l'étonnement admiratif qui se lisait dans ses yeux, pour convaincre Clarisse de se vêtir ainsi.

« Que dirait mon père s'il voyait sa fille pareillement attifée ? » résista-t-elle encore en baissant le regard sur son jupon de calicot groseille qui dénudait ses chevilles menues, heureusement dissimulées sous ses bas de coton.

D'un haussement d'épaules, sa camarade balaya ses dernières hésitations :

« Viens, prends ton châle. Ne nous mettons pas en retard. »

Rouge, le léger jupon qui frôlait ses mollets, blanc le fin caraco de percale qui moulait son buste juvénile, parsemée de fleurettes la grande écharpe à franges qui drapait ses épaules et, pour terminer ce tableau digne d'un portrait de Camille Corot, ses longs cheveux châtains, aussi clairs que ses yeux, tressés et torsadés lui couronnaient sa tête ! Sans s'en douter, Clarisse entrait dans une ère nouvelle, celle de la séduction.

Madame Fine ouvrit de grands yeux ronds et marmonna, mi-figue, mi-raisin :

« Tu cachais bien ton jeu, petite ! »

Comme un tourbillon noir, Mademoiselle Henriette entra, huma d'un air voluptueux le délicat fumé du civet de lapins qui s'échappait de la marmite. Puis, consultant sa montre ronde qu'elle portait en sautoir, elle houspilla tout le monde, s'arrêta sur Clarisse, la toisa sans un mot puis, triomphante, s'écria :

« Je vous l'avais bien dit, Fine, que ces *pelhas*[1] pourraient servir un jour ! »

Tout le long du chemin, l'œil acéré de la gouvernante s'assurait que pas un ne manquerait l'office.

Comme à son habitude, bien qu'un peu essoufflée, elle allait à grands pas, franchissant le Gardon par le pont du Marché.

Droit devant, la cathédrale séculaire, restaurée après les outrages de la Révolution qui l'avaient transformée en Temple de la Raison, en grange, en prison et enfin en étable à cochons, dressait son haut porche carré qui supportait l'horloge.

Mademoiselle Henriette ne la voyait pas, n'entendait pas ses cloches qui sonnaient à tout va ; elle emprunta la rue Peyrollerie, irrésistiblement attirée par le temple récemment rénové qui se dissimulait, discret, au milieu des vieilles maisons.

1. *Chiffons, guenilles.*

Lui aussi avait connu pas mal de vicissitudes depuis sa construction en 1577. Agrandi, puis en partie démoli, donné à la Confrérie des Pénitents qui l'avaient fait chapelle et enfin racheté par un négociant, un dénommé Teissier, il faisait, depuis une trentaine d'années, la joie et la fierté de ceux qui pratiquaient enfin au grand jour le culte réformé.

Dire que Clarisse était dans ses petits souliers serait un euphémisme mais, prise comme dans une nasse au sein de la petite troupe qui avançait dans le sillage de La Languda, elle se dirigeait vers le temple et jetait des regards désespérés à l'imposante cathédrale, bientôt dérobée à sa vue.

« Comment allons-nous faire ? murmura-t-elle à Justine, d'une petite voix que l'effroi rendait blanche.

– Ce n'est pas le moment, on se ferait remarquer ! »

La jeune fille n'était pas assaillie par la même angoisse que Clarisse. À Jalcreste, les parents de Justine Chabalier pratiquaient leur religion avec la sérénité et la discrétion qu'impose la promiscuité quotidienne avec ceux qui vivent différemment leur foi.

Ces habitants des hautes vallées cévenoles qu'on appelle *Raiòls* subissaient cette mixité avec une tolérance prudente limitant leur relation à un bonjour bonsoir qui n'engageait à rien.

Au Chaylard-l'Évêque, en revanche, pas un seul habitant n'était en mesure de savoir à quoi ressemblait un huguenot. Or, tous étaient d'accord pour l'affubler de vertus diaboliques et entretenir la défiance ancestrale véhiculée par les récits des anciens, récits où se confondaient le temps des Dragonnades et le Grand Brûlement.

Après la clarté insolente qui inondait la ville d'Alais, ses rues et ses ruelles jusque dans les moindres recoins, la pénombre humide du temple saisit Clarisse.

Des frissons la prirent qui n'étaient pas uniquement le fait de la fraîcheur des lieux. Elle esquissa machinalement une génuflexion, rituel des églises catholiques. Fine se méprit sur son geste :

« Regarde où tu mets les pieds, *bedigassa*[1] ! Tu as failli manquer la marche. »

Et elle la poussa dans une travée où elle avait repéré quelques places libres sur un banc. Le temps de s'y faufiler, il ne resta plus qu'un bout de siège étroit sur lequel Fine se laissa choir :

« Vous êtes jeunes, petites, vous pouvez rester debout. »

Les hautes portes du temple furent poussées dans un grincement de gonds rouillés ; le piège s'était refermé sur Clarisse et Justine.

Le Pasteur gravit les quelques marches qui le menaient à sa tribune d'orateur.

« On dirait une chaire d'église », pensa Clarisse.

Robe noire. Double barrette de col blanc. Longue barbe grisonnante. Le pasteur posait sur ses ouailles un regard paternel, attendait, indulgent, que le silence vint, complet, recueilli, attentif. Et sa voix s'éleva, grave, aux intonations profondes, une voix qui pénétrait jusqu'au cœur et qui envahissait l'âme.

« Cet Esprit que Dieu nous envoie en ce jour de Pentecôte n'est pas un souffle ordinaire, une brise dénuée de sens. Non, mes chers frères, mes bons amis ! Ce souffle divin est la clé qui ouvre la serrure de notre entendement aux mystères célestes. Sans l'Esprit, nous serions tous des enfants aveugles et sourds aux commandements de Notre Seigneur. »

Le pasteur s'enflammait, jouait des bras à grands effets de manches. Les yeux rivés sur lui, Clarisse se laissait envoûter par les paroles du prédicant. Son âme était troublée ; elle

1. *Idiote, sotte.*

écoutait dans un état second où la terreur du péché se délitait dans le baume lénifiant du sermon.

« Ne soyons pas un peuple nostalgique mais un peuple porteur d'espoir, celui qu'ont semé des générations de croyants. Espérance certes ! mais aussi pérennité de cette foi reçue de nos pères par héritage et vécue par notre baptême. Si l'un de nous s'en écarte, malheur à lui ! Il est perdu pour Dieu et sera la proie du diable pour les siècles des siècles ! »

« La proie du diable ! » Il n'en fallait pas plus pour tirer Clarisse de la torpeur béate dans laquelle elle baignait.

Les vieilles peurs ont la vie dure et celle de Satan est intemporelle. Une sueur glacée l'inonda tout entière, un bourdonnement vrombit dans ses oreilles tandis que le sol se dérobait sous ses jambes en coton.

« Elle reprend conscience. Calmez-vous, Fine. Regardez, ses joues retrouvent des couleurs ! »

Clarisse ouvrait lentement les yeux, les plissait aussitôt, gênée par le soleil qui dardait ses rayons sur la place du temple.

Elle distingua Madame Fine qui agitait un mouchoir pour lui donner de l'air et Justine qui l'observait avec un stupide étonnement.

« Eh bien, jeune demoiselle, il semblerait que j'ai vocation à vous remettre debout ! » dit une voix familière à son oreille.

Elle tourna la tête, rencontra un regard rieur quoique teinté d'un brin d'inquiétude, sentit un souffle tiède dans son cou. Elle était dans les bras de Monsieur Jean !

# VIII

## La réception

Le château brillait de tous ses feux et retentissait des futiles bavardages féminins et des non moins édifiantes conversations masculines.

La douceur d'une fin de mois de mai annonciateur d'été caniculaire avait permis l'installation de quelques tables et chaises dans le jardin où certains profitaient de la fraîcheur du soir.

Dans cette réception qu'elle avait souhaitée intime et familiale, Madame Blanchon-Troupet s'était investie plus en paroles qu'en actions.

« De la simplicité ! Là s'exprime le raffinement des gens de notre milieu », clamait-elle de sa voix haut perchée.

Or, en dépit de ses assertions, sa frénésie créative, à peine bridée par un époux conciliant, s'étalait depuis le salon, la grande salle à manger jusqu'au parc arboré où se balançaient de gracieuses girandoles.

Les prémices d'une union entre son fils et la prestigieuse demoiselle Tubœuf étaient, pour la future belle-mère, l'occasion rêvée pour déployer son penchant immodéré du décorum et de la fatuité.

Mis à part un comportement un peu théâtral qui était le propre d'une certaine bourgeoisie, il fallait reconnaître que le jeune Monsieur Julien avait fait preuve de bon goût et de sagacité en jetant son dévolu sur cette demoiselle jolie et bien dotée. La réception donc n'avait rien de déplacé et réjouissait les deux familles concernées.

* *
*

Le destin de la tribu Tubœuf s'était étroitement lié à la ville d'Alais en 1774 lorsque le père, un ingénieur d'origine normande s'était vu attribuée, par un arrêté officiel, la concession de mines, par lui découvertes, dans les secteurs d'Alais, de Barjac et de Saint-Ambroix.

Difficile fut l'intégration de cet « étranger » dans le paysage cévenol. Démêlés avec le Conseil de ville, délicates négociations avec le marquis de Castries alors ministre de la marine : rien ne lui fut épargné.

Un moment découragé, l'ingénieur normand se résout à céder ses concessions, pour le montant d'un million de livres, à l'abbé de Bréard, lequel ne peut tenir ses engagements. L'exploitation des mines reste donc dans les mains de Monsieur Tubœuf qui, dans un regain d'énergie, s'intéresse aux puits d'extraction de La Grand'Combe.

Sa première prise de contact sur ce carreau de mine sis au nord d'Alais tourne au drame. Reçu à coup de pierres par le personnel, il est gravement blessé et sursoit à l'acquisition de cette concession.

Au terme de dix-sept années où alternent revers cuisants et juteuses affaires, comme l'achat du domaine de Rochebelle, il s'embarque pour l'Amérique avec sa famille, quelques proches et une trentaine de domestiques. Là, sur des terres qu'il a acquises en Virginie, il forme une colonie dont son fils aîné se plaît à évoquer le souvenir. Les oreilles ne manquent pas qui écoutent avidement les anecdotes enjolivées par Alexandre Tubœuf :

« Bien que tout juste âgé de dix ans, je revois encore mon père poser le pied sur cette terre inconnue et somme toute hostile. Après des mois de navigation vers un espoir de vie nouvelle, il fut le seul de toute notre équipée à fouler le sol d'Amérique sans crainte et farouchement déterminé à la réussite.

– Il ne redoutait pas ces sauvages à la peau rouge qui se donnent, dit-on, des noms de bêtes ?

– Non, il s'en méfiait, certes, comme de potentiels voleurs de bétail ou brûleurs de cultures mais il sut rapidement apprivoiser un chef de tribu dont le fils aîné Couguar de Feu devint mon inséparable compagnon de jeu.

– Votre père, Monsieur Alexandre, a péché par manque de méfiance. Ces sauvages…

– Mon père, Monsieur, était un humaniste, un homme de raison. Ces sauvages, comme vous dites, n'ont pas trahi sa confiance. Mais peut-on expliquer le geste d'un fou, d'un révolté ? »

À cette évocation, Alexandre Tubœuf était pris de frissons, il revoyait son père couvert de sang, misérablement assassiné par un indien qu'il avait recherché en vain, pendant une semaine, avec son compagnon de traque, son ami Couguar de Feu.

Monsieur Tubœuf père ne devait pas connaître sa fille Clémentine, née en 1796, quelques mois après son assassinat.

De son enfance dans ce pays exécré de toute sa famille, Clémentine ne retenait que le vent de liberté qui soufflait dans la baie de Chesapeake. Fuyant sa mère enveloppée, même aux plus fortes chaleurs, dans de grands voiles de deuils et qui geignait à fendre l'âme, la fillette, en la seule compagnie d'une domestique tout acquise à son bon plaisir, courait sur la plage de sable blond. Elle nageait comme un poisson en se jouant des vagues de l'Océan Atlantique, se gorgeait à satiété de fruits et de mélasse issue de la canne à sucre que les esclaves cultivaient tout en chantant leurs lancinantes mélopées.

« Mais où est donc cette enfant ? Je ne l'ai pas vue de la journée ! Ma fille est une sauvageonne », se lamentait Madame Tubœuf.

Et sans cesse, elle remettait sur le tapis son désir de quitter cette contrée qui ne lui avait apporté que le malheur. Ses proches atermoyaient. Son fils Alexandre était trop jeune, trop irrésolu, pour prendre une telle décision et Clémentine repoussait cette idée comme s'il se fût agi d'une punition.

« Rentrer en France ? Vous n'y pensez pas, Mère ! Où pourrions-nous installer nos pénates pour être aussi bien qu'ici ?

– Il n'y a donc que le sable et la mer, ma fille, qui t'intéresse ? Les leçons de ton précepteur t'ennuient, à ce qu'on m'a dit. Ah ! Si ton malheureux père était là !

– Il verrait sa fille heureuse dans un pays qu'il avait choisi ! Cela ne suffit pas à votre réconfort, ma mère ? »

La charmante enfant ne manquait ni de répartie ni d'audace, encore moins d'autorité quand il s'agissait de donner des ordres en cuisine.

« Tu feras des *buckmeat-cakes*[1] pour le goûter, Telma !

– M'ame Tubœuf est d'accord, Mam'zelle ?

– Bien sûr, puisque je le veux ! »

En 1818, tout se précipita. La santé de Madame Tubœuf s'étant fortement dégradée, elle aspirait plus que jamais à revoir la terre de ses ancêtres.

Un ouragan particulièrement dévastateur en ce pays qui n'en manquait pas, mit les cultures à mal. Alexandre, sur les épaules duquel pesait l'avenir de la maisonnée, commençait à écouter le chant des sirènes qui lui venait d'Europe et qui

1. *Cake de blé noir.*

lui susurrait l'apaisement de la France grâce au retour de l'impotent et corpulent Louis le dix-huitième. Ne promettait-il pas de réintégrer les propriétaires dans leurs biens qu'ils soient fonciers, agricoles ou sous forme d'exploitations minières ?

Les ondines tentatrices omettaient, dans leurs invitations au voyage, de mentionner les inondations de 1815 et la ville d'Alais submergée par deux mètres d'eau, les gelées qui avaient suivi cet automne de pluie et auxquelles n'avait pas résisté l'olivier. Que dire aussi des récurrents conflits entre Royalistes et Bonapartistes qui minaient la quiétude citadine !

La décision d'Alexandre Tubœuf était prise. Au grand désespoir de sa jeune sœur, ils quitteraient la Virginie pour rejoindre le sud de la France.

Madame Tubœuf n'eut pas cette dernière joie. À croire que son destin, par-delà la mort, était indissociable de celui de son époux. Elle mourut d'une fièvre pernicieuse et fut ensevelie en terre étrangère. Clémentine tenta désespérément de faire plier son frère en s'insurgeant :

« Tu laisserais à l'abandon la sépulture de nos chers parents ? »

L'argument ne fit pas mouche.

« Mon ami Gouguar de Feu veillera sur eux. Dans sa tribu aussi les morts sont vénérés. »

Clémentine s'inclina.

L'introduction dans les salons alaisiens huppés de la jeune rebelle ne fut pas chose aisée.

Elle y affichait des allures affranchies qui dérangeaient les mères prudes et bien pensantes, avivaient la jalousie envieuse des demoiselles en mal d'époux et ravissaient la gent masculine, peu habituée à la désinvolture de cette fille aux manières exotiques.

Avec ça, belle à faire damner un saint !

Julien Blanchon-Troupet se prit comme un benêt dans les rets de l'ensorceleuse. Quelques mois de cour assidue et Alexandre Tubœuf agréa des deux mains la demande du futur notaire, pressé de caser une sœur qu'il adulait, certes, mais dont il ne maîtrisait pas l'exubérance.

* *
*

Clarisse et Justine étaient à la hauteur de la tâche. Mademoiselle Henriette s'en réjouissait.

« Ces Gavottes n'ont pas les deux pieds dans le même sabot ! Vives, habiles et consciencieuses, je dois le reconnaître. Et ma foi, je crois avoir été une bonne instructrice en matière de style. Qu'en pensez-vous, Madame Fine ?

« Pardon, Mademoiselle Henriette, j'étais dans mes pensées. Que disiez-vous ?

– Que nos deux jeunes recrues ne font pas honte à la maison. Et ces toilettes que Madame leur a fait confectionner ?

– Par ma foi, elles se prenaient pour des princesses allant au bal ! » s'exclama la cuisinière en s'affairant autour des desserts qui allait être servis.

Même toilette, même coiffure, mêmes bottines de cuir noir à œillets et cependant Clarisse était sans conteste plus attirante que Justine.

Le chemisier noir à col officier faisait ressortir la blancheur laiteuse de son teint, à peine rosé aux pommettes. Il moulait sa poitrine haute et ferme.

De sa taille fine s'évasait la jupe de même couleur qui dansait au rythme de ses déplacements. Pour égayer cette toilette sombre ô combien et parfaire l'uniforme de soubrette, Madame Blanchon-Troupet avait fait tailler deux grands tabliers à bavette dont les bretelles se croisaient dans le dos et venaient se boutonner à la taille.

En percale blanche, bordés d'un volant de broderie anglaise empesé, ils étaient assortis à la charlotte qui coiffait les servantes, dissimulant chez l'une sa crinière brune et chez l'autre ses longs cheveux de miel.

Oui, Clarisse surpassait son amie à l'ossature moins fine et au visage trop rond. Et les regards discrets que lui lançait Monsieur Jean en disaient long sur la place qu'elle commençait à prendre dans son cœur.

Depuis ce jour de Pentecôte où elle avait senti son souffle tiède dans son cou, où elle s'était abandonnée à son bras robuste qui la ramenait au domaine de Saint-Raby après son inexplicable malaise, les relations de Clarisse et de Monsieur Jean avaient pris une tournure différente.

Jusqu'à ce jour, malgré ses tentatives d'approche amicales, le benjamin des Blanchon-Troupet n'avait obtenu que silences gênés, rougeurs embarrassées et fuites opportunes. Il avait suffi de l'assistance discrète du jeune homme, de ses paroles de réconfort pour que Clarisse lui accorde timidement sa confiance.

Dès lors, entre eux, tout était prétexte à bavardage et les rusées magnanarelles, toujours à l'affût de petits potins, n'étaient pas les dernières à ricaner dans leur dos :

« La petite souillon vise un peu trop haut, elle qui jouait la prude...

– Il ne faut pas voir le mal partout. Ce n'est pas une *corriòsa*[1], elle ne pense pas à mal et Monsieur Jean est trop honnête garçon pour s'amuser d'une gamine crédule. »

Basile le Cambalut coupait court aux commérages qu'il devinait sans les entendre :

*1. Coureuse, volage.*

« Vos langues sont plus lestes que vos jambes ! Allons, ne restez pas à bailler aux corneilles, la feuille ne viendra pas seule sur les magnans[1]. »

Les invités étaient las et certains, les plus âgés, prirent congé de leurs hôtes. D'autres poursuivaient des conversations et dissimulaient des bâillements de fatigue et de bonne ripaille. Les dames s'étaient retirées dans le salon pour laisser aux messieurs le loisir de fumer leur cigare ; chacune voulait voir, scruter, toucher la bague de fiançailles que Clémentine Tubœuf exhibait volontiers.

Dans le jardin, quelques jeunes gens éméchés riaient fort et se servaient encore et encore des coupes de champagne qu'ils assuraient être les dernières.

Mathieu, le fils cadet des Blanchon-Troupet, se trouvait parmi eux. Depuis le début de la soirée, il n'avait cessé de lorgner vers Clarisse découvrant qu'un tendron appétissant servait en sa maison.

Quelques œillades appuyées n'avaient pas eu l'air d'attirer l'attention de la mignonne. Il en était venu aux frôlements « involontaires » dès qu'elle était amenée à passer près de lui et c'est elle, nigaude, qui s'en excusait.

« Faites excuse, Monsieur », bredouillait-elle en esquissant un mouvement de recul.

Le bougre, enhardi par les vapeurs d'alcool qui titillaient ses sens et donnaient plus d'audace à ses gestes, alla même jusqu'à lui pincer discrètement et surtout douloureusement les fesses, alors qu'elle passait à sa portée, chargée d'un grand plateau de verres.

Clarisse avait étouffé un petit cri de douleur, s'était retournée vivement vers l'outrecuidant à qui elle jeta un regard d'incompréhension, tout embué de larmes.

1. *Vers à soie.*

« Monsieur Mathieu, vous ? » semblait-il lui dire.

Monsieur Mathieu, satisfait de sa prouesse, eut un clin d'œil équivoque et sa bouche ébaucha une mimique qui ne laissait aucun doute sur l'invite.

D'instinct, la jeune servante cherchait des yeux celui auprès duquel elle savait trouver appui et réconfort, mais Monsieur Jean, irrité par ces fins de repas qui s'éternisent en boissons et bavardages futiles, avait trouvé refuge dans le jardin encore désert.

Le calme relatif qui y régnait fut de courte durée lorsque des jeunes gens y firent irruption pour continuer la fête. Jean les observait de son coin retiré ; il pestait contre tous ces oisifs :

« Aucun respect pour ceux qui travaillent ! Ont-ils seulement idée que demain, au petit jour, des hommes et des femmes iront cueillir la feuille pendant qu'ils se vautreront dans le lit ? »

Un cri étouffé le tira de sa torpeur. Il fut suivi de quelques murmures suppliants :

« Non, non, Monsieur, je vous en prie !

– Allons, sois gentille…

– Lâchez-moi, vous me faites mal ! »

La voix de Clarisse !

Jean bondit de son fauteuil en rotin et découvrit, derrière une haie de buis, son frère et la jeune servante.

Mathieu, obstiné, avait suivi Clarisse qui se rendait aux cuisines et l'avait poussée dans les frondaisons. L'enserrant fermement d'un bras, il tiraillait son chemisier de sa main libre, la promenait sur son corps, tentait de la glisser sous ses jupes tandis que Clarisse gémissante, suppliante, usait de toutes ses forces pour se dégager.

Le poing de Jean partit, violent, tout enrobé de haine et percuta le menton de son frère. Mathieu vacilla, lâcha prise et se retrouva dans l'herbe, sur le cul, hébété.

Libérée, Clarisse remettait de l'ordre dans ses vêtements et gardait la tête baissée, le rouge au front et l'amertume à la bouche. La voix de Monsieur Jean lui parvenait comme à travers un nuage de coton.

« Plus jamais, tu m'entends, Mathieu ? » intimait Jean à son frère en restant planté devant lui.

La voix glaciale de Jean cingla son frère comme un coup de cravache.

Mathieu s'ébroua, dégrisé :

« Qu'est-ce qu'il te prend, Jean ? Tu es devenu fou ? Ce n'est qu'une boniche...

– PLUS JAMAIS ! » répéta Jean, les dents serrées sur un courroux qui l'habitait tout entier.

Il tendit une main secourable à Clarisse pour l'entraîner loin de ce frère méprisable.

Toute tremblante encore sous le coup de la peur et assaillie de cette sorte de honte inexplicable qu'éprouvent les victimes, elle aurait voulu que son service prit fin pour se réfugier dans son lit et y pleurer tout son saoul mais la main de Jean était toujours tendue, une main qui lui semblait honnête et sûre. Elle lui confia la sienne et tous deux marchèrent vers les cuisines.

Jean avait retrouvé son calme après l'impétueuse tempête qui l'avait saisi. Il parlait doucement, murmurait des paroles apaisantes, caressait les cheveux, les joues encore humides de la belle Clarisse qui enfin se calmait.

« Merci, Monsieur Jean, oh merci ! Sans vous...

– Chut, chut, petite, n'y pense plus !

– Mais il voulait... il a essayé...

– Il ne s'y risquera plus. Viens, allons boire un peu d'eau fraîche.

– Non, pas encore Monsieur Jean. Madame Fine me poserait des questions et jamais je n'oserai… Oh mon Dieu, j'ai trop honte.

– Clarisse, c'est moi qui ai honte de mon frère. Ces carabins sont de fieffés libertins et notre mère qui l'imagine dans sa chambre d'étudiant à Montpellier assidûment plongé dans ses traités de médecine ! »

Dans la douceur de la nuit, le temps s'était arrêté et les deux jeunes gens trouvèrent un peu d'apaisement, l'un à sa colère légitime, l'autre à sa honte injustifiée.

Jean entoura d'un bras les épaules de la jeune fille, elle était encore tremblante et pourtant réconfortée.

Il lui ouvrit son cœur :

« Je crois que je t'aime, Clarisse. »

La jeune fille frémit et voulut s'enfuir.

« Non, ne pars pas, écoute-moi !

– Monsieur Jean, je vous en prie, ce n'est pas bien de vous moquer de moi…

– Ne crois pas ça, ma toute belle ! Oh non, ne crois pas que je me joue de toi ! Je ne suis pas comme mon frère… Moi je suis Jean et je crois… non je suis certain que je t'aime… je t'aime depuis notre première rencontre et ta chute spectaculaire dans le corridor.

– Oh Monsieur Jean, quelle folle j'étais de courir ainsi !

– Mon adorable folle ! »

Clarisse se détendait. Jean posa ses lèvres sur sa joue. Elle égrena un rire. Un autre baiser effleura son cou.

« Il ne faut pas, Monsieur Jean !

– Plus de Monsieur Jean, je t'en prie ! »

Légère, elle lui échappa et son cœur chantait sa joie :

« À demain, Monsieur Jean. Moi aussi, je crois bien que je vous aime ! »

La nuit était très avancée, l'aube du lendemain ne tarderait pas à rougir le levant alors que Clarisse regagnait sans bruit le dortoir, le cœur léger et le sourire aux lèvres.

« Tu n'es pas fatiguée, toi ? » demanda Justine en se laissant tomber lourdement sur son lit.

Et sans attendre une réponse, elle plongea dans un profond sommeil.

En effet, Clarisse ne sentait pas sa fatigue, elle voguait, légère, sur un petit nuage de bonheur. Demain se lèverait sur une nouvelle Clarisse, celle qui venait de tourner une page de sa vie.

# IX

# La nuit de la Saint-Jean

EXCEPTIONNELLE ! L'ÉDUCATION DE VERS à soie qui avait débuté sous les meilleurs auspices n'avait pas déçu ; elle se terminait en apothéose.

Comme de petits soldats bien disciplinés, le moment venu, les bombyx gras et enfin repus s'étaient attaqués à leur molle ascension des tunnels de bruyère.

Avec lenteur et méthode, par reptations régulières, leur tête au chapeau noir pointé vers le ciel, ils avaient tissé consciencieusement les soyeuses et solides amarres qui maintiendraient leur étrange cachette. Dans le silence quasi religieux que nul n'aurait osé troubler, des milliers de cocons prirent forme.

Les *mésadiers* goûtaient enfin quelque répit bien mérité. Basile le Cambalut avait relâché la pression qui montait en intensité depuis de longues semaines.

Pour autant, il ne laissait personne dans l'oisiveté, sachant qu'elle était proverbialement la mère de tous les vices.

« Il ne manque pas de *bertoules*[1] à rafistoler, les gars. Vous trouverez des *boscassas*[2] dans la cave. »

---

1. *Corbeilles.*
2. *Branches bâtardes de châtaignier dont on tire des lames souples et résistantes, faciles à tresser.*

Assis sur les marches d'escaliers, les hommes s'étaient mis à *bridouler*[1] les tiges refendues qui renforceraient les fonds de corbeilles malmenées pendant la cueillette des feuilles de mûriers.

Les filles n'étaient pas en reste. Mademoiselle Henriette avait extirpé d'une antique maie dévolue maintenant à la fonction de coffre, de grandes pièces de coutils qui y dormaient depuis l'année dernière.

« Tout cela mérite une bonne lessive et un séchage au grand soleil sur les galets du Gardon. Caltez, flemmardes, et ne ménagez pas vos bras ! »

Les magnanarelles ne se le faisaient pas dire deux fois, sachant par habitude que le temps du séchage serait celui du délassement et parfois du jeu. Quoi de plus marrant que de patauger, de s'éclabousser ou même de régler quelques comptes sans gravité dans le lit rafraîchissant de la rivière alaisienne.

Hommes et femmes appréciaient ces occupations transitoires avant le « grand décoconnage ». Le temps serait bientôt là où ils devraient arracher délicatement les cocons aux branchages secs, trier, calibrer, former des ballots énormes et légers. Puis il faudrait brûler claies et bruyères, nettoyer les magnaneries avant de s'en retourner au pays, lesté d'un précieux pécule. Là-haut, en Lozère et en Haute-Loire, les travaux des champs attendaient leurs bras.

Pour le moment, les langues allaient bon train. Malgré la discrétion des deux jeunes gens, il eût fallu être aveugle pour ne pas remarquer les nombreux apartés, les escapades folles de Clarisse et de Monsieur Jean.

« La Clarisse ne manque pas de toupet ! Elle à qui on aurait donné le bon Dieu sans aller à confesse !

---

*1. Tresser.*

– Elle se grillera les ailes, c'est tout ce qu'elle aura gagné à courir le guilledou !

– Jalouses ! Si elle prend un peu de bon temps, c'est tant mieux ; elle ne doit pas rigoler tous les jours dans son patelin ! »

Les hommes non plus ne se privaient pas de brocarder sur l'idylle des deux jeunes gens mais ils prenaient bien garde que leurs plaisanteries graveleuses ne parviennent aux oreilles du Cambalut.

Justine Chabalier n'était pas de celles qui jalousaient Clarisse, encore moins qui se gaussaient de son amourette ; simplement, elle était inquiète pour son amie qu'elle savait sensible, sincère et candide. Avec son bon sens de fille simple et droite, elle n'imaginait pas une fin heureuse à une ritournelle qui, se disait-elle, n'était qu'un plaisant intermède pour Monsieur Jean. Muette, elle observait le couple d'un air réprobateur.

Madame Fine, elle, fermait les yeux sur les échappées discrètes de Clarisse, sa petite protégée qu'elle trouvait particulièrement attachante.

« Ah jeunesse ! Jeunesse ! se disait-elle en soupirant, c'est vrai qu'ils vont bien ensemble, ces deux-là. Ah, j'imagine la tête de Madame si Monsieur Jean désirait en faire son épouse. »

Quant à Mademoiselle Henriette à qui rien n'échappait, elle feignait d'ignorer ce qui, à ses yeux, n'avait pas lieu d'exister. Monsieur Jean, son cher petit, son presque fils, gavé à la petite cuillère par ses soins, prenait du bon temps ? Le cher enfant l'avait bien mérité, lui qui se donnait tant de peine pour diriger le domaine !

Clarisse, elle, vivait sur un nuage rose. Ébahie de son bonheur tout neuf, elle découvrait le plaisir de se savoir jolie et surtout, surtout, elle se grisait ingénument du simple fait d'être admirée, écoutée, cajolée, aimée. Enfin, elle existait dans le cœur, dans les yeux de son jeune amoureux.

Être importante aux yeux de quelqu'un, c'était nouveau pour elle. Non pas qu'elle doutât de l'amour que lui portaient ses parents mais cet amour était fait de tant d'indifférence, de tant de froideur, de tant de rudesse ! Dans la maison de son père, n'était-elle pas celle qui avait pris le relais d'Émilie, laquelle avait remplacé en son temps Estelle, celle qui, un jour, céderait sa place à Juliette ? N'était-elle pas que cela ?

Honteuse de ces pensées malsaines, elle les balayait en récitant à voix basse l'acte de contrition et se tenait prête, son service terminé, à s'éclipser à la suite de Jean dans des recoins tranquilles du domaine qui avaient été le théâtre de ses jeux d'enfants.

Les prétextes ne manquaient pas pour se ménager d'innocents tête-à-tête au cours desquels tous deux savouraient le plaisir d'être ensemble, de se tenir par la main et de se murmurer de tendres mots d'amour ponctués de baisers langoureux.

« Viens, Clarisse, suis-moi.

– Où m'emmenez-vous, Jean ?

– Au cœur de l'hiver ! »

Les deux jeunes gens montèrent quatre à quatre les escaliers de la Bâtisse. Jean poussa une porte.

« Ferme les yeux, ma jolie. Une minute encore. Ouvre-les maintenant.

– Oh ! »

C'était magique. Une multitude de flocons de neige accrochés sur les branches. À droite. À gauche. En haut. En bas. Partout. Comme toujours, la nature s'était livrée à son œuvre grandiose. On ne pouvait résister au ravissement qu'offrait le spectacle des bombyx endormis dans leur cocon douillet en attendant leur mystérieuse métamorphose.

« Comme c'est beau, Jean !

– Beau mais tellement éphémère. Tandis que toi, tu me raviras toujours. Tu m'aimes, Clarisse ?

– Oui, je vous aime, Jean.

– Répète un peu, gronda-t-il pour la forme.

– Oui, oui, je t'aime !

– À la bonne heure ! Je t'aime, tu m'aimes, nous deux, c'est pour la vie.

– C'est vrai, Jean, vous… tu veux m'épouser ?

– Grandis encore un peu et j'irai voir ton père.

Clarisse pâlit.

– Du diable s'il me refuse ta main ! Je lui promettrai que tu seras une femme comblée. »

Mal à l'aise à l'évocation de cet avenir dont elle n'osait rêver et qui lui apparaissait irréalisable, la jeune fille baissait la tête, prenant un air coupable. Jean se méprit.

« Douterais-tu que je puisse faire un excellent mari ?

– Ce n'est pas ça, Jean, c'est que… »

Autant se jeter à l'eau ! Clarisse avoua tout à trac :

« Je suis catholique et mon père…

– Catholique ! Mais, dis-moi, que faisais-tu au temple pour Pentecôte ?

– Hélas, Monsieur Jean, Madame Fine et Mademoiselle Henriette m'ont poussée… pour mon malheur… j'ai trahi ma religion… trompé la vôtre… », hoquetait-elle, submergée par les larmes à l'évocation de cette journée.

Spontanément, le voussoiement et le « Monsieur » étaient revenus dans ses explications décousues.

« J'ai gravement fauté. Dieu, comme je regrette !

– Calme-toi, Clarisse. Où est le mal ?

– J'ai bafoué ma religion, la vôtre, je suis perdue…

– Des grands mots pour des vétilles sans conséquences ! »

Et Jean se fit tendre pour consoler sa belle. Il alla même jusqu'à lui assurer qu'il embrasserait la religion catholique si le père de Clarisse mettait cette condition à leur union.

« Mais votre mère, Jean ? Votre père ?

– Ils comprendront », assura-t-il, persuadé de ce qu'il certifiait, naïf comme les amoureux qui veulent ignorer les sommets infranchissables.

Baisers, caresses, tendres enlacements eurent raison des tourments qui assaillaient sa douce aimée. Après tout, leurs rencontres secrètes ne suffisaient-elle pas à leur bonheur ?

Emballés, pesés, payés rubis sur l'ongle, les cocons avaient laissé place nette dans la Bâtisse.

Des convois de charretons tirés à bras d'homme avaient pris le chemin de la filature Veyrun sur le Quai Neuf où les Blanchon-Troupet avaient leurs habitudes.

Monsieur Jean qui accompagnait le dernier charroi, s'en était retourné fièrement au Château rendre les comptes à son père.

« Une belle saison, en vérité, mon fils. Tu es à la hauteur de ma confiance.

– Nous avions une bonne équipe, Père, et Basile, notre premier valet, fait preuve de compétence et d'intégrité. Tous méritent la solde convenue.

– Eh bien, c'est toi mon garçon qui assurera la distribution des salaires. Les comptes seront faits pour le 24 juin. »

C'était depuis des lustres une tradition, dans le domaine Blanchon-Troupet tout comme chez les magnaniers de la région : le soir de la Saint-Jean marquait la fin de la saison des magnans et la nuit la plus courte de l'année se devait d'être festive.

Jour de paye rimant quasiment avec jour de fête, personne ne boudait cette soirée où se mêlaient chants et danses, farandoles autour du grand brasier avant le grand saut du feu, une fois les flammes atténuées. C'était, disait-on, un porte-bonheur que de réussir une audacieuse enjambée sans se griller la plante des pieds.

En tout début d'après-midi, installé sous les voûtes de la Bâtisse, Monsieur Jean, prenant son rôle au sérieux, réunit les *mésadiers* qui, à l'appel de leur nom, s'avancèrent, reçurent leur salaire, accompagné d'une franche poignée de main.

« *À l'an que ven*[1] ! leur dit Monsieur Jean.

– *E se siám pas mai, que saguem pas mens*[2] », répondirent les ouvriers en écho.

Le reste de la journée se passa, pour certains, à préparer baluchon et musette, pour d'autres à faire un tour dans la ville et y dépenser quelques piécettes.

La tentation ne manquait pas de s'acheter une paire de galoches, plus confortable pour danser à la « vogue » ou de ramener quelque chose au pays. Un ruban pour orner la coiffe de sa belle ou, plus prosaïquement, des aiguilles et du fil pour la mère et un paquet de ces grossiers cigares qui portaient bien leur nom : les picaduros. Le père serait heureux d'en fumer un le dimanche.

À la tombée de la nuit, après le repas pris à un rythme nonchalant – une fois n'est pas coutume – les premières flammes du grand feu préparé dans la cour s'élevèrent, boutées par Basile lui-même qui s'arrogeait la mise en route des réjouissances.

Monsieur Blanchon-Troupet avait mis à la disposition des *mesadiers* force bouteilles de cartagène. Clarisse et Justine apportèrent des corbeilles pleines d'appétissantes oreillettes qu'elles avaient confectionnées sous la houlette de Madame Fine, suant et soufflant dans la cuisine surchauffée.

Une chanson fusa, reprise en chœur et chacun y alla de son refrain pendant que les femmes aux pommettes rougies par le vin liquoreux partaient en farandole autour du grand brasier.

---

1. *À l'année prochaine.*
2. *Et si l'on n'est pas plus (nombreux), que l'on ne soit pas moins.*

Les flammes étaient encore hautes lorsque les plus téméraires, prenant un bel élan, sautèrent par-dessus, levant bien haut les jambes et lançant des « yaouh » de victoire. Le ton était donné, c'était à celui qui ferait un bond spectaculaire ou une pirouette et tant pis si cela se terminait par un gadin pourvu que les filles rient et qu'elles applaudissent. Prudentes, elles attendaient que tout ne soit que tisons pour s'élancer à leur tour.

Ce fut alors un joyeux méli-mélo. En solo, en couple ou bien en bande, tout le monde sauta.

« Justine ! Clarisse ! » scandait-on pour faire participer les aides de Madame Fine à la liesse collective.

Elles arrivèrent toutes deux se tenant par la main. Alors qu'elles prenaient du recul afin de sauter sans danger, Jean détacha brusquement la main de Justine, emprisonna celle de Clarisse et tous deux franchirent les flammèches sous les cris, les vivats.

« Un mariage dans l'année ! entendit-on fuser.

– *Aquò m'estonariá*[1] », grommela le Cambalut dans sa barbe.

Puis, pour faire diversion, il agrippa la main de Justine qui était restée bras ballants :

« À notre tour, *payse* ? »

Basile et Justine ! Plus personne ne faisait attention à Clarisse et Jean qui s'éclipsaient sous les frondaisons.

« Je pars demain, Jean. Tu m'attendras jusqu'à l'année prochaine ? demanda la jeune fille d'une pauvre petite voix.

– Je t'attendrais toute la vie s'il le fallait. Mais pourquoi ne reviendrais-tu pas avant, en septembre pour les vendanges par exemple ?

– Je n'ai jamais vendangé…

---

1. *Cela m'étonnerait.*

– Fine serait bien aise de t'avoir en cuisine. C'est que nous avons une grande *colá*[1] à nourrir. »

L'espoir naissait. Clarisse, dépouillée cette fois de ses appréhensions injustifiées, entrevoyait l'espoir d'une nouvelle étape en Cévennes. Son cœur bondissait dans sa poitrine.

« Il faut que j'en parle à mon père...

– Je te donnerai un contrat, tu le lui montreras. Mais ne parlons plus de demain. Vivons cette nuit magique, la plus courte de l'année, la plus intense aussi. Regarde, même les étoiles sont complices de notre amour ! Et la lune, ne dirait-on pas qu'elle nous fait un clin d'œil ? »

Clarisse riait, un rire d'enfant heureuse, comblée pour la première fois de sa vie. À la serrer contre lui, Jean frissonnait de plaisir, de désir aussi. Il se fit pressant, entreprenant. Ses baisers couraient sur les bras, dans le cou et les cheveux de Clarisse tandis qu'il suppliait d'une voix rauque :

« Aimons-nous, Clarisse.

– Mais nous nous aimons, Jean, répondit-elle innocemment.

– Je te veux à moi. »

Ses caresses audacieuses ne laissaient plus de doute ; Clarisse prit peur.

« Non, Jean, il ne faut pas...

– Mais je te veux à moi, tout à moi. Je t'aime.

– Je t'en prie, Jean, ne me force pas.

– Je te veux consentante, ma chérie. Je t'aime trop pour te faire du mal. »

Clarisse tenta encore un faible refus.

« Non, il ne faut pas, c'est mal de... », dit-elle d'une voix inaudible.

D'un baiser, Jean scella sa bouche et déchira le voile fragile de sa porte secrète, dans un râle d'extase. Clarisse eut mal... un peu... et versa quelques pleurs.

1. *Equipe de vendangeurs et de vendangeuses.*

« Pardonne-moi, ma douce. »

La courte nuit d'équinoxe suffit à peine à les rassasier. Forcée, à demi consentante puis consolée et enfin offerte au plaisir partagé, Clarisse frémissait dans les bras de Jean.

L'ardeur du feu de la Saint-Jean ne voulut pas disparaître avec les dernières franges de la nuit.

Tout comme la chaleur des flammes généreuses avait échauffé les cœurs et les corps, les dernières braises incandescentes firent éclater l'été dans les rouges lueurs qui se levaient derrière la colline de l'ermitage.

# X

## Retour au pays

Mère et fille s'observèrent un instant comme si elles avaient de la peine à se reconnaître. Puis Julie ouvrit grands ses bras et Clarisse s'y blottit tel un petit enfant réclamant des caresses.

Pas de baisers sonnants ni de cajoleries. Julie était avare de ces démonstrations qu'elle jugeait inutiles. Non, rien de tout cela mais une étreinte brève et chaude à la fois qui exprimait mieux que des mots ce qu'elle ressentait :

« Je suis contente que tu sois de retour, ma fille ».

Il n'y avait rien d'étonnant à ce que Clarisse marquât de la surprise à la vue de sa mère, bien que celle-ci fût devant sa maison à chausser des plants de pommes de terre en pleine floraison. Cette femme vigoureuse travaillant son jardin n'était pas celle qu'elle avait quittée presque deux mois auparavant, convalescente émaciée aux yeux cernés de gris, à la démarche encore chancelante, résidus de la longue maladie qui aurait pu lui être fatale.

Les beaux jours revenus et le travail des champs avaient hâlé son cou, ses bras et coloré ses joues. Les soupes grasses, les onctueuses tommes blanches, les caillés nourrissants, s'ils n'apportaient pas la variété dans l'alimentation quotidienne, avaient eu au moins le mérite d'engraisser toute la maisonnée. Et malgré les sourcils froncés de Pierre devant tant de prodigalité, Julie ne s'était pas laissée intimider ; ses garçons trop maigres, sa Juliette presque rachitique la déterminèrent à moins d'avarice :

« Les travaux d'été sont éreintants et les enfants ont besoin de se ragaillardir pour y faire face. Nous vendrons un peu moins de beurre et de fromages, en revanche, je planterai plus de pommes de terre qui se payent bien au marché de Langogne. Et le rouet tournera un peu plus vite », promit-elle à son époux en s'excusant d'un sourire pitoyable.

Pierre avait hoché la tête, mi-figue mi-raisin, habitué à ces sortes de révoltes vite étouffées dans l'œuf et dont sa femme était coutumière. Comme toujours, en ces circonstances, il avait eu la jugeote de se taire, néanmoins il était évident qu'il désapprouvait les décisions de Julie.

À requinquer ainsi sa progéniture, la quinquagénaire n'y perdit pas, bien au contraire et, les jours passants, elle retrouvait entrain et vigueur nouvelle. Elle avait forci et avait retrouvé sa robustesse qui en faisait une femme à l'éclatante santé.

Elle entretenait son jardin, remuait sans efforts la terre noire et souple où poussaient toutes sortes de légumes, entretenait sa maison, aidait aux champs et occupait tous ses moments libres à filer la laine qui s'amoncelait dans un coin de la salle en ballots volumineux avant d'être vendus aux courtiers qui approvisionnaient les fabriques de textiles, nombreuses de la région.

« Maman, comme il est bon de vous retrouver ! Vous allez bien ? Et Père ? Et les jumeaux, Juliette et Denise ?

– Tout le monde va bien. Mais regarde-moi, petite. Comme tu as changé ! Tu n'es plus la même. »

Clarisse baissa les yeux, gênée de l'examen perspicace de sa mère. Elle se déroba à l'insistance de cette acuité d'observation craignant qu'elle pût lire jusqu'au fond de son âme.

« Je vais voir Denise ! Elle est dedans ?

– Qu'elle impatiente tu fais ! En cela tu n'as pas changé ! »

C'était bon de retrouver la maison comme on l'avait quittée la veille et Denise, assise à la même place, qui battait des mains pour exprimer sa joie.

Le temps de poser son baluchon grossi des frusques de Mademoiselle Henriette et Clarisse, déjà, cherchait à se rendre utile.

« Voulez-vous que je vous aide, Maman ? Je vais chercher une *trenca*[1] dans la grange.

– Fais plutôt tourner le rouet… si tu te souviens encore comment il marche, dit Julie sans lever la tête. Dans deux jours, il y a ramassage d'écheveaux et j'ai pris du retard. »

Le soleil passait derrière le rocher de la vierge lorsque, dévalant de Laubarnès, de Mercoire, d'Espradels, les troupeaux de retour des pâturages convergèrent vers le village. Piétinant d'impatience, faisant tinter leurs clarines, toutes les bêtes appréciaient une halte au *pétchou*[2] avant de regagner l'étable.

Juliette s'excitait contre les vaches, courant à droite, à gauche pour n'en oublier aucune, le bâton levé d'un geste menaçant dont se moquaient les génisses rétives. Les jeunes veaux, eux, s'entravaient dans les pattes de leur mère, collés à elles cuir à cuir de crainte d'en être séparés.

« Je finis de biner mes patates ! Demande à Clarisse de t'aider pour la traite ! lui cria Julie sans interrompre les gestes réguliers de son jardinage.

– Clarisse est arrivée ! Où est-elle ?

– Dans l'*ostau*[3], elle file. »

Les deux sœurs tombèrent dans les bras l'une de l'autre.

« Ma Juliette, tu as encore grandi !

---

1. *Bêche.*
2. *Petite source aménagée en abreuvoir.*
3. *La maison.*

– Clarisse, oh que tu es belle ! Laisse-moi t'admirer. On dirait que tu vas à la *bòte*[1]. »

Devant sa jeune sœur émerveillée, Clarisse esquissa une pirouette qui fit froufrouter son jupon groseille et dévoila ses mollets gainés de bas en coton.

Juliette n'en finissait pas de détailler la toilette, pourtant simplette, de sa sœur.

« Je peux toucher ta chemise blanche ? Oh, que c'est fin ! s'exclama-t-elle, joignant le geste à la parole.

– C'est de la percale et il ne s'agit pas d'une chemise mais d'un caraco. Et puis regarde mon fichu ! »

Et elle se drapa dans le semis de fleurettes à franges. Une idée traversa l'esprit de la petite et sa joie exubérante fit place à un minois anxieux :

« Tu as acheté tout ça ? Oulala, quand Père saura que...

– Je n'ai rien acheté, bêtasse, c'est La Languda qui m'a tout donné. Viens voir. »

Toutes deux se jetèrent sur le baluchon de Clarisse extirpant un jupon, un châle, une chemise.

« Regarde, Juliette, j'arrangerai cette robe pour toi. »

Avec l'insouciance de la jeunesse à laquelle se mêlait la joie des retrouvailles, elles riaient, heureuses et oubliaient les vaches aux pis gonflés qui meuglaient dans l'étable.

La stature carrée de Pierre Chardenon s'encadra sur le seuil de la porte.

« Et les vaches, elles se trairont seules ? aboya-t-il, sapant l'élan joyeux de ses filles.

– Père, Clarisse est de retour, marmonna Juliette en guise d'excuse.

– C'est pas une raison pour jouer les flemmardes ! »

1. *Fête votive.*

S'habituant à la pénombre de la salle, Pierre ne manqua pas de noter la transformation physique de sa fille. Une adolescente était partie au début du printemps, l'été lui ramenait une jeune fille aux joues roses, aux rondeurs délicates et au regard pétillant.

« Celle-là faudra pas la quitter des yeux, se dit-il *in petto*, ou bien lui trouver un mari sans tarder. »

Son regard se rembrunit en tombant sur les nippes étalées sur la table. Clarisse avait suivi ce regard et lut dans ses pensées. Elle fouilla au milieu des frusques, en sorti une enveloppe pliée en quatre qu'elle lui tendit.

« Tenez, Père, les quarante francs de mes gages. »

Pierre les enfouit dans sa poche sans autre commentaire et les filles coururent à l'étable plantant là Denise qui caressait d'une main intéressée les vêtements colorés rapportés par Clarisse.

On ne tua pas le veau gras pour fêter le retour de Clarisse. Une écuelle de plus qu'on posa sur la table. Des regards en dessous échangés entre frères et sœurs, des non-dits silencieux et le chuintement de la soupe aspirée goulûment : la jeune fille avait retrouvé son univers.

La soirée s'étira jusqu'à la nuit tombée qui obligea Julie à cesser de filer. Blottie contre Juliette, Clarisse ne dormait pas. La fatigue du voyage fait en plusieurs étapes avait noué ses muscles et elle ne parvenait pas à se détendre ni trouver le sommeil.

Son secret, qu'elle savait pourtant ne pouvoir partager, l'étouffait. Elle en rougit d'effroi, poussa un long soupir :

« Si Père et Mère apprenaient ! »

« Tu ne dors pas, Clarisse ? chuchota Juliette.

– Pas encore. Je ne trouve pas le sommeil.

– Alors, raconte-moi. Comment c'était là-bas ?

– C'est… différent d'ici. Je… je vais y retourner… enfin, si Père est d'accord. »

Et dans le silence de la maison endormie, troublé seulement par le souffle bruyant des vaches et le crissement de la paille foulée, raclée par leurs sabots, Clarisse raconta son séjour… de façon sélective.

Il y fut question de la soirée donnée à l'occasion des fiançailles de Julien Blanchon-Troupet et de l'uniforme de soubrette taillé exprès pour elle. Le marché d'Alais qu'elle expliqua en détail fit rêver sa cadette alors que l'évocation du grand feu de la Saint-Jean lui donnait des fourmis dans les jambes. Comme elle aurait aimé sauter avec sa sœur par-dessus les tisons !

Justine, Madame Fine, Mademoiselle Henriette, Basile le Cambalut : en avait-elle rencontré d'étonnants personnages !

Le nom de Jean ne passa pas les lèvres de Clarisse bien qu'il emplisse son cœur. Jean et ses yeux rieurs, ses mots doux, ses caresses…

Elle eut un frisson en pensant à sa faute. De honte ? De regret ? De plaisir ? Un peu tout à la fois. Juliette se méprit :

« Tu as froid ?

– Non. Je vais te dire un secret : j'ai un amoureux là-bas. »

Silence. Clarisse insista :

« J'ai un amoureux, Juliette. »

Les yeux de la gamine s'écarquillèrent, malgré l'obscurité elle essayait d'apercevoir le visage de sa sœur.

« Comment il s'appelle ?

– Promets-moi que tu ne le diras à personne.

– Juré ! Craché !

– Jean. Il s'appelle Jean et un jour, il viendra demander ma main à Père. En attendant, j'espère pouvoir retourner en Cévennes pour faire les vendanges au mois de septembre.

– Tu crois que Père voudra ? Ni Estelle, ni même Émilie n'ont été gagées pour le temps des vendanges… »

Juliette s'interrompit, les jumeaux s'agitaient sur leur couche.

« Vous allez nous ficher la paix, vous deux ? On voudrait dormir ! »

Un peu apaisée par ces bribes de confidences, Clarisse se laissa emporter dans un sommeil peuplé de rêves qui la menaient auprès de son amoureux.

* *
*

Pierre Chardenon sortit à nouveau la pierre humide du *caudiò*[1] accroché à sa ceinture. Avec application, il la promena de part et d'autre de la lame incurvée de sa faux, en apprécia l'affûtage d'un pouce connaisseur.

Il jeta un coup d'œil à ses fils, hocha la tête avec satisfaction : Joseph et Victor étaient *biaissòs*[2], pensait-il, et avaient de la volonté à revendre. Bientôt, ils lui en remontreraient !

L'après-midi n'en finissait pas d'éclabousser de soleil la grande terre ensemencée de seigle et, peut-être pour la première fois de sa vie, Pierre se dit que le champ s'étendait à l'infini et que, sans ses garçons, il n'en viendrait pas à bout.

« *Mé fai vièlh*[3] ! »

Cela lui fit tout drôle de se savoir bientôt quinquagénaire, âge que n'avait jamais atteint son père, ni son grand-père, à ce qu'il savait.

Une réflexion en entraînant une autre, il en vint à songer à Clarisse. À midi, elle était venue porter le casse-croûte aux trois hommes. Des tranches de pain tartinées de saindoux, une saucisse cuite dans la soupe et une tomme à peine bleuissante.

---

*1. Etui contenant la pierre à aiguiser.*
*2. Adroits.*
*3. Je me fais vieux.*

Maintenue à la fraîcheur dans un bidon en fer blanc, l'eau de la fontaine teintée d'un vin rugueux avait été la bienvenue.

Assis au pied d'un arbre, elle les avait regardés manger d'un bon appétit, se désaltérer à plusieurs reprises, détendre leurs membres courbatus par des mouvements d'épaules rotatifs. Les jumeaux, enfin, avaient repris leur faux alors que le père s'octroyait encore quelques minutes. Clarisse avait jugé le moment opportun de reparler de son projet :

« Père, avez-vous réfléchi pour les vendanges ? Les gages sont…

– J'ai pas fini de réfléchir. Rien ne presse, avait-il bougonné.

– Le contrat doit être envoyé au plus tôt, je crois avant…

– C'est mon affaire ! Depuis quand les femmes y mettent leur nez ? C'est mon affaire, je te dis, et celle du curé Pradelle ; je verrai avec lui. Va-t'en maintenant, on dirait que tu n'as rien à faire. »

Pierre avait repris sa faux, tournant le dos à Clarisse : la discussion était terminée. Son panier sous le bras, la jeune fille s'en était retournée au village, déçue de l'indécision de son père.

Ce n'était pas la première fois qu'elle revenait à la charge, au risque de se faire rabrouer, pire d'éveiller la suspicion de Pierre. Bien que lent à la réflexion, il ne manquerait pas de s'étonner de son insistance à retourner dans les Cévennes, cette région où elle était partie résignée, tristounette et presque à reculons, au mois d'avril dernier.

Prudente comme une femme amoureuse, elle naguère directe et ingénue, elle avait attendu qu'une semaine passât pour tendre à son père, avec une indifférence feinte, le contrat que lui avait confié Jean :

« Mes maîtres ont été contents de moi, Père. Mademoiselle Henriette, la gouvernante, m'a proposé de revenir pour les vendanges. »

Pierre avait haussé un sourcil et enfoui le papier dans sa poche sans même le déplier.

Il n'en avait plus été question... jusqu'à une nouvelle relance de Clarisse, servie sur un plateau par une « catastrophe » opportune.

Un des petits veaux, nés en mai et que Pierre Chardenon pensait vendre au mois de septembre à la foire de Chaudeyrac, était revenu du pré tout vacillant sur ses pattes. Soupçonnant une morsure de vipère, il avait frictionné vivement avec trois sortes d'herbe la cuisse prometteuse où il avait cru voir une plaie en forme de crochet et avait isolé l'animal des autres veaux. C'est Clarisse qui le trouva, tout raide, au matin :

« Père, venez vite, le *vedelet*[1] ! »

Cinq visages consternés se penchèrent sur le cadavre de la bête.

– *Miladiu* ! *Quau m'a portat fachina*[2] ? » s'écria Pierre en jetant son chapeau dans la paille d'un geste découragé.

Imprécations, lamentations, colère, rien n'avait manqué à la panoplie de l'homme sur lequel s'acharnait le mauvais sort. Dans ces moments d'intense découragement, point n'était judicieux de l'exhorter au calme ; pas même Julie ne s'y hasardait, sachant qu'il finirait par courber l'échine fataliste. Il essuierait une larme en disant :

« Malheur à nous, pauvres gens ! Rien ne nous est épargné. »

Alors Clarisse avait attendu cette phrase et, persuadée qu'elle ferait naître un espoir dans le cœur de son père, elle avait dit :

« Savez-vous, Père, que pour la saison des vendanges, je pourrai vous ramener trente francs. Et je serai nourrie, logée...

– Trente francs, dis-tu ? C'est à voir ! »

Ce fut tout ce qu'elle en obtint.

---

*1. Petit veau.*
*2. Mille Dieu (juron) Qui m'a porté la poisse ?*

Les longues journées d'été et leurs multiples tâches happèrent Clarisse au point d'annihiler ses pensées. Elle n'oubliait pas son amoureux d'Alais ; il avait pris son cœur, son âme et plus encore mais il lui arrivait, la nuit venue, de sombrer dans un sommeil de plomb sans qu'elle n'évoquât ses lèvres si gourmandes et ses yeux cajoleurs.

Les foins n'attendaient pas et Pierre Chardenon, pressé de rentrer sa récolte, houspillait sa maisonnée dès que le moindre nuage se dessinait dans l'azur d'un ciel pourtant clément.

Les hommes en avaient terminé avec la grande terre de seigle abandonnée maintenant aux femmes. Trois au quatre brassées d'épis étaient nécessaires pour former une belle gerbe qu'elles liaient adroitement avec une tige ligneuse.

Elles avançaient au rythme de Julie que la petite dernière avait du mal à suivre. Les reins pliés vers le sol, la tête enchapeautée d'une capeline de paille pour protéger la nuque, elles allaient sans un mot, le souffle court, la sueur au front qu'elles essuyaient d'un coin de leur *fandau*[1].

De temps en temps, la mère appréciait, la main en visière au-dessus des yeux, la quantité de gerbes qui gisaient sur-le-champ.

« Nous allons jusqu'aux genêts, puis nous ferons une meule.

– Juliette est fatiguée, Mère. Elle pourrait rentrer et ramener les vaches parquées au pré, puis je la rejoindrai pour traire. Nous gerberons toutes deux.

– Tu as raison, ma fille. Va, Juliette ! »

Les travaux d'été s'enchaînaient, requerrant l'énergie de Pierre et de sa famille. Il leur semblait devoir abattre en deux mois le labeur de toute une année et c'était un peu ça. Le seigle pour les hommes, le fourrage pour les bêtes, la survie des longs mois d'automne et d'hiver dépendait de ces récoltes.

1. *Tablier.*

Tandis que les meules séchaient au soleil, attendant le battage, il y eut les foins, peu commodes à faucher car semés dans des lambeaux de terre pentus, arrachés à la montagne.

Les femmes l'avaient retourné consciencieusement à grandes *fourcades*[1] puis râtelé en tas coniques avant que les hommes ne les chargent dans le char entouré de ridelles duquel il débordait. Brinqueballant, toujours à la limite de verser, le char, tiré au pas lent et puissant d'un couple de bœufs assujettis sous le joug, n'en finissait pas de faire grincer ses roues en bois du pré jusqu'au fenil.

Les bêtes lourdes et puissantes, gênées par la *juscle*[2] croisée entre leurs cornes, faisaient grincer le timon par leurs hochements de tête.

Les vaches qui faisaient des orgies d'herbe fraîche donnaient leur lait à profusion. Dans la souillarde, toujours froide et humide même au cœur de l'été, s'alignaient des faisselles de caillé et des mottes de beurre d'un jaune puissant, contrastant avec le beurre d'hiver dont la blanche pâleur révélait la carence alimentaire des bêtes.

Si la priorité était donnée aux travaux indispensables et séculaires, il n'était pas interdit de penser à la fête, et la fête du Cheylard-l'Evêque était celle qui se déroulait le 15 août en l'honneur de la Vierge Marie.

« Ce soir, tu viendras dans la chambre essayer la robe que j'ai taillée dans le tissu donné par le père Pradelle. »

Cela faisait des jours et des nuits que Clarisse songeait à ce qui lui avait été accordé comme une récompense honorifique qui nimbait sa famille de lumière et que, maintenant, elle repoussait de tout son être.

Elle qui avait fauté, à son corps défendant puis à son corps frémissant, éveillé aux délices de l'amour, n'avait-elle pas

1. *Fourchées de foins.*
2. *Courroie.*

perdu ce droit, ô combien symbolique, d'incarner la bienheureuse mère de Jésus ?

Pire ! N'avait-elle pas, malgré les mises en garde paternelles, offensé sa religion, bafoué son baptême ? En pénétrant dans le temple des Réformés, lieu de culte sans or et sans fioritures, en écoutant les prêches d'un pasteur aux relents d'hérésie, elle avait fait preuve d'une telle lâcheté, elle, la petite Lozérienne toute confite dans une foi primaire, bridée par les œillères de l'ignorance ! Comment pourrait-elle maintenant revêtir l'habit de pureté de la Vierge Marie, cette Conception Immaculée que contestaient les *gorgio négro* ?

Depuis son retour au Cheylard-l'Evêque, pas un seul dimanche, pas un seul office du paternel curé Pradelle ne lui avait apporté réponse à ses interrogations, ni pardon à ses fautes. Il lui arrivait parfois d'être lucide, presque décidée :

« Il faut que j'aille à confesse ! »

Mais aussitôt, le rouge aux joues et le cœur en chamade, la Clarisse amoureuse repoussait cette idée :

« Jamais je ne pourrai avouer pareil péché ! Et si monsieur le curé racontait tout à Père ? »

Alors, ravalant ses aveux, sa honte et son désarroi, le soir venu, elle suivit sa mère dans la chambre.

Dans l'intimité de la pièce, passive, les yeux baissés, elle se laissa enfiler la longue et virginale tunique satinée. Le gros bâti de Julie tirait de toutes parts.

« Seigneur Dieu ! ma fille, voilà des tétons qui sont bien *escarabillés*[1] et qui ne manquent pas de promesses ! » plaisanta trivialement la mère, surprise de ces formes qu'elle n'avait pas pris la peine de deviner.

Clarisse se troubla de plus belle, à ce point mal à l'aise qu'elle crut défaillir, tandis que Julie, tout à ses découvertes, commentait la transformation évidente de sa fille :

1. *Epanouis, éveillés.*

« Un petit ventre rond, des hanches bien bâties, quelle *poulido drolo*[1] tu fais ! »

Enfin un compliment ! Clarisse ne put s'empêcher de répondre, la mine boudeuse :

« Il n'y a pas si longtemps, Mère, vous me traitiez de garçon manqué !

– Ne fais pas ta *mourudo*[2]. Et... tiens-toi sur tes gardes, les galants ne manqueront pas de lorgner vers toi. Ils reniflent les tendrons à deux lieux à la ronde. Allons, cesse de te tortiller, il faut que j'en finisse ! »

Alors que Julie cousait à petits points la robe de sa fille, ourlait l'étole bleue dont elle draperait ses épaules, coupait une ceinture pour souligner sa taille, Clarisse, assise devant le rouet qu'elle actionnait machinalement, regardait naître l'objet de ses rêves d'adolescente, devenu source de son angoisse.

« Si vous l'ajustiez à la taille de Juliette, Mère, s'entendit-elle dire, cela vous donnerait moins travail ?

– Juliette ? Elle aura son tour ! »

« File la laine, file le temps. » De petits nuages duveteux s'échappaient du fuseau, de petits soupirs d'impuissance s'exhalaient du cœur de Clarisse. « File la laine, file le temps »...

1. *Jolie fille.*
2. *Revêche.*

# XI

# La Vierge Marie

Les timides rayons de soleil s'infiltrèrent sous la halle de Langogne et vinrent caresser corbeilles et paniers posés aux pieds de Clarisse et de Julie.

Aux premières lueurs du jour, les étaliers avaient commencé leur installation, se bousculant pour avoir une bonne place, se claquant le dos d'une grande tape familière ou s'interpellant bruyamment, au mépris des habitants de la place, tirés prématurément de leur sommeil.

De la rue du Pont Vieux, de la route qui menait à Mende et de celle qui allait vers Pradelles, déboulaient charrettes et charretons qui s'octroyaient la priorité sur la gent piétonne obligée de se rabattre sur le bord du chemin.

Julie et Clarisse, chargées comme des ânesses de tommes, de beurre, de pommes de terre nouvelles et des premiers *boulets*[1] qu'elles avaient cueilli la veille en forêt de Mercoire, se faufilèrent à travers le grand déballage de marchandises. Elles trouvèrent un petit emplacement contre un des piliers de la halle fraîchement reconstruite grâce à l'obstination du sieur Colombet, alors maire de la ville.

C'est qu'ils y tenaient, les Langonais, à leur monumentale halle aux grains, haut lieu de négoces et de transactions en

1. *Bolets, cèpes.*

tous genres, qu'ils devaient au prieur Fleury, initiateur de sa construction en 1742.

Enfin à l'abri des caprices du temps, fréquents en Gévaudan, hommes et marchandises avaient apprécié la construction rectangulaire et trapue, un peu écrasée par son imposante toiture à quatre pentes, bien assise sur ses quatorze piliers de pierres taillées.

Ambroise Fleury n'avait rien d'un philanthrope ; dans un bras de fer pour la gestion de ladite halle engagé avec l'avocat Gély se disant syndic des habitants de Langogne, le prieur obtint un arrêt du grand Conseil du Roi en sa faveur, et le grand humaniste qu'il se prétendait être ne manqua pas de s'arroger le « droit de Cartalage », prélevant son tribut sur les mesures de grains.

Les spasmes de la Révolution qui s'étaient manifestés un peu partout en France, avaient condamné la belle construction au bûcher, non pas qu'elle témoignât d'un quelconque symbole de féodalité, mais bien certainement en raison même de son instigateur et, à travers lui, de l'Église et de ses représentants.

Enfin, il n'y paraissait plus des ravages inutiles de cette étrange époque, tellement prometteuse et si grandement décevante. Tout avait été rebâti à l'identique et le commerce local avait retrouvé son lieu de prédilection.

Il faisait maintenant grand jour, la chaleur serait encore au rendez-vous et un incroyable brouhaha régnait sous la halle.

Cette cacophonie de cris, d'appels, de conversations animées emplissait la tête de Clarisse et s'imprimait sur ses tempes douloureuses. Déjà, au départ de la maison, elle n'était pas très vaillante, traînant le pas au point de se faire houspiller par sa mère, plus vigoureuse que jamais :

« Tu veux nous mettre en retard à te *rabaler*[1] comme une mollassonne ? »

Clarisse ne pipa mot, fit un effort pour accélérer son allure. L'aube était encore fraîche et facilitait la marche ; elle la fit frissonner, de ces petits frissons sans nom révélateurs d'un mal être qui, loin de se dissiper, s'amplifia à cause du raffut incessant sous la halle.

Julie s'affairait à vendre ses champignons au prix fort à un aubergiste qui marchandait pour la forme, ayant fait un premier tour de marché infructueux ; elle ne fit pas attention à sa fille qui, vacillante et prise de vertige, s'assit à même le sol en se tenant la tête dans les mains.

« Demoiselle, eh demoiselle, ça ne va pas ? »

Clarisse leva péniblement la tête vers un grand gaillard en *biaude*[2] noire ; elle ne reconnut pas l'homme sous son large chapeau de feutre.

« Oh mais toi, je te connais ! Tu es ma *cougnado*[3]. Tu sais bien qui je suis ? Le mari de ta sœur Estelle ! »

Clarisse voulut se lever pour saluer le maquignon de Chaudeyrac mais elle fut prise d'une nausée qui lui retourna l'estomac. Appuyée contre le pilier de la halle, pliée en deux et secouée par les efforts, le front perlé de sueurs glacées, elle tourna le dos à Léon Souche qui, n'osant intervenir, interpella Julie toujours à parlementer avec le même client :

« Mère Chardenon !

– Ah, c'est vous, mon gendre, dit-elle sans lâcher l'hôtelier.

– C'est votre fille, Mère Chardenon, elle n'est pas bien.

– Estelle est malade ?

– Non, non, elle va bien mais votre fille, là, regardez !

– Clarisse, que t'arrive-t-il ?

– Ce n'est rien, Mère, ça va mieux. »

---

1. *Traîner en parlant des pieds.*
2. *Blouse.*
3. *Belle-sœur.*

Elle allait mieux, en effet. Vidée de tout ce qui entravait sa digestion, elle reprenait des couleurs et, ne pensant plus qu'à faire oublier ce malheureux incident, elle déballa les corbeilles de fromages et de mottes de beurre comme sa mère le lui demandait.

L'aubergiste rafla toute leur production à la grande satisfaction de Julie :

« Plus tôt nous serons de retour, plus tôt nous serons dans les champs ! »

Ah ! Comme il faisait bon d'avoir recouvré la santé ! Julie Chardenon s'en réjouissait chaque jour. Alors, comment aurait-elle pu s'imaginer que d'autres puissent être malades, mal en point ou tout simplement fatigués ?

Le malaise de Clarisse n'eut pas l'air de l'inquiéter. Du moins, n'en fit-elle aucun cas et toutes deux s'en retournèrent au Cheylard-l'Evêque, cheminant dans le silence de leurs pensées.

À quoi servent les mots inutiles ?

Un matin, un autre encore et puis un troisième à se lever nauséeuse, titubante et prise d'une lassitude jamais aussi intensément ressentie. Clarisse arborait un teint blafard et des cernes violets qui soulignait ses yeux de chien battu.

Un bol de lait vomi aussitôt avalé, de même que la soupe : ces moments de forte indisposition souvent réitérés, toujours dissimulés, devenaient le quotidien de Clarisse. Ils avaient une cause que la jeune fille ne tarda pas à reconnaître avec un indicible effroi : elle était enceinte !

Un enfant de Jean, cela aurait pu être un événement heureux… en d'autres circonstances. Or, elle en était désespérément consciente : son état n'incitait pas à l'allégresse !

« Plus que trois jours, ma fille, et tu seras la reine du village !

– Non, non Mère, je vous en prie. Je ne veux pas incarner la Vierge Marie ! »

« Je ne peux pas ! » faillit-elle dire.

« Quelle mouche te pique ? Sais-tu que toutes les filles du village sont jalouses de toi ?

– Cela ne m'intéresse pas de susciter l'envie des autres.

– Alors pense à la fierté de ton père, à l'honneur pour notre famille. “Une fille bien méritante, votre Clarisse” qu'il a dit, le père Pradelle. Une fille bien ingrate, oui ! Tu ne vas pas faire ta timorée ?

– Mais je vous dis, Maman, qu'il ne faut pas m'obliger. Ayez pitié de moi ! »

Clarisse devenait émouvante, à ce point torturée qu'elle en appelait à la compréhension maternelle ; Julie, totalement imperméable au chagrin évident de sa fille, revenait à la charge, croyant balayer des enfantillages et l'appâter par la coquetterie :

« Pense à la belle couronne que nous confectionnerons avec quelques fleurs et feuillages ! »

Puis, tournant le dos à Clarisse :

« N'est-ce pas, ma Juliette que ça te rendra heureuse quand ce sera ton tour ? »

Les nuits sans sommeil épouvantaient Clarisse qui se promettait, dès le lendemain, de refuser tout net, au risque d'une bonne correction, d'incarner la Vierge Marie mais les jours refermaient sur elle l'inévitable traquenard.

« Ta mère m'a dit que tu rechignais à l'honneur que nous fait le père Pradelle ? Ne t'avise pas de faire ta mijaurée. S'il le faut, je te hisserai sur le palanquin par les cheveux. Il est temps que tu te souviennes qui commande ici ! »

* *
*

Toute une ribambelle de gamins ouvrait le sentier qui serpentait à flanc de colline jusqu'à la chapelle de Notre-Dame-de-Toutes-Grâces. Les uns portaient de petites oriflammes à l'effigie de la Madone, d'autres s'encombraient de brassées de fleurs comme autant de cadeaux, de présents somptueux à elle destinés. Tous chantaient à tue-tête des Ave Maria dissonants.

Qu'importait l'harmonie ? Ils mettaient tout leur cœur.

Derrière la joyeuse bande, le curé Pradelle tentait de donner un air de solennité à la procession. Ralenti par l'âge et la lourde chasuble brodée, défraîchie par l'usure mais néanmoins rutilante au milieu de ce petit peuple de grisaille, il imposait une allure lente aux deux enfants de chœur portant un dais de feuillage censé le soustraire à l'agression du soleil.

Les deux spécimens de moinillons sautillaient, se tortillaient, incapables de coordonner leur avancée, si bien que le baldaquin de fortune n'était d'aucun effet. Le prêtre tamponnait de son mouchoir sa face rubiconde et les admonestait :

« Qui m'a pourvu de grands dadais aussi *palamards*[1] ? Nous ne sommes pas à la *bote*[2] ! »

Beaucoup plus consciencieux mais non moins agité, le bedeau balançait devant lui l'encensoir, dispensateur de longues volutes grises et parfumées, absorbées aussitôt par les fragrances de foins coupés et de genêts en fleurs, distribuées à profusion par une nature exubérante.

Et puis il y avait Marie !

Un fauteuil de paille recouvert d'un drap de velours incarnat. Des traverses de bois glissées sous l'assise et arrimées aux pieds par plusieurs tours de corde. Quatre hommes, un à chaque extrémité des *sémaillés*[3] de fortune fichés sur leur épaule rembourrée d'un coussinet d'étoupe, et par-dessus tout ça, assise sur son trône de majesté, Clarisse !

1. *Maladroits.*
2. *Fête votive.*
3. *Barres de bois servant à transporter cornues, boisseaux ou gerles.*

Jamais madone n'avait parue plus hiératique, plus imprégnée du rôle symbolique qui lui était confié. Le village attentif au moindre manquement ne pouvait que se féliciter du choix de l'abbé Pradelle. Les commères y allaient de leurs louanges :

« Je n'aurai juré de rien avec cette petite Chardenon, mais Dieu me pardonne, quelle belle Marie nous avons !

– J'ai toujours dit que c'était une bonne petite et méritante avec ça ! Vous l'auriez vue soigner sa mère, se dévouer à ses frères et sœurs…

– Une Vierge Marie aussi pure que cette petite Clarisse, c'est du bonheur pour notre paroisse », s'attendrit l'une d'elle, en veine de prophétie.

Du côté des hommes, il ne manquait pas de jaloux, d'envieux qui affichaient un peu trop fort ceux que d'autres pensaient tout bas.

« Le Pierre, il est tout bouffi d'orgueil de voir sa Clarisse portée comme le Saint Sacrement. Du coup, il fait suivre sa Denise *pour des fois* qu'il y aurait un miracle.

– Bah, c'est pas un mauvais homme. Il faut le comprendre. On est plus souvent à pleurer qu'à rire ou à se réjouir. Aujourd'hui c'est pour lui, *lou cop qué vint*[1] ce sera peut-être pour toi.

– Mais je n'ai que des gars !

– Alors *béléou*[2] que l'un d'eux mariera la Clarisse ! »

Elle était loin de tout cela, la reine du jour, trimbalée, bousculée mais stoïque, serrant les bras du fauteuil jusqu'à faire blanchir ses jointures.

Elle fixait un point, droit devant elle, sans rien voir de l'animation d'un village tout entier en réjouissance. C'est vrai qu'elle était belle, belle de sa jeunesse, de cette grâce innée

1. *La prochaine fois.*
2. *Peut-être.*

qui pare toute femme révélée à l'amour, belle aussi du don inestimable de porter un enfant.

Heureux les yeux qui ne voient que ce qui leur convient ! Julie eût-elle, une seconde, croisé au plus profond le regard de sa fille, en aurait ressenti un frisson, un pressentiment indéfinissable.

Sous la couronne de fleurs tressées qui mangeait tout son front, le petit visage de Clarisse avait quelque chose d'infiniment pathétique. Jusqu'à ce simulacre de lèvres vermeilles que sa mère lui avait dessinées en écrasant une framboise, trouvant les siennes par trop blêmes.

Tout un village perché sur la colline autour d'un oratoire devant lequel on avait mis à terre le palanquin ! Toute une commune et ses hameaux avoisinants en prière devant Marie !

Il y eut la messe et puis la descente, joyeuse, désordonnée vers la place et sa fontaine rafraîchissante.

Des tartines de pain, des tranches de saucisson, des morceaux de fromages que l'on mangea debout et le verre de vin qui fait glisser le tout ; ah ! comme il était bon d'oublier pour un jour le seigle à dépiquer, la luzerne à faner !

La jeunesse insouciante dansait au son de la cabrette des bourrées sautillantes rythmées par les sabots qui frappaient le sol dur, sous l'œil attentif des mères chaperons.

Oubliée dans un coin la reine de la fête ! Marie chantée, priée, abreuvée de louanges pouvait se reposer jusqu'à l'année prochaine !

Marie était partie mais il restait Clarisse, assise à l'écart. Clarisse résignée et pourtant en attente. De quoi ? Elle n'aurait su le dire mais son éducation religieuse étriquée, stigmatisant le manichéen combat du bien et du mal, de la faute et du châtiment, du pardon et du péché, la plongeait dans la certitude d'une imminente colère divine qui ne manquerait pas de s'abattre sur elle.

Comment, elle, la souillon qui avait perdu son âme et son corps en pays de Cévennes, pouvait-elle trôner là, dans sa robe de rosière, parangon de vertu, diamant sans défaut ? Les feux de l'enfer ne tarderaient pas à lui griller les pieds !

Alors, elle attendait, presque hors de son corps, étrangère à la fête, et se laissait bercer par les cantiques, les psaumes et les alléluias.

Le courroux de Dieu n'eut rien d'apocalyptique. À peine le gros orage s'abattant sur le Cheylard-l'Evêque en toute fin de journée troubla-t-il les derniers joueurs de quilles dans une ultime partie acharnée.

Les femmes avaient déjà regagné leur maison, remisé dans le coffre leur toilette de fête et leur coiffe festonnée. Les bêtes attendaient et meuglaient dans l'étable pour être délestées de leur trop plein de lait. Les enfants avaient faim et étaient fatigués.

Les hommes rentreraient tard, plus ou moins avinés et pour certains aimables et rigolards, pour d'autres querelleurs. Quant aux mieux dispos, avides de caresses, ils ne souperaient pas, préférant la chair tiède de leur femme qui ferait des manières, simplement pour la forme, mais qui serait ravie.

Avoir un homme vigoureux, se sentir désirable et puis, dans quelques mois, accoucher dans les cris, n'était-ce pas la vie, pérenne, rassurante ?

# XII

## La crue cévenole

Le décor n'avait pas changé, la même animation régnait dans la cour de l'auberge de l'Ermitage où Clarisse reconnut des visages familiers et, comme dans une impression de déjà vu, Mademoiselle Henriette brandissait son ombrelle et donnait de la voix :

« Clarisse Chardenon !

– Je suis là, Mademoiselle Henriette ! »

Il ne restait plus rien de la fillette tremblante et apeurée, terrorisée par la Languda. C'était une jeune fille pleine de fougue et d'ardeur, le cœur bondissant de joie et d'espoir qui s'apprêtait à revoir son amoureux. Elle avait tant à lui dire.

* *
*

La décision de Pierre Chardenon était tombée, sèche et autoritaire, prenant Julie au dépourvu mais distillant un baume apaisant dans le cœur de Clarisse :

« Le père Pradelle a expédié le contrat. Prépare ton baluchon, Clarisse, tu partiras lundi.

– Elle partira où ? Pourquoi ? intervint la mère.

– Pour faire les vendanges.

– Mais elle n'a jamais...

– Eh bien, elle apprendra. Pour trente francs, on peut faire un effort. »

Un effort ? Une joie délirante qu'elle dissimula sous un modeste :

« Je ferai de mon mieux, Père, je vous le promets. »

Et toujours cette réticence à dire qu'elle allait travailler aux cuisines, servir maîtres et valets. La fierté des humbles était à ménager, surtout celle de Pierre Chardenon.

* *
*

L'accueil de Madame Fine fut à son image, sincère et chaleureux :

« Contente de te voir, petite. Comme tu as changé ! Té, je te fais un *poutou*[1]. »

Clarisse rougit de plaisir, elle qui recevait si rarement des marques d'affection.

« Va poser ton bagage et reviens aussitôt, j'ai déjà du travail pour toi. Ton amie Justine ne s'est pas fait gager, alors il faudra mettre les bouchées doubles. »

À l'aise comme si elle revenait au bercail, la jeune fille courut à La Bâtisse, monta jusqu'au *tristet*[2] et posa ses affaires sur un lit. Sans se perdre en bavardages avec les vendangeuses en train de s'installer, elle s'en revint aux cuisines, non sans jeter des regards de chaque côté, espérant apercevoir Jean.

Ce n'est que tard dans la soirée, alors qu'elle soutirait du vin dans la réserve qu'il entra sans bruit, plaqua ses deux mains en bandeaux sur ses yeux :

« Coucou, ma toute belle ! » souffla-t-il dans son cou.

---

*1. Baiser, bisou.*
*2. Grenier, mansarde.*

Il la prit dans ses bras, la couvrit de baisers. Elle voulait parler, déballer sans attendre son encombrant secret, entendre de sa bouche des mots qui rassurent mais elle étouffait, prisonnière des bras d'un Jean émoustillé.

« Ma petite fleur d'amour, ma jolie pastourelle, tu es revenue, enfin !

– Monsieur Jean, je vous en prie, écoutez-moi…

– Monsieur Jean ? Alors tu ne m'aimes plus, méchante !

– Oh si bien sûr, je vous aime, mais…

– "Je t'aime" ! Répète !

– Je t'aime, Jean, je t'aimerai toujours et je ne veux plus être séparée de toi parce que… c'est que… il faut… j'attends un enfant ! »

On entendait bruisser la brise légère dans la douceur du soir, on percevait aussi la respiration accélérée de Jean, ce qui ajoutait à l'angoisse palpable de la jeune fille. Que ne montrait-il une joie spontanée ? Que n'avouait-il combien il exultait ? Clarisse attendait, suspendue à ses lèvres, fouillant l'obscurité pour rencontrer ses yeux, y lire une promesse, une assurance qui balayerait ses peurs.

Les grandes émotions font dire des banalités. La voix grave du jeune homme déchira le silence :

« Tu en es sûre, Clarisse ?

– Tu ne dois pas en douter, Jean. Ton enfant est en moi qui grandit. Il faut qu'il ait un père, qu'il ne soit pas un petit bâtard… »

Elle fondit en larmes trop longtemps refoulées. Jean caressa d'une main rassurante sa joue humide, la glissa sous le menton pour soulever sa tête :

« Regarde-moi, Clarisse, tu me fais confiance ? Alors, ne pleure plus, ma belle, tout va s'arranger. »

Il parlait d'or, le charmant amoureux mais il se doutait bien que les embûches ne manqueraient pas d'entraver ses bonnes résolutions.

« Mère va être furieuse, elle qui ne songeait qu'au mariage de Julien prévu pour le 30 octobre ! Sacré Julien ! Il va devoir croquer la *cèbe*[1]. Se faire voler la vedette par son cadet, voilà qui sera farce ! »

Il n'y avait pas que les préséances qui seraient bousculées. Comment faire admettre dans la presque aristocratique famille Blanchon-Troupet, une petite Gavotte comme bru ? Clarisse Chardenon à l'égale de la riche demoiselle Tubœuf ? Les bourgeoises ne manqueraient pas de se gausser :

« L'épouse de Monsieur Jean ? Une petite bonniche venue du Gévaudan afin de se placer !

– Les méfaits de la Révolution, ma chère ! La gamine sait où elle met les pieds. »

Jean eut de la peine à trouver le sommeil alors que Clarisse, bercée par ses promesses, dormait à poings fermés.

Quatre à cinq jours passèrent sans que la jeune fille ne revoie Jean en aparté. Occupé du matin au soir dans les vignes éloignées du domaine de Saint Raby, il n'avait pu que lui susurrer à l'oreille :

« Ne te tracasse pas, Clarisse, je t'aime. »

Le samedi soir, enfin, il l'attendit au sortir des cuisines :

« Viens avec moi, ma toute belle. »

Il l'entraîna dans un coin retiré de la propriété paternelle. Là, à l'abri des regards indiscrets, il se fit plus pressant malgré ses réticences. Il s'empara des ses lèvres, qu'il goûta goulûment, lui caressa les seins qu'il sentait doux et fermes ; elle lui échappa. Il se fit convainquant :

« Mon père ne rentre que demain d'une foire importante. Je préfère lui révéler notre secret avant qu'à notre mère. Père est un homme bon et plein de sagesse, il saura nous comprendre, sera notre allié. Patience, ma Clarisse. »

---

1. *Manger un oignon cru. Tradition régionale.*

Elle voulait y croire à toutes ses promesses, la petite Clarisse qui s'offrit au désir, à la trop longue attente de son tendre amoureux !

Commencées sous les touffeurs estivales, les vendanges furent interrompues par des pluies diluviennes qui s'abattirent sur la région.

Après une nuit où pas un soupçon d'air n'avait frôlé sa couche, se réveillant tout suant au matin, Basile le Cambalut avait regardé le ciel avec appréhension. Des écharpes grisâtres semblaient s'agglutiner pour former des nuages compacts et menaçants.

Basile connaissait la violence de ces orages de fin d'été, spécifiques aux Cévennes, et redoutait que le vent du sud vînt à prêter main forte pour faire crever ses nuées chargées d'eau.

En accord avec Monsieur Jean, il pressa la *colá* de vendangeurs qui faisait, un peu trop à son goût, durer le plaisir du déjeuner :

« Assez flemmardé, le raisin n'attend pas ! »

Sans relever les commentaires de quelques lambins toujours à renauder, le premier valet se dirigea vers les cuisines.

« Bonjour, Basile, on va avoir l'orage ?

– *Adioussias*[1] Madame Fine. C'est bien ce qui m'inquiète. Je vais laisser l'équipe dans les vignes pour toute la journée. Vous pourrez envoyer la petite avec quelques victuailles qu'on mangera sur place ? Il nous faut prendre la pluie de vitesse.

– Ne vous tracassez pas, Basile, Clarisse viendra *arriber*[2] votre *cole.* »

Lourdes et tièdes, les premières gouttes se mirent à tomber au milieu de la matinée. Elles s'écrasèrent sur le sol comme des fientes d'oiseau. La cuisinière jetait d'incessants coups

---

1. *Bonjour.*
2. *Nourrir, alimenter.*

d'œil vers le ciel qui charriait maintenant d'impressionnants nuages, les poussant vers le nord.

« *L'alhallas*[1] ! Il ne manquait que ça. Tu mettras une cape pour ne pas mouiller le pain, petite. »

Les lourds couffins tiraient sur ses épaules, lui cisaillaient les doigts, tout emplis qu'ils étaient de grosses miches de pain, d'oignons, de lard et de piquette pour rincer les gosiers.

Sur les chemins déjà quelque peu détrempés, Clarisse faillit chuter plusieurs fois, ses sabots dérapant dans les premiers *bachas*[2].

Soudain, des éclairs se mirent à zébrer le ciel, éclairant à giorno la route, les champs et même l'horizon. Le coup de tonnerre qui suivit, bien qu'elle l'attendît, la fit sursauter tant il semblait annoncer l'apocalypse. Il éclata, monstrueux, roula en grondements jusqu'à se perdre au loin pour revenir ensuite, frappant ici et là et devenant tout proche pour s'éloigner encore et laisser un répit.

Dans la vigne, livrant leur dos au crépitement des gouttes de pluie qui devenaient de plus en plus denses, hommes et femmes s'activaient, asticotés par le Cambalut. Tel un bourdon cocasse, il arpentait la vigne, allait d'une rangée à l'autre, foulant de ses longues jambes les pampres qui rampaient au sol.

« *Michanto tieiro*[3] ! » criait-il à ceux qui étaient à la traîne.

L'arrivée de Clarisse interrompit la cueillette le temps d'un casse-croûte avalé à la hâte. Monsieur Jean, qui maintenait charrette et cheval sur le bord du chemin, vint manger avec eux.

Avant de repartir, Clarisse lui adressa un timide sourire ; le front soucieux de son amoureux sapa sa bonne humeur. De

1. *Vent du sud annonciateur d'orages.*
2. *Flaques de boue.*
3. *Mauvaise rangée.*

retour au Château, elle ne manqua pas d'en faire la remarque à Madame Fine :

« Monsieur Jean n'avait pas l'air content !

– Eh bé, je le comprends, le *pôvre* ! Une récolte si prometteuse ! Et maintenant la pluie, peut-être bien la grêle !

– Cela ne va pas durer, Madame Fine. Regardez, le vent s'est levé, il va chasser les nuages...

– C'est pas le mistral, *bédigasse*[1] ! C'est ce foutu *alhallas. Plou huei jours mai es pas las*[2]. »

Elle ne s'était pas trompée, la brave Fine et, malgré les exhortations à l'optimisme de Mademoiselle Henriette, elle avait transformé ses cuisines en véritable mur des lamentations :

« Misère de misère ! Des grappes de raisins, je vous mens pas, Mademoiselle Henriette, d'au moins une livre ! Je les ai vues, de mes yeux vues ! Ah *pôvres* de nous !

– Allons, Fine, rien n'est perdu. On dirait que ça s'éclaircit.

– Vous en avez de bonnes ! Il fait à peine jour en plein midi et on n'y voit goutte au-delà des buissons ! »

Clarisse participait à la morosité ambiante. Les intempéries ne faisaient pas son affaire et elle trouvait bien excusable que « ce pauvre Monsieur Jean qui se donnait tant de peine » n'eut pas encore trouvé le bon moment pour parler à ses parents.

Les vendangeurs s'étaient résignés à rentrer dans les vignes, se protégeant la tête d'un sac de jute. La terre détrempée les avait obligés à abandonner leurs sabots et ils allaient pieds nus, s'enfonçant jusqu'aux mollets, ahanant pour s'extirper d'une souche à l'autre.

Clarisse apportait le repas qu'ils prenaient en silence, la colère au bord des lèvres.

Courroucés par le temps qui rouillait leurs épaules, par le Cambalut sans cesse à les presser, par Monsieur Jean enfin qui

1. *Sotte, nigaude.*
2. *Il pleut huit jours sans se lasser.*

ne pensait qu'à rentrer sa récolte au mépris de leur fatigue et de leur santé, ils baissaient la tête pour dissimuler leurs regards haineux.

Sur les ordres de la Languda, Madame Fine, aidée de Clarisse qui abattait son comptant de besogne, servait de copieux soupers pour faire oublier la frugalité du dîner. Cela n'empêchait pas le vent de la révolte de se mettre à l'unisson de l'*alhallas*.

Les hommes faisaient des grands gestes et tenaient des conciliabules, les femmes étaient si lasses qu'elles allaient dormir, laissant dans leur assiette les dernières bouchées.

« Monsieur Jean ! Le Gardon est sorti de son lit ! La grand'rue boit la tasse et le pont du marché n'a pas résisté aux flots torrentiels ! »

Basile, qui n'avait pas fermé l'œil de la nuit, apportait les nouvelles de la ville et il n'y avait pas de quoi se réjouir.

« Il fallait s'y attendre. De toutes façons, on ne peut plus ramasser autant d'eau que de raisins... sans parler de la boue qui tombe dans les seaux.

– La terre de Tresmont presse, Monsieur Jean. Elle est sur la caillasse, ce sera plus commode.

– Je vais y aller voir. Pour le moment, tu laisses la *colá* au repos, ça calmera les esprits. »

Jean alla chercher son cheval, le sella et Clarisse, rivant ses yeux à la fenêtre de la cuisine, le cœur étreint d'une indicible angoisse, le vit disparaître derrière un impressionnant rideau de pluie.

En franchissant péniblement le ponceau de fortune qui enjambait le ruisselet de Chaudebois, Jean prit conscience de ce qu'il en était de la ville d'Alais.

Ce petit ru éthique descendant de Montcalm, d'ordinaire paisible sur ses rochers polis, ceinturait Saint-Raby avant d'atteindre le Gardon qui lui prêtait son lit.

Le Gardon accueillant, aujourd'hui en colère, faisait obstacle au ruisseau de Chaudebois qui, à son tour, regimbait, déversait hors de sa cluse son trop plein d'eaux mélangées aux branchages arrachés en chemin.

« Tout doux, Capriccio ! Calme, ma bête ! »

Jean tapota l'encolure du genet par trop effarouché. La montée de Plos fut laborieuse, la route se distinguant à peine. Bousculé par les rafales, le cheval faisait des écarts difficilement maîtrisés par Jean courbé sur l'encolure. Homme et bête ne faisaient qu'un face à l'adversité. Le benjamin des Blanchon-Troupet en vint à se juger un peu trop téméraire :

« À quoi bon continuer ? Il serait plus raisonnable de rebrousser chemin. »

Son cheval renâclait bruyamment des naseaux, frémissait de la croupe et secouait la tête, jugeant son maître fou de braver les éléments à ce point déchaînés.

Sur le plateau, les premiers mas de Saint-Jean-du-Pin se devinaient, massifs fantômes de pierre aux formes palatales se moquant du déluge.

Les arbres, à leurs côtés, silhouettes flexibles, se laissaient dépouiller violemment de leurs feuilles, pliant l'échine jusqu'au sol, humbles esclaves s'inclinant devant le dieu Éole.

Au sortir du hameau, déboulant de la forêt de Malabouisse en torrent tumultueux, l'Alzon se fit barrage à l'homme et au cheval. Il avait arraché le pont menant à Générargues et s'engouffrait dans les serres de Valz, fumant d'écume, grondant, imitant le tonnerre.

Jean tira doucement sur les rênes pour ne pas brusquer le genet hennissant de terreur.

« C'est bon, Capriccio, nous faisons demi-tour ! »

Du tumulte des eaux jaillirent quelques cris :

« À l'aide ! Au sec... »

Scrutant vers les appels qui venaient de sa droite, il distingua deux silhouettes accrochées à des branches. Par instants, seule leur tête émergeait, à d'autres elles disparaissaient sous l'eau de boue brunâtre. À quelques mètres d'elles, prise dans le tourbillon du torrent, une chèvre dérivait, happée par le courant.

Jean n'hésita pas, piqua des étriers, fit entrer son cheval dans l'eau jusqu'au poitrail. Il étira son bras, agrippa un poignet, une main d'enfant tremblant comme une feuille :

« Tiens bon, gamin, je vais te sortir de là !

– Louiset, mon petit frère ! Il est là, dans les *abarines*[1] ! » cria le gosse, désignant les flots sombres.

Jean ne vit rien, préféra ramener le gamin sur la route et retourna dans la rivière. La chèvre avait disparu mais il vit une main serrée sur une rouette à bout de résistance.

Il encouragea le genet réticent et craintif qui fit rouler sous ses sabots les rochers de la rive, passablement sapés par les coups de boutoir du ruisseau en fureur.

Dans un hennissement qui se perdit dans la campagne déserte, le cheval s'engloutit avec son cavalier.

* *
*

Pour la seconde fois, Clarisse entrait dans le temple d'Alais. Sans honte ni retenue, elle laissait ruisseler les larmes sur ses joues, échapper des sanglots qui obstruaient sa gorge.

Qui s'en étonnerait dans l'assistance en pleurs ? Famille, parentèle, amis, connaissances, gouvernante, valet, employés de maison, *mésadiers* de passage, tous pleuraient ce pauvre Monsieur Jean, paré dans son cercueil, de toutes les vertus.

Accrochée au bras d'une Madame Fine secouée de sanglots, Clarisse était au bord de la défaillance et l'on n'aurait su dire laquelle des deux soutenait l'autre.

---

*1. Osiers.*

Mademoiselle Henriette, priée de se joindre à la famille, était assise derrière Madame Blanchon-Troupet. Plus raide et compassée que jamais, la gouvernante drapait sa douleur dans une attitude figée, sans larmes ni sanglots. C'était dans sa nature, ce quant-à-soi qui intimidait. Pourtant, son visage grimaçant trahissait la peine inconsolable de la nourrice sans lait mais non sans amour, celui qu'elle avait dispensé aux enfants de ses maîtres.

Que dire des parents ? Assommés, hébétés, ils laissaient couler sur eux les psaumes lénifiants chantés par une chorale chevrotante, écoutaient sans les entendre les paroles d'apaisement du pasteur dont le rôle, en ce jour, était des plus ingrats.

« Le Seigneur est bon, compatissant, il accorde sa grâce. Dans sa grande magnanimité, il accueillera sans le juger sur ses fautes mais seulement sur son mérite, votre fils Jean qui a donné sa vie pour sauver un enfant. »

Dans le temple, les murs encore maculés d'humidité témoignaient de l'importance du désastre qu'avait subi la ville. L'odeur de moisissure suintait des plâtres écroûtés et sourdait du pavé ; elle prenait à la gorge, au point que quelques-uns, pris de toux, sortirent sur la place inondée d'un insolent soleil qui semblait narguer la ville et ses habitants.

Basile le Cambalut eut à cœur, plus que jamais, de rentrer la récolte… ou ce qu'il en restait. Les *mésadiers,* de leur côté, mirent un point d'honneur à travailler sans rechigner dans les vignes ravagées, accidentées de sillons meubles et encombrées de branchages charriés par les eaux.

Dans les cuisines, plus rien n'était pareil, rien n'avait d'intérêt. Même le chant du feu fusant sous le chaudron noirci paraissait indécent.

Fine avait deux coquards à la place des yeux qu'elle tamponnait sans cesse d'un mouchoir.

Clarisse serrait ses lèvres blêmes sur le désarroi dans lequel la laissait la perte de son amoureux, celui qui se disait son presque fiancé. S'ajoutait le sentiment confus d'un enfant qui naîtrait et n'aurait pas de père. Son enfant ! Un petit bâtard en tous lieux repoussé, un champi du péché, innocent mais coupable de n'avoir qu'un prénom !

De jour comme de nuit, ces pensées la torturaient, ne lui laissant aucun répit. S'y ajoutait parfois l'image récurrente de son bien-aimé, juché sur Capriccio, disparaissant derrière un rideau de pluie et qui se confondait avec celle, horrible, du cadavre de Jean, ramené sur un charreton, et qu'elle avait entr'aperçu derrière le rideau de ses larmes.

Trois jours après le drame, alors que les cieux s'étaient calmés aussi imprévisiblement qu'ils avaient déclenché le déluge, on avait retrouvé le corps de Monsieur Jean et celui d'un enfant, rejetés par l'Alzon, au pont d'Arène.

L'homme tenait la main du gosse ; tous deux présentaient une plaie à la tempe, cause de leur mort et conséquence d'un arbre qui s'était abattu sur eux.

Des chèvres, des moutons et même un cheval – c'était bien Capriccio –, il n'en manquait pas qui, roulés par les flots, s'échouèrent, le ventre gonflé comme une montgolfière, au pied de Montmoirac, à Arène, aux Astries.

Le gamin rescapé, tout en pleurant son frère, raconta l'héroïsme de celui qui le sauva :

« Sa main m'a serré fort, il m'a tiré de l'eau. *Boudiou, quanté bravas*[1] ! J'ai crié : "Louiset, mon petit frère, il est là !" Et puis, lui et son cheval et Louiset, je les ai vus disparaître dans l'*engoulidou*[2]. »

---

*1. Bon Dieu, quel courageux.*
*2. Passage étroit.*

Alais et sa région enterrait ses victimes. Saint-Raby rendait hommage à son héros. Clarisse pleurait son amour perdu et sa vie en lambeaux.

La fin des vendanges arrivant, elle réalisa qu'il lui faudrait rentrer chez ses parents et leur annoncer le désastre. Julie n'était pas tendre et Pierre Chardenon peu disposé à fermer les yeux sur les manquements, surtout ceux qui touchaient à son intégrité.

En fait, elle ne voulait plus penser à elle ni à sa vie de femme, si tragiquement écourtée à peine découverte. Mais il y avait l'enfant, son enfant et celui de Jean. Pour lui, elle décida de se battre :

« Mademoiselle Henriette, voulez-vous demander à Madame Blanchon-Troupet si elle peut me recevoir ? C'est très important.

– Comme tu y vas, petite ! Madame est si dolente ! Qu'as-tu donc à lui dire ?

– C'est à cause de Monsieur Jean…

– Seigneur Dieu ! Crois-tu opportun de lui parler de son fils disparu ? gronda la gouvernante en étouffant un sanglot.

– Oui ! »

Un oui à peine audible mais si convaincant et si déterminé qu'il eut pour effet de décider Mademoiselle Henriette. Elle revint aux cuisines dans l'après-midi :

« Clarisse, Madame t'accorde quelques instants, après le souper et ce, malgré sa grande lassitude. Ah, la malheureuse femme ! Ne la tourmente pas inutilement.

– Non, non, Mademoiselle Henriette. Merci, vous êtes bien bonne. »

Madame Blanchon-Troupet, alanguie dans un fauteuil bergère, souleva un sourcil à la vue de la jeune employée aux cuisines :

« Tu as demandé à me voir, petite. Que puis-je pour toi ? »

Le ton était affable, Clarisse y puisa son courage :

– Oui, Madame et je m'excuse de vous déranger... Il faut que je vous dise... J'attends un enfant. »

Madame Blanchon-Troupet ne broncha pas, bien qu'un peu irritée de cette confidence qui ne la concernait pas. Elle se ravisa :

« Je te souhaite un beau bébé. Tu es une bonne fille, m'a-t-on dit. Tiens, je te ferai donner quelques pelotes de laine par Mademoiselle Henriette, Tu tricoteras une chaude layette pour ton enfant. Va maintenant, je suis lasse.

– Madame, écoutez-moi, je vous en supplie. Mon enfant, enfin l'enfant que je porte c'est celui de Monsieur Jean... il n'a pas eu le temps de vous en parler... »

La femme nonchalante en veine d'amabilité se transforma soudain en mégère acariâtre :

« Comment oses-tu seulement prononcer le nom de mon fils ? Dehors, petite intrigante !

– Je ne demande rien pour moi, Madame, il faut me croire, mais pour l'enfant de votre fils, votre sang en quelque sorte... Il lui faut un nom...

– Espèce de gourgandine ! »

Les cinq doigts de Madame Blanchon-Troupet s'imprimèrent sur la joue de Clarisse que ne broncha ni sous l'insulte ni sous la gifle.

« Battez-moi, Madame, mais ne rejetez pas un enfant innocent qui ne demande qu'un père...

Et un père fortuné, de préférence ! Peu te chaut qu'il ne soit plus en vie. Dehors ! Dehors, aventurière ! » hurlait la maîtresse de maison au bord de la crise de nerfs.

À ses cris, son mari et ses fils accoururent à qui elle narra par phrases saccadées l'outrecuidance de cette fille de cuisine.

« Mon frère avec cette aguicheuse ? N'en croyez rien, Mère ! s'offusqua Mathieu. Comme avec moi, elle a tenté sa chance et comme je l'ai fait, il l'aura repoussée. »

Nullement attendri par la jeune fille avilie qui réclamait justice, Monsieur Mathieu tenait sa vengeance, le poing de Jean était encore trop cuisant pour sa fierté de mâle.

Clarisse, en larmes, subissait tout affront, pourvu qu'on l'écoutât :

« Vous vous méprenez, Monsieur Mathieu. Votre frère et moi… »

Monsieur Blanchon-Troupet jugea qu'il était temps d'intervenir. Il appela la gouvernante :

« Mademoiselle Henriette, veuillez payer les gages de cette demoiselle et assurez-vous qu'elle quitte cette maison sur-le-champ ! Nous n'avons été que trop patients à écouter ses élucubrations ! »

## XIII

# Un petit bâtard

UN VOL DE CORBEAUX, venu de nulle part, planait sur la terre fraîchement labourée et ensemencée, repérant les lieux avant de s'y poser.

En habits de deuil, graves et méthodiques, ils avançaient à petits pas délicats dans les sillons, piquant du bec le sol fécondé.

Soudain, une bourrasque ébouriffa leurs plumes comme pour les chasser d'un territoire indûment occupé. Ils prirent leur envol, frôlèrent les genêts, poussant leurs cris perçants et lugubres qui déchiraient le silence de la nature au repos.

Ce n'était qu'un spectacle ordinaire, celui des jours d'automne lorsqu'un ciel d'orage obscurcit l'horizon et attriste les cœurs.

Derrière la fenêtre, Clarisse regardait d'un œil morne le jour qui déclinait sur ce tableau agreste.

« Encore à rêvasser ! C'est bien vrai ce que dit le père : tu n'as pas le cœur à l'ouvrage. »

Clarisse sursauta. La voix de sa mère avait troué le silence de la maison comme les cris d'oiseaux celui de la campagne. Sans un mot, étouffant un soupir, elle relança le mouvement de balancier de la cardeuse. Les piques acérées du peigne accroché à sa base étiraient les toisons animales, lissaient les boucles de laine crépue qui, devenues filasses, tombaient dans la *desca* où piochait Julie.

« Ce n'est pas le moment de manquer de laine. Quelle lambine tu fais, ma fille ! Je t'ai vue plus énergique. Tu as donc juré de me faire rater cette commande ?

– Pardonnez-moi, Mère, j'étais dans les nuages. Je vous promets de me rattraper.

– Eh bien, ne parle pas, travaille ! »

Ah ! Comme il était ingrat d'élever des enfants ! Julie s'en faisait la réflexion tous les jours. Ce n'était pourtant pas dans ses pratiques d'avoir des états d'âme, bousculée par un quotidien qui ne variait qu'avec les saisons.

Or, depuis quelques temps, son esprit vagabondait et les reproches incessants dont elle accablait sa fille étaient une manière tortueuse de se morigéner.

« Tu vieillis, ma pauvre Julie, se disait-elle, et cette oppression qui te noue n'est que l'œuvre du temps. Les années ne filent pas sans laisser quelques traces. »

Cette humeur chagrine, si peu dans sa nature, remontait, à bien y réfléchir, au retour de Clarisse.

Le trouble inexpliqué de sa fille à l'approche de la célébration du 15 août, sa réticence à se parer de la couronne virginale, l'avaient quelque peu alertée. Ce qui, pour ce petit village confit en dévotion, devait être la consécration d'une vie d'adolescente, avait rebuté la jeune fille au point de la rendre malade.

Ne l'avait-elle pas surprise à soulager une nausée au coin de la maison ?

« Quelle enfant émotive ! n'avait-elle pas manqué de se dire, se laissant aller, une fois n'est pas coutume, à la compassion. La vie se chargera, ma fille, d'émousser ta sensibilité. Ce n'est pas Dieu possible de se mettre dans de pareils états ! »

Comme par enchantement, la Clarisse sereine aux yeux pailletés d'or avait semblé renaître lorsque son père l'avait gagée pour les vendanges.

Quel enthousiasme à peine maîtrisé pour emballer ses nippes ! Quel pied léger pour s'envoler sur le chemin de Luc, coupant droit à travers la forêt de Mercoire !

« À bientôt, Maman ! avait-elle crié en disparaissant dans le sous-bois d'Espradels. Prenez bien soin de vous. »

Et puis, à peine un mois plus tard, une fille aux yeux ternes dans lesquels se lisaient malheur et désespoir, lui été revenue. Julie n'avait rien dit. À quoi servent les mots sur les peines de cœur ?

Car, elle en était sûre, sa fille souffrait bien d'un tourment d'amour, un de ces béguins d'adolescente étouffé avant même d'avoir vécu et que les vieux évoquent en riant, le soir à la veillée.

« Cela lui passera avant que ça me reprenne ! » avait-elle pensé, un sourire narquois aux coins des lèvres, se souvenant d'un galopin de son village qui avait mis, sans s'en douter, son cœur de quinze ans en émoi, l'espace d'un été.

L'été de ses quinze ans et le galopin de Saint-Flour-de-Mercoire étaient loin ; lui restait son fardeau de femme et de mère, parfois lourd à porter.

Les beaux jours avaient fui, cédant la place à un automne qui s'étirait entre froid et grisaille. Quelques flocons de neige avaient blanchi le sol durci par les premières gelées.

Avant que l'eau du lavoir communal ne soit prise dans la glace, vint le temps de la Grande Tuerie, le temps du Sacrifice, celui du *Monsur* ! Temps de travail mais de réjouissance que celui des charcutailles !

Julie Chardenon, dans sa grande énergie retrouvée, avait élevé deux cochons qu'il fallait maintenant tuer, apprêter, mettre au saloir, bref tout un rituel qui mettait la maison en révolution.

« Deux cochons ! *As pas pou, ma fenno*[1] ! s'était écrié Pierre devant la détermination de Julie.

– Un pour nous, un pour vendre. Pour une fois, on fera des infidélités à Langogne, j'irai à la grande foire de Châteauneuf-de-Randon avec Clarisse. Il y a du beau monde avant *Nadaou*[2] et qui regarde pas à la dépense. C'est une chance pour nous que certains fassent bombance, ça fait rentrer des sous. »

C'est le beau-fils, Léon Souche, le maquignon de Chaudeyrac qui vint porter l'estocade aux malheureux cochons. Avec femme et enfant, Estelle ne tarderait pas à accoucher du second, ils s'installèrent pour quelques jours au Cheylard-l'Evêque, profitant du lit des jumeaux, gîtés pour l'occasion dans la paille de l'étable. La maison craquait de toute part et les repas s'animaient de la conversation entre Pierre et son gendre, à laquelle se mêlaient parfois audacieusement Joseph et Victor.

Tapie sous le manteau de la cheminée où elle se rencognait de plus en plus souvent, Clarisse regardait vivre sa famille, ces gens aux bonheurs simples et que son lourd secret révélé au grand jour, plongerait dans la honte et le chagrin.

Ses yeux se posaient sur le ventre d'Estelle et elle frémissait : « Jusqu'à quand pourrai-je dissimuler le mien ? »

Des frusques données par Mademoiselle Henriette et qu'elle avait promis d'arranger pour Juliette, elle en avait déchiré certaines pour en faire de larges bandes de tissu dont elle se sanglait le ventre et la poitrine au point de suffoquer.

Un pis-aller. Une lâche dérobade, elle en avait conscience mais n'avait pas le cœur à faire souffrir ses parents.

1. *Tu n'as pas peur, ma femme. !*
2. *Noël.*

Au lavoir où mère et filles s'apprêtaient à rincer les boyaux du cochon, Julie s'écria :

« Laisse faire Clarisse, ma pauvre Estelle. L'eau est si glacée qu'elle pourrait porter préjudice au *droulet*[1] ! »

Clarisse posa instinctivement une main protectrice sur son ventre, elle la retira aussitôt, craignant les regards de sa mère et la plongea dans l'eau.

Bien qu'elle s'activât, habile et décidée, ses doigts devenaient bleus, ses mains s'engourdissaient tout comme son esprit tout entier habité par ce petit bâtard qui grandissait en elle. Ignorantes de son tourment, Julie et Estelle bavardaient entre « femmes ».

Comme ce fut bon de s'approcher du feu, de tendre ses doigts gourds au-dessus des flammes et de les sentir revenir à la vie !

Juliette avait déjà mis la soupe à cuire : des feuilles de chou, quelques raves et des pommes de terre. Sa mère y plongea, ô délice, la queue du cochon et quelques bas morceaux qui feraient festin dans leur écuelle.

En l'absence des femmes, Pierre et son gendre, aidés des deux garçons, avaient abattu du travail autour de l'animal. Sur la table que Julie avait recouverte d'une grosse toile bise, le roi cochon gisait en tas sanguinolents et attendait que les mains expertes des femmes le transforment en boudins, saucisses, et saucissons.

Julie pesa le sel, denrée si précieuse qu'il ne fallait surtout pas gaspiller, elle y roula le lard gras, le lard maigre, les pieds et les oreilles et mit le tout de côté.

« Les filles, commencez à préparer les saucisses. Clarisse, tu n'as pas ton *flux*[2] j'espère ? Tu gâterais la viande à y plonger les mains. »

---

1. *Petit.*
2. *Tes règles.*

Ah ! Qu'elles avaient la vie dure, ces superstitions venues du fond des âges !

Clarisse s'empourpra des joues et jusqu'au front, comme prise en défaut. Sûr qu'elle aurait préféré que ce flux arrivât pour balayer sa faute ! Certes, elle pleurait encore son bel amour perdu mais il n'est pas de cicatrice qui ne se referme un jour, alors que ce petit bâtard, si obstiné à vivre, serait pour elle et sa famille une plaie inguérissable.

« Non, Mère, soyez tranquille », s'entendit-elle répondre d'une voix atone.

Trois jours durant, elles s'affairèrent, tranchant, hachant, tassant dans les boyaux la viande rouge et blanche, faisant fondre la graisse, raclant au mieux les os pour en détacher la chair.

Estelle accusait la fatigue. Tenant sur ses genoux sa fille première née qui s'était endormie, il lui semblait qu'elle allait en faire de même. Clarisse ne sentait plus ni ses reins, ni son dos, ses bras lui faisaient mal, rompus par le travail.

« Demain matin, vous tuerez l'autre cochon, mon gendre. Pendant que nous y sommes…

– Cela ne peut attendre ? demanda Pierre.

– Nous n'allons pas déranger Léon une autre fois…

– C'est que, Mère Chardenon, nous ne pourrons pas rester pour vous aider. Les foires n'attendent pas, rétorqua l'interpellé en regardant d'un œil égrillard son beau-père, parfaitement au fait de ses frasques. »

C'était bien connu, le maquignon de Chaudeyrac était un fieffé jouisseur, baffreur et coureur de jupons invétéré. La jeunesse d'Estelle n'y avait rien changé, tout juste l'avait-elle assagi quelques mois, le temps d'être engrossée.

Les foires l'avaient repris et avec elles, les repas arrosés et les lits bien garnis des auberges accueillantes où il avait l'argent facile au détriment de sa famille.

« Eh bien, vous partirez après l'avoir saigné, nous nous débrouillerons avec Clarisse. Ramenez Estelle qui a besoin de repos... à moins que vous ne préfériez qu'elle attende son terme pour accoucher ici ?

– Les Souche naissent et meurent dans leur maison. Notre fils poussera son premier cri à Chaudeyrac, n'est-ce pas, ma belle ?

– Si vous le dites, Léon », concéda Estelle.

Un second cochon et seulement quatre bras pour en venir à bout ! Juliette avait beau se charger de traire les vaches matin et soir, de baratter la crème, de mouler les caillés dans les *escudélous*[1], il n'en restait pas moins toute cette barbaque à confire, saler, taillader en morceaux, cuire les pâtés, les fromages de tête...

Toute la maison sentait le graillon. Les vêtements aussi, de même que les cheveux bien qu'enfouis sous la coiffe et si les mains étaient douces et fines de tripoter la graisse, les doigts gardaient les traces douloureuses d'engelures glanées dans l'eau glaciale du lavoir.

Clarisse n'en pouvait plus et Julie n'en menait pas large malgré la volonté qu'elle affichait de venir à bout du travail entrepris.

À toute chose, malheur est bon ! La soupe avait rarement été aussi riche et onctueuse et les morceaux de ventrèche se comptaient au même nombre que les pommes de terre. Les jumeaux y faisaient honneur, imités par Denise qui tendait sans un mot son écuelle à remplir.

« *Cou travaillo pas a pas beson dé mangea*[2] », grommelait Pierre Chardenon, contestant à la simplette la moindre des bouchées.

1. *Faisselles.*
2. *Celui qui ne travaille pas n'a pas besoin de manger.*

À quoi, Julie qui n'en perdait pas une, rétorquait :

« C'est pas toi, mon homme, qui a cardé la laine, ce matin !

– Comme si cette *palamarde*[1] en était capable !

– Détrompe-toi, Pierre. Clarisse lui a montré et elle s'en sort bien. »

Durant cette joute verbale, l'innocente roulait ses gros yeux à fleur de visage de sa mère à son père. Elle attendait, d'instinct, que l'on se mît d'accord à propos de sa soupe.

Trois jours de cochonnailles avaient suffi pour le premier verrat qui pesait deux quintaux. Il leur en fallut cinq pour apprêter son jumeau.

Lorsque tout fut rangé, Clarisse s'alita, ne put rien avaler du bouillon que lui porta Juliette :

« Merci, ma Juju mais je suis trop fatiguée. Je préfère dormir. »

À tâtons, sous sa courtepointe, elle déroula la sangle dont elle se corsetait pour cacher ses rondeurs. Elle y trouva un mieux être qui lui fit trouver instantanément le sommeil, nullement dérangée par le tintement des cuillères dans l'assiette et l'inélégant bruit de succion qu'à l'exemple du père, pas un des enfants ne réprimait.

Plus tard dans la soirée, lorsque tout fut rangé, après qu'elle eut alimenté le feu de grosses bûches de fayard qui, au matin, feraient de bonnes braises, Juliette se glissa auprès de sa sœur, heureuse de trouver le lit déjà tout chaud.

Tout à cette inhabituelle et intense lassitude qui annihilait ses perceptions, Clarisse ne bougea pas. Son ventre libéré se soulevait calmement au rythme de sa respiration régulière et profonde.

Hors de toute perception ?

1. *Maladroite.*

# Un petit bâtard

Au milieu de la nuit, Clarisse fut réveillée. Nul bruit pourtant ne l'avait tirée des limbes anesthésiants où elle était plongée. Pas un son, en effet, qui ne lui soit familier.

Le souffle des vaches dans l'étable, le léger crépitement des flammèches dans l'âtre, les ronflements du père qui sourdaient de l'alcôve, rien qui ne méritât que l'on y prenne garde.

Soudain, une petite caresse insignifiante et furtive, agita tout son corps. Tendue comme un arc, Clarisse essayait de donner un nom à cette sensation troublante, douce, tellement fugitive. Le petit chatouillis, là, bien enfoui dans son ventre et qui l'avait réveillée, n'était que le début d'une déferlante de soubresauts, d'agitations soudaines qu'elle se prit à apprécier à leur juste valeur.

Son enfant bougeait ! Il se manifestait à elle ! À elle seulement ! C'est lui qui, de l'intérieur, caressait sa mère à sa façon.

Ce fut, entre eux, un jeu auquel ils s'adonnèrent une partie de la nuit. Elle l'attendait sur son flanc droit, hop ! il tressautait sur le gauche. Elle posait sa main, il venait s'y appuyer, donnant une impulsion à son corps mystérieux pour qu'il soit en contact avec cet extérieur où il serait bientôt.

Cette nuit fut complice d'une histoire d'amour en train d'éclore. Un amour inconditionnel et qui serait capable d'abattre des montagnes !

Elle ne sut que lui murmurer, les deux mains plaquées sur son ventre :

« Mon petit trésor, mon enfant à moi, tu ne seras jamais un petit bâtard. Moi, je serai capable de t'aimer pour deux, pour trois, pour mille. Mon bébé d'amour, tu peux compter sur moi. »

## XIV

# La foire

Nuit après nuit se noua ce lien énigmatique qui lie à tout jamais la mère à son enfant. Lentement, à travers un dialogue silencieux, ils apprenaient à se connaître, à se découvrir indispensables l'un à l'autre.

« Tu ne serais pas un petit homme, par hasard ? Tu m'as l'air bien agité, diablotin de mon cœur. »

L'enfant – car dans son cœur c'était bien un enfant, non un petit bâtard sans nom et sans amour – lui répondait, redevenait câlin, provoquait quelques bulles dans son doux aquarium.

Comprimé tout le jour, il semblait apprécier la liberté nocturne que la jeune femme accordait à son corps. C'était alors l'heure des rendez-vous entre la future mère et son bébé à naître.

Clarisse, allongée sur le dos, ne faisait aucun mouvement pour ne pas troubler ces instants de bonheur qu'elle avait attendus toute la journée. Prudente, craignant un geste brusque de sa sœur, elle reléguait Juliette au bord du lit et tenait à distance la gamine qui s'étonnait :

« Tu as donc si chaud, Clarisse, que tu ne souhaites pas que nous nous blottissions ?

– C'est bon pour des fillettes que nous ne sommes plus. Ah, comme il serait agréable d'avoir chacune notre lit !

– Oh la la, mademoiselle la poseuse ! Tu as vu ça chez les *zuguenaou* ? la titillait Juliette en s'agitant de plus belle.

– Tais-toi, tu dis des bêtises ! Et cesse de te tortiller comme un ver. »

Piquée au vif par le ton irrité de Clarisse, la petite se renfrogna dans son coin, une larme d'incompréhension au bord des cils.

« Clarisse n'est plus la même depuis son retour d'Alais ! » se dit-elle en réprimant un soupir.

Les pensées des deux sœurs se rejoignaient sans que ni l'une ni l'autre ne s'en doute.

Clarisse repoussait de toutes ses forces les souvenirs qui la ramenaient en Cévennes. De son bel amour, il ne restait plus rien sinon un enfant qui ne tarderait pas à naître et, en dehors des quelques moments de tendresse autour de sa conception, ses souvenirs ne lui rappelaient que tristesse, honte et humiliation.

« Ils m'ont jetée comme une malpropre ! Ah, les mauvaises gens ! Et Mademoiselle Henriette que je croyais être une bonne personne malgré ses airs bourrus ! J'ai bien cru qu'elle allait me frapper. »

Elle voulait effacer de sa mémoire la scène dont les images encore trop vives l'avaient blessée, rabaissée, rejetée. Il lui arrivait même de clouer le bec à une petite voix indulgente qui lui susurrait :

« Madame Fine était une brave femme. Elle avait un cœur d'or.

– Un cœur de pierre, oui ! À ne penser qu'à nourrir la valetaille, elle était aussi grasse que son *péirou.* »

Le chagrin la rendait ingrate, voire insensible. À peine si Monsieur Jean trouvait encore grâce à ses yeux :

« Pourquoi avoir attendu si longtemps pour parler à ses parents ? Il m'aimait bien mal et ne pensait guère à son enfant. »

Alors, elle reléguait tout ce passé récent dans un coin de sa mémoire où, bien enfoui, elle espérait qu'il ne ressurgirait pas à tout instant. Le passé était mort avec Jean. Le présent lui apportait une joie qu'elle n'aurait jamais imaginée. L'avenir ? Mieux valait ne pas y penser. Pas encore.

* *
*

Juchée sur son piton de granit, la ville de Châteauneuf-de-Randon semblait dormir dans son corset de pierre, saupoudré de givre.

À ses pieds, le Chapeauroux qui descendait des plateaux de Margeride et la Boularesse qui s'échappait du lac de Charpal avaient l'allure de deux boas endormis sous la glace. La plaine, d'ordinaire verte et riante, n'était qu'herbes rabougries par le gel et qui crissaient sous les pas.

Clarisse et sa mère avançaient prudemment sur les chemins verglacés, chacune poussant une brouette grinçante qui agaçait l'oreille. Elles s'étaient enveloppées de longues capes de bure dont elles avaient rabattu le capuchon sur leur tête.

Avec le gros cache-nez enroulé autour de leur visage, on n'apercevait que leurs yeux. Leurs mains, glissées dans de grosses mitaines, se crispaient sur les mancherons de bois.

Parties avant le jour, laissant derrière elles le village du Cheylard-l'Evêque endormi, avec la seule compagnie de paysannes rencontrées sur leur route, elles avaient mis trois heures pour parcourir les deux petites lieues qui s'étiraient, monotones, dans le silence glacé de la nuit hivernale.

Du clocher de l'église Saint-Étienne, s'envolèrent huit coups impétueux propres à réveiller la ville et ses alentours.

Les paysannes bavardaient chichement, gardant leur souffle pour la montée ; de leur bouche s'envolaient de petites volutes de buée qui se perdaient dans l'air glacé.

« Je me doutais bien que nous ne serions pas en avance. Maudit temps ! La *burle*[1] m'a traversé le corps.

– Vous n'êtes pas seule, la Mère, à être *afréjoulie*[2]. Noël au balcon, ça ne sera pas pour nous. »

Sur la longue montée au bourg depuis le lieu-dit l'Habitarelle, elles étaient légions, ces capes grises ou noires, frôlant le sol, silhouettes semblables au point qu'on aurait dit tout un couvent de religieuses en procession.

Cette grande foire de décembre, la dernière de l'année qui en comptait onze, toutes aussi importantes les unes que les autres, n'était cependant pas le royaume des femmes.

Les hommes y tenaient le haut du pavé, vendant et achetant le bétail sur pied, les très demandées cadisseries[3] du Gévaudan dont certains faisaient commerce bien au-delà des frontières du pays, ainsi que tout un matériel artisanal qu'il fallait bien un jour ou l'autre renouveler. Parce qu'ils avaient la bourse bien garnie, ils s'octroyaient le plaisir d'arriver la veille ou l'avant-veille, de ne repartir que le lendemain à la plus grande satisfaction des hôtelleries qui affichaient complet.

Les paysannes ne se hasardaient pas à de telles libertés. En eussent-elles eu les moyens, leur homme veillait, plus certainement à leur réputation qu'à leur confort :

« Ma femme au milieu de ces filles d'auberges à la cuisse légère ? Jamais ! »

Le glorieux passé historique de la ville de Châteauneuf-de-Randon s'affichait ostensiblement.

Pour le voyageur, l'étranger, elle étalait ses vestiges comme autant de repères à ne pas omettre, ni ignorer. On pouvait s'attarder, prier quelques instants à l'Habitarelle devant un mausolée de marbre récemment inauguré, contempler les

1. *Vent glacé.*
2. *Frigorifiée.*
3. *Production de cadis, tissus issus de la laine de mouton.*

ruines d'une muraille d'enceinte, s'étonner que la tour des Anglais, autrefois forteresse carrée, tînt encore debout et que les décombres de ce qui avait été une confortable habitation s'entourent de mystère.

S'il n'y suffisait pas, les rues et les ruelles, les places et carrefours du bourg enrichissaient la découverte et, si l'on ajoutait les explications des habitants sur ce sujet loquaces, le cours était complet.

Fiers d'être les descendants de ces braves du Gévaudan qui avaient accouru à l'appel de Du Guesclin, ils se plaisaient à évoquer cette épopée médiévale où, pensaient-ils, les hommes ne songeaient qu'à croiser le fer et pourfendre l'envahisseur anglais.

« Le connétable Du Guesclin ? Un enfant du pays ? Oui, on peut dire ça puisqu'il a rendu son âme de chevalier aux pieds de nos murailles. Mais c'était un breton.

– Et il est mort en preux, l'espadon à la main », en rajoutaient certains se refusant à croire qu'une vulgaire colique avait terrassé le valeureux Bertrand, comme le laissaient entendre les récits populaires.

C'était bien pourtant de cela qu'il avait rendu l'âme, le malheureux connétable, et pour avoir bu l'eau glacée de la fontaine de la Glauze ! Mais, allez donc dire à un de ces Gavots butés que les fraîches sources du Gévaudan pouvaient être cause d'une mort si peu glorieuse !

Pas plus au cénotaphe du pauvre connétable qu'à la ruine pierreuse de la tour des Anglais, les paysannes encapées ne prêtèrent attention, pressées qu'elles étaient de trouver un emplacement pour étaler leurs marchandises.

De loin, la ville avait paru encore endormie. Quand elles arrivèrent sur la grande place du marché, baptisée – on s'en doute – Place Du Guesclin, cette dernière grouillait déjà de monde et de bestiaux.

« *Bézégaou*[1] ! Il y en a qui marchent plus vite que nous ! s'écria Julie. Bouge-toi, Clarisse, trouve-nous le placier. »

Abandonnant sa mère, Clarisse se faufila au milieu d'un tourbillon de blouses bleues et de coiffes blanches ; elle repéra aisément le garde champêtre grâce à son képi surmonté d'un plumet rouge. La jeune fille eut de la peine à retenir son attention, tout occupé qu'il était à parquer des bœufs de labour.

« Les charcutailles, demoiselle ? Là-bas, devant la quincaillerie Montialoux. Viandes, fromages et légumes, vous pouvez déballer.

– Merci monsieur.

– Hep ! Attendez, jeune fille, un *pied*[2] par étal, pas plus ! Je vais venir encaisser le droit de plaçage. »

Déjà, Julie Chardenon et d'autres commères étaient aux prises avec le père Montialoux, éternel mécontent.

« Vous empêchez mes clientes de rentrer. C'est que je paie pour ma boutique, moi !

– Et nous donc, *rascas*[3] ? Le garde saura bien nous trouver pour prendre nos sous, que la vente soit bonne ou non.

– Laissez au moins un passage devant ma porte, bande de poissardes !

– On te le mangera pas, ton passage ! cria une excitée, mais n'attends pas notre clientèle si nous faisons nos choux gras. Le bazar du père Chambonnet est plus accueillant. »

Pendant ce tohu-bohu, Julie et Clarisse avaient mis en place trois planches sur des tréteaux. Recouvert d'un linge blanc, l'étal de fortune leur permis de déballer le contenue des

---

1. *Exclamation déformée. Approximativement : C'est égal.*
2. *Environ un mètre. Bien qu'établi en 1795, le système métrique fut long à mettre en pratique.*
3. *Radin.*

brouettes : saucisses fraîches, jambon, saucissons *adraqués*[1], pâtés de campagne, grotillons, toutes les parties nobles des deux cochons qui faisaient saliver.

La veille, les jumeaux avaient observé leur mère qui préparait son marché dans la souillarde ; ils n'avaient pu retenir quelques commentaires.

« Aux riches les bons morceaux, à nous les bouseux, le lard et les *coudènes*[2].

– On ne sait même pas quel goût ça peut avoir, un jambon fumé sous la cendre ! »

Julie n'avait rien perdu de leur conversation, elle haussa les épaules et négligea de répondre.

Aux charcuteries s'ajoutaient les mottes de beurre à la bordure dentelée, les fromages frais encore dans leur *escudélou* et les tommes blanches à la croûte dure et alvéolée.

Les bourgeoises de Châteauneuf-de-Randon furent les premières clientes à la recherche de produits qui feraient honneur à leur table. Elles n'en étaient pas moins retorses et chipotaient sur le poids, marchandaient les prix, demandaient le *treizen*[3] pour les œufs, les caillés.

Les aubergistes les suivaient de près, prenant leur temps, jouant les indifférents. L'œil connaisseur, ils savaient repérer le jambon qui ferait du profit, les fromages bien affinés, mais ils restaient distants et demandaient du bout des lèvres :

« À combien vous me le faites, la Mère ? »

Comme à son ordinaire, Julie répondait évasivement :

« C'est à voir. Avec de la bonne marchandise, il ne faut pas être regardant. »

Clarisse laissait faire sa mère et récupérait de sa marche matinale qui lui avait un peu coupé le souffle. Elle était

1. *Secs.*
2. *Couennes.*
3. *Treize à la douzaine.*

détendue dans ce remue-ménage au milieu duquel elle ne redoutait pas les regards indiscrets, assurée de dissimuler sa silhouette sous ses jupons superposés et sous sa lourde cape.

Plus grande était son anxiété à la maison où l'œil inquisiteur de ses frères et les maladresses de Juliette la laissaient sur le qui-vive.

« J'irai jamais faire les magnans si c'est pour en revenir mal *amistouse*[1] comme toi, ne manquait-elle pas de l'asticoter à la moindre occasion.

– Si le Père te place, tu n'auras pas le choix, répondait alors Clarisse avec, dans la voix, une infinie tristesse.

– Maman me défendra ! rétorquait méchamment la gamine, assurée que sa mère lui accordait plus d'affection et de ménagements qu'elle en avait donné à toute sa nichée. »

Clarisse n'insistait pas, préférant détourner la conversation qui pouvait dégénérer mais s'étonnait de ce ressentiment inexplicable que Juliette nourrissait depuis quelques temps à son égard.

Qu'avait-elle fait, ou pas fait au contraire, pour s'attirer l'inimitié soudaine de sa petite sœur jusqu'alors si calme et si complice ?

Silhouette sans grâce dans une souquenille noire qu'elle avait empruntée à sa mère, elle ne pouvait esquiver les moqueries de Joseph :

« Quelle élégance, sœurette ! Tu vas à la bote ? »

Pour l'heure, assise sur la première marche du perron de l'habitation cossue d'un tabellion où elle délassait ses chevilles un peu enflées, Clarisse balayait du regard la grande place grouillante et bruyante.

Un large chapeau, d'un marron délavé par les ans et les intempéries, qui ondulait sur les têtes en coiffe ou dénudées, l'intrigua :

1. *Aimable.*

« N'est-ce point l'oncle André ? »

Cela ne faisait plus de doute, il s'agissait bien du jeune frère de Pierre Chardenon qui d'ordinaire ne passait pas inaperçu… quand il daignait émerger de sa forêt et retrouver la civilisation !

« Maman, regardez, c'est l'oncle André ! Il ne nous a pas vues.

– Nous, on ne risquerait pas de le manquer. On le voit de loin ! »

C'est vrai qu'il ne passait pas inaperçu, le berger de Mercoire ! Non seulement il dépassait par la taille les hommes du Gévaudan généralement plus râblés mais la majesté de sa vêture l'entourait d'une aura particulière qui, pour agreste qu'elle fût, ne manquait pas de panache.

Son long manteau sans capuchon, de même couleur brunâtre que le chapeau et sur lequel il portait une limousine en peau de mouton tranchait au milieu des *biaudes* bleues des maquignons et des bourgerons noirs des paysans *louzérots.*

D'une certaine façon, André ressemblait à son frère… mais en plus ! Plus grand que Pierre, à l'ossature plus déliée, ses yeux plus bleus que gris, mobiles et dans lesquels se révélait l'homme de réflexion, de jugement, de grande tolérance, il affichait une certaine intelligence, non pas celle innée, ni celle qui se forge dans les livres. L'intelligence d'André émanait d'un savoir grégaire, celui qui naît et se peaufine au contact de la nature, qui est fait de patience, d'écoute, d'observations, d'expériences.

Sa grande barbe, à peine saupoudrée de fils gris, dissimulait le menton carré propre aux caractères entiers et de grande volonté. De détermination, il en avait fait preuve, cet oncle et parrain de Clarisse ! Cédant parfois aux insistances des enfants de Pierre Chardenon, il faisait trembler son jeune auditoire en narrant les circonstances qui avaient fait de lui un ermite volontaire.

Comme à son habitude, il allait à grandes foulées, son pantalon de velours côtelé serré dans des jambières de laines retenues par des lanières de cuir entrecroisées.

Fendant la foule, il se dirigeait droit vers le bazar du père Montialoux où il avait coutume de s'approvisionner. Désignant de son bâton un récipient de fer blanc, il demanda :

« C'est une *terralho*[1] comme ça qu'il te faut, Mancette ? »

Une silhouette encapuchonnée jusqu'aux sourcils le rattrapa et regarda dans la direction que lui désignait sa houlette.

« Oui, oui, cette seille fera l'affaire… si ce n'est pas trop cher.

– Reste là, je vais marchander. Je sais comment m'y prendre avec le vieux Montialoux. »

Mancette hocha la tête d'un air entendu. Elle tira un peu plus sa capuche sur son visage et, résignée, regarda le berger s'éloigner.

« Il est bien faraud, le *cougna*[2] ! s'exclama Julie.

– Oh, la Julie ! Si je m'attendais ! Et ma filleule qui vous accompagne. Tu me fais un *poutou*, Clarissou ? »

Comme elle l'aimait, ce parrain à la voix caressante qui était le seul à l'affubler de ce surnom plein de tendre affection ! Elle fit claquer un baiser au milieu de sa barbe.

« Il y a si longtemps, Parrain, que je ne vous avais vu !

– Tu as raison, petite, je me suis fait rare ces derniers temps.

– Eh bien, que ne venez-vous à la veillée un de ces soirs ? invita Julie. Pierre en serait bien aise.

– Nous verrons. Vous savez, Julie, je ne suis pas seul. Hermance, vous connaissez, la Mancette de Sagne-Rousse ? Vous n'ignorez pas que nous sommes en ménage ? »

Le ton était volontairement un peu provocateur.

Julie pinçait les lèvres. Bien sûr qu'elle savait ! Pas une commère du coin ne l'ignorait, toutes en faisaient des gorges

1. *Ustensile.*
2. *Beau-frère.*

chaudes. André le berger, passant outre l'attitude réprobatrice de sa belle-sœur, héla ladite Hermance.

« Mancette, approche, c'est ma parentèle ! Je te présente Julie Chardenon, la femme de mon frère Pierre, et elle, c'est sa fille Clarisse, ma filleule.

Julie, subitement muette, ignora la main que lui tendait Hermance et laissa les siennes sous sa cape. »

Clarisse ne savait quelle attitude adopter. Devait-elle imiter la froideur de sa mère ou bien céder à l'élan spontané qui la poussait à *poutouner* cette mystérieuse Hermance qu'elle devinait jeune et avenante ?

Elle se lança :

« Bonjour Madame », dit-elle avec un sourire plein de chaleur en même temps qu'elle lui tendait sa main toute chaude extirpée de sa mitaine.

Julie Chardenon jeta un regard noir à sa fille et trouva un prétexte pour s'éclipser :

« Garde la boutique, Clarisse. J'aperçois Léon mon gendre. Je vais aux nouvelles d'Estelle. »

Tout à coup, l'air s'en trouva allégé. André rompit le silence, un sourire amer au coin des lèvres :

« Ta mère a la tête dure, Clarisse. Pourtant, ce n'est pas une mauvaise femme. Viens, Mancette, nous partons.

– Vous viendrez à la veillée, Parrain ?

– Si Hermance est la bien venue ! Tu le diras à ton père ! » lui cria-t-il et il disparut dans la foule, sa *terralho* sous le bras, suivi de la silhouette noire de l'énigmatique Hermance.

Julie réapparut aussi furtivement qu'elle leur avait faussé compagnie :

« Estelle a une autre fille. Léon Souche fait un *mourre*[1] de trois pans, lui qui voulait un gars. Regarde, j'ai acheté une

1. *Tête.*

petite médaille de la Vierge pour ma *petiote droulette*[1], nous nous arrêterons à Chaudeyrac au retour.

– Vous ne semblez pas apprécier Hermance, Mère. Pourquoi ? Mon oncle a l'air si…

– C'est pas ton affaire. Qu'est-ce qui t'a pris de minauder avec cette roulure ? Ne t'avise plus de lui adresser la parole. »

* *
*

André était sombre. Hermance, peinée par l'attitude de Julie, ne parlait pas.

« Tu ne dis rien, Mancette, qu'est-ce qui ne va pas ?

– Tu le sais bien, André. À cause de moi, tu ne vois plus tes frères, tes neveux…

– C'est ainsi. Ils sont englués dans des superstitions et tellement perméables aux médisances, la tête pleine de mauvaises pensées et le cœur sec comme la pierre.

– Va les voir sans moi…

– Pas question ! Ils nous reçoivent tous les deux ou bien… Je pourrais parler au curé, lui, ils l'écoutent. »

Hermance s'était tue, André s'en étonna :

« Tu n'as rien à craindre du père Pradelle, Mancette.

– Je ne crains plus personne, André mais il y a plus important que moi. N'as-tu rien remarqué ? Ta nièce, cette jolie Clarisse, quelle tristesse se cache derrière ce joli minois !

– Triste, ma Clarissou ?

– Oui, bien malheureuse aussi et à cause d'un secret trop lourd pour ses épaules.

– Tu finiras par leur donner raison à tous ceux qui te traitent de sorcière ! Clarissou, un secret ?

– Elle attend un enfant, André ! »

1. *Petite fille.*

# XV

# Le pâtre de Mercoire

JUSQU'À SA RENCONTRE avec André Chardenon, la vie ne l'avait pas gâtée, la jeune Hermance de Sagne-Rousse !
Il lui suffisait de se retourner quelques secondes sur son passé pour en faire le triste bilan ; trente ans de vie. Trente ans de misères.

À Sagne-Rousse, il est vrai que ceux qui mangeaient à leur faim se comptaient sur les doigts d'une main ! Un paysage de forêts, quelques landes de pierres et, çà et là, une minuscule parcelle de sol pauvre et aride ensemencé de seigle et quelques vaches faméliques broutant avidement l'herbe d'une devèze[1] partiellement dérobée à la vue. Des maisons, des masures plutôt, basses et voûtées au toit couvert d'éteule, et qui semblaient s'ignorer.

Loin de faire front à l'adversité et de se tapir les unes contre les autres, elles jouaient les indépendantes, préférant le voisinage d'un gour, d'une croix de granit dressée comme un fantôme, ou, plus bucolique, l'orée d'une fûtée.

Tout au plus cinq feux peuplaient ce hameau oublié des dieux à deux lieues de Langogne ; cinq feux, une trentaine d'âmes qui vivotaient, arrachant leur nourriture aux taillis qui offraient quelques baies, aux sous-bois bien pourvus en

1. *Lieu de pâture interdit.*

girolles, cèpes et coulemelles, à la terre ingrate qui leur donnait si parcimonieusement le seigle et quatre raves pour parfumer la soupe.

Retirer la mousse des arbres et bûcheter les ramures séchées occupaient les enfants ; les adultes s'attelant à débiter les troncs avec la *tiradouïre*[1] en bûches régulières.

La mousse était vendue à l'apothicaire de Langogne pour un usage pharmaceutique ; le bois s'achetait par brouettée sur le marché.

Loin d'unir les habitants de Sagne-Rousse, leur commune et inévitable misère les avait rendus méfiants, soupçonneux, hostiles à leurs voisins, faméliques et dépenaillés.

« Rentrez vite, marmaille ! Voilà la *Gaïno*[2] et sa bâtarde. Elles pourraient vous charmer[3]. »

Celle qu'on appelait la Gaïno était une rhabilleuse qui remettait en place avec une brutalité incroyable chevilles et poignets tordus, adoucissant ensuite son geste passablement douloureux par un long massage à la graisse de blaireau.

Bien que rejetée par tous, la Gaïno ne recevait pas moins de nombreuses visites dans le secret de sa cabane entourée de ronciers. Elle se faisait alors prier quelques instants avant de dénicher au fond d'une malle branlante son remède universel, la *rome de fraisse*[4], qu'elle assaisonnait de mystérieuses incantations. Furtive et chuchotante, elle prenait bien garde à ne pas entretenir la défiance naturelle que tout le petit monde paysan avait des médecins, défiance doublé d'une bonne dose d'avarice. Avec un art consommé, elle jouait les humbles, les modestes, ne tirant nulle gloire de ses résultats.

1. *Scie que l'on manie à deux, appelée passe-partout.*
2. *Méchante fée.*
3. *Ensorceler, jeter un charme, un sort.*
4. *Feuille de chêne.*

« Massourel, je ne t'ai jamais vu ! Va, retourne chez toi et ne parle à personne. Fais mine de boiter encore quelques jours.

– Voilà pour vous, la Gaïno et bien merci quand même. »

Le dit Massourel, et tant d'autres, encore endoloris par la violence du traitement, posait alors sur la table deux œufs ou un morceau de lard et clopinait jusqu'à sa maison en pensant :

« Une diablesse, cette Gaïno ! Avec une pareille force, elle tuerait un bœuf. »

À ses dons de rebouteuse, la Gaïno ajoutait ceux de *devinaïre* et les femmes en voie de famille ne manquaient jamais d'aller lui faire observer leur bedaine arrondie.

« *Ventré poutchu, infant fendu*[1] ! annonçait doctement la Gaïno. C'est pas bon pour tes affaires, ma pauvre Marie, toi qui as déjà trois filles.

– Oh pour moi, c'est tout pareil mais c'est mon Félix qui attend un gars et...

– Viens me voir avant de mettre le prochain en route. Je te donnerai un galet du lit de la Durance que tu porteras pendu autour de la taille. »

Invariablement, en évoquant ces pierres de la Durance, la Gaïno exhalait un profond soupir. Avec ce trésor venu d'une rivière inconnue qui titillait sa mémoire, les souvenirs affluaient qui lui tiraient des larmes et puis un grand sourire.

Elle prenait à témoin sa seule compagnie, Hermance sa fillette qui l'écoutait sagement, croyant à une histoire qu'elle lui destinait.

« Il était costaud, le colporteur qui venait de la ville. Sur son dos brinquebalait une lourde caisse de bois retenue par des sangles. Quand il la posait, ça faisait un creux dans ses épaules. Puis il ouvrait un à un les tiroirs tout remplis de richesses : des boutons de nacre, des rubans de toutes les couleurs, des images, des médailles en argent. Dans le tiroir du bas, le grand à

1. *Ventre pointu, enfant fendu.*

double fond, il rangeait ses galets, des cailloux aux reflets violines, lisses et parfumés, ramassés qu'il disait, dans le lit de la Durance. Il m'en a donné un plein sac.

« Tiens, m'a-t-il dit, une *devinaïre* ne doit pas en manquer ! »

Ce ne fut pas le seul cadeau du colporteur. Hermance naquit de ce bref éblouissement. Mais que valait une encombrante petite braillarde à côté des galets magiques ?

À peine tolérée par sa mère, reçue à coup de pierres par les enfants du hameau à l'ignorance féroce, Hermance ne connut que rebuffades et rejets. Personne ne prêtait attention à ses grands yeux noirs affamés de tendresse, ne lissait d'une main caressante ses boucles embroussaillées.

Hormis ses soliloques sur le colporteur qui ne revint jamais à Sagne-Rousse, la Gaïno ne lui adressait que des paroles dépourvues d'aménité :

« Tire-toi de mes jupes, Hermance ! »

La gamine s'écartait pour un court instant puis revenait dans le giron maternel qui lui paraissait, à tout prendre, un abri protecteur.

Mine de rien, la devinaïre n'avait pas tous les torts en repoussant la gamine sempiternellement pendue à ses basques.

Le drame eut lieu dans sa petite enfance, elle devait avoir cinq ou six ans, et sans qu'il y eut malice de la part de sa mère, comme s'empressèrent de le soupçonner nombre de malveillants. Alors qu'elle portait à bout de bras un chaudron d'eau bouillante où macéraient des simples, Hermance l'entrava.

Un juron ! De petits cris plaintifs !

« Qui m'a foutu une pareille *empeite*[1] ? »

À la vue de sa fille se tordant de douleur, la Gaïno se ravisa, ravala sa colère, devint professionnelle sans pour autant y

*1. Gênante, embarrassante.*

mettre le moindre sentiment. Comme pour un client, elle mit à profit ses crèmes, ses onguents et ses incantations.

Pas de pitié pour les petites filles que le malheur épie. Les jets de pierres et les railleries attisées par la partie droite de son visage et ses mains tuméfiées, boursouflées, déformées par d'atroces cicatrices, redoublèrent de violence au point que la Gaïno se terra plus que jamais, avec sa fille, dans sa maison des bois.

Hermance grandit et devint un joli brin de fille… à demi. Si son profil gauche ne laissait rien deviner du drame de son enfance, le droit attestait de sa douleur physique et morale… si tant est qu'elle eut un miroir pour s'y regarder.

Mais le regard des autres n'est-il pas une glace ô combien indiscrète ?

La Gaïno en était consciente : pas un de ces malheureux vivant à Sagne-Rousse n'ajouterait l'opprobre à la misère en épousant une fille sur laquelle le diable avait pointé son doigt et qui possédait, au dire des commères, le don du mauvais œil.

« Il lui a suffit d'un regard et ma fille a avorté, assurait l'une.

– Bêtes ou gens, rien ne l'arrête. Un de nos *védélés* qui s'était risqué à brouter près de la cabane de cette envoûteuse, a fini par crever de la *fachino*[1]. »

Ainsi naissent et courent les légendes. Pour tous, Hermance de Sagne-Rousse était une sorcière au visage grimaçant.

À bonne école, il est vrai, pour apprendre à cueillir les simples, en faire décoctions et pommades, elle se familiarisait avec les pratiques de sa mère qu'elle croyait investie d'un pouvoir mystérieux.

1. *Vaccine, maladie infectieuse des bovins.*

La Gaïno vieillissait, sa vue allait baissant. Pour autant, elle n'imaginait pas un instant mettre un frein à ses médecines secrètes qui leur assuraient le pain de survie.

Sa clientèle, tout un petit peuple de traîne-misère, silencieusement admiratif de son habileté pouvait, du jour au lendemain, se révéler cruel et versatile. La Gaïno et sa fille l'apprirent à leurs dépens quand la mère fut mandée, une nuit, au chevet d'un jeune homme atteint du tétanos.

Le malheureux, recruté pour grossir une troupe de « Marie-Louise »[1] dans l'armée de Napoléon, était prêt à tout pour esquiver cet enrôlement qu'il jugeait arbitraire. Plutôt que de finir comme chair à canon dans quelque plaine allemande, il s'était résolu à mettre sa vie entre les mains de la rhabilleuse qui réussissait son coup, disait-on, une fois sur deux ! Maligne, elle ne mettait pas la main à la pâte, se bornant à expliquer l'astuce.

« Tu prendras une grosse épine d'acacia, mon gars, et tu t'en piqueras profondément l'index entre la chair et l'ongle. Ton doigt va enfler, tu auras de la fièvre et tu te feras accompagner chez le recruteur pour constater ton incapacité à appuyer sur la gâchette d'un fusil.

– J'ai vu des hommes mourir dans des souffrances atroces…

– Si tu fais comme je te dis, au pire tu perdras une phalange.

– Que devrais-je faire, alors, Gaïno ?

– Dès que tu as ton certificat d'exempt, tu commences le traitement. Tu feras tremper ta main dans une eau bouillie où tu auras fait infuser ces feuilles. Puis, tu verseras sur l'abcès qui se formera quelques goûtes de cette fiole, tous les soirs jusqu'à la tombée de la fièvre. »

Rien ne s'était déroulé comme elle l'avait prévu et c'est auprès d'un mourant qu'elle fut traînée nuitamment. Un bras

1. *Ainsi nommait-on les conscrits non formés des classes 14 et 15.*

pourri jusqu'au coude, secoué de convulsions, râlant, hurlant, l'homme se vidait de sa vie dans des vomissements noirâtres.

« Tu l'as tué, Gaïno ! Mon gars se meurt par ta faute ! »

Elle essaya de se défendre : elle avait donné les bons remèdes. Peut-être n'avait-il pas fait ce qu'elle avait recommandé ?

« À mort, la Gaïno ! »

Ce ne fut qu'un cri dans le hameau. Chassée, poursuivie par les paysans armés de fourches et de torches, elle se claquemura dans sa cabane en poussant sa fille dehors.

« Sauve-toi, Hermance ! Va-t'en, laisse-moi ! »

Courant à travers bois, enveloppée dans sa vieille pelisse au capuchon rabattu sur son visage, buttant à chaque pas, tétanisée d'effroi, Hermance entendait, horrifiée, les vociférations d'un village en colère. Elle vit s'élever le brasier qui engloutissait son seul refuge et son seul soutien. Une hutte misérable, une mère maudite, c'était peu ; c'était pourtant toute sa richesse.

* *
*

Une précédente conscription était à l'origine de la vie érémitique qu'avait choisie André Chardenon.

En 1812, le département de la Lozère se vit imposer une levée de deux cent trente-trois hommes jeunes et valides pour grossir les rangs de la campagne de Russie. Tous les moyens étaient bons pour échapper à ce recrutement et, grâce à la rouerie de bon nombre d'entre eux, seulement soixante-huit rejoignirent la troupe !

Entrer dans les ordres, convoler en justes noces, pour les plus argentés payer un remplaçant que l'on ne trouvait pas à moins de cinq mille francs, rien de tout cela n'était dans le tempérament ni dans les moyens du cadet des Chardenon.

Déserter en chemin, se fondre dans la nature, s'oublier soi-même pour se faire plus facilement oublier des autres, fut la résolution à laquelle se rallia le jeune André. L'option n'était pas sans risques mais le jeune homme comptait sur sa connaissance de la forêt de Mercoire et son aptitude à vivre loin de toute civilisation, pratiques forgées au cours de son enfance au contact des vaches et des moutons qu'il menait paître pendant les mois d'estive.

« Comment t'approvisionneras-tu ? lui demanda son frère aîné chez qui il vivait alors. On pourrait convenir d'une cache pour y déposer des vivres et du pain…

– Ce ne serait bon ni pour moi ni pour toi et ta famille qui pourriez être inquiétés. Laisse-moi un peu de temps et je te ferai parvenir de mes nouvelles. »

Inquiété, il le fut, Étienne Chardenon. Comme au temps des Dragonnades, on envoya, en représailles, quelques gendarmes de la brigade de Mende qu'il dut loger et nourrir. Ils eurent tôt fait de mettre à sac ses maigres réserves et l'inconfort de sa petite ferme à la toiture pentue les incita à rejoindre la garnison plus rapidement que prévu.

Au milieu des hautes futaies, prêtant l'oreille aux bruits suspects, André se laissa happer par la forêt hostile et secrète.

Jour après jour, il s'enfonça au plus profond des bois, silhouette ridiculement petite entourée de géants branchus. Il découvrit des clairières dont il ne soupçonnait pas l'existence, s'abrita dans des sortes de cavernes retrouvant les gestes ancestraux et la méfiance innée des premiers hommes. Nuit après nuit, il se familiarisa avec les cris d'animaux excités comme pour un sabbat.

Durant tout un automne d'errance, il s'appliqua à brouiller les pistes, songeant à effacer toute trace de son passage, se sustentant de baies, de racines et de champignons qu'il mangeait crus, se doutant bien que la fumée du moindre feu pourrait le trahir.

Vinrent l'hiver et ses brèves journées, ses longues nuits glaciales et la neige qui tomba en abondance.

« Me voilà tranquille pour quelques mois, se dit-il. Quel chrétien s'aventurerait-il dans pareille galère ? »

Il établit son campement sommaire au Mourre de la Gadille, à plus de quinze cents mètres d'altitude. Son refuge – des roches cyclopéennes en forme de dolmen qu'il prit soin de garnir de feuilles et de branchages – tournait le dos au vent qui courbait la forêt et mêlait ses hurlements à ceux des loups affamés.

Là, dans cette sorte de caverne venue du fond des âges, il osa faire quelques flambées pour ne pas mourir de froid et se protéger des bêtes sauvages. Il enfumait son antre et boucanait les grives qu'il prenait au piège. Il faut dire qu'il était passé maître dans l'édification des *tendelles,* ces pierres plates en précaire équilibre sur des pieds de branchettes !

De même qu'il n'avait pas son pareil pour briser la glace du Langouyrou, créer un *bouillon blanc* dans l'eau limpide et en retirer les truites au repos. « Nous allons faire un festin aujourd'hui ! » s'écriait-il alors.

Nous ?

Une nuit, alors qu'il entretenait son feu, un animal avait rampé vers sa cachette. Le gourdin d'André avait failli s'abattre sur lui. Ce n'était qu'un chien, guère plus qu'un chiot, le poil rare et rêche, l'allure famélique.

Le tuer ou le garder ? André n'eut pas le courage d'assommer la bête. Il le nourrit, l'attacha à un arbre pour ne pas qu'il s'échappe et le fasse repérer et redoubla de vigilance, se privant pendant quelques jours d'un feu réconfortant.

Le chien se ragaillardit ; il posait sur André un regard d'où partaient des éclairs de tendresse et de reconnaissance. L'ermite prit deux décisions : il l'appela Bélugue et le détacha, risque qui se révéla infime, *Bélugue*[1] ne vivant que par et pour son nouveau maître.

Des années de réclusions entrecoupées d'audacieuses incursions incognito dans les foires de Langogne, de Chaudeyrac ou de Châteauneuf-de-Randon lui permirent de renouer un lien avec ses frères.

Pour autant, sa décision était prise. Telle une vocation, cette vie lui convenait et collait au personnage qu'il s'était forgé. Pâtre, moutons et chien marquant l'identité d'un espace d'exil, n'était-ce pas un formidable sacerdoce ?

Étienne le sage n'avait pu s'empêcher de le mettre en garde :

« Tu ne gagneras guère de *jaunets*[2] à paître les brebis des autres !

– J'aurai mon propre troupeau... un jour », prophétisa André. Mais son vrai retour à la civilisation, sa « renaissance » comme il qualifiait son renouveau à la vie, eut lieu avec l'arrivée d'Hermance.

« Paix ! Couché, Bélugue ! »

C'était bien la première fois que son chien menait un tel raffut. Il lui avait appris à être furtif, silencieux et voilà que, soudain, l'animal écumait.

Maté par son maître, Bélugue se contenta de grogner devant une cahute de berger à demi effondrée sur un petit amas de bure grise.

« Pitié ! murmura une voix tremblotante.

– Sors de là, je ne te ferai aucun mal. »

L'exilé volontaire de 1812 avait maintenant une compagne qu'il chérissait tendrement. Affection réciproque car Hermance

1. *Etincelle.*
2. *Louis d'or.*

vouait à son sauveur, son héros, une adoration mêlée de reconnaissance.

Revenu, après les années napoléoniennes, à une vie au grand jour, il n'en avait pas pour autant abandonné ses hêtres, ses bouleaux, ses pins sylvestres et ses fayards.

« La forêt, disait-il, je lui dois tout : ma liberté et ma “renaissance”. »

Et Hermance souriait, lui offrait son profil gauche comme un cadeau.

Qui ne connaissait le berger de Mercoire, celui à qui l'on confiait en toute assurance les troupeaux de *fèdes*[1] ?

Pour s'installer définitivement dans un univers qui serait désormais sa vie et celle de sa compagne, André Chardenon choisit la clairière du Châtelet au milieu du bois de Salesses. Là, sous les yeux ébahis d'une Hermance admirative, il construisit leur nid, une *tchazelle*[2] avec des pierres récupérées sur place. À peine équarries, placées en joints croisés, les pavés montés en arrondis étaient chapeautés de lauzes en large saillie pour éloigner tout écoulement d'eau. Quelques *lignolets* pointus dépassaient de la toiture et donnaient un brin de fantaisie à l'uniformité rectiligne des losanges schisteux.

« Une maison de pierre ! Sais-tu, André, que je n'ai connue que la cabane de rondin où a péri ma pauvre mère ? Le vent s'y engouffrait, la pluie s'insinuait et coulait sur nos têtes…

– Oublie tout ça, Mancette. Il y a un temps pour rire et un temps pour pleurer et toi, ma chérie, tu n'as que trop versé de larmes. Alors, souris et suis-moi. Bienvenue dans votre château, demoiselle Hermance ! »

Pour lui, Mancette, comme la surnommait tendrement André, abandonnait sa capuche qui la dissimulait aux regards des curieux, à la pitié, à la peur. Rien de tout cela n'habitait le

1. *Brebis.*
2. *Capitelle.*

berger amoureux. Il aimait Hermance dans sa globalité. Qu'importe un visage et des mains torturés lorsque le cœur est pur et que l'âme est lumière.

Au fil du temps, Hermance se révéla même indispensable au sein de son dur travail de berger. Bien qu'elle eût fait une croix sur le commerce de sa défunte mère, elle avait en elle cette connaissance des plantes et des secrets qu'elle mit à profit pour les troupeaux confiés à André, optant pour la reconnaissance des bêtes plutôt qu'à celle, versatile, des hommes.

Le piétin qu'on appelait *pézonho* et qui s'attaquait aux sabots des ovins ne résistait pas à ses applications de paille macérée dans une décoction d'armoisie. Mystérieuse inspiration d'un père inconnu ? Elle suspendait au cou des brebis, les cailloux roulés de variolite offerts à la Gaïno par un audacieux colporteur et les voilà protégées tout autant de vêlages prématurés que de morsures de vipères.

« Mancette, viens voir ! Les chèvres semblent folles.

– C'est le "tournis". Je vais nouer un bout de laine tout le long de leur queue et leur faire boire une *droguée*[1].

– Petite sorcière ! »

Et le regard d'aigle du berger se faisait caresse en se posant sur sa compagne quand celle-ci minaudait un :

« Rentrons vite, André, j'ai préparé une *flaune*[2] comme tu les aimes. »

Il n'y a pas, dit-on, de bonheur parfait. Celui d'André et d'Hermance n'échappait pas à la règle. Concubinage, diablerie supposée, les mettaient au ban de la société, surtout celle de la famille Chardenon. On fermait volontiers les yeux sur leur vie rude et sans confort dans un milieu qui pouvait être hostile, on reconnaissait leur professionnalisme pastoral, on louait leur

*1. Drogue, potion, médecine.*
*2. Drogue, potion, médecine.*

discrétion et même leur réclusion mais les portes et les cœurs restaient fermés tant leur petit bonheur discret pouvait être dérangeants.

Il y avait belle lurette qu'André boudait les veillées familiales où Hermance n'était pas admise.

« Il faut que tu ailles chez ton frère, André. Ta filleule a besoin de toi.

– Tu te fais des idées, Mancette. Clarissou si pure, si innocente… Et puis, tu sais bien que jamais…

– Je resterai ici, je ne risque rien avec Bélugue ! »

Le dit Bélugue a jeté un regard approbateur et plein de béatitude vers Hermance, puis vers André.

« Alors, si Bélugue te donne raison… »

# XVI

## La colère du père

« ANDRÉ ! QUELLE BONNE SURPRISE ! Entre vite, mon gars, la *burle* va souffler ta lanterne. »
Ce disant, Pierre Chardenon scrutait l'obscurité pour y deviner l'ombre encapuchonnée attachée aux basques de son frère. André s'en avisa, s'empressa de le rassurer.

« Hermance a préféré rester à la *tchazelle* », dit-il laconiquement.

Soulagé, Pierre ouvrit grand sa porte et le berger se laissa envahir par la chaleur de la pièce. Six têtes se tournèrent vers lui. Il distingua, pêle-mêle, le visage pincé de sa belle-sœur qui redoutait, elle aussi, la présence d'Hermance, la figure lunaire d'une Denise sans âge, éternellement entre petite enfance innocente et vieillesse sénile.

Ses deux grands gaillards de neveux lui arrachèrent un sourire satisfait tant ils avaient forci et paraissaient bons bougres. Il écarquilla les yeux devant la ressemblance évidente de Juliette et sa mère. La gamine empruntait à Julie son allure élancée, toute maigre et nerveuse, ce même regard fureteur derrière lequel se lisait toute une litanie de reproches informulés. Jusqu'au petit pli amer aux commissures des lèvres qui donnait à l'adolescente une sorte d'air mature dans un visage encore enfantin.

Renfoncée dans une encoignure, Clarisse actionnait le rouet. Elle leva les yeux et André y lut comme dans un livre.

« Ô Mancette, pensa-t-il, quelle finaude tu fais ! Et que de tourments derrière le petit front plissé de ma filleule ! »

Julie accueillit son beau-frère du bout des lèvres :

« Vous voilà devenu raisonnable, *counha.* C'est bien de ne pas oublier la famille.

– Mais je ne l'ai jamais oubliée, Julie, même au plus profond de mon exil et… »

Pierre Chardenon, tout à sa joie de revoir son frère, préféra interrompre la passe d'arme verbale qui s'amorçait.

« Viens te réchauffer, André. Tiens, prends ma chaise. Julie, sers-nous un vin chaud ! »

Julie roula des yeux étonnés. Un vin chaud ? C'était bon pour la veillée de Noël ou pour fêter une bonne foire !

André était de retour, et alors ? Il n'y avait pas, à ses yeux, de quoi tuer le veau gras.

À contrecœur, elle posa une casserole sur le trépied au milieu des braises, y versa une vinasse noire comme du charbon, y touilla deux cuillérées de miel propre à adoucir l'âpreté de ce vin rugueux que transportaient les *bouïres*[1] montant du Languedoc.

Le vin frémit. Elle en remplit deux bols qu'elle saupoudra d'une parcimonieuse pincée d'herbes aromatiques. À la surface se forma une petite mousse qui ne manquerait pas de se coller à la moustache grisonnante des deux frères.

« Tes fils ne boivent pas ? » demanda malicieusement André en regardant son frère de biais.

Pierre baissait la tête, le nez dans le breuvage fumant ; puis il se ravisa :

« Julie, donne un bol aux gamins ! »

---

*1. Muletiers transportant les vins du Languedoc.*

Les jumeaux étaient hilares. C'était bien le même Oncle André de leur enfance, celui qui illuminait les soirées de ses histoires à dormir debout et qui, avec un petit rire sous cape, métamorphosait, à chacune de ses visites, la lourde et morne ambiance de la maison Chardenon.

* *
*

Les enfants de Pierre adoraient cet oncle chez lequel ils devinaient tout un univers de tendresse sous la carapace rigide et le regard d'acier. Dans son exil volontaire et traqué, il s'était forgé une forteresse glaciale dont il ne se départait qu'auprès de ses neveux et nièces – hormis Mancette – et vouait un attachement particulier à sa filleule.

Le liquide brûlant caressait son gosier, les vapeurs d'alcool réveillaient ses souvenirs. Clarisse était toujours la première à le solliciter :

« Nous conterez-vous une légende, Parrain ?

– Oui, oui, mon oncle, racontez-nous la Bête !

– Laissez mon frère tranquille, nous allons jouer à la *bourre*[1], les rabrouait invariablement le père.

– Je vous raconte la Bête et vous allez au lit. Promis ? Après, nous aurons tout notre temps pour jouer à la *bourre,* tu es d'accord, Pierre ?

– Dites oui, Père ! » suppliait les petites voix. Pierre cédait et c'était bien là le miracle d'Oncle André : à son contact, Pierre Chardenon s'humanisait. Alors, avec l'approbation de son frère, devant un auditoire à l'avance conquis, le berger racontait pour l'énième fois :

« Cela se passait en l'an 1765 et la petite Mariette figurait sur la liste, déjà impressionnante, des victimes de la mystérieuse

1. *Jeu de cartes.*

bête du Gévaudan, liste qui depuis plus d'une année ne cessait de s'allonger. Or, Mariette n'était pas une victime ordinaire et avant de succomber à ses horribles blessures, elle avait eu le courage de dépeindre la Bête avec terreur et lucidité.

"Elle était énorme, hoquetait l'enfant, et, dressée sur ses pattes arrières, elle me dépassait d'une toise[1]. Ses yeux rouges me fixaient avec férocité et de son ventre sourdaient des grognements qui ressemblaient à des cris de menaces. Et ses dents ! Des crochets pointus desquels coulait du sang ! Je hurlai, tentai de m'enfuir mais elle allongea une patte griffue et me cloua au sol." »

À ce stade de son récit, André faisait une pause pour ménager le suspense. Dans la pièce planait l'ombre de la Bête et il arrivait que Juliette fût prise de sanglots, imitée par Denise qui se tordait les mains en signe d'impuissance et de grand désarroi.

« L'a-t-on enfin tuée, cette bête malfaisante ? dites-nous, Parrain.

– Il en passa du temps avant que l'on puisse envoyer pâtres et pastourelles surveiller les troupeaux ! Savez-vous, enfants, que le roi lui-même en fut informé, qu'il dépêcha des hommes d'armes pour en débarrasser notre pauvre Gévaudan, que la Bête les nargua à maintes reprises, déchiquetant ici un homme et une bonne partie de son troupeau, là une pauvre femme bûchetant dans un bois et toujours des enfants, garçonnets et fillettes qu'on retrouvait scalpés, mordus, tués sauvagement ! »

Les jumeaux se serraient alors l'un contre l'autre pour se donner du courage.

« Était-ce un loup, Oncle André, ou bien une bête du diable ? » se hasardait l'un d'eux.

1. *L'enfant exagérait certainement.*

Julie leur faisait les gros yeux et se signait par trois fois pour que le Malin évoqué par ses fils n'entrât pas dans sa maison.

Par malice autant que par provocation et aussi parce qu'un demi-siècle plus tard l'énigme n'était pas nettement élucidée, le berger enrobait son histoire d'une aura de mystère :

« Le 19 juin 1767, un dénommé Chastel tua de deux balles en or une sorte de bête féroce, mi-loup, mi-ours à qui on imputa cent cinquante-sept victimes.

– Quel homme courageux !

Il devait être bon chasseur, n'est-ce pas, l'Oncle ?

– C'était un *meneur de loups*[1]. On l'appelait Chastel *lo masco*[2] ! »

* *
*

En sirotant son vin chaud, André Chardenon pensait à ce temps-là, celui des veillées chaleureuses et des regards d'enfants et il se disait que cette époque était bien révolue, du moins en ce qui le concernait.

Lui, il ne le savait que trop, n'avait plus sa place au sein de la famille à cause de son ménage bancal avec la douce Hermance. Pensez donc, la fille de la Gaïno ramassée dans les bois où elle courait sans doute à un rassemblement de sorcières !

À bien y regarder, chez Pierre Chardenon aussi plus rien n'était pareil, et ce n'était pas la silhouette imprécise de Clarisse toute de noir vêtue, retirée dans un coin obscur de la pièce, qui le contredirait. Il observait sa filleule à la dérobée.

---

*1. Celui qui a passé un pacte avec les loups.*
*2. Le sorcier.*

« Où est-elle ma Clarissou ? se disait-il. Ma petite étoile curieuse, enjouée, riante et spontanée. Qui donc avait éteint ce petit feu follet au sourire câlin ? »

Pourtant, le feu brûlait encore sous la cendre grise de son visage pâlichon à demi dissimulé par sa coiffure stricte enfouie dans son bonnet. Quelques flammèches d'une vie qui ne demandait qu'à renaître.

« Eh bien Clarisse, je t'ai connue plus bavarde ! Laisse un peu ton ouvrage et viens t'asseoir près de moi. »

Clarisse sursauta.

« Je vous écoute Parrain et suis bien aise de vous voir chez nous, comme avant. Mais j'ai encore tout cela à filer, dit-elle en désignant une *bertoule*[1] pleine de laine cardée.

– Tu finiras demain ! Les veillées sont longues par ce temps de misère : le froid, la neige et l'*écir*[2] qui hurle dans les arbres. Mieux vaut rester au chaud. Allez, viens près de moi.

– La laine n'est pas si urgente et ton oncle si souvent chez nous. Sors du *cantou*[3], Clarisse », la houspilla son père, tout anxieux à contenter son frère revenu.

Résignée, Clarisse posa son fuseau, lissa de la main sa souquenille noire toute piquetée de bourrettes grises, sortit de son coin d'ombre et se laissa nimber par la clarté des flammes.

À l'instant où elle se livrait à la pleine lumière, elle eut l'impression d'être mise à nu par plusieurs paires d'yeux et sut que, désormais, tout serait bouleversé. Accompagnée par le regard d'André, elle vint s'asseoir à son côté et se laissa prendre les mains.

« Mais tu es glacée, Clarissou ! »

Julie aussi était glacée. Debout derrière son homme, dans une attitude de soumission qui lui était familière, elle se sentit soudain pétrifiée. Elle venait de « voir » sa fille. De la voir

1. *Corbeille.*
2. *Vent glacé qui balaie la neige et forme des congères.*
3. *Âtre.*

vraiment. Non de la regarder sans prêter attention. Elle venait de voir Clarisse, sa Clarisse, pâle, le visage sombre et misérable. Elle avait tout compris.

Mu par une attraction incontrôlable, son regard croisa celui de son beau-frère ; ils n'avaient pas besoin de parler. Celui de Julie avait perdu sa dureté et n'était plus qu'un regard de mère affolée, désespérée. Quant aux yeux d'André, dépourvus à cet instant de leurs éclairs magnétiques ou de leur rieuse ironie, ils étaient tendres et bienveillants et semblaient lui apporter son soutien.

« Votre fille a besoin de vous, Julie, disaient-ils, non seulement de vous mais de nous tous et de toute notre affection. »

À des lieues de ces échanges muets, alors qu'une angoisse palpable planait dans la cuisine, Pierre fanfaronnait, égayé par le vin :

« Ah ta filleule ! Parlons-en, mon frère. L'époux que je lui trouverai pourra se louer d'avoir une sacrée bonne femme, vaillante et courageuse. Sais-tu que je l'ai louée par deux fois cette année dans les Cévennes ? Pour les magnans et pour les vendanges !

– Toi, mon calotin de frère, tu as envoyé ta fille chez les *zuguenaou* ?

– C'est qu'ils payent bien, les *zuguenaou* comme tu dis ! »

Et Pierre le laconique, Pierre le taciturne s'enivrait de parlotes, prenait ses fils à témoin de la bonne *patche*[1] qu'il avait faite à la foire de Langogne, des projets qu'il échafaudait et qui ne verraient jamais le jour.

André l'écoutait d'une oreille distraite, tout entier en attente d'une confidence qu'il devinait au bord des lèvres de sa filleule. Mais le lieu, le moment, l'ambiance ne s'y prêtaient guère et Clarisse se taisait.

1. *Geste pour conclure une affaire.*

Ignorant les tensions qui opprimaient la pièce, Pierre proposa une *bourre.*

« Installe-toi à la table, André.

– Il se fait tard, Pierre, je dois rentrer, Hermance pourrait s'inquiéter. »

Le charme était rompu.

Que ne se choisissait-il une épouse vertueuse ? Les rosières ne manquaient pas qui, laissées pour compte et sans le moindre bien, seraient prêtes à partager sa vie pourvu que monsieur le curé y alla de son goupillon et fit carillonner les cloches de l'hymen.

Clarisse sortit de sa torpeur :

« Je vous "fais" un bout de chemin, Parrain.

– Garde-t'en bien, nigaude, rugit le père, il gèle à pierre fendre !

– Quelques minutes, Père, je vais mettre ma cape. »

Ils n'allèrent pas loin. À peine au coin de l'étable. Clarisse s'effondra en larmes sur la poitrine de son oncle.

« Si vous saviez, Parrain, sanglotait-elle, si vous saviez !

– Je sais, petite. Tu vas avoir un enfant et tu n'as rien dit à personne. Va parler à ta mère.

– Ma mère ? Ô Parrain, mais je vais la tuer !

– Sotte que tu es ! On ne meurt pas de ça. Et puis c'est affaire de femmes, ta mère a tout compris, elle t'aidera, elle parlera à mon frère qui ira trouver ton galant et on vous mariera...

– Parrain, ce n'est pas aussi simple. Père me tuera...

– Tuer, tuer mais tu n'as que ce mot à la bouche ! Ce n'est pas la mort que tu portes, petite, mais la vie, la vie, tu m'entends. Un cadeau aussi merveilleux que l'est un enfant ne doit pas être source de larmes mais de réjouissance. Crois-moi, Clarisse, parle avec ta mère. Va maintenant, tu es gelée et moi je me mets en retard. Je reviendrai, Clarissou... pour le mariage !

– Ne m'abandonnez pas, Oncle André, je suis si malheureuse ! »

Désolé de devoir la quitter sans avoir amené un sourire sur son minois ravagé, André la serra contre lui, posa un baiser sur son front :

« Je reviendrai la semaine prochaine, petite Clarisse et je ne veux plus te voir pleurer. »

Clarisse se réfugia quelques instants dans l'étable. Là, revigorée par la chaleur des bêtes et leur paisible respiration, elle retrouva un peu de sérénité et puisa même une certaine détermination.

« Parrain a raison. Je n'ai que trop tardé pour me confier à ma mère. »

Elle poussa la porte de la cuisine. Pas un bruit, pas même un chuchotement, seules les braises rougeoyantes animaient d'ombres géantes la pièce déserte.

Elle se glissa dans son lit, effleura le corps de Juliette qui se retira vers le bord avec un grognement de protestation. Elle déroula la sangle qui maintenait son ventre, mit quelques secondes à trouver une position confortable et reposer son dos. Alors, par petites touches, l'enfant se mit à bouger, lentement au début et puis avec plus de vigueur.

« C'est vous qui êtes dans le vrai, Parrain, se dit-elle, la vie que je porte mérite mieux que cachotteries et dissimulations. Mère me comprendra et saura convaincre mon père. »

# XVII

## Un parrain compréhensif

PREMIÈRE LEVÉE comme à son habitude, Clarisse avait déjà fait une toilette sommaire dans la souillarde, prenant bien soin de ne réveiller personne.

Ce matin, sa bonne résolution de la veille semblait émoussée et plus que tout, elle redoutait le regard que sa mère ne manquerait de poser sur elle maintenant qu'elle savait. Comme elle regrettait la peine qu'elle lui faisait !

Tout occupée à tresser sa longue natte soyeuse, elle n'avait pas entendu le pas furtif de Julie.

« Ton père t'attend dans l'étable ! »

Clarisse sursauta, bredouilla :

« J'allais mettre le lait à chauffer, sortir les bols du...

– Je m'en occupe. Ne fais pas attendre ton père. »

Il n'y avait pas une once de compassion, de soutien ni de compréhension dans les paroles de Julie. Dans son attitude non plus. Et Clarisse qui avait imaginé des bras grands ouverts pour s'y blottir et une oreille attentive pour confier enfin son malheur !

Les épaules affaissées, le pas traînant d'appréhension, le corps légèrement penché en arrière tant sa grossesse lui tirait sur les reins, Clarisse se résolut à affronter son père.

« J'y vais, Maman.

– Et ne fais pas ta *mounine*[1] sinon il t'en cuira ! »

Le tableau était dressé, il lui fallait entrer en scène.

Elle ne vit pas les vaches qui tournaient vers elle leur trogne aux gros yeux étonnés de cette intrusion matinale. Elle ne vit que son père qui se découpait dans le contre-jour d'une lampe falote. Bien planté sur ses jambes solides et trapues, les bras croisés sur sa large poitrine, tête nue et le cheveu embroussaillé, il incarnait la force mais aussi la colère à peine contenue et, si l'on y regardait de plus près, la tristesse, une tristesse infinie qui annihilait en lui tout sentiment d'humanité.

« Les cheveux de Père ont blanchi », se dit sottement Clarisse.

« Qui ? » grogna Pierre d'une voix rauque.

Clarisse baissa la tête. Pierre réitéra sa question ; il haussa le ton et sa main partit pour atterrir violemment sur la joue de sa fille.

« Réponds ! Qui est le père ? »

La gifle avait imprimé une tache marbrée sur le visage marmoréen de la jeune fille. Ses larmes, incontrôlables, apportèrent un baume sur le soufflet cuisant. Pour autant, pas un aveu, pas une plainte ne sortaient de ses lèvres tremblantes, tout au plus quelques balbutiements :

« Pardon, Père, je vous demande pardon… »

« Mon pardon, tu ne l'auras jamais ! Je veux le nom de celui qui t'a fait un enfant, ce salopard s'est bien gardé de venir me demander ta main.

– Il n'a pas pu, Père, souffla-t-elle dans un sanglot.

– Un homme marié ! Traînée ! *Couraïouse*[2] ! Tu as jeté la honte sur notre maison ! Ah, elles sont belles, mes filles ! Une simplette sans raisonnement, une mollassonne qui ne fait que des pisseuses au point que Léon Souche m'en a fait le

*1. Sainte Nitouche. Fausse innocente.*
*2. Coureuse.*

reproche, une nonnette qui a osé me tenir tête et maintenant, c'est le bouquet : une gamine engrossée sur le bord d'un chemin. »

Cette énumération de guignes et camouflets, plutôt que d'évacuer l'ire du père blessé, l'avait fait monter à son paroxysme et Clarisse en faisait les frais.

Souffletée à plusieurs reprises, bousculée, secouée violemment pour lui arracher enfin le nom du scélérat, la jeune fille se protégeait tant bien que mal des coups qui pleuvaient sur sa tête et sur ses épaules.

« Pitié, Père ! Pardon ! Pardon ! »

Pierre n'entendait pas, il voulait savoir, toucher le fond de son déshonneur et connaître le nom de celui qui avait séduit sa fille au point de la souiller et de jeter l'opprobre sur sa famille.

« Tu parleras, à la fin, mauvaise fille ? »

Au plus fort de sa fureur, Pierre Chardenon ne se contrôlait plus. Il allongea une violente bourrade à sa fille dont les sabots ripèrent sur la paille humide. Elle heurta un longeron de bois en saillie et tomba sur le sol de l'étable avec un bruit mat qui se répercuta jusque dans la cuisine.

Julie accourut :

« Qu'as-tu fait, mon pauvre homme ? »

Les bras ballants, toute rage envolée, Pierre regardait le corps recroquevillé de sa fille. Des larmes sourdaient lentement de ses yeux. Il se tourna d'un bloc et sortit dans le jour naissant.

« Juliette, viens m'aider ! »

Julie essayait en vain de soulever sa fille. À deux, elles ramenèrent Clarisse encore sonnée dans la cuisine, l'allongèrent sur le lit et Julie lui bassina le front d'un linge mouillé. Une énorme bosse bleuissait la tempe de la jeune fille. Elle ouvrait doucement les yeux, retrouvait une respiration normale.

Peu inquiète pour son front, à moins qu'il ne la fît pas souffrir, elle posa ses deux mains sur son ventre d'un geste protecteur. Elle rencontra le regard de sa jeune sœur et ce qu'elle y lit la fit frémir. L'adolescente n'était que haine et réprobation, comme en témoignaient son regard lourd et méprisant et le tic nerveux qui agitait sa lèvre.

« Juliette… supplia Clarisse, ma Juju… »

Juliette eut un mouvement de recul. Surtout ne pas se laisser attendrir par cette sournoise qui faisait souffrir ses parents !

Elle était avide de cette paix bonne enfant qui enveloppait de sécurité la maisonnée de Pierre Chardenon et sentait ses bases s'effondrer à cause d'une dévergondée.

« Tu détestes Papa et Maman et moi, je te déteste, souffla la gamine comme siffle un serpent.

– Ce n'est pas vrai, Juliette, je les aime tant… »

Julie revenait avec un verre de lait chaud.

« Drôle de façon de nous prouver ton amour. Ah, mon pauvre Pierre, il ne méritait pas ça !

– Je vais tout vous expliquer, Maman…

– Pour sûr que tu vas t'expliquer ! Et sans tarder, j'y compte bien ! À ce qu'il me semble, tu n'as que trop attendu ! Et dire que *ça* jouait la Vierge Marie pour la fête du 15 août ! Tu nous as bien abusés avec tes airs de madone effarouchée. Dieu m'est témoin que j'ai honte d'avoir mis au monde pareille *tindaourelle*[1] ! »

Pierre rentra. Sa violente colère s'était amollie dans l'air glacial du petit matin telles les vagues déferlantes venant mourir sur les rochers.

Son teint était gris et le coin de sa bouche s'agitait d'un léger rictus nerveux qui témoignait de son profond bouleversement.

Il s'attabla, la tête entre les mains. L'homme était brisé, néanmoins le père voulait tout entendre. Julie sut ce qu'elle avait à faire :

1. *Écervelée. Évaporée.*

« Juliette, les jumeaux, occupez-vous des vaches… et emmenez Denise avec vous. Laissez-nous maintenant. »

Dans le huis clos sordide de la maison de son père, Clarisse se livra comme à confesse. Elle mit son cœur à nu, raconta son émoi auprès de Jean, le cadet de ses patrons. Elle parla avec pudeur de leurs amours brèves mais sincères, des promesses du jeune homme, sa décision d'informer ses parents et de venir trouver Pierre Chardenon, et puis le dramatique accident qui avait coûté la vie à celui qu'elle considérait comme son fiancé.

Le rouge au front, indignée, dépitée, elle évoqua avec amertume l'arrogance de Madame Blanchon-Troupet, le dédain dont la grassouillette bourgeoise avait fait preuve à son égard :

« Elle m'a traitée de sournoise, de menteuse et d'intrigante et m'a fait jeter comme une moins que rien alors que je porte l'enfant de son fils ! »

Le poing de Pierre Chardenon s'abattit sur la table.

« Quand je te disais de te méfier de ces *gorgios négros…* », lâcha-t-il avec mépris.

Sa lourde tête couronnée de cheveux gris dodelinait, il semblait pris d'ivresse. Lui le lourdaud, si lent à la réflexion, essayait de mettre de l'ordre dans ses pensées qui, par extraordinaire, se bousculaient, tourneboulaient sa malheureuse cervelle.

« À qui d'autre as-tu raconté ton exploit ?

À personne, Père. J'avais trop de honte ! Cependant, Oncle André n'a pas été dupe, un regard lui a suffi et il a tout compris. Il m'a…

– Sa sorcière, à coup sûr ! » grinça Julie.

Pierre ignora le coup de langue acérée de sa femme. Il baissait les yeux, fuyait le regard de Clarisse qui quémandait un peu de compassion et beaucoup d'amour.

Pierre se leva lentement, il s'apprêta à sortir à nouveau :

« Je dois réfléchir. Et pas de chuchotis sur mes talons, femmes ! »

Et il planta là, mère et fille, dans un face à face stérile. Aux attentes de Clarisse répondait la froideur de Julie et cela n'était pas nouveau.

Comme dans le cas de toute grande décision, la réflexion laborieuse de Pierre Chardenon s'élaborait en marchant.

La neige qui cernait sa maison, muraille blafarde où se réverbéraient maintenant quelques timides rayons de soleil, limitait passablement cet exercice physique propre à détendre ses nerfs et aérer son cerveau.

En quatre enjambées, il allait de l'angle nord de la bâtisse au porche arrondi de l'étable, les poings enfoncés dans les poches de son bourgeron, le feutre noir au ras des sourcils. Alors que des volutes d'haleine chaude s'échappaient de sa moustache, ses sabots frappaient le sol dur, rythmant l'emballement de son cœur perturbé.

À travers les vitres embuées de la cuisine, Julie devinait les allées et venues de son homme. Le savoir en proie à des tourments avait toujours était sa hantise. Combien de fois avait-on conclu hâtivement, à la suite d'un décès brutal, de manière aussi peu rationnelle :

« Ce sont les tracas qui l'ont tué ! Pour sûr qu'il n'en manquait pas d'*emmasques*[1]. »

« Que deviendrions-nous, se disait-elle alors, si pareil malheur nous arrivait ? »

« Tu vois dans quel état tu as mis ton père ? Et moi ! Tu y penses un peu à moi ?

– Oh oui, Maman ! Je sais que je suis une fille misérable. Pourrez-vous, un jour, me refaire une place dans votre cœur ? » sanglota Clarisse.

Les yeux rivés sur la fenêtre, Julie se contenta d'un haussement d'épaules qui en disait plus long qu'un discours.

1. *Ennuis. Embêtements.*

Le bruit des sabots crissant sur la neige s'arrêta soudain. Pierre entra dans l'étable. Ses garçons s'occupaient à lier des bardeaux de fayards, Juliette mettait en pelotes des écheveaux de laine écrue que Denise lui présentait, bras tendus, en souriant béatement.

« Rentrez dans la cuisine, vous tous, j'ai à vous parler. »

Pierre poussa la porte, la verrouilla comme pour empêcher l'avilissant secret d'en sortir. Julie leva la tête et fixa son époux ; il était pâle et pourtant ses yeux brillaient d'une lueur qu'elle devina être d'espoir. Elle prenait sa part dans la faute de sa fille, s'accusant d'avoir manqué de sévérité, d'exigence, bref d'avoir failli à son devoir de mère.

Avec une mauvaise foi qu'elle ne soupçonnait même pas, elle se jura de protéger sa Juliette :

« Jamais je n'accepterai qu'elle aille s'acoquiner à la ville, c'est tout dévergondage et perdition ! »

Un silence de plomb écrasait la pièce. Chacun retenait son souffle craignant d'attiser la colère sous-jacente du père, certes pour l'instant tournée contre Clarisse mais qui ne demandait qu'à s'étendre au monde entier.

Juliette et les jumeaux avaient deviné, aux éclats de voix, aux mines sombres, à la violence du père et à l'attitude penaude de Clarisse qu'un drame se jouait dans leur famille et que la jeune fille en était responsable.

Calquant, à l'ordinaire, son apparence sur son entourage dont elle percevait les angoisses, Denise la sensible baissait la tête sur ses mains inactives.

Pierre déglutit péniblement avant de parler d'une voix sourde et monocorde. On aurait dit un enfant appliqué, cherchant les bons mots de sa récitation.

« Une fois de plus, la honte m'arrive par une de mes filles. Une fois de trop ! Dieu est témoin que cela est insupportable. Alors, ma honte, je veux bien la porter en moi mais pas aux yeux des autres. Ce que je vais vous dire sera le secret de notre famille. Oui, Clarisse a fauté et va mettre au monde un bâtard, mais vous tous qui êtes là, que jamais une telle révélation ne sorte de votre bouche, sinon malheur à vous ! »

Réfugiée dans le *cantou* où elle espérait se fondre dans la grisaille du décor, Clarisse sanglotait. Victor et Joseph ne pipaient mot et, bien qu'ils ne fussent pas totalement insensibles au désarroi de leur aînée, ils se gardaient bien d'intervenir dans la décision du père. Juliette et sa mère pinçaient les lèvres et approuvaient de hochements de têtes avec des allures de martyrs.

Clarisse leva la tête :

« Cela se saura, Père, forcément. Un enfant ne passe pas inaperçu... il faut le baptiser...

– Les frères de l'École Chrétienne s'en chargeront à l'orphelinat des Choisinets !

– Mon enfant ! À l'orphelinat !

– Pas ton enfant, ton bâtard ! Un bâtard que tu oublieras avoir mis au monde ! Oui, il vaudra mieux pour toi que tu l'oublies... pour toi et pour nous tous. »

Hébétée par l'ampleur soudaine de son malheur, Clarisse se tordait les mains, insistait :

« Je ne pourrai pas l'abandonner, non, jamais !

– Je m'en chargerai dès que tu l'auras mis au monde. »

Clarisse renchérit :

« J'irai me placer à Langogne et je vous porterai l'argent, il ne vous en coûtera rien, Père, pour élever mon enfant. S'il le faut, je vendrai mes cheveux, mes dents ; les perruquiers et les barbiers sont nombreux dans les foires et ils payent bien. Plus grand, il gardera les vaches, vous aidera aux champs...

– Il n'y a pas d'enfant, martela Pierre. Il n'y a qu'un bâtard dont je ne veux plus entendre parler et que tu prendras garde de soustraire à ma vue si tu ne veux pas que je le...

– Pierre ! »

Julie craignait que son homme ne blasphème, ne profère des menaces qui le mèneraient tout droit en enfer.

« Pierre, supplia-t-elle, une main apaisante sur le bras de son époux, ne te mets pas dans des états pareils.

– Alors qu'on ne me parle plus de cette dévergondée ! Elle a bien de la chance que je ne la jette pas dehors, elle et sa grande honte. On fera comme j'ai dit. »

Clarisse mesurait l'immensité de sa solitude, le vide de son cœur était d'une telle profondeur qu'elle était tentée de s'y laisser tomber, de s'y engloutir mais, à ces instants, son enfant bougeait, se rappelait à elle et lui donnait du courage. C'était comme s'il lui disait :

« Je suis là et j'ai besoin de toi ! »

Alors Clarisse ravalait ses larmes, sa détresse et sa peine et murmurait :

« Je ne t'abandonnerai jamais, mon enfant. »

* *
*

La neige, cet hiver-là, se mettait du côté de Pierre Chardenon, au point que le père Pradelle ne put venir célébrer Noël à l'église du Cheylard-l'Evêque.

Quelques téméraires – des fous disaient les uns, des grands pécheurs en quête d'absolution glosaient les autres – se risquèrent à la grand-messe de Chaudeyrac, mais tout concourait à rendre banal l'isolement dans lequel se terraient les familles, celle de Pierre en particulier.

Au matin du Jour de l'An, des coups frappés à la porte sortirent la maisonnée de sa léthargie.

« André ! Dieu seul sait par quel miracle tu te fraies un chemin dans la neige, s'étonna Pierre.

– Le flair, mon frère, le flair et la famille que j'ai toujours plaisir à visiter ! Et je sais que la tienne a besoin de réconfort…

– Ta filleule, la scélérate !

– Clarisse est aussi malheureuse que toi de ce qu'il lui arrive. Il faut savoir pardonner, Pierre, ta fille est une bonne petite. Alors, à quand la noce ? »

Une bourrade propulsa le berger au milieu de la pièce alors que la porte claquait dans son dos.

« Tais-toi, pendard, on pourrait t'entendre !

– Eh bien quoi ?

– Il n'y aura pas de mariage, pas avant longtemps, tu peux me croire ! »

Et le berger, ahuri, fut mis au fait des dispositions visant à décider de l'avenir de Clarisse et de son enfant. Cette ligue familiale l'effara :

« Qu'en pense Clarissou ?

– On ne lui demande pas de penser mais d'obéir, trancha Pierre approuvé par une Julie plus que jamais remontée contre sa fille.

– Mais enfin, Pierre, Julie, vous n'y pensez pas ? L'orphelinat, un innocent ?

– J'ai décidé ainsi. À toi comme aux autres, mon frère, je demande le secret. Rien de ce qui se dit, de ce qui se passe dans cette maison, ne doit en sortir. À moins que vous ne vouliez ma mort… »

Pierre se laissa tomber lourdement sur sa chaise, enfouit sa tête dans ses mains.

« Partez, André. Vous voyez bien que vous torturez mon pauvre homme », s'écria Julie.

Le berger s'enveloppa dans sa limousine, rajusta sa lourde sacoche de cuir sur son épaule et sortit sans un mot.

Sur le seuil de la porte, il se retourna, devinant le regard que Clarisse faisait peser sur son dos.

« Ne m'abandonnez pas, Oncle André », disaient ses yeux noyés de larmes.

# XVIII

## Naissance clandestine

LA NUIT EST TOMBÉE, une nuit noire, sans étoiles, chargée de lourds nuages laiteux qui crèvent par intermittence, libérant un rideau d'épais flocons blancs.

Clarisse se tourne et se retourne dans son lit. Oh ! cela fait bien longtemps que le sommeil la fuit. À peine sombre-t-elle, terrassée de fatigue, la voilà qui sursaute, s'angoisse et se désespère.

Jour après jour, avec une inlassable persévérance, avec audace aussi, l'audace de ceux qui n'ont plus rien à perdre, elle a plaidé la cause de son enfant, elle a tenté de fléchir ce père qu'elle sait rude mais sans méchanceté.

De sa mère, elle n'attend rien. Julie se cantonne dans une attitude courroucée, méprisante et acerbe dont elle ne se départ jamais.

« Père, si je mets au monde un garçon, ne pourrait-on le confier à Estelle, elle qui se décourage de n'enfanter que des filles ? Je le saurai ainsi bien traité, bien nourri…

– Crois-tu qu'à l'orphelinat les pensionnaires meurent de faim ?

– Léon Souche pourrait lui donner son nom, il ne serait plus un bâtard. Je le supplierai…

– Le Léon n'est pas homme à se laisser embobiner par des pleurnicheries de femmes. Moi non plus d'ailleurs. »

En a-t-elle risqué des solutions de ce genre, toutes plus irréalisables les unes que les autres, plus farfelues aussi quand elle a osé dire :

« Si vous le déclariez vôtre, cet enfant ? Un petit *curenis*, un bâton de vieillesse ? »

Directement mise en cause dans cette solution, Julie n'avait pas attendu la réaction de son époux ; elle avait appliqué une claque à sa fille, gifle violente et désespérée dans laquelle elle avait mis toute sa honte et sa rancœur.

« Ta mère t'a répondu, Clarisse. Il ira à l'orphelinat ! » avait cru bon d'ajouter son père, la rage au ventre.

L'orphelinat des Choisinets ! Un enfant *exposé*[1] ! L'enfant de Jean Blanchon-Troupet déposé comme un vulgaire paquet de linges sales sur le froid pas de porte de cette institution rébarbative ! Elle repoussait la douloureuse image d'un petit être vagissant, anonyme et innocent témoin de ses amours malheureuses, abandonné dans le sinistre établissement religieux de la commune de Saint-Flour-de-Mercoire.

Elle imaginait des marmots braillant de tous leurs petits poumons, réclamant des caresses qui leur étaient refusées à moins que ce ne soit la faim qui torturât leur corps. Certes, les religieux réquisitionnaient les villageoises allaitantes qui venaient les nourrir… quand elles y pensaient !

Lui revenait sans cesse l'image des petits pensionnaires de ces frères des Écoles Chrétiennes, leurs éducateurs, miséreux au milieu des miséreux, tristes et dépenaillés, au crâne rasé, aux pieds nus grelottant dans d'infâmes sandales.

Oncle André n'avait-il pas raconté l'histoire de l'un d'eux, vacher dans une ferme, qui avait été déchiqueté par la bête du Gévaudan et que l'on avait mis en terre dans l'indifférence générale.

1. *Abandonné.*

Leurs éducateurs encadraient la petite troupe d'enfants sans famille, la plupart sans nom. Ils leur faisaient entonner des cantiques d'action de grâce, les entouraient d'une surveillance quasi carcérale, les préservant de tout contact avec les villageois comme s'ils étaient des pestiférés, ou pire, des êtres malfaisants.

Leur alimentation spartiate, faite de soupes de légumes et de potées de choux excluait toute viande. Ils étaient pourtant nombreux, les paysans pris de pitié qui se faisaient un devoir de déposer des œufs, des poules, des lapins, sur la table du réfectoire aux relents de choux bouillis ! Mais la générosité de tout un hameau n'allait pas jusqu'à l'estomac des gamins. Au mieux, toutes ces victuailles étaient vendues pour leur acheter des sabots qu'ils ne mettaient que l'hiver.

Relégués dans une chapelle de l'église lors des grandes fêtes religieuses, ces enfants de personne dont les voix cristallines se perdaient dans la voûte séculaire, jetaient des regards apeurés vers un monde dont ils étaient exclus.

Les plus solides d'entre eux étaient dévolus, une fois l'an, à porter pour la procession la statue de saint Roch, protecteur du village. Certains fidèles, les plus argentés, leur glissaient alors dans la poche quelques piécettes en récompense de leurs efforts.

Une autre idée lui avait traversé la tête.

« Hermance et Oncle André n'ont point d'enfant. Peut-être seraient-ils heureux de s'occuper du mien ? s'entendit-elle dire, un jour, le visage illuminé par la perspective d'un foyer chaleureux pour accueillir son bébé. Ils vivent retirés dans les bois et personne n'en saurait rien.

– La sorcière serait bien aise de l'initier à toutes sortes de diableries ! Ôte-toi cette idée de la tête. »

* *
*

Ce ne sont pas les mouvements familiers de son enfant qui ont réveillé Clarisse. Bien au contraire. Depuis quelques jours, le calme s'est fait dans son ventre, une quiétude troublante, inquiétante même, une sorte de plénitude annonciatrice de tempête.

Elle se déchaîne soudain, déchirant ses reins d'une zébrure violente qui lui arrache un petit cri. Le souffle coupé, une main sur la bouche, l'autre agrippée au drap, Clarisse se cambre dans un raidissement de tout son corps. L'apaisement vient enfin et la détente qui lui font lâcher un soupir.

Juliette grogne :

« Arrête de bouger ! Je veux dormir, moi. »

Clarisse n'a pas le temps de répondre : la douleur est là, à nouveau, plus virulente et elle se prolonge jusqu'à un paroxysme intolérable. Ses reins, comme mordus par une bête féroce, semblent pris dans un étau qui lui broie le corps tout entier.

« J'ai mal, Juliette. Appelle maman », souffle-t-elle dans un hoquet.

Juliette se bouche les oreilles, elle ne veut pas entendre. D'ailleurs, elle n'a rien entendu, repousse de tout son être l'arrivée de cet enfant, cause de l'atmosphère délétère qui règne en cette maison autrefois si sereine.

« À son tour de souffrir ! » se dit-elle, sans pitié pour sa sœur.

Le déchaînement des douleurs s'accélère, jetant Clarisse dans une demi-conscience.

« Quels sont ces cris, se dit-elle. Quelqu'un appelle, quelqu'un qui a besoin d'aide. »

Soudain, toute la maisonnée est réveillée. Pierre Chardenon se réfugie avec ses fils dans l'étable, laissant aux femmes le soin de mener à bien leurs affaires de femmes.

« Juliette, mets de l'eau à chauffer ! Beaucoup d'eau ! Et puis, va chercher les quinquets, on n'y voit goutte. »

Tirée de son sommeil et surtout de son indifférence, la fillette regimbe :

« Les bougies n'y suffisent donc point ? C'est un bâtard, Mère.

– Tais-toi, vipère ! Une créature de Dieu qui vient au monde, c'est sacré. »

Ce brouhaha, ces voix pourtant chuchotantes parviennent au subconscient de la jeune parturiente et la ramènent à la réalité.

« Mère, Maman, c'est vous ? Je crois que l'enfant va naître. Aidez-moi, j'ai mal. Je vais mourir.

– Ne crains rien, petite. Laisse faire ton corps, c'est lui qui dirige, qui commande. »

La journée s'étire dans l'oisiveté inhabituelle pour les hommes relégués auprès des bêtes, dans l'attente passive pour Julie et sa cadette veillant une Clarisse torturée.

Les déchirements des reins ont migré vers son ventre tenaillé maintenant de crampes furibondes. Julie humecte les lèvres craquelées de sa fille qui oscille entre inconscience et réalité.

Dormir. Plonger dans un sommeil qui annihilerait ses souffrances. Dormir longtemps… peut-être pour l'éternité. Couler enfin dans un engourdissement libérateur et définitif. Elle y croit, la pauvre Clarisse et elle se laisserait volontiers happer par un assoupissement bienfaisant mais très vite l'acharnement reprend.

Vers seize heures, les douleurs se muent soudain en efforts incontrôlables. Son corps semble se déchirer jusqu'à ce qu'une poussée plus intense lui procure un répit inespéré.

Et puis dans le calme de la pièce, troublant le chantonnement de l'eau qui frémit dans le chaudron, un cri, un cri de vie, un appel, une reconnaissance. L'enfant réclame déjà sa mère dont il vient de s'extirper ; la mère, elle, reconnaît son enfant.

« Mon bébé, murmure Clarisse, entre rires et larmes.

– C'est un garçon, annonce la mère d'une voix neutre.

– Un bâtard ! » glapit Juliette en détournant son regard de la mère et de l'enfant.

Décidément, ces deux-là ne trouveraient jamais grâce dans le cœur tourmenté de l'adolescente en révolte !

Déboussolée par ces événements inattendus, tout s'emballait dans sa tête : le péché... l'enfant du péché... ces bribes de phrases glanées çà et là édifiaient un mur entre elle et sa sœur, un mur où, se disait-elle, il n'y aurait jamais de brèche !

Depuis le *cantou* où elle s'est réfugiée, prenant la place de sa sœur, Denise émet un petit rire béat et agite ses mains en battements qui se veulent joyeux.

« Tais-toi, Denise ! »

Deux voix à l'unisson, celles de Juliette et de sa mère, ramènent l'innocente à la raison. Ses mains maladroites retombent sur son tablier de cretonne et deux grosses larmes perlent au bord de ses cils.

De sa couche, Clarisse l'aperçoit et la réconforte :

« Viens voir mon bébé, Denise. N'est-ce pas que c'est un beau petit gars ? Non, ne le touche pas, c'est fragile, un nouveau-né. »

Le jour décline, se laisse avidement engloutir par la précoce nuit de février. Dans la salle commune de la maison Chardenon, tout a été rangé.

Clarisse repose dans son lit aux draps changés ; à son côté, emmailloté dans des linges blancs, sanglé dans une courtepointe élimée que Julie a dénichée au fond de son coffre, un petit être vagit. Son visage rougeaud couronné d'une touffe de duvet noir se détend dans la chaleur que lui procurent ses langes.

À la place de l'eau qui, tout à l'heure chantonnait sur le feu, la marmite de soupe exhale son sempiternel fumet de choux au lard. Pierre et ses fils prennent place autour de la table.

Instinctivement, à la vue de son père, Clarisse se recroqueville au fond de son lit. Elle rabat sa couverture sur le nouveau-né dans un geste de protection. Sans un regard, Pierre l'apostrophe :

« À ta place, je me tapirai dans la *pastissiera*[1] tant ma honte serait grande ! »

Il a aperçu l'enfant, ses mâchoires se serrent.

« C'est un vigoureux petit gars, se dit-il. J'aurai eu bien de la joie à le montrer à tout le village si cette maudite... »

Et il baisse la tête pour dissimuler son regard qui se trouble de larmes.

Chacun garde les yeux vissés sur son écuelle. La soupe au lard, si chaude et bienfaisante d'ordinaire, ne déride pas les gosiers noués d'angoisse et les tranches de pain attendent vainement la tomme blanche ou la gelée d'airelles qui font de si réjouissants desserts.

Soudain, le poupard sort de l'hébétude dans laquelle l'avait plongé sa longue et traumatisante arrivée dans ce monde. Ses menottes au poing serré battent l'air en gestes désordonnés, sa tête dodeline, ses petits cris de chaton en colère déchirent le pesant silence de la maison.

« Il a faim », dit laconiquement Julie.

Clarisse se redresse dans son lit, prend l'enfant contre elle et s'apprête à lui présenter maladroitement son sein.

« Je t'interdis de l'allaiter ! tonne le père qui a perçu son intention.

– Mais Père, il réclame...

– Julie, donne-lui du lait de vache ! »

---

1. *Maie.*

Docile, Julie obtempère. Elle fait tiédir un peu de lait, le coupe d'eau et le verse dans une bouteille dans laquelle elle introduit un chiffon propre.

Avec des gestes sûrs, sans tendresse mais sans brusquerie, elle cale l'enfant au creux de son bras et dirige le chiffon imbibé vers la bouche du nouveau-né. À force de patience, elle parvient à lui faire accepter cette étrange tétine et l'enfant se met à sucer avidement avec la volonté d'un petit être qui s'accroche à la vie.

Pierre se lève brusquement, repousse son écuelle et s'adresse à la cantonade :

« Du lait de vache, compris ? Demain, il fera jour et j'irai le mener chez les frères ! »

Des larmes silencieuses roulent sur les joues de Clarisse.

* *
*

La clairière du Châtelet faisait penser à un lac gelé hérissé de monticules de neige, ceux que la *burle* avait érigés en soufflant toute la nuit. Un regain d'hiver, déjà bien installé depuis décembre, peaufinait le décor hivernal en superposant les couches de neige.

Enfouie au milieu de cet univers blanc, la *tchazelle* d'André Chardenon en émergeait à peine.

« Un temps pareil pour la Chandeleur, si c'est pas malheureux !

– Pourquoi dis-tu ça, André ? l'interrogea Mancette.

– Tu connais le proverbe : “À la Chandeleur, l'hiver meurt ou reprend vigueur” et à mon avis, il s'est installé pour durer.

– Nous avons quelques réserves et du bon bois pour tenir jusqu'au dégel…

– Oh, ce n'est pas pour nous que je m'inquiète, nous en avons vu d'autres, mais bien pour Clarisse. Il faut que j'aille aux nouvelles, la pauvrette doit être proche de son terme.

– Par ce temps, André ? Mais tu risques de te perdre. »

Un sourire indulgent éclaira le visage du berger : elle le sait bien Hermance, que la forêt n'a pas de secret pour lui !

Sans un mot, elle alla fouiller dans une sorte de malle en cuir renforcée de cloutage que lui avait fabriquée André et où elle entassait leurs quelques hardes ; elle en sortit un ouvrage de laine écrue.

« Tiens, tu donneras ce petit burnous à ta filleule. Il sera bien au chaud, son *droulet*[1]. »

Poser ses pas sans hâte dans la neige qui crissait sous ses grosses galoches de bois et de cuir, assurer sa marche en plantant devant lui la pointe de son inséparable et volumineux parapluie qui lui tenait lieu à la fois de canne et d'arme dissuasive, river son œil sur les arbres apparemment semblables dans leur rigidité et leur dépouillement hivernal, André y employait toute son attention.

Il savait, lui, qu'une branche plus basse, un tronc plus décharné étaient autant de repères indispensables pour baliser son chemin au milieu de cette étendue polaire.

Ce qui n'empêchait pas son esprit de s'évader vers Clarisse, vers la maison de son frère, vers ce village du Cheylard-l'Évêque où il avait passé toute son enfance et sa jeunesse et qu'il devinait assoupi sous une cape blanche.

« Pourvu que mon frère ne fasse pas quelques bêtises ! se disait-il. Quel obstiné que ce Pierre, un cabochard pétri d'orgueil. Quant à ma *counhado*[2], ce ne sont pas l'amabilité et

*1. Petit.*
*2. Belle-soeur.*

la tolérance qui l'étouffent. Pauvre Clarissou, elle qui a tant besoin de tendresse ! »

* *
*

La jeune accouchée faisait ses premiers pas dans la salle commune, des premiers pas que des vertiges de faiblesse rendaient encore hésitants, mal assurés.

« Voulez-vous que je mette la soupe à cuire, Mère, du temps que vous allez traire ? Il m'en coûte d'être si oisive...

– Va t'asseoir dans le *cantou,* tu n'es pas très vaillante et tu m'as l'air tout *afréjoulie*[1], dit Julie en lui prenant les mains. Va te réchauffer près du feu. »

Clarisse sentit son cœur bondir de joie ; sa mère, enfin, l'entourait d'une certaine sollicitude, la ménageait, se laissait aller à des attentions maternelles auxquelles elle avait si peu habituée la jeune fille.

Elle se trompait, la pauvrette, et prenait pour des élans de mère compatissante ce qui n'était qu'une attitude de femme envers l'une de ses semblables.

« As-tu serré tes seins comme je te l'ai dit ? »

Clarisse baissa la tête, Julie le prit pour un signe d'assentiment. En vérité, dès qu'elle se savait seule et même pendant la nuit, elle ne pouvait s'empêcher de prendre son enfant dans ses bras, de le presser contre son sein tiède, de lui murmurer son amour et le bambin rayonnait soudainement. Il s'appropriait avec douceur, presque avec délicatesse cette petite part de sa mère qui le comblait d'aise. Il se gorgeait de cette boisson divine jusqu'à la béatitude tout en écoutant la douce voix gonflée d'amour qui lui fredonnait :

« Mon petit tout à moi. Mon tout mignon bébé. »

1. *Gelée, glacée, prise par le froid.*

Denise, plus finaude qu'il y paraissait parce que plus sensible, la prévenait à la moindre intrusion. Elle raclait ses sabots sur le sol, s'agitait sur sa chaise et s'appliquait à émettre des sons explicites qui se bousculaient sur ses lèvres :

« Bé... bé... Clari... »

Prestement, Clarisse recouchait l'enfant dans la chambre où il était relégué dans la journée pour le soustraire à la curiosité d'une visite inopinée.

Avec l'instinct inné de ces enfants qui dérangent, le bébé de Clarisse savait se faire oublier de tous, ne pleurait jamais, respirait en silence et faisait même semblant d'apprécier le rudimentaire biberon que lui imposait Julie alors qu'il était déjà repu du nectar de sa mère.

* *
*

« Bé... bé... Clari... »

La bise s'engouffra à la suite du berger, soufflant quelques flocons qui fondirent sur le sol. L'écir, ce petit vent glacé qui souffle en Gévaudan, était chargé d'effluves de suint et de pailles mêlées que Clarisse n'eut pas de mal à identifier. Elle poussa un soupir de soulagement et s'écria :

« Parrain ! Oh Parrain, quelle joie de vous voir !

– Et moi donc, petiote ! Mais que caches-tu là, sous ton châle de laine ?

– C'est lui, c'est mon bébé. Il faut m'aider, Oncle André, je vous en supplie. Père attend qu'un chemin se dégage pour l'emmener aux Choisinets...

– Il n'a donc pas changé d'avis ce *dourdo-mouto*[1]? »

Clarisse s'affolait, agrippée au bras de son oncle qu'elle suppliait :

1. *Sournois, dissimulateur.*

« Aidez-moi, Parrain, je ne veux pas abandonner mon enfant…

– Bé… bé… Clari… »

Denise avait l'air aux abois. Clarisse fut prompte à recoucher l'enfant, tirer la porte de la chambrette et reprendre place près du rouet.

Julie entra suivie de sa cadette, toutes deux portant les seilles de lait tiède à l'écume mousseuse.

« Vous, André ? Par quel hasard…

– Je venais aux nouvelles, belle-sœur. Tout ce qui touche ma filleule m'importe.

– C'est bien aimable à vous de prendre tant de peine pour une pareille effrontée. Elle va bien comme vous le voyez.

– Et mon frère ?

– Pierre est chez Étienne. Ils parlementent avec d'autres hommes du village au sujet du bois qui va finir par manquer avec ce maudit hiver qui n'en finit pas.

– Alors je vais les rejoindre. Portez-vous bien, *counhado,* et toi aussi Clarisse. »

Clarisse n'avait pas rêvé. Malgré le contre jour dans lequel se découpait la silhouette de son oncle, elle avait perçu un petit signe de connivence, un clin d'œil entendu, l'esquisse d'un sourire qui se voulait rassurant. Une prière monta à ses lèvres :

« Mon Dieu, faites que l'Oncle André revienne bientôt ! »

André se dirigea vers la maison d'Étienne son aîné, ce frère chez qui il avait vécu de longues et belles années. Des voix s'échappaient de la maison pourtant bien close.

Le ton montait, les hommes s'excitaient, déversant en paroles le trop plein d'oisiveté que leur imposait cet hiver interminable. André reconnut la voix posée d'Étienne :

« Je ne vois qu'une solution : remettre en fonction le four banal. »

Le silence s'était fait, André en profita pour frapper à la porte.

« Je vous y prends à comploter ! lança-t-il avec un sourire jovial dans sa barbe poivre et sel. Ma parole, il s'agit d'une affaire d'État ?

– Une affaire de vie ou de mort, tu veux dire ! Plus guère de bois, bientôt plus de pain ! C'est pourquoi je proposais de remettre en fonction le vieux four banal où nous ferons cuire le pain de tout le village. Le bois économisé permettra à chacun de se chauffer plus longtemps.

– Je te reconnais bien là, Étienne. Tu parles avec sagesse.

– Il faut bien se serrer les coudes. Ah ! Ne dirait-on pas que Dieu lui-même nous oublie sur ce coin de terre.

– Ne déparle pas, mon frère, il y a plus miséreux que nous. »

Les hommes baissaient la tête, craignant que les paroles blasphématoires de leur maire n'attirent d'autres fourches divines sur leur petite communauté.

Étienne dissipa le malaise :

« Assieds-toi avec nous, André. Tu boiras bien un vin chaud. Emma, sors un verre de plus et sers-nous.

– Un vin chaud ne se refuse pas mais je le prendrai debout, il ne faut pas que je m'attarde si je veux retrouver mon chemin avant la nuit. »

Le breuvage râpeux coula, bienfaisant, dans le gosier du berger. Il lissa d'un geste machinal sa barbe embroussaillée, s'enveloppa de son ample limousine et repartit dans la froidure.

« À vous revoir bientôt ! cria-t-il, et si vous avez besoin de moi… »

Pas un seul ne releva l'offre de service du berger, pas un non plus qui ne lui offrit de cuire son pain avec celui du village. Le berger et la fille de la Gaïno n'étaient toujours pas les bienvenus au Cheylard-l'Évêque !

Dans la maison d'Étienne, déjà les conversations reprenaient de plus belle. Le vin chaud d'Emma faisait briller les yeux et réveillait les voix rocailleuses.

La place de la fontaine tout habillée de stalactites cristallines ne présentait pas son habituelle animation et André n'eut pas à ruser pour bifurquer vers la droite en direction de Chaudeyrac alors que la forêt de Mercoire se dressait face à lui.

* *
*

Après plusieurs heures d'une avancée laborieuse, le berger distingua, à travers un rideau d'épaisses fumées grises qui s'échappaient des toitures de lauzes, la masse schisteuse des maisons de Chaudeyrac serrées autour de l'église dédiée à saint Martin et de son enclos paroissial.

Une lueur rougeâtre tremblotait à travers la fenêtre du presbytère, celle de flammes ardentes qui projetaient d'étranges silhouettes sur les murs ocres de la pièce. Dos à la cheminée, le père Pradelle s'adressait à un jeune public particulièrement attentif. Le vieil homme prolongeait volontairement ses leçons de catéchisme pour procurer aux enfants une chaleur qui faisait souvent défaut chez eux.

À sa vieille gouvernante qui le morigénait, lui reprochant de mettre à sac la forêt de Mercoire, le brave prêtre rétorquait :

« Il est bien plus aisé d'apprendre à aimer Dieu devant un bon feu. Tenez, ma bonne Marguerite, servez à ces enfants un bol de soupe chaude avant qu'ils ne repartent chez eux.

– Vous n'y pensez pas, Monsieur le curé ! Nous n'aurons bientôt plus de violines[1]. Que ferons-nous alors ?

1. *Pommes de terre de couleur brune particulièrement cultivées en Ardèche.*

– Dieu y pourvoira, ma bonne. Les oiseaux du ciel font-ils des provisions ? Non, ils sont confiants et s'en remettent à notre Seigneur. Pourquoi ne ferions-nous pas de même ?

– Comme il vous plaira, mon Père », cédait Marguerite dans un haussement d'épaules résigné.

André frappa à la porte, la vieille Marguerite l'invita à entrer et en profita pour faire décamper les enfants qui se brûlaient les mains et les lèvres en avalant goulûment le brouet fumant.

« Pouvez-vous m'écouter, mon Père ? demanda-t-il en ôtant son grand feutre noir.

– En confession, mon fils ?

– C'est tout comme », répondit André sans hésitation.

Marguerite comprit et s'éclipsa.

« J'ai une grave question à vous poser, mon Père. Qui peut donner le baptême ?

– Toute personne le peut et le doit quand c'est nécessaire.

– Je vais tout vous narrer, mon Père. »

Il faillit en tomber de sa chaise, le brave curé de Chaudeyrac, en entendant la confession d'André. Comme à son habitude, il se garda bien de porter un jugement sur ses ouailles, les sachant frustres mais honnêtes, bourrues mais au grand cœur.

Il connaissait bien Pierre Chardenon, le savait dur au labeur, sévère mais juste ; il devinait sous l'homme humble, le père de famille responsable et pétri de fierté, seule richesse des pauvres. Il n'avait rien à dire sur lui et préféra soupirer sur Clarisse :

« Pauvre, pauvre petite ! Comme elle doit souffrir ! »

Le prêtre et le berger échangèrent de longs conciliabules. Tous deux étaient pasteur d'un troupeau aussi attachant que disparate, bien trop souvent rétif mais fidèle et qui attendait de son pâtre qu'il fasse des miracles.

« Vous allez baptiser cet enfant, André, je vous donnerai tout ce qu'il faut pour cela et moi, je l'inscrirai sur le registre paroissial. C'est un être innocent, une âme pure comme Dieu les aime. Vous serez son parrain ? »

André hochait la tête d'un air entendu :

« Qui d'autre ?

– Alors il s'appellera comme vous. “André Chardenon, fils naturel de Clarisse Chardenon, filleul d'autre André Chardenon son grand-oncle”. Une petite phrase simple qui donne une place au milieu des hommes, n'en déplaise à votre malheureux frère, aveuglé par le chagrin. »

La nuit était venue et Marguerite prépara une paillasse pour André ; elle ajouta un couvert à la modeste table éclairée d'un quinquet. En silence, André écouta les prières du prêtre qui demandait la bénédiction de leur frugal repas ; c'était un peu comme s'il s'asseyait à la table du Seigneur et il en fut ému.

Quand ils se séparèrent pour aller dormir, le père Pradelle saisit dans ses mains celles du berger.

« C'est une belle mission que Dieu vous confie et il ne choisit pas ses émissaires au hasard ! »

* *
*

André avait calculé son coup. Il arriva en vu du Cheylard-l'Évêque à l'heure qu'il s'était donnée.

Les hommes du village, entraînés dans le sillage du maire, déblayaient le four banal, en réparaient qui la porte rouillée, qui quelques briques branlantes ; d'autres amassaient fagots et bûches que certains recouvraient d'une toile goudronnée pour les protéger de l'humidité persistante.

Il avait suffi de cette activité pour redonner vie au village, chacun se dégageant un passage de la maison à l'antique four situé un peu en retrait sur le chemin de Laubarnès.

Des étables closes s'élevaient quelques meuglements et le berger esquissa un sourire de satisfaction :

« L'heure de la traite. La Julie et sa gamine sont donc occupées pour un bon moment, la voie est libre. »

Tout comme la veille, il entrebâilla la porte et se glissa prestement dans la grande salle ; Denise n'eut le temps d'émettre aucun son.

« Vite, allons dans la chambre, Clarissou », souffla-t-il en poussant sa nièce qui le regardait avec des yeux confiants quoique interrogateurs.

Le bébé dormait dans un berceau de fortune. À leur entrée, il ouvrit les yeux, les porta sur sa mère et ils s'illuminèrent de joie. André se dit qu'il ne pourrait pas oublier cette expression d'extase qu'il n'avait jamais vue chez un si petit enfant.

« Regarde, Clarisse, le curé Pradelle m'a donné tout ce qu'il fallait pour que je baptise ton enfant. »

Et devant les yeux éberlués de la jeune fille, l'oncle ouvrit sa sacoche de berger, bagage solide, mystérieux, unique et en quelque sorte réconfortant. Ce vieux sac lui ressemblait : comme lui, il avait des senteurs d'éternité.

L'avait-elle intriguée, cette lourde besace, pendant toute son enfance ! Elle et ses frères et sœurs y pressentaient des trésors insoupçonnés ce que confirmait le fait que leur oncle ne s'en séparât jamais.

Aujourd'hui, pour elle et son petit, il posa le précieux sac de cuir patiné sur une chaise, souleva le rabat, desserra les liens qui fermaient les poches intérieures.

Un mouchoir de fine batiste blanche, une petite croix de cou en buis, un lumignon, une fiole en verre et une sorte de boîte en forme de tabatière précieuse comme elle en avait aperçu à la messe : tout était prêt pour le baptême.

« Tu vois, Clarisse, aujourd'hui je remplace le prêtre et je suis aussi le parrain de ton enfant. Veux-tu que nous l'appelions André ? »

Clarisse rougit, réfléchit un instant puis approuva :

« Oui, mon oncle, mais je voudrais ajouter Jean-Pierre. S'il n'a pas le nom de son père, au moins qu'il en porte le prénom. Trois prénoms pour un petit bâtard, ce n'est pas trop, dit-elle avec un pauvre sourire. André comme vous, Jean comme son père et Pierre comme le mien. »

Les larmes coulaient sur son visage. Sa poitrine se soulevait de sanglots mal contenus.

« Chut, Clarisse. Nous allons commencer...

– Attendez, il lui faut une marraine ! »

Elle alla chercher Denise et, mettant un doigt sur sa bouche pour imprégner l'innocente de la solennité de cet instant sacré, elle guida sa main malhabile de subrogée marraine sur le bras de l'enfant.

Les paroles d'André coulaient comme du miel :

« André Jean-Pierre, je te baptise au nom du Père, du Fils et du Saint-Esprit.

– Amen, murmura Clarisse.

– Amen », l'imita Denise, suscitant l'étonnement de son oncle et de sa sœur.

Pas plus l'eau fraîche qui inonda son front et coula dans son cou tiède, pas plus les signes de croix dessinés sur son front, ses lèvres et ses oreilles, ne troublèrent la félicité paisible du bébé.

Les minutes s'écoulaient, baume lénifiant dans le cœur de Clarisse. Elle ne savait comment remercier son parrain qui, déjà, repliait le matériel dans sa besace. Il aperçut un paquet qu'il avait totalement oublié.

« Voilà un cadeau pour ton fils, Clarisse. C'est de la part d'Hermance.

– Ô que vous m'êtes chers et me donnez de joie ! Dites grand merci à Hermance... C'est le premier... le seul peut-être...

– Ne dis pas cela, petite. Il faut que je me sauve. Fais bien attention à toi et à ton fils. Mon frère n'est pas encore sur le chemin du pardon.

– Y sera-t-il jamais ? »

La phrase de Clarisse se perdit dans un tourbillon de neige. André avait disparu comme il était entré.

Le père Pradelle attendait le retour du berger avec une impatience mêlée d'inquiétude. Au visage apaisé d'André, il sut que tout s'était déroulé comme prévu.

« Pouvez-vous rectifier votre registre, mon Père ? L'enfant se prénomme André Jean-Pierre ; il est aussi pourvu d'une marraine. Denise, dans sa naïve candeur, a fort bien tenu ce rôle.

– Jésus n'a-t-il pas dit : "Heureux les pauvres d'esprit, ils seront rois dans les cieux" ? »

Hermance accueillit André avec son éternel et doux sourire qui illuminait son visage à demi torturé.

« André, enfin ! Comme le temps m'a paru long ! »

Hermance n'avait jamais vu pareille alacrité animer le visage du berger. Son regard pétillait, sa bouche était dépourvue de son austérité coutumière, sa démarche était plus légère. Sa compagne des bons et des mauvais jours s'attendait à le voir sautiller.

« Ton cadeau a beaucoup plu, Mancette, Clarisse t'en remercie. Et moi, eh bien, je suis l'heureux parrain d'un sacré petit gars vigoureux et pas ordinaire : André Jean-Pierre Chardenon ! »

# XIX

## La fuite

Ce n'était pas la première fois que Pierre Chardenon se laissait titiller par les affres de la jalousie.
Qu'il s'agisse d'un retour de marché fructueux dont tel voisin se vantât, ou d'une exceptionnelle portée de nourrains que tel autre annonçât à la ronde, le même pincement se manifestait alors, réveillant en lui des convoitises d'enfance.

Combien de fois avait-il grimacé dans le dos d'Étienne, lui enviant sa stature élancée, sa parole aisée, sa réflexion judicieuse ?

D'un tout autre ordre furent ses sentiments quand, droit d'aînesse oblige, leur père donna à Étienne une terre à seigle que Pierre convoitait. La bouche tordue d'un mauvais rictus de son puîné n'avait pas échappé au vieux Père Chardenon. Il connaissait son Pierre, voulut l'amadouer :

« Quand ta mère et moi ne serons plus de ce monde, tu jouiras en pleine propriété de notre *estaou*[1].

– Grand bien vous fasse ! » avait grommelé Pierre, à bonne distance toutefois du père dont la canne solide et adroitement maniée palliait les rigidités articulaires de ses membres inférieurs.

1. *Maison.*

En outre, Étienne savait lire, enfin... déchiffrer quelques phrases ; avec une certaine facilité et beaucoup d'application, il tenait un crayon pour aligner lettres et chiffres. Enfin, de quoi briguer un poste de maire et l'obtenir !

Les félicitations de Pierre s'étaient alors teintées de concupiscence et de sarcasmes à peine dissimulés :

« Comment faut-il t'appeler, maintenant ? *Moussu lou maïre* ? »

Étienne n'avait pas soulevé l'ironie ; il s'était contenté de sourire et l'avait gratifié d'une affectueuse bourrade.

Ce même sentiment, tant de fois ressenti, le taraudait aujourd'hui alors qu'il entassait des brassées de *ginestes*[1] dans le four prêt à fonctionner.

Certes son frère l'avait désigné, lui, pour s'occuper de la mise en chauffe, travail délicat qui demandait une montée en puissance progressive pour ne pas surprendre les vieilles pierres trop longtemps restées froides.

Certes le maire avait insisté pour que tout le village se mette au service de Pierre, lui donne un coup de main, agisse sous ses ordres.

Il n'empêche : Pierre Chardenon lui en voulait d'avoir eu cette idée bien avant lui, bien avant tous les autres. Il lui en voulait d'être un calme alors que lui se laissait emporter facilement, d'être lucide alors que ses impulsions l'aveuglaient, d'être finaud, madré alors qu'il n'était qu'un lourdaud.

Avec une mauvaise fois évidente, il ressassait ses rancunes aussi vaines qu'injustes :

« Il en a de bonnes, *moussu lou maïre* ! “Pierre, va faire ci, Pierre, va faire ça !” J'ai d'autres chats à fouetter, moi, des choses urgentes dont *moussu lou maïre* n'a pas la moindre idée ! »

---

1. *Genêts.*

À voir les venelles du village partiellement dégagées lui venait l'idée qu'il pourrait bien se hasarder jusqu'aux Choisinets et se débarrasser chez les Frères des Écoles Chrétiennes du petit bâtard de Clarisse.

Or, pour l'heure, dévolu à la mise en chauffe du four banal oublié depuis quelques décennies au profit de fours individuels, il était le point de mire de tout le village et cela durerait bien deux à trois jours.

Les anciens du Cheylard-l'Évêque se souvenaient des contraintes de l'Ancien Régime, et des privilèges que s'accordaient les seigneurs des lieux qui prélevaient allègrement le *vingtain*[1], eux qui déjà avaient pris la part du lion sur la farine. Mais Pierre Chardenon n'en était pas à ces réflexions d'un autre âge. D'autres soucis trottaient dans sa tête et voilà que son faraud de frère l'avait désigné comme responsable du four.

Après les *ginestes* qui dégagèrent une fumée odorante, il entassa des fagots de branchages secs qui craquèrent dans un crépitement engageant. Le tapis de braises fut enfin suffisamment conséquent pour recevoir les bûches et rondins amenés par les villageois, amas disparates de chênes blancs, de rouvres, de fayards et de résineux.

Par étapes, Pierre en gava le four dont les pierres de voûte blanchirent à la fournaise. Il savait, à l'œil, apprécier la bonne température.

Dans les maisons, les femmes s'activaient. Les manches retroussées jusqu'aux coudes, enveloppées dans de grands tabliers blancs, Julie et Clarisse pétrissaient à vigoureuses poignées la pâte souple qui roulait dans leurs mains, glissait entre leurs doigts.

---

*1. 20 % du pain cuit revenait au seigneur.*

« Juliette, quand tu auras terminé de trier les légumes de la soupe, tu pelleras quelques pommes. Nous ferons une *pompe*[1].

– C'est pour fêter l'arriver du petit bâtard, Mère ? s'enquit la mistonne à la langue bien pendue.

– Oublie-le un peu celui-là ! Il ne va pas nous gâcher notre plaisir », lui répondit sa mère, sans un regard pour Clarisse au bord des larmes.

La jeune maman ne put se taire. Avec toute la douceur dont elle était capable, elle défendit son petit des agressions verbales de sa sœur :

« Juliette, tu ne peux pas parler ainsi de mon bébé. Il est si sage qu'il ne doit pas beaucoup te gêner ?

– L'idée même qu'il soit là nous dérange, ne l'oublie pas ! grinça Julie, toujours prête à défendre sa cadette. Plût au ciel que pareil malheur n'eût jamais sali notre maison ! »

Les boules de pâtes s'alignaient sur la grande table enfarinée. Il ne restait plus qu'à mettre chacune d'elles dans un paillasson où elles lèveraient tranquillement en attendant d'être enfournées.

Julie s'arrogeait la touche finale qui personnalisait chaque miche de pain. Elle la ciselait de trois entailles franches qui ressemblaient à de profondes cicatrices pratiquées dans la pâte souple.

Deux bonnes heures de cuisson seraient nécessaires pour obtenir un pain à la croûte épaisse et dorée, craquelée sur son pourtour et qui exhalait, au sortir du four, toutes les senteurs de la terre de Gévaudan.

« Ne vous chargez pas autant, Mère ! se récria Clarisse toujours compatissante. Vous risquez de glisser sur la neige gelée. Je vais enfiler ma cape et vous aiderai à porter tous ces paillassons jusqu'au four…

1. *Tourte ronde garnie de pommes et cuite au four tiédissant.*

– Garde-t'en bien, *vergougnouse*[1] ! Les femmes, déjà curieuse de ta réclusion, ne manqueraient pas de lire ta faute sur ton visage. Tu es d'une pâleur ! Ce soir, je te ferai un lait chaud au miel avec un jaune d'œuf pour te donner vigueur.

– Ne prenez pas autant de peine, Maman et gardez le lait pour mon fils qui en a plus besoin que moi.

– Ton enfant ? Même la *gaspe*[2] est dommage pour lui ! Juliette, viens m'aider ! »

Et toutes deux sortirent, plantant là la pauvre Clarisse.

Ce fut comme un déclic ! Tout ce qui l'entourait ressemblait à un puzzle dont les pièces s'imbriquaient parfaitement et l'invitaient à agir.

Son père, maniant adroitement la *fourno*[3], nourrissait le foyer de belles boules gonflées ; les femmes apportaient des paillassons de toutes formes ; ses frères charriaient du bois ; sa mère et sa jeune sœur étaient occupées pour un bon moment. Et le village tout entier n'était-il pas affairé, qui à cuire, qui à préparer son pain ?

Une pulsion soudaine la poussa à prendre son enfant et partir, fuir cette maison où tous étaient hostiles, à elle et à son bébé.

Sa mère ne lui plaignait-elle pas le peu de lait dont il était nourri ?

Sa décision, aussi brutale qu'irréversible, transformait l'adolescente humble et soumise en une jeune femme à la détermination farouche. Avec méthode, sans perdre une seconde, elle s'empara d'un carré de coutil, y plia chaussettes, fichus et cotillons, enfin toute sa fortune ; elle le noua aux quatre coins pour en faire un baluchon et le posa sur la table. Elle réveilla

1. *Honteuse.*
2. *Petit lait.*
3. *Longue pelle de bois terminée par une palette arrondie.*

son fils qui lui sourit, le coiffa d'une capuche de laine et l'enveloppa dans le burnous tricoté par Hermance.

Emmitoufler d'un chaperon de bure, l'enfant dissimulé sous sa longue pèlerine grise, elle enfila ses sabots, saisit son baluchon, posa un baiser sur le front de Denise qui pleurait en silence et disparut dans l'étable. Là, elle accéda au fenil en escaladant les ballots de pailles entassés contre le mur et sortit sur l'arrière de la maison.

En quelques enjambées, elle se trouva à couvert au milieu des genêts et des fougères tout raidis de givre et, dans un premier temps, elle avança au hasard, ne songeant qu'à mettre une bonne distance entre elle et la maison paternelle.

Clarisse ne sentait pas le froid, marchant à belle allure malgré les pièges de la neige, le sol qui se dérobait sous ses pas, les racines recouvertes qui l'entravaient. À plusieurs reprises, elle faillit tomber en s'enfonçant dans le sol instable. Son souffle se faisait court et pourtant son esprit s'ouvrait sur une certaine lucidité. Elle se laissait interroger par une petite voix non dépourvue de logique :

« Aller chez ton oncle André ? Il n'en est pas question, tu te perdrais dans la forêt et serais prise par la neige, par la nuit avant même d'avoir débusqué son refuge !

« Te rendre à Chaudeyrac chez Estelle ? Oui, ta sœur t'apporterait son aide… et Léon Souche, lui, te ramènerait à la maison au triple galop ! »

Après avoir traversé une pinède dont le silence glacé se faisait l'écho des battements de son cœur, elle se trouva en contrebas d'un chemin. Elle longea le talus jusqu'à une pierre fichée sur le bas-côté. Il s'agissait d'une borne portant l'inscription : « Route Royale de Mende à Langogne ».

Pour s'être souvent amusée avec ses sœurs aînées à déchiffrer le nom des villes, elle reconnut celui de Langogne et un éclair joyeux lui traversa l'esprit :

« C'est à Langogne que je dois aller ! Émilie saura me comprendre, me conseiller, me protéger comme elle savait si bien le faire. Et puis, n'est-ce pas dans la foule qu'on se dissimule le mieux ? Oh, Émilie, comme il me tarde de te serrer dans mes bras ! ».

Son parti était pris : elle irait à Langogne ! Se gardant bien d'emprunter la Route Royale bordée, à certains passages, de congères si hautes qu'elles semblaient montagnes, elle continua d'avancer dans les bois. Là, c'étaient des pins et des mélèzes dont les branches chargées de neige accrochaient sa capuche, balayaient ses épaules. Ici, des fayards décharnés comme des vieillards agitaient leurs membres squelettiques.

Silhouette discrète mais volontaire, traçant son chemin sans faiblir tant sa détermination lui tenait lieu de viatique, elle continuait sa route vers Langogne au mépris d'une fatigue qui ne manquerait pas de se faire sentir.

Y avait-il une heure, ou deux, ou trois qu'elle avait pris la fuite ?

Elle ne savait pas. Peu importait, en fait, le temps qui s'écoulait, chaque pas la rapprochait du but qu'elle s'était fixé.

* *
*

Pendant que Juliette s'animait, insouciante, avec la marmaille du village, Julie bavardait en attendant que sa fournée fût prête.

« Tiens donc, la Julie ! Vous vous faites rare comme les beaux jours ! l'apostropha la femme du menuisier.

– Et qu'aurais-je à faire dehors alors qu'il gèle à pierre fendre ? rétorqua Julie sur la défensive. Et puis, la laine ne se file pas seule, ma foi.

– Cela fait un bout de temps qu'on n'a pas vu votre Clarisse. Elle n'est pas souffrante, au moins ?

– C'est bien vrai, *counhado* ! s'écria la femme d'Étienne. Dieu sait qu'elle nous avait fait une belle madone pour la fête du 15 août. Il y a un *briou*[1] qu'elle n'est pas venue voir ses cousines.

– Clarisse va bien, elle fait sa mijaurée et traînasse au coin du feu. Cette jeunesse ! De mon temps... Ah, je vois mon homme qui me fait signe, ce doit être prêt pour moi. »

Pierre n'avait nullement hélé Julie, tout pris qu'il était à pavaner devant le four qui retrouvait sa destination d'antan, mais sa femme était bien aise d'avoir trouvé un prétexte pour couper court à la conversation dérangeante qui s'installait.

Elle s'approcha de la porte du four ; sa bonne chaleur l'aida à chasser ses pensées amères.

« Rentre, Julie, je t'appellerai, lui dit Pierre.

– Il y en a encore pour longtemps ?

– Ce ne sera pas très long, en vérité. »

À quoi bon rentrer à la maison, se replonger dans l'atmosphère détestable qui y régnait ? Julie préféra battre le sol de ses sabots pour réchauffer ses pieds et exhaler à grands soupirs toutes les angoisses de son cœur lourd.

* *
*

Le nourrisson pesait au bras de Clarisse, ankylosant son épaule. La jeune femme jugea opportun de s'accorder une halte et de lui donner le sein.

Elle entrebâilla sa cape, l'enfant avait les yeux ouverts et semblait apprécier cette promenade inhabituelle dans le froid hivernal. Il ne faisait qu'un avec sa mère et cela lui suffisait. Un gros flocon de neige vint se poser sur son nez, il grogna, surpris, et se serait mis à pleurer s'il n'avait rencontré le doux

---

1. *Long moment, longtemps.*

regard de sa mère. Sa grimace à peine esquissée se transforma en une risette timide. Un autre flocon vint effleurer sa menotte, il sourit franchement, prenant ça pour un jeu. Que savait-il du drame qu'il était en train de vivre ? Rien, il ne savait rien et c'était bien ainsi. Amusé, il ne réclamait pas la tétée. Néanmoins, il ne refusa pas le sein qu'elle lui offrit et il s'appliqua à suçoter sagement sans en perdre une goutte.

Clarisse retira une de ses mitaines et prit une poignée de neige qu'elle porta à sa bouche. Sa marche l'avait altérée. La faim ? Mieux valait ne pas y penser. Elle suça la glace bienfaisante, renfila sa mitaine, recala son enfant au creux de ses bras et reprit sa marche épuisante dans cet univers blanc.

La neige était froide, traîtresse, imprévisible mais elle n'était pas son ennemie. Non, c'était une alliée précieuse, opportune même puisqu'elle s'était intensifiée au point d'empêcher Pierre Chardenon d'exécuter son projet d'abandon.

La neige était son amie, elle qui obligeait aujourd'hui les villageois à se mobiliser pour la cuisson collective du pain. À cette évocation, l'odeur des miches chaudes lui revint en mémoire et réveilla son estomac.

« Quelle sotte j'ai été ! Pas le moindre quignon, pas un petit morceau de tomme ! »

Quelques volutes de fumée grise attirèrent son attention. Les toits de lauzes se distinguaient à peine pourtant, elle sut mettre un nom sur cette mazade tapie dans son vallon.

« L'Herm ! Oui, c'est bien L'Herm, là-bas près du ruisseau. Oh, mon Dieu mais ce n'est pas possible, j'ai dû tourner en rond ! » Prise de panique, elle regarda derrière elle, craignant d'être suivie, repérée, rattrapée. À l'heure qu'il était, toute la famille était au courant de sa fuite.

* *
*

Juliette et sa mère rassemblèrent les miches de pain qui brûlaient les doigts. Elles les entassèrent dans une *desca* que Julie posa sur sa tête, dans des *bertoules* portées sous les bras.

Ainsi chargées, mère et fille s'en retournèrent vers la maison. L'air glacé leur avait mis le feu aux joues.

« Voilà une bonne chose de faite ! Nous avons du pain pour un mois.

– Comme il sent bon, Maman ! J'en mangerais bien une tranche.

– Il est trop chaud et te donnerait mal à l'estomac. Va, pose tes *bertoules* et ramène la *pompe.* »

Julie poussa la porte de la salle. Les larmes silencieuses de Denise, de même que son attitude fébrile l'alertèrent aussitôt.

« Que t'arrive-t-il, Denise ? » demanda-t-elle.

Puis, sans attendre une quelconque réponse, elle appela :

« Clarisse, viens m'aider à envelopper le pain et le ranger dans la *pastissiéra* ! »

Les larmes silencieuses de l'innocente se transformèrent en sanglots bruyants. La mère se douta aussitôt qu'un contexte particulier était la cause de cet état d'angoisse que manifestait, avec ses moyens, sa fille aînée.

« Clarisse ? »

Point n'était besoin que Denise lui réponde, elle avait compris. Elle alla pourtant dans la chambre, n'y trouva qu'une petite couche vide. Dans la souillarde, la pèlerine et les sabots de Clarisse avaient disparu. Cela ne faisait plus aucun doute : sa fille s'était enfuie avec le bébé.

Il lui sembla que son cœur de mère allait exploser dans sa poitrine quand cet état de fait fit place à l'incertitude. Clarisse, sa Clarisse s'en était-elle allée vers une autre existence ou bien avait-elle pour dessein de disparaître à jamais de leur vie, de la vie ?

Julie se laissa tomber sur un banc, prit sa tête dans ses mains et sanglota.

* *
*

Le soleil, blafard, qui peinait à insérer ses faibles rayons à travers l'opacité laiteuse d'un ciel plombé, renseigna Clarisse : il était à son zénith.

Cela faisait plus de trois heures qu'elle tentait désespérément de mettre de la distance entre elle et le Cheylard-l'Évêque, village dont elle se sentait exclue, bannie, où elle savait ne trouver aucun secours.

Le froid, la solitude et l'angoisse la saisirent ; elle ne put réprimer quelques frissons. Un léger vagissement lui fit entrouvrir sa cape.

« Je t'ai fait mal, bébé ? Oh mon petit, mon tout doux, tu me redonnes courage. Ne crains rien, je vais me hâter. »

Alors, sans crainte de troubler le silence sépulcral qui l'environnait, elle lui fredonna une comptine qui avait bercé ses sommeils d'enfant :

« *Som, som, som, véni, véni, véni !*
*Som, som, so, véni,véni donc !* »

Sa voix s'éleva dans le froid, rauque, presque désagréable à l'oreille. Elle se tut.

La vue de son petit enfant si confiant, si paisible lui redonna un nouvel élan. Revigorée, elle avançait avec l'énergie de ses dix-sept printemps. L'épaisseur de la neige l'obligeait, à chaque pas, à soulever les pieds à hauteur des genoux, mouvement épuisant mille fois répété. La fatigue lui troublait l'esprit qui vagabondait dans les souvenirs.

Elle se prit à rire, se remémorant ses grands bonds au-dessus du feu de la Saint-Jean. Elle était à Alais, la soirée était douce, presque chaude, sa main tenait fermement celle de Jean et ils s'élançaient, heureux, par-delà les flammes qui léchaient leurs espadrilles, accompagnés du rire joyeux des magnanarelles.

C'était bien loin, tout ça !

Le bas de son cotillon était mouillé ; Clarisse sentit des gouttes froides ruisseler le long de ses mollets, tremper ses chaussettes de laine et pénétrer dans ses sabots où pataugeaient ses pieds avec un bruit de succion en un mélange désagréable de neige fondue et de glace.

Oui, le feu de la Saint-Jean était loin et, de son bonheur naissant d'alors, il ne lui restait que ce petit fardeau qui dormait dans ses bras, trésor inestimable qui attendait tout d'elle.

Alors, malgré la *bouffado*[1] qui s'était levée et qui, caressant le tapis neigeux, faisait virevolter des flocons de plus en plus épais, Clarisse ne sentait pas le froid, ni la fatigue, ni le découragement. L'enfant qui dormait, serré contre elle, maintenait la douce chaleur de son corps juvénile. Tout juste eut-elle plus de difficulté à ne pas perdre de vue la Route Royale qui se dérobait derrière le rideau de neige.

La journée s'étirait. Le pâle soleil qui avait fait une timide et fugitive incursion au milieu de la journée n'était plus qu'un souvenir. La neige ne cessait de tomber.

D'inhospitalières rafales de vent faisaient virevolter les flocons. Agressifs, ils venaient tourbillonner autour de la jeune mère, cette intruse qui osait, de ses grossiers sabots, fouler leur blancheur immaculée.

Un tragique mur opalin masquait l'horizon. On devinait à peine le sentier.

Clarisse se sentit isolée du reste du monde, elle perdait ses repères. Une angoisse ineffable lui serra la gorge. La faim maintenant tenaillait son estomac. Cela suffit pour la décider à nourrir son fils. Elle scruta l'horizon pour y dénicher un abri de fortune et trouva un repaire :

« Mais c'est le clocher de Rocles ? Oui, oui, c'est bien lui, je le reconnaîtrais entre mille. »

---

*1. Vent d'hiver tourbillonnant.*

Lui revenaient en mémoire les récits de l'oncle André, tous plus fantastiques et effrayants les uns que les autres. Il lui suffisait de fermer les yeux pour revoir le berger affûter son regard malicieux et aiguiser la curiosité de son jeune auditoire.

« Il y a, près du village de Rocles, un ravin très dangereux pour les brebis folâtres. Elles se laissent ensorceler par les *farfadelles*[1] qui les appellent du fond de l'abîme et elles s'y jettent par mégarde ou par stupidité.

– Pourquoi les mener brouter en ces lieux, Parrain ? avait demandé fort logiquement la petite Clarisse.

– C'est que, ma toute belle, l'imposante masse rocheuse qui surplombe cet aven dangereux, le Rocauta on l'appelle, est un abri providentiel en cas d'orage, de *burle* ou de neige. Savez-vous, enfants, que des hommes en avaient fait leur gîte, il y a plusieurs milliers d'années ? »

Merveilleux Oncle André ! Il suffisait de l'évoquer, le voilà qui guidait ses pas !

Elle aperçut soudain la masse grise des rochers et se dirigea vers eux. Elle arriva dans cet antre glacé, se glissa dans cet abri sous roche. La Pierre protectrice était brune de mousse et, par intervalles, noire de la fumée des feux qu'allumaient les bergers. Elle s'installa à même le sol. L'humidité était partout mais, au moins, la neige n'y tombait pas. Ses doigts gourds fourragèrent dans son châle de laine, dégagèrent sa poitrine qu'elle offrit au bébé.

Cette courte halte dans sa marche forcée réveilla sa fatigue et ses angoisses. Alors qu'elle étendait ses jambes nouées de crampes, le sempiternel mugissement du vent dans les rameaux effeuillés des fayards s'amplifiait de plus belle.

À travers le rideau blanc, elle imaginait, à quelques pieds de là, les rochers moirés d'argent qui, tels des géants

1. *Les fées.*

mythologiques morts debout, se hérissaient devant elle, offerts au ciel comme des dieux préhistoriques. Elle savait que derrière cet entassement pierreux commençait la falaise qui dominait la vallée d'une bonne centaine de mètres.

L'enfant ne tétait plus. Clarisse le redressa, lui tapota le dos et le serra fort contre elle. Il tendit encore la main comme s'il voulait saisir une mèche brune échappée du chaperon de sa mère et qui, raidie par la neige fondue, s'était collée le long de sa joue amaigrie. Mais déjà, les yeux du nourrisson se refermaient, il s'endormit.

La jeune femme se leva, s'approcha des géants de pierre et se faufila entre les rochers dans le labyrinthe qui menait au bord de la falaise. En bas, elle devinait les grosses roches éparses qui, depuis des millénaires, s'étaient détachées de la paroi et, bondissantes, étaient allées se perdre jusqu'au fond de la vallée en un chaotique amas.

« Les pas de Gargantua ! » se souvint Clarisse.

Encore ces légendes de l'oncle André qui troublaient ses sommeils d'enfant.

De mauvaises pensées sapaient le bel enthousiasme de Clarisse ; elle pensa qu'elle aussi pourrait se jeter dans ce précipice et résoudre ainsi tous ses problèmes :

« Que deviendra mon enfant ? Ce petit bâtard comme disent les gens bien pensant. Une fille-mère, je ne serai jamais qu'une fille-mère qui trimbale sa honte. Oh mon père ! Vous qui êtes si juste, pourquoi être si dur pour ce pauvre innocent ? Et vous ma mère, que n'avez-vous accordé votre pardon à la mauvaise fille que je suis ? Mon Dieu, pourquoi tant de misères ? »

Prise de vertige, elle fit un pas en arrière.

« C'est horrible ! cria-t-elle.

– Horrible, rible », lui rendit l'écho.

Elle chassa ces pensées noires et continua sa route.

* *
*

Pierre Chardenon abattit son poing sur la table avec toute la violence de son malheur. Il jeta quelques jurons qui remplirent d'effroi toute la maisonnée.

Julie joignait les mains dans une prière muette et esquissait de temps en temps des signes de croix chargés de rattraper les écarts de langage de son époux.

« *Millediou* ! Sacré garce *fumelle* ! Fille ingrate et *capude*[1] ! Quel mauvais sort du diable a fait de moi un éternel *escorfi*[2] ? »

Le pauvre homme alimentait sa colère d'amères et peu réjouissantes réflexions dans lesquelles il jetait toutes les misères de sa vie.

« Une pauvre fille abêtie qui mange plus qu'elle ne travaille ! »

Denise comprit que ce soliloque la concernait. Elle ne put retenir un sanglot qui ressemblait à un couinement de bête blessée.

Faisant fi de cette souffrance sans mot pour l'exprimer, il s'emballait, jetait dans l'opprobre qui entachait sa famille la maudite Émilie qui lui avait tenu tête, Clarisse et son bâtard, fruit de ses turpitudes cévenoles. Il pointa un doigt menaçant vers Juliette qui tremblait de la tête aux pieds.

« C'en est fini du déshonneur des Chardenon ! tonna-t-il, fini, tu m'entends ? Tu as intérêt de filer droit, toi ! »

La haine que la gamine ressentait, à cet instant, pour Clarisse était à son paroxysme. Elle se prit à souhaiter :

« Les loups ne manquent pas qui traînent dans les bois. Pourvu qu'il s'en trouve un qui croise son chemin, et ne fasse qu'une bouchée d'elle et de son bâtard ! »

---

1. *Entêtée.*
2. *Malchanceux.*

Les jumeaux, Victor et Joseph, n'attendaient qu'un mot du père pour partir à la recherche de leur sœur. Cependant, ils se tenaient cois, laissant s'émousser la colère paternelle, tactique dont ils n'avaient qu'à se louer, à ce jour.

Julie s'arma de courage.

« Qu'allons-nous faire, Pierre ?

– Rien !

– Comment, rien ?

– Rien, rien, il n'y a rien à faire. Elle a déjà trouvé quelqu'un pour l'accueillir et a crié son histoire sur tous les toits. Peut-être à Chaudeyrac, on distingue encore quelques traces de pas derrière la grange.

– Ton frère ! C'est André qui l'a aidée à s'enfuir, j'en suis persuadée. André et sa *devinaïre*[1] ? Peut-être est-elle chez eux.

– Par Dieu, tu as raison, Julie ! Maudit frangin avec ses airs cauteleux, toujours à donner des leçons. Grand bien lui fasse de se charger d'une gamine et d'un moutard sans père. Femme, trempe la soupe, j'ai faim ! La journée a été longue. »

* *
*

Bien vite, Clarisse a fui ce chaos de pierres à l'attirance néfaste. Elle est repartie affronter la *fournelle*[2] qui lui projetait des flocons tourbillonnants et glacés au visage.

Clarisse savait combien ces tourmentes imprévisibles pouvaient être dangereuses, mortelles, elles qui empêchaient le voyageur de se repérer, le déroutaient de son chemin, l'éloignaient des villages salvateurs.

Mais n'avait-elle pas un seul et unique but : aller de l'avant ?

---

1. *Voyante.*
2. *Vent glacé et tourbillonnant. Autre nom de la bouffado.*

Le jour tirait à sa fin, c'était indéniable. La nuit serait bientôt là qui l'envelopperait d'une chape de mort. Elle marcha plus vite.

Ses yeux, qu'elle plissait pour les protéger des flocons qui les brûlaient, s'irritaient à cause de cette acuité de perception qu'elle leur imposait. Ses bras, ses jambes, son dos, son corps tout entier, si douloureux, si raidis par le froid, elle n'en avait cure.

Se repérer. Avancer. Arriver avant la nuit à Langogne.

« Ces grands arbres, là-bas sur la gauche, on dirait les peupliers des Barres ! »

Elle courait presque.

« Le bois des Barres ! Le château ! Je ne suis pas perdue ! »

Clarisse tomba à genoux. La neige glaça son menton.

« Dieu du ciel, merci ! Merci mon Dieu ! Langogne n'est plus très loin. »

Non, Langogne n'était plus très loin, à une demi-lieue environ[1] mais une nuit noire et sans étoiles pesait sur les toits des maisons lorsqu'elle parvint dans le faubourg.

Le tapis de neige étalé dans la ville, s'il était moins épais que dans les chemins et les bois, dissimulait de sournoises et meurtrières traînées de verglas. Les sabots de Clarisse ripaient sur la chaussée traîtresse. Par deux fois, elle tomba, s'arc-boutant pour protéger son gosse.

Elle ne pouvait plus parler, ne pouvait plus penser, elle ne savait que marcher, tomber, se relever, avancer encore vers ce couvent Notre-Dame où, elle y croyait fermement, se trouvait le salut.

Elle descendit la rue du Collège, déboucha sur la place des Halles, déserte et inhospitalière. En haut de cette place, au bout de la rue Notre-Dame, le couvent était là qui lui tendait les bras.

---

1. *Environ deux kilomètres.*

La calade que la jeune femme dut gravir glissait comme un miroir. Elle chuta lourdement, sentit une douleur intense à sa cheville et ne put se relever. Ses vêtements trempés, glacés, alourdis, empêtraient son corps tout entier.

« Nous allons mourir là », murmura-t-elle à son enfant, vaincue par tant d'adversité.

Mais ce petit être encore chaud tout contre elle lui donna une ultime force. Elle rampa sur son côté, s'écorcha les mains et les genoux, se traîna sur les quelques marches qui menaient à la porte du couvent contre laquelle elle s'abattit. D'une main fébrile, elle frappa avec l'énergie du désespoir.

« Asile ! Asile ! Émilie ! Émilie ! »

Combien de temps dura cette litanie ? Elle y épuisait ses dernières forces, son dernier espoir.

La porte s'ouvrit enfin.

« Qui êtes-vous et qui demandez-vous ?

– À l'aide ! Sauvez-moi, sauvez-nous ! Je suis Clarisse Chardenon, ma sœur Émilie est ici… Dites-lui… Mon enfant… Prenez-le s'il vous plaît, il a froid…

– Vous êtes une parente d'Émilie Chardenon, enfin, Sœur Marie-Pierre en religion ? Bienheureuse Sœur Marie-Pierre, Dieu l'a rappelée à lui, elle est enfin auprès de son Seigneur.

– Émilie… morte…

– Un mauvais froid, la toux qui la tenait en éveil jour et nuit, une fièvre si violente qu'elle délirait, nous parlait de sa mère qu'elle n'avait plus revue, de son père tellement irrité contre elle, de ses frères et sœurs qu'elle chérissait tant… »

Clarisse n'entendait plus le monologue de la religieuse. Arrivée au but et à l'extrémité de son endurance, elle avait lâché prise et, se laissant engloutir dans un néant libérateur, elle gisait sans connaissance sur le parvis du couvent Notre-Dame de Langogne.

## XX

## La petite madone

CELA NE FAISAIT AUCUN DOUTE : elle était bien au paradis ! Nul autre lieu ne pouvait apporter telle félicité.

Or, Clarisse doutait encore. Comment, elle, la pécheresse, avait-elle droit à la félicité des bienheureuses ? Dieu serait donc plus magnanime que ne l'avaient été Pierre et Julie Chardenon ?

Pourtant, tous les ingrédients étaient réunis pour conforter la jeune fille dans l'impression d'une béatitude surnaturelle : une couche mœlleuse s'apparentant aux nuages cotonneux dont elle observait souvent le lent déplacement ; une chaleur diffuse qui, partant des pieds et réchauffant son corps glacé, l'enveloppait tout entière. Lui parvenaient même, à travers un silence magique, des voix célestes et puériles s'élevant vers les limbes.

« Les anges ! Ils chantent pour moi », se dit Clarisse.

Elle ouvrit les yeux, croyant rencontrer le néant, elle croisa le regard d'une madone. L'image était floue mais Clarisse en était certaine, la dame auréolée de blanc qui lui souriait, dont les lèvres prononçaient des mots doux qui chantaient comme des caresses à ses oreilles, ne pouvait être que la Vierge Marie.

« Ouvrez les yeux, mon enfant, ici vous êtes en sécurité.

– Je sais, Sainte Marie, qu'auprès de vous je ne risque rien, mais je ne suis pas digne…

– Taisez-vous, petite, et écoutez-moi. Vous êtes dans une chambre au couvent Notre-Dame. Nous vous avons recueillie, réchauffée, soignée et le bambin qui…

– Mon fils, mon bébé, il est mort lui aussi ? »

Clarisse s'agita, voulut se redresser sur ses coudes. Un vertige la fit retomber sur l'oreiller.

« Calmez-vous, pauvre petite. Vous n'êtes pas morte et l'enfant va bien.

– Vous n'êtes pas la Vierge Marie ? »

La religieuse eut un sourire indulgent :

« Je ne suis que Sœur Benoîte, son humble servante. Nous partagions la même cellule avec Sœur Marie-Pierre, votre aînée, m'a-t-on dit ? »

Envolé le bienfaisant paradis ! Clarisse revenait sur terre.

« Émilie, vous avez connu Émilie… je veux dire Sœur Marie-Pierre ? »

Sœur Benoîte narra le bref séjour de la jeune Émilie dans leur communauté, sa maladie qu'elle acceptait comme une étape incontournable pour se libérer de ce monde dans lequel elle n'avait pas sa place.

« C'était mon amie et elle me manque beaucoup. Son enthousiasme, son acceptation joyeuse de l'inéluctable, sa foi radieuse et confiante étaient autant de dons de Dieu que nous lui enviions. »

Des larmes coulaient sur les joues de Clarisse. Dans la description qu'en faisait Sœur Benoîte, elle reconnaissait la charmante Émilie audacieuse sans hardiesse, modeste sans humilité, fervente sans bigoterie.

En évoquant cette sœur tendrement aimée et dont elle avait cru obtenir le secours, Clarisse reprenait pied dans la triste réalité, une réalité qui se dérobait encore à son esprit tourneboulé.

« Mais ces voix qui chantent, si douces, si mélodieuses ne sont-elle pas celles des anges ? » insista timidement la jeune fille.

Avec une infinie patience, Sœur Benoîte lui ôta ses doutes : « Ce ne sont que nos jeunes pensionnaires qui chantent laudes mais je vous l'accorde, mon enfant, leur intonation est divine ! »

Elle n'avait pas tout à fait tort, la douce religieuse en parlant de l'influence divine tant les chants des jeunes élèves du couvent Notre-Dame atteignaient une pureté de cristal ; elle faisait preuve aussi de grande modestie, elle qui était leur maîtresse de chant.

* *
*

La vocation éducative du couvent Notre-Dame ne datait pas d'hier et, malgré de nombreuses vicissitudes, elle se pérennisait à travers les époques.

Au XVIe siècle, les habitants de Langogne avaient accueilli à bras ouverts quelques religieuses de Notre-Dame de la ville du Puy, non pas que la ville en fût dépourvue puisqu'elle était déjà dotée de deux couvents et autant de monastères. Détachées de leur communauté de Haute-Loire, les nonnes n'en continuèrent pas moins d'exercer leur règle monastique en pays de Gévaudan.

Grâce aux nombreuses et conséquentes libéralités de notables, bourgeois, commerçants résolument tournés vers l'unicité de la religion catholique en leur bonne ville de Lozère, la première pierre d'un édifice religieux avait été posée le 15 septembre 1630 en présence de Monseigneur de Marcillac, évêque du diocèse de Mende.

Dès lors, au fil des ans, l'extension de la communauté déléguée du Puy avait été la fierté de toute la population. Couvent, église, chapelle, oratoire témoignaient d'une intense vie cultuelle. Les offices célébrés, chantés, les messes, vêpres, processions exaltées dans la ferveur populaire, avaient l'agrément de la juridiction mendoise dont dépendaient désormais les religieuses de la ville du Puy.

À la vie monastique faite de prières, de méditations, d'accueil et d'initiation des postulantes au noviciat, s'était adjointe l'instruction des jeunes filles à laquelle les religieuses s'employaient avec rigueur et méthode.

La Révolution française avait mis fin à l'activité pérenne de cette communauté et le couvent fut supprimé en 1792. Courte interruption en vérité puisque quatorze ans plus tard, en 1806, une dame Mazauric, religieuse à Pradelles, reprit les rênes du couvent Notre-Dame et le réinstalla dans ses lieux d'origine alors que lesdits lieux devaient être affectés, par un décret impérial, au Collège de Langogne. Le décret fut enterré, lui, pour de nombreuses années !

* *
*

« Laudes, dites-vous, ma sœur ! s'écria Clarisse soudain bien éveillée. Mon Dieu, mon fils, je dois le nourrir…

– C'est fait, mon enfant et le bébé repu dort à poings fermés dans la cellule d'une de mes compagnes. Votre fils, mais vous déraisonnez, vous avez l'air si jeune !

– J'aurai bientôt dix-huit ans…

– C'est bien ce que je dis… si jeunette et déjà un bébé !

– Je veux voir mon fils, je dois lui donner le sein… »

Clarisse se jeta hors du lit et poussa un petit cri. Sa cheville lui faisait horriblement mal. Elle souleva la longue chemise dont l'avaient revêtue les religieuses, vit le bandage qui enveloppait son pied gonflé aux orteils déjà bleuis. Elle frissonna, chercha des yeux son châle de laine. Sœur Benoîte comprit :

« Nous avons mis vos affaires à sécher devant la cheminée du réfectoire… votre baluchon aussi. »

Et la religieuse lui retraça son arrivée nocturne dans le froid et la neige, irruption qui avait bousculé la vie paisible du couvent : une jeune fille loqueteuse, à bout de forces, grelottante et glacée qui rampait sur le sol et demandait de l'aide et enfin qui perdait connaissance au point qu'elles l'avaient crue morte ; un bébé aux lèvres bleues qui geignait faiblement et qu'il fallut nourrir, réchauffer, envelopper de linges propres et secs, soins que se disputèrent quelques religieuses en mal d'enfant.

Écoutant le récit, Clarisse revivait cette folle journée. La tiédeur du bébé lui manqua, son besoin de lui était pressant.

« Sœur Benoîte, je vous en prie, je veux mon enfant.

– Pas avant que vous ne m'ayez raconté votre histoire ! »

La voix était douce mais ferme. Clarisse s'assit sur le bord du lit et n'omit rien de son roman d'amour tragiquement écourté, de son désespoir, de sa détresse. Elle confessa son regret d'avoir causé du chagrin à ses parents et minimisa la décision arbitraire de Pierre Chardenon :

« Père n'avait pas de haine envers mon bébé, c'était, pour lui et sa famille, une honte qu'il ne pouvait pas tolérer.

– Et vous, mon enfant, vous l'aimez votre fils ?

– Oh oui, Sœur Benoîte ! Il est tout pour moi, tout ce qu'il me reste de son père. Il est si petit, si dépendant de moi… Si vous saviez comme il me sourit…

– Vous n'ignorez pas, cependant, qu'il n'a pas d'avenir avec vous et vous avec lui ? Votre père était dans le vrai qui voulait le mettre avec ses semblables, les enfants sans noms. Confier son éducation aux Frères des Écoles Chrétiennes est un acte de foi, de charité. Réfléchissez, Clarisse : donner le fruit de votre péché à Dieu, quelle meilleure résipiscence ? Pensez à tout cela, mon enfant, et reposez-vous, vous en avez tellement besoin ! Sachez que nous ne faillirons pas à notre mission qui est d'accueillir toute pécheresse et d'en faire une repentie. L'enfant trouvera un lieu d'asile dans la communauté des

Capucins où il sera nourri non seulement de lait mais aussi de la parole divine. Père Marie-François de Fleurius, le prieur du couvent n'a pas son pareil pour façonner les jeunes âmes. Il dit souvent, et je ne peux que l'approuver, que seule une vie exemplaire et sacrificielle absout ces enfants de leur naissance illégitime. À tout à l'heure, Clarisse, mes jeunes élèves m'attendent ! »

La porte de la chambrette se referma sur Sœur Benoîte. Clarisse perçut à peine son pas léger effleurer le sol alors qu'elle se dirigeait vers la chapelle.

La jeune fille était abasourdie. Trouverait-elle jamais une place pour elle et son enfant en ce monde ? Au nom de quelle faute qu'on lui imputait, son enfant devrait-il être privé de sa mère ?

La révolte renforçait son courage. À elle seule, elle se sentait capable de tenir tête à tous ces parangons de vertu qui voulaient diriger sa vie et celle de son enfant.

Vivement, elle se mit debout, sortit de la pièce et longea le long corridor à la recherche du réfectoire. Grimaçant à cause de sa cheville atrocement douloureuse, elle traînait la jambe et sentait le froid du dallage reprendre possession de son corps réchauffé par une longue nuit de sommeil.

L'instinct de mère, celui qui échappe à toute logique, toute analyse, la mena droit dans une cellule où vagissait son fils.

« Mon bébé, mon tout petit, tu croyais m'avoir perdue ? »

Pour toute réponse, elle reçut cette risette étrange chez un si jeune enfant, signe spontané de connivence, de reconnaissance charnelle, d'amour inconditionnel.

Elle s'empara du bébé, le serra dans ses bras et reprit sa marche tâtonnante dans un dédale de portes fermées. Un huis à deux battants ne lui laissa plus de doute, elle poussa l'un deux : c'était bien le réfectoire, seule pièce chauffée grâce à deux vastes cheminées à ses extrémités. Devant l'une, en effet, séchaient des vêtements, elle reconnut ses hardes, ses sabots éculés, sa longue pèlerine, le burnous tricoté par Hermance. En un tour de main, elle habilla le bébé, s'enroula dans sa cape, chaussa péniblement ses sabots, du moins celui du pied droit qui lui arracha un petit cri de douleur, renoua le reste de ses hardes encore humides dans un baluchon.

Fuyant à l'opposé de la chapelle d'où s'évadaient les voix d'anges, elle déambula à la recherche d'une issue de sortie.

Après son arrivée dramatique par la froide nuit d'hiver, elle se retrouva dans le petit matin engourdi sur les mêmes marches verglacées qu'elle avait gravies la veille.

La ville dormait encore. Les cheminées, émergeant à peine des toits blanchis, exhalaient de petits soupirs de fumée grise qui se diluaient dans le jour naissant.

Clarisse s'attarda quelques instants à suivre leur évolution dans le ciel blafard et eut l'impression de se réchauffer à ces étiques lambeaux, témoins des braises mourantes au milieu de la cendre.

Sept coups, échappés du clocher de l'église paroissiale crevèrent le silence matinal et ce fut le réveil frileux de toute une population laborieuse.

Surprise de l'animation déclenchée par les quatre cloches qui rythmaient la vie de la cité, la jeune fille descendit prudemment les marches glissantes du couvent et marcha jusqu'à la halle au blé. Appuyée contre un des piliers, elle observa la renaissance de la ville assoupie.

Un à un, les volets de bois décrochés révélaient des vitrines embuées qui dérobaient encore à la vue l'achalandage des boutiques.

Une carriole dévalant la rue Haute dans une cacophonie de sabots ferrés, de crissements de roues, de hue et de dia, fit sursauter Clarisse. Guidant de court un mulet réticent à enfoncer ses pattes dans la neige, le laitier s'époumonait pour héler sa clientèle :

« Lait frais ! *Aqui lo bon lachon*[1] ! Lait frais ! »

Clarisse aurait souri à cette évidence flagrante si un sournois rappel à l'ordre de son estomac creux ne lui avait tiré une grimace douloureuse. Il faut dire que la tisane de sauge des religieuses l'avait certes réchauffée, revigorée sans pour autant la rassasier.

Le laitier remisa son attelage sous la halle, tout près d'elle et, des maisons de la place, sortirent en un manège bien réglé, les ménagères en sabots ou galoches, le fichu sur la tête, le pot de fer blanc à la main, à moins que ce ne fut un pichet émaillé au couvercle arrondi que certaines portaient comme le Saint Sacrement.

Clarisse observait le liquide blanc et crémeux que le laitier transvasait avec adresse ; elle revoyait le bol fumant servi à la table familiale et les tranches de pain bis que l'on tartinait de beurre. Ses yeux se remplirent de larmes.

« Alors, tu ne veux pas goûter mon *lachon* ? »

Le laitier lui tendait une écuelle graduée munie d'un long manche et pleine à ras bord.

« Je n'ai pas d'argent, Monsieur, s'excusa-t-elle piteusement.

– Je ne t'ai rien demandé. Tiens, bois ! »

C'était froid mais c'était bon. Elle prit son temps pour apprécier et déglutir cette nourriture qui, telle une manne, lui tombait du ciel.

« Merci, Monsieur, Merci beaucoup.

Tu veux une autre louchée ? »

Surprise de son audace, elle s'entendit répondre :

« Oui, je veux bien. »

L'homme ne cessait de l'observer, ce qui la mit mal à l'aise. Elle s'engoua, toussa violemment, réveilla le bébé qui couina, dérangé dans sa béatitude.

1. *Ici le bon lait.*

« C'est un chaton que tu caches sous ta cape ? fit remarquer le laitier, jovial. Ces bestiaux-là aiment le lait. »

Clarisse rougit de confusion puis elle dénoua son châle, entrouvrit sa pèlerine et dévoila son petit braillard qui gesticulait.

« Ce n'est pas un chat, c'est mon fils ! dit-elle avec une fierté toute nouvelle.

– Et moi qui te prenais pour une gamine ! C'est un joli bébé mais que fais-tu dehors à cette heure avec un nourrisson dissimulé sous ta cape ? »

Son orgueil de mère, pour la première fois manifesté, retomba comme un flan :

« Je n'ai pas d'argent, pas de travail et ne sais où loger. »

L'homme à la carriole regrettait presque l'intérêt qu'il avait porté à cette pauvresse. Il ne pouvait rien pour elle ni pour son enfant et répugnait cependant à continuer sa route dans l'indifférence.

« Tu as bien de la famille, enfin ?

– Non. Il faut que je trouve de l'ouvrage et un toit. »

Le laitier réprima une moue dubitative. Le travail ne courait pas les rues et l'allure de la quémandeuse n'était pas très engageante. Pâlichonne, *maïgroustelle*[1] et embarrassée d'un loupiot, ses chances de trouver un employeur étaient minimes. Contre toute logique, il continua à jouer les bons samaritains.

« Viens avec moi, je vais te présenter au père Mazoyer, le gargotier de la place des Moines. Son boui-boui, c'est sûrement pas Byzance mais la soupe est grasse et la paillasse propre. »

Le mulet sollicité ébranla l'attelage, Clarisse lui emboîta le pas, traînant péniblement sa cheville foulée.

« Une *bamban*[2] en plus ! » se dit le laitier.

---

1. *Maigrelette.*
2. *Boiteuse.*

Derechef, il lui proposa de s'asseoir sur le plateau de la charrette. Clarisse profita de ce siège improvisé pour allaiter son bébé. Elle cala son dos contre un bidon de lait et, dérobée aux regards de l'homme providentiel qui entraînait sa bête, elle s'appliqua à rassurer le bébé saisi par le froid vif qui balayait sa frimousse et s'immisçait à travers le burnous de laine.

La main caressante de sa mère qui massait son petit corps, la voix tendre qui l'apaisait, le sein tiède qu'il retrouvait avec plaisir, tout cet amour dont elle l'entourait, agissait comme une essence vitale sur ce petit être qui ne demandait qu'à vivre.

« Salut l'aubergiste ! »

Le père Mazoyer était devant sa porte à déblayer la neige accumulée contre sa devanture. Sans se retourner, il avait reconnu l'attelage du laitier. Ponctuel, Malgoire ne manquait jamais son heure !

« Entre, Malgoire, la soupe est chaude. Apporte deux cruchons à ma bourgeoise, elle va nous faire des *bajanas*[1], qu'elle a dit !

– Va pour les deux cruchons, père Mazoyer et pour moi, ce sera deux assiettées de soupe, j'ai de la compagnie ! »

Tandis que ledit Malgoire plaidait sa cause auprès de l'aubergiste, Clarisse se délectait d'une onctueuse soupe de gruau dans laquelle elle faisait tremper des morceaux de pain. La cuillère aurait tenu droite dans son assiette tant le brouet était compact. Elle ne savait pas de quoi demain serait fait mais elle était certaine de ne jamais oublier la bonté de cet homme serviable.

Au terme d'un long conciliabule, Malgoire et le père Mazoyer s'approchèrent de Clarisse. À leur mine désolée, elle comprit qu'il n'y avait pas de travail pour elle, ici. L'aubergiste le lui

1. *Châtaignes sèches dans du lait.*

confirma de sa grosse voix rocailleuse et bourrue qui prenait des intonations paternelles :

« Mon auberge ne tourne pas fort avec ce maudit temps qui rebute jusqu'aux maquignons. Essaie de te placer dans une famille bourgeoise, les boniches n'y font pas fortune mais sont nourries et logées.

– Mais avec mon bébé… vous croyez que… », implora presque Clarisse en baissant la tête vers son petit qui dormait sur ses genoux.

« C'est ma foi bien vrai que les bigotes y regardent à deux fois et se méfient des filles qui ont fauté. Mais ça ne coûte rien de frapper à leur porte. »

Et l'aubergiste retourna à ses occupations.

Malgoire le laitier ne se décidait pas à partir, à abandonner cette gamine et son moufflet mis sur son chemin. Il fallait pourtant s'y résoudre.

« Il m'en coûte de te laisser, petite, mais je dois finir ma tournée, les clients m'attendent. Va voir de ma part à l'hostellerie du Genêt Fleuri, de l'autre côté du pont, c'est une bonne maison. La chance soit avec toi, petite… Au fait, comment t'appelles-tu ?

– Clarisse. Merci pour tout, Monsieur Malgoire. »

De la porte, il se retourna encore, la quittant à regret et son visage s'éclaira d'un sourire :

« J'y pense, il y a le moulin du Brugeyron ! La laine, ça te connaît ?

– Je file au rouet depuis mes plus jeunes années.

– Alors, carder burelles et burates ne te surprendra pas. Courage, Clarisse ! »

Rassasiée, réchauffée grâce à l'obligeant Malgoire, Clarisse se sentait des ailes pour commencer sa quête d'un travail où elle serait logée, elle et son enfant.

Elle emmitoufla le bébé, s'enroula dans sa cape et s'apprêta à quitter l'auberge de la place des Moines.

« Tu peux nous laisser ton lardon, si le cœur t'en dit, il n'est pas *aïssable*[1], lui proposa la gargotière.

– C'est bien aimable à vous, Madame, mais je ne peux pas, il pourrait croire que je l'ai abandonné.

– Pfft ! Il dort à poings fermés et ne se rendrait même pas compte de ton absence.

– Oh si, croyez-moi, Madame, il se laisserait mourir de faim loin de moi, c'est comme ça pour les tout petits qu'on veut éloigner de leur mère. »

L'aubergiste haussa les épaules et s'en retourna dans sa cuisine en bougonnant :

« *Canto bédigasse*[2] ! Tout ça, c'est *nessiges*[3] et compagnie ! »

* *
*

Les maisons bourgeoises ne manquaient pas à Langogne qui se voulait un carrefour incontournable du commerce lainier, celui des mégisseries, des cadisseries, sans parler de ses grandes foires aux bestiaux qui faisaient éclater la ville au-delà de l'Allier et du Langouyrou, les deux rivières qui la ceinturaient et participaient de sa richesse.

Depuis le boulevard des Capucins jusqu'à la rue du Collège, sans parler de celles, cossues bien que plusieurs fois centenaires et qui s'adossaient à l'église monacale Saint-Gervais et Saint-Protais, les demeures bourgeoises ajoutaient au décorum de la ville de Langogne.

Toutes arboraient sur leur porte une plaque de cuivre, un heurtoir de même métal et, pour les plus soucieuses de leur

1. *Désagréable, dérangeant.*
2. *Quelle sotte !*
3. *Bêtises.*

clientèle, un anneau de fer scellé dans la façade, attendant la longe d'un cheval, d'un mulet, au pire d'une haridelle.

Combien en secoua-t-elle, la timide Clarisse, de ces marteaux de porte aux formes variées ? Qu'il s'agisse d'une patte griffue de lion, d'un fer à cheval tarabiscoté ou d'un lourd anneau de bronze, le son qu'ils émettaient la pétrifiait. Elle s'attendait toujours à voir surgir un animal féroce, tapi derrière l'une de ces portes, cerbère patenté pour bouter les malheureux hors de ces demeures de nantis.

Pas le moindre molosse ne vint montrer son museau mais que de visages acerbes, dédaigneux, méfiants qui écoutaient à peine sa demande embarrassée ! Les portes se fermaient, lourdes, intransigeantes tel un couperet. Le refrain était le même, partout :

« Nous n'avons besoin de personne, surtout pas d'une gamine à qui il faudrait tout apprendre ! »

Chez Maître d'Estive le notaire qui, sur trois étages, avait pignon sur le boulevard des Capucins, l'accueil fut sinon chaleureux, du moins intéressé. Madame cherchait une lingère.

On introduisit Clarisse dont le cœur battait à tout rompre dans une antichambre sommairement meublée de chaises paillées. La pièce n'était pas chauffée mais recevait quelques douceurs ambiantes échappées de l'étude du notaire où ronflait un imposant poêle de faïence.

Toute tremblante d'espoir et d'intimidation, la jeune fille ne sut apprécier ni la tiédeur du lieu, ni les sièges qui lui offraient un repos dans sa matinée d'errance.

Dans un bruissement de faille et de velours, Madame d'Estive fit son entrée, toute de vert vêtue. Le geste aisé, l'œil fureteur et la parole débordante, la volubile notairesse détaillait la jeune fille falote en quête de travail.

« Je suppose, demoiselle, que vous n'avez jamais servi dans une maison ?

– À la *loue,* Madame, pendant les saisons. J'étais en cuisine au domaine Blanchon-Troupet à Alais pour les vers à soie et les vendanges.

– Vous avez donc un certificat, une recommandation ? »

Clarisse se mordit la lèvre. Qu'avait-elle évoqué cette famille honnie qui l'avait humiliée ? Fasse le Ciel que Madame d'Estive n'entrât pas en relation avec les magnaniers alaisiens ! Elle esquissa un geste de dénégation puis reprit bien vite :

« Je servais à table quand Madame recevait…

– J'ai besoin d'une lingère, jouvencelle. Laver, empeser, repasser c'est tout un art.

– J'apprendrai, Madame, je suis vaillante.

– Alors vous ne serez pas payer durant votre apprentissage.

– Oh il me suffira d'un gîte pour mon enfant et moi, et d'une…

– Votre enfant ? Que me contez-vous là ? »

Madame d'Estive écarquillait ses petits yeux ronds et perçants. Elle pensait avoir devant elle une adolescente, presque une gamine et voilà que cette audacieuse lui parlait d'un gosse. Elle l'apostropha :

« En voilà une effrontée qui me fait perdre mon temps ! J'avais pitié de vous, ma fille, mais là s'arrête ma prodigalité. Avec un marmot accroché à vos basques et qui courrait partout ? C'est plus que je n'en peux supporter.

– Il ne court pas, Madame, il est si petit ! »

Clarisse entrouvrit d'un geste maintenant familier sa cape protectrice. Madame d'Estive jeta un œil torve et méprisant vers le précieux petit fardeau.

« Faites-moi le plaisir de quitter ces lieux que vous offensez, vous et votre bâtard ! » débita-t-elle d'une voix suraiguë qui la rendait vulgaire.

Poursuivie par la voix criarde qui éructait des mots qu'elle ne voulait pas entendre, Clarisse s'enfuit avec la célérité que lui permettait sa cheville douloureuse et de plus en plus enflée.

Elle dévala les marches de la maison notariale et se retrouva, en larmes, dans la rue.

Elle n'eut pas plus de succès chez les artisans de la rue Haute. Tisserands, drapiers, merciers n'avaient qu'un regard navré, un geste désolé ou une phrase bien rodée qui faisait mouche :

« Les temps sont durs, surtout pour le pauvre monde ! »

Comme s'il était utile de le lui rappeler ! Les temps, certes, n'étaient pas faciles mais la rue Haute affichait des façades et des boutiques qui n'avaient rien de misérables.

De-ci de-là, des fenestrons ornés de vitraux à armature de plomb, des enseignes de fer forgé, des frontons de porte arborant, ciselée dans la pierre, leur date de construction, autant de témoignage du riche passé de cette rue et de son présent plus qu'honorable.

Marcher, marcher surtout pour ne pas avoir froid, arpenter la ville rue après rue pour n'en oublier aucune, pour ne pas manquer la moindre chance de trouver à se placer.

À ce rythme, Clarisse s'épuisait, handicapée par son entorse. La faim, à nouveau, redevenait sa compagne, une partenaire qui ne la lâchait pas. Les seuls instants heureux étaient ceux qu'elle consacrait à nourrir son enfant. Tremblante chaque fois de voir tarir son lait, elle remerciait Dieu de lui donner cette grâce. Son bébé tétait peu, certes, mais apparemment à sa faim qui était modérée.

Après avoir pris un temps de repos sur le dernier escalier de la halle qui lui offrait une étape abritée, elle se décida à aller jusqu'à l'hostellerie du Genêt Fleuri, recommandée par Malgoire le laitier.

Elle passa le Pont Vieux qui, de ses deux arches, enjambait l'intrépide Langouyrou. Sur ses berges, en contrebas, quatre à cinq laveuses téméraires cassaient la glace pour rincer un linge raidi de froid.

« Si j'allais leur demander où trouver du travail ? » se dit-elle. Elle hésita une seconde puis préféra continuer jusqu'à l'hostellerie-relais de poste qu'elle distinguait plus loin sur la route de Luc.

La cour était animée. La forge ronflait et les garçons d'écurie faisaient des va-et-vient incessants apportant qui des ballots de paille, qui des seaux d'eau aux chevaux de la malle-poste que l'on venait de changer.

Malgré la recommandation de Malgoire et le bon vouloir de l'aubergiste, Clarisse n'obtint qu'un refus désolé :

« Une fille-mère ! Tu n'y penses pas, pauvrette ! Mon homme tient trop à la bonne réputation de son négoce. C'est pas un mauvais bougre mais il ne faut pas le mettre en colère, il a le sang chaud ! »

La femme referma vivement sa porte et Clarisse repartit tête basse. En bas du Pont Vieux, les laveuses n'y étaient plus. Le jour tombait encore vite au mois de février et les rues redevenaient désertes comme par enchantement.

Le désespoir de Clarisse était insondable mais elle ne voulait pas s'avouer vaincue. Dieu ne pouvait pas l'oublier, lui qui semait sur sa route cahotante tant de gens au grand cœur. Il y avait Oncle André qui lui avait insufflé le courage, Hermance qui de ces doigts habiles avait confectionné un burnous ô combien essentiel pour protéger son fils et le laitier Malgoire qu'elle n'oublierait jamais. Prier, elle devait prier sans cesse.

Elle se dirigea vers l'église du cœur de ville dont le porche arrondi semblait tendre des bras protecteurs.

Sa masse trapue de style roman bourguignon était allégée par un fronton qui, à lui seul, racontait l'histoire de la vie à travers ses figures allégoriques.

La jeune mère n'y prêta pas attention, pas plus qu'à sa nef délabrée qui criait misère. Comme mue par un attrait irrésistible, alors qu'elle pénétrait dans cette église pour la première fois, ses pas l'amenèrent tout naturellement vers la chapelle de Notre-Dame-de-Tout-Pouvoir.

Sous sa voûte en ogive rajoutée au XVII^e siècle, sertie de candélabres qui lui faisaient un halo doré, la Vierge Noire, revêtue de dentelle et de brocart, posait sur ceux qui s'agenouillaient devant elle, un regard bienveillant.

Droite, hiératique, toute noblesse et majesté, et malgré tout humaine, la statue en bois résineux incarnait la vie et la tendresse innée que lui conférait son enfant-Dieu qu'elle tenait devant elle, dans la ligne de son corps.

Il était elle, elle était lui, ils n'étaient qu'un !

Les yeux dans ceux de la statue, Clarisse murmura :

« C'est comme nous, on se ressemble. »

Il lui sembla que la Vierge lui souriait, elle continua :

« Vous me comprenez, Notre-Dame, oui vous savez ce que représente un enfant pour sa mère et une mère pour son enfant. »

Elle avait dû parler à haute voix. Une personne se retourna. C'était une vieille femme, ou plutôt une femme vieillissante qui ne passait pas un jour sans rendre visite à la Vierge Noire comme elle l'aurait fait à une amie très chère.

Elle fut saisie par la ressemblance d'attitude entre la statue portant son enfant et la jeune personne qui lui faisait face et qui, tenant son bébé contre sa poitrine, le lui présentait en offrande.

Les lèvres de la jeune mère balbutiaient des prières inaudibles que la statue recevait comme autant de louanges.

« On dirait qu'elle va lui répondre, pensa la brave femme. Ah c'est bien la première fois que je vois un spectacle aussi beau ! »

Sans bruit, elle s'éclipsa, se sentant de trop et préférant laisser à la jeune mère l'intimité totale de la chapelle.

Clarisse n'avait rien perçu de cette présence, tout entière absorbée dans la prière, l'adoration et le dialogue muet qu'elle semblait nouer avec la Vierge Noire.

Trop longtemps agenouillée, elle eut de la peine à se remettre debout et prit appui le long des piliers de la nef pour gagner la sortie de l'église.

Réconfortée moralement, elle avait les pensées plus claires et se remémora les conseils de Malgoire.

« Le moulin Bro... Le moulin Brou... »

Elle aborda un passant, surprise de son audace, elle, la petite souris timide :

« Faites excuse, Monsieur, le moulin Bru...

– Le moulin Brugeyron ?

– Oui, c'est bien ça ! Où se trouve-t-il, s'il vous plaît ?

– Rue des Moulins, pardi ! » s'exclama le quidam en haussant les épaules devant tant d'ingénuité.

Le regard implorant de la jeune fille le rendit plus affable :

« La rue des Moulins qui descend vers le Langouyrou, c'est la deuxième après celle qui mène au Pont Vieux. Faites attention, demoiselle, ça glisse !

Vaine recommandation. La nuit venant, les rues de la ville reprenaient des allures de lac gelé. Le froid vif giflait les visages des rares personnes qui, pliées en deux sous les assauts de la *bouffado*, se hâtaient de rentrer chez elles. »

Clarisse s'égara plus d'une fois dans le dédale de ruelles blanches dans lesquelles le vent s'engouffrait en rafales. Elle avait faim, elle avait froid, souffrait terriblement de sa cheville et respirait maintenant avec difficulté.

Un bourdonnement assourdissant envahissait son crâne au point d'annihiler toutes ses pensées. Son errance dans la ville hostile, inhospitalière, avait raison de ses forces physique, de sa volonté jusque-là inébranlable.

Son enfant se mit à geindre sans qu'elle ne l'entende, les pleurs, faibles, émanaient d'un petit corps qui ne parvenait plus à se réchauffer, et elle, Clarisse, saisie par la froidure de la nuit d'hiver, cessa enfin de lutter.

Doucement, elle se laissa tomber dans le renfoncement d'un pas de porte, piteux abri, misérable sépulture. Ne manquait que le linceul de neige blanche qui ne tarderait pas à la recouvrir tout entière.

Sa chute molle avait cependant produit un léger frottement contre la porte que venait de refermer une silhouette enveloppée de noir. Une femme sans âge, intriguée par une sorte de plainte à peine audible, ouvrit. C'était elle qui tantôt se recueillait devant la statue de Notre-Dame-de-Tout-Pouvoir, elle se pencha vers le corps recroquevillé sur le seuil. Elle tenait une bougie tremblotante à la main, l'approcha de la tête encapuchonnée qu'elle découvrit délicatement.

« La petite Madone à l'Enfant ! Mais je la reconnais ! » s'écria-t-elle.

## XXI

## Chez la Veuvette

Après avoir hurlé trois jours et trois nuits durant sans le moindre répit, la *burle* avait rendu les armes.
Dès l'aurore, deux ou trois rafales agonisantes vinrent mourir sur le Mourre de la Gadille, rendant à la forêt de Mercoire son silence de cathédrale et sa majestueuse beauté.

Harnaché de pied en cap de son éternelle vêture de berger, André Chardenon abreuvait la douce Hermance d'inutiles recommandations.

« Ne laisse pas mourir le feu, Mancette et surtout, ne m'attends pas. Il se peut que je ne rentre pas avant plusieurs jours, je dois aider ma filleule… et mon petit filleul. Dieu sait ce dont mon *testudas*[1] de frère est capable avec son orgueil blessé et sa colère facile.

– Que comptes-tu faire, André ?

– Je n'en sais rien, ma douce. Je sais seulement que Clarisse doit quitter le Cheylard au plus tôt et pour cela, elle a besoin de moi. Alors, Mancette, ne t'inquiète pas, Bélugue te tiendra compagnie. »

Le chien qui ne lâchait pas son maître d'une semelle le regardait avec des yeux humides de loyauté. Il penchait sur le côté sa tête hirsute de corniaud fidèle comme si les paroles

1. *Entêté.*

d'André s'adressaient à lui. Il le regarda partir, déçu de cet abandon, et vint se faire caresser par Hermance.

Cette dernière, éclairée d'une idée soudaine, courut sur le chemin.

« André ! André, si elle est d'accord, amène ta filleule ici. Nous ne serons pas trop de trois pour aimer son petit !

Bélugue jappa, courroucé.

– De quatre, voulais-je dire ! Bélugue nous fait savoir qu'il aime les enfants. »

Le berger enveloppa sa compagne d'un regard qui en disait long sur la tendresse et l'affection qui unissait ce couple d'infortune.

Il marchait d'un pas alerte sur les chemins balisés de hautes congères blanches. Les arbres surchargés lâchaient par intermittence des paquets de neige poudreuse qui tombaient sur le sol dur en faisant un bruit mat.

Dix heures sonnaient au clocher de l'église lorsqu'il arriva au Cheylard-l'Evêque. Il ne put esquiver son frère occupé à briser les stalactites accrochées à la toiture de sa maison.

« Ah te voilà, traître ! l'apostropha Pierre Chardenon d'une voix dont il essayait de contenir l'intensité mais qui trahissait son courroux.

– C'est à moi que tu parles, Pierre ?

– Et qui donc fait des manigances dans mon dos sinon un Judas, un félon ? »

André se méprit :

« Je n'ai fait que mon devoir de chrétien en baptisant cet enfant…

– Parce qu'en plus monsieur le donneur de leçons a fait baptiser le bâtard de ma fille ! Rentre, maraud, ce n'est pas bon d'étaler nos affaires sur la place publique. »

L'accueil de Julie Chardenon fut de la même veine. André se voulut narquois pour briser le silence hostile :

« Alors *counhado,* toujours la soupe à la grimace ? Je vous ai connue plus souriante et cela vous allait mieux.

– Donnez-moi plutôt des nouvelles de ma fille... et de son drolo. Ce n'est pas bien ce que vous avez fait là, André.

– Des nouvelles de Clarisse ? Mais que voulez-vous dire ?

– Tu le sais bien, pendard ! tonna Pierre en abattant son poing rageur sur la table. Dis-nous où elle est et ce que signifie cette histoire de baptême. »

André comprit qu'il était temps de s'expliquer sérieusement, ce qu'il fit, narrant les conseils et la complicité du père Pradelle, le baptême improvisé dans la chambrette de la maison, la participation tout empreinte d'émotion de Denise élevée au rang de marraine.

« Pierre, Julie, vous avez un petit-fils, il s'appelle, selon le désir de sa mère, André Jean-Pierre et je suis son parrain.

– Où les as-tu emmenés alors ? hurla Pierre.

– Mais je me tue à te dire que je n'ai emmené personne... »

À bout de nerfs, Julie l'interrompit d'une voix hystérique :

« Clarisse, ma fille, elle n'est donc pas partie avec vous ? »

La tête dans les mains, elle sanglotait, libérant des larmes trop longtemps contenues. Elle soliloquait regrets, reproches et désespoir :

« Oh Pierre ! Qu'avons-nous fait ? Notre fille est partie seule dans la neige, le froid. Elle était à peine remise de ses couches, si pâle à faire peur. Elle est partie sans rien, sans argent, sans un morceau de pain. Oh mon Dieu ! »

Pierre ne faisait pas le fier mais refusait la responsabilité de ce départ clandestin et suicidaire.

« C'est toi qui lui as mis des sornettes dans la caboche, André. Tu peux t'en glorifier. »

André était blanc de colère, non que les accusations de son frère ne le blessent mais bien plutôt à cause de son comportement qui avait poussé Clarisse à fuir Dieu sait où.

« Elle est partie le jour où vous cuisiez le pain pour le village, dites-vous ? Cela fait donc…

– Trois jours ! Avec la *bouffado* qui vous pliait un mélèze en deux et la neige qui ne cessait de tomber épaisse comme ça, gémit Julie en montrant son poing.

– Et vous l'avez cherchée ?

– Ben… non… on a pensé que c'était toi qui…

– *Niaisas*[1] ! » souffla le berger.

Puis, balayant d'un geste familier sa colère stérile, il prit la direction des opérations :

« Victor, Joseph et toi aussi Pierre, prenez vos capes et vos bâtons, il faut partir à sa recherche. Les garçons, vous irez du côté des Huttes, de Saint-Flour ; Pierre, dirige-toi vers Laubanès, l'Herm et prends à travers bois.

– Et toi ?

– Moi, je vais à Chaudeyrac. Elle a pu penser trouver de l'aide auprès du père Pradelle. Pauvre petite Clarissou ! »

* *
*

À trois bonnes lieues de sa maison et sans que Pierre Chardenon ne pût l'imaginer, sa fille et son petit-fils luttaient contre la mort.

Dans son rudimentaire logement de la rue des Moulins à Langogne dans lequel elle avait transporté une toute jeune femme inanimée et son bébé au souffle court, Méline Clavel ne savait plus où donner de la tête.

Sa vie de quadragénaire solitaire, réglée comme du papier à musique en était toute chamboulée. Son environnement d'ordinaire silencieux et paisible jusqu'à la morosité, prenait soudain des allures de camp retranché. Elle devait être sur tous

1. *Crétin.*

les fronts à la fois, elle dont l'horizon se bornait, jusqu'à ce jour, aux quatre murs de son logement et à la dentelle légère qu'égrenaient ses doigts effilés.

Anxieuse du devenir de ses protégés mais surtout animée d'une inhabituelle excitation, celle que toute la ville surnommait la Veuvette, se sentait utile pour la première fois de sa vie.

Utile ? Indispensable même ! Un nourrisson réchauffé à grand renfort de molleton qu'elle présentait aux flammes de la cheminée avant de l'en emmailloter, nourri toutes les heures de quelques gouttes de lait tiède inséré entre ses petites lèvres blêmes et crispées. Une jeune fille à peine sortie de l'adolescence qui grelottait de fièvre, inconsciente dans son lit. Il y avait bien là de quoi mobiliser son modeste savoir-faire en la matière, pallié par une évidente bonne volonté.

Le Destin – sinon qui d'autre – avait mis par deux fois ces deux êtres sur son chemin ! À l'église où elle avait été émue devant le charmant tableau allégorique de la mère à l'enfant et puis devant sa porte où la malheureuse jeune femme s'était effondrée à bout de forces et de découragement.

Méline n'en doutait pas : ce n'était pas pour rien que ces deux-là avaient croisé sa morose existence d'éternelle Veuvette.

Veuve, elle l'eût été si le sapeur Meynard Adrien l'avait épousée avant d'aller grossir la Grande Armée de Napoléon, partie à la conquête de la froide Russie.

Conscrit à son corps défendant mais par trop timoré pour contourner la loi et jouer, comme tant d'autres, les déserteurs, Adrien Meynard dissimula sa passive résignation derrière un élan patriotique exagéré.

« Penses-tu, Méline, dit-il à sa promise, que je m'esquiverais alors que mon pays a besoin de moi ?

– Tant d'hommes sont déjà partis et si peu sont revenus, mon pauvre Adrien ! La guerre ne finira donc jamais ? »

Elle s'était lamentée en vain. Adrien était parti vers un destin qui, seize années plus tard, demeurait encore un mystère.

Errait-il, perdu, abandonné par son régiment en débâcle, sans mémoire ni conscience, dans les immensités russes ? Avait-il été englouti dans les eaux mortelles de la Bérézina qui roulait autant de blocs de glace que de soldats noyés ? Avait-il donné un coup de pouce à la providence et fuit la misère du Gévaudan, l'ingratitude de son métier de tanneur et les bras qui manquaient de conviction de Méline Clavel ?

Que de fois, au cours de ses nuits d'insomnies, celle qui était aux yeux de tous la Veuvette, avait-elle évoqué ces différentes possibilités ? Devait-elle pleurer un fiancé mort au champ d'honneur, continuer à espérer son hypothétique retour ou se résigner à une disparition inexpliquée ?

Elle avait toutefois opté pour la sombre tenue des veuves et se drapait dans des robes et des capes d'escot qu'elle égayait d'un long tablier à bavette de linon blanc agrémenté d'un volant de dentelle.

À ses yeux, cette toilette, tel un uniforme, affichait de façon explicite son état hybride : l'escot noir des veuves certes, mais le blanc de la virginité à laquelle l'avait condamné le sapeur Meynard Adrien.

Dans le toupin noirci, pendu à la crémaillère, la soupe cuisait à gros bouillons et dégageait un fumet de poireaux qui titillait les narines.

Méline versa une louchée de ce brouet fumant dans un bol et s'approcha du lit où sommeillait Clarisse.

« Réveillez-vous, petite, il vous faut prendre un peu de nourriture. »

Clarisse n'eut aucune réaction. Recroquevillée en chien de fusil, elle restait tapie sous la courtepointe élimée dont Méline l'avait recouverte jusqu'au menton. Son corps fiévreux s'agitait par moments de tremblements convulsifs.

Méline la pris sous les épaules, remonta sur l'oreiller son corps léger mais pesant d'inertie.

« Ouvrez les yeux et dites-moi votre nom. Allons, faites un effort », insista la Veuvette.

Les lèvres craquelées de Clarisse remuèrent à peine et un son inaudible s'en exhala. Méline se pencha vers elle.

« Parlez-moi. N'ayez crainte.

– Mon bébé… Où est-il ? »

Un sourire éclaira le visage de la brave femme.

« Votre enfant dort dans le *cantou* où j'ai posé sa banaste[1]. Il est bien couvert.

– Je dois le faire téter, murmura Clarisse.

– Vous êtes trop faible encore… et lui aussi, pensa la généreuse hôtesse. Ne soyez pas en souci pour le bébé, j'ai du lait frais et lui en donne toutes les heures. C'est à vous qu'il faut songer, buvez ce bouillon. »

Le liquide chaud brûla ses lèvres fendillées de fièvre, déchira son gosier irrité, envahit tout son corps d'une douloureuse et cependant bienfaisante brûlure. À peine quelques gorgées péniblement dégluties et Clarisse retomba dans une torpeur qui ne manqua d'inquiéter Méline.

« Peut-être lui faudrait-il un docteur ? » se dit-elle.

Or, comment payer ses honoraires avec les maigres revenus de son travail de dentellière, vite absorbés par le terme du loyer, le bois et le pain pour tremper la soupe ?

L'enfant dormait, paisible, et ses lèvres semblaient se colorer ; sa respiration, lente mais régulière paraissait se rythmer sur celle de sa mère, encore rauque et entrecoupée de violentes quintes de toux.

---

*1. Corbeille.*

Méline se remit à l'ouvrage. Elle avait assez perdu de temps et la leveuse qui passait les tout derniers jours du mois ferait la moue sur la maigre production de sa dentellière la plus prolixe. Assise sur sa chaise basse, les deux pieds reposant sur un minuscule tabouret de bois, elle posa son carreau sur les genoux.

Une fois les fuseaux posés en éventail sur le tablier du carreau, la dentellière croisait et entrecroisait le fil qu'elle retenait par des épingles plantées dans le carton[1]. Le cliquetis des bobines qu'elle lançait à droite, à gauche, en haut, en bas, animait la pièce d'une musique qui tenait plus de la toccata que de la mélodie.

L'étroite bande de dentelle qui naissait des mains habiles de la Veuvette et se déroulait au fil des heures, extraordinaires entrelacs de fils tordus, croisés, noués, serait mesurée par la leveuse qui rémunérait ces pièces d'orfèvrerie de quelques misérables francs.

Confiées ensuite à une aponceuse qui les assemblait à l'aiguille, les bandes de dentelles prenaient forme d'étape en étape. Amidonnée, repassée, la dentelle destinée à un entre-deux de jupon, un revers de drap, un mouchoir de cou ou aux rubans d'une coiffe mobilisait ainsi plusieurs petites mains bien mal rétribuées, par la leveuse qui trouvait prétexte à carotter quelques pouces[2] de travail pour un oui ou pour un non.

* *
*

Du plus loin que Méline se souvint, elle se revoyait avec des bobines dans les mains et un carreau sur ses genoux.

---

*1. Modèle.*
*2. Un pouce égalait deux centimètres et demi environ.*

Orpheline, élevée chez les religieuses, elle devait aux Béates, ces bigotes mi-laïques, mi-saintes qui avaient fait de l'apprentissage de la dentelle aux fuseaux leur spécialité, sa profession dont elle était si fière. Elle aimait ce métier raffiné qui la différenciait des fileuses de laine si nombreuses en Gévaudan. En fait, c'était bien cette aura d'ouvrière du luxe qui avait quelque chose de gratifiant car le salaire, lui, pataugeait dans les mêmes insignifiances que celui des filandières.

« Femme au carreau ou femme au rouet, tout ça c'est misère et compagnie ! s'insurgeaient souvent des camarades d'apprentissage, peinant sur des points particulièrement délicats.

– La beauté de l'ouvrage n'est-elle pas la première récompense d'une bonne ouvrière ! » béatifiaient angéliquement les religieuses pour calmer les frondeuses.

Méline, elle, ne s'était pas posé de questions : autant mettre tout son cœur pour apprendre un métier et, tout comme l'appétit qui, dit-on, vient en mangeant, la passion de la dentelle lui vint en s'appliquant.

Bridée dans ses élans de créatrice par la leveuse qui avait l'œil pointu pour s'assurer que le carton avait été scrupuleusement respecté, elle s'astreignait à la confection des commandes qui, si elles manquaient à son goût de fantaisie, n'en étaient pas moins fort exigeantes et complexes de précision.

Même s'il fallait pour cela économiser sur le bois ou la bougie, Méline s'octroyait de petits plaisirs, celui d'acheter de temps en temps un écheveau de fil déclassé et de laisser voguer son imagination de dentellière.

Elle se hâtait alors de terminer ses ouvrages « à façon » et s'adonnait à la réalisation d'un napperon qui décorait sa table, un liseré de col pour sa robe d'escot, un bandeau de cheminée ou un volant froncé pour remplacer celui de son tablier, usé.

Chantilly, malines ou valenciennes, le fil sautait, tournait, bouclait, aérien et fantasque mais toujours académique et... miraculeux. L'hiver dans son logement exigu devant la fenêtre au rideau relevé, l'été au plus fort de la chaleur au bord du Langouyrou, le reste de l'année devant sa porte dans la rue des Moulins, Méline Clavel était indissociable de sa chaise et de son carreau.

« Alors, la Veuvette, on travaille dur pour la leveuse ?

– Pour ça, elle sera contente, la Mère Cébélieu... et moi aussi ! Avec cinq pièces de dix pouces, je crois qu'elle pourra délier les cordons de sa bourse, l'avaricieuse. Et moi, je me ferai un plat de tripoux qui me tiendra la semaine.

– Des tripoux ! Je crois bien que je n'en connais plus le goût. Ah, les temps sont durs, Veuvette ! »

* *
*

Oubliés le napperon décoratif qui égayait son misérable logis, le col et le volant qui paraient son austère tenue de veuve ! Méline ne songeait plus à ces économies de bouts de chandelles qui lui permettaient ces menues fantaisies.

Le bois brûlait jour et nuit dans la cheminée et peu lui importait le tas qui diminuait à vue d'œil. Il y avait toujours une casserole de lait qui tiédissait dans les braises et, comble de sa bonté, elle omettait de mettre un morceau de lard dans sa soupe, préférant acheter un œuf ou deux qu'elle battait avec du miel pour calmer la toux de Clarisse.

Par moments, cette dernière émergeait de sa torpeur, balbutiait quelques mots qui semblaient faire référence au bébé et, rassurée par la main chaude de Méline qui se posait sur son front, elle replongeait dans les limbes obscurs.

Au bout de quelques jours, Méline fut en partie rassurée ; le bébé était sorti d'affaires. Pour peu que lui en permît son manque d'habitude, il lui parut évident que le nourrisson respirait normalement, dormait de même et ne manquait pas de réclamer son dû à heures régulières.

« Pas besoin de pendule avec toi, *droulet* ! On dirait que tu connais l'heure. »

Elle s'était organisée, versait le lait dans une cafetière, introduisait un bout de chiffon dans le bec verseur et, prenant l'enfant au creux de son bras gauche, menait de l'autre le biberon improvisé aux lèvres du nourrisson.

Ignorante des doses convenables pour un si jeune enfant, elle prit le parti de le laisser sucer à satiété et se réjouissait de cette initiative, voyant qu'il n'avait ni rejet, ni reflux qui l'eussent inquiétée.

« Comment pourrait-on t'appeler, *droulet* ? Ta mère ne m'a jamais dit ton nom. Elle, c'est Clarisse, si j'ai bien compris ? Alors, moi je vais te baptiser Clarou ! »

Dans les bras de Méline, Clarou lâchait un rot de satisfaction, esquissait des mimiques qui se voulaient sourires. Puis sa tête dodelinait et il retombait dans les bras de Morphée, abandonnant son petit corps à la douceur de son berceau de fortune.

Mue par un instinct divinatoire, Méline glissait parfois Clarou tout contre sa mère et elle s'extasiait devant le tableau :

« Béségaou[1] ! On dirait qu'il lui sourit. Clarou, *michan drolo*[2], ce n'est pas à moi que tu fais d'aussi belles risettes. »

Sans même ouvrir les yeux, Clarisse frôlait d'une main diaphane le visage de son bébé puis, trop lasse, se tournait sur le côté pour dormir, dormir et peut-être oublier.

Ce quasi-refus de la vie tourmentait Méline. Après tout, elle ne savait rien de sa protégée. Avait-elle toute sa raison ? Était-ce même son enfant ? Et s'il s'agissait d'une innocente et le gamin, d'un enfant subtilisé ?

*1. Approximativement : ça alors !*
*2. Mauvais gamin.*

« C'est moi la folle de me mettre martel en tête ! Une mère et son bébé que la misère a jetés dans la rue, ce n'est malheureusement pas inhabituel. Le malheur est partout. »

Il arrivait à Méline de jeter un regard inquiet vers le tas de bois qui s'amenuisait considérablement. Son pécule, modeste, fait de piécettes dépensées parcimonieusement, fondait comme neige au soleil.

Elle n'en continuait pas moins à mener un feu d'enfer qui illuminait sa pièce et à s'approvisionner en lait frais, œufs et miel. Rien ne devait manquer à ces deux êtres que le ciel lui avait confiés.

Ses bons potages au lard avaient laissé la place à d'insipides mais consistantes soupes de gruau. Ses tranches de pain noir, à peine tartinées d'un peu de saindoux, remplaçaient le morceau de lard qui, auparavant, décorait si joliment son potage d'une multitude d'yeux jaunes et pétillants.

Mais que lui importaient ces privations à côté du nouveau tournant qu'avait pris sa vie ?

« Un bon *ourdiat*[1] n'a jamais tué personne ! » ironisait-elle quand son estomac se crispait devant l'uniformité sans saveur de ses trois repas quotidiens.

Clarou allait bien et sa mère, nonobstant son apathie, ses silences, son désintérêt à vivre, ne subissait plus les accès de fièvres qui la menaient au bord des convulsions. Les quintes de toux espacées, moins épuisantes, la laissaient dormir en paix, de ce sommeil dont se sustentent les corps recrus et les âmes en peine. Ce qui ne manquait pas de tracasser Méline.

« Clarisse, eh Clarisse ! Réveillez-vous, votre *droulet* vous réclame ! »

Le même scénario se déroulait alors. Sa mère caressait la petite tête ronde coiffée d'un béguin, tapotait sa menotte et,

1. *Soupe d'orge perlée.*

la trouvant tiède et potelée, se rendormait avec un sourire de satisfaction, sans un mot, sans un cillement.

« Pourquoi refusez-vous d'ouvrir les yeux ? De me dire quelques mots ? Vous pouvez avoir confiance en moi, Clarisse. »

Cette attitude qui ne manquait pas de tarabuster Méline ne la jetait pas pour autant dans des affres d'interrogations. Prise d'affection pour la jeune maman, elle n'était pas loin de la considérer comme sa fille et, sans en savoir plus sur elle que son prénom, elle se mit tout naturellement à la tutoyer, à la fois bourrue et compatissante :

« Clarisse ! Oh ma belle, c'est moi, Méline. Sors de ton engourdissement, marmotte ! Je vais te faire un brin de toilette. »

Passive, Clarisse laissait courir le bout de toile savonné qui s'attardait sur son visage, ses bras, ses mains, ses mollets et ses pieds aux orteils tout crevassés d'engelures. Le reste de son corps, dissimulé dans l'ample chemine de toile que lui avait enfilée Méline attendait des jours meilleurs.

« Dès que tu seras sur pied, je t'emmènerai aux étuves. Pour l'instant, comme disaient les religieuses à l'orphelinat : "la crasse tient chaud". Encore que tu me paraisses bien proprette malgré tes hardes de pacotille. »

Lors des premiers soins donnés à la jeune femme, Méline avait remarqué sa cheville violacée, enflée et qui lui tirait de faibles plaintes au moindre mouvement. Elle lui avait appliqué des compresses d'huile camphrée, l'avait serrée de bandes de tissus. La léthargie inexpliquée de Clarisse avait fait le reste. Sa cheville à nouveau fine et mobile se colorait seulement d'auréoles jaunes et bleutées, reliquat d'une entorse résorbée.

Cela faisait maintenant une semaine que l'appartement de Méline Clavel rayonnait de hautes flammes embrasant la petite pièce, retentissait des pleurs d'enfant vite jugulés par une petite lampée de lait tiède suivi d'un balin-balan imprimé à sa corbeille.

Huit jours que le triste logement s'animait de berceuses fredonnées par une Méline rajeunie qui se découvrait, d'instinct, des gestes, des intonations, des attentions de mère.

Huit longs jours aussi qu'elle était suspendue à la respiration, maintenant paisible, de la belle endormie.

Belle, la fugueuse Clarisse ? À n'en pas douter ! Son visage coloré se parait de cette expression nouvelle et inexplicable que confère la maternité.

Méline admirait ses traits réguliers, son front haut, ses longs cheveux châtain clair soyeux qui s'étalaient sur l'oreiller. Ses lèvres roses, presque rouges, ressemblaient à un beau fruit mûr prêt à être croqué.

« Et un petit menton volontaire avec ça ! remarqua un matin la dentellière. Vas-tu longtemps me faire croire que tu te désintéresses de ton sort, de celui de ton petit ? »

Deux larmes silencieuses avaient perlé aux yeux clos de Clarisse. Émue, Méline avait déposé un baiser sur son front :

« Allez, dors petite, tu dois avoir tant de choses à oublier. »

Un matin, le petit napperon de dentelle qui donnait à la table ronde un air coquet disparut. Deux jours plus tard, ce fut le galon qui ornait la cheminée.

Méline les avait lavés, empesés, repassés et proposés à Monsieur Rouqueyrol le quincaillier qui s'était empressé de les exposer dans son rayon mercerie.

« Je vous en donne un franc, Veuvette.

– Pas plus ! Mais le fil m'a coûté aussi cher… et le travail, Monsieur Rouqueyrol, regardez le travail !

– Je sais, je sais, mais je sais aussi que la plupart de mes clientes chantent misère. »

Les lèvres pincées, Méline avait empoché sa pièce de un franc. Plus tard, dans la soirée, le *cantou* encombré de nouvelles et belles bûches de bois l'avait déridée :

« Il faut choisir entre une cheminée éteinte décorée de dentelle et un bon *fiouquet*[1] sans autres fanfreluches ! »

Les premières nuits, tout attentive à la respiration sifflante du bébé et de sa mère, Méline s'était contentée de sommeiller sur sa chaise, son gros châle de laine jeté sur ses épaules. Le matin la trouvait toute *amaluguée*[2], aussi décida-t-elle, sans façon, de se glisser auprès de Clarisse dans le haut lit de bois.

Pas plus le babillage quotidien de la dentellière que sa proximité nocturne ne troublèrent, ni ne sortirent Clarisse de son apathie. On aurait dit que seul son corps était là mais que son esprit l'avait fui sans espoir de retour.

Ce matin-là, Méline mettait un peu d'ordre dans son logis. Elle avait lavé, puis mis à sécher les vêtements trempés que portait Clarisse, ceux du bébé. Elle en faisait une pile, soigneusement pliés et les déposait sur une chaise.

« Des habits de pauvresse, remarqua-t-elle à haute voix. Pourtant, le *droulet* a un joli burnous, et chaud avec ça ! Pour sûr, c'est ce qui l'a sauvé.

– C'est un cadeau d'Hermance. Le seul qu'il ait reçu. »

Surprise, Méline se retourna vers Clarisse. Un torrent de larmes libérateur inondait le pauvre visage de la jeune femme.

« Le seul cadeau qu'il n'ait jamais eu ! soliloquait-elle. Les petits bâtards n'en reçoivent guère.

– Eh bien, celui-là, nous allons le gâter ! À nous deux, il sera le plus choyé de toute la ville. »

---

1. *Feu.*
2. *Endolorie, courbatue.*

## XXII

## Tristesse et chagrin

LE PETIT MINOIS CHAGRIN de Juliette était en fait le reflet de toute la maisonnée de Pierre Chardenon.
S'ajoutaient chez la gamine, tenace dans sa rancœur, des stigmates de dégoût et de haine que la mort supposée de sa sœur Clarisse ne parvenait pas à effacer.

Pierre et ses fils d'un côté, André le berger de l'autre et enfin, petit à petit tout un village, étaient partis à la recherche de la fugueuse.

Les femmes entouraient Julie qui, entre deux sanglots hoqueteux, confessait la faute de Clarisse et surtout son propre aveuglement.

« Quelle mère misérable je suis ! Une petite qui ne cherchait qu'à nous faire plaisir ! Ah, le coquin qui l'a séduite a su s'y prendre pour la détourner du droit chemin ! Qui sait s'il ne l'a pas forcée ?

– Elle ne vous a rien dit, Mère Chardenon ? Elle est restée tout ce temps à taire son secret ?

– Rien ! Elle ne m'a rien dit ! À toi non plus, Juliette ?

– Non, non, Maman mais je trouvais qu'elle avait changé…

– Changé ? Comment ?

– Ce n'était plus la même Clarisse. Elle me semblait moins… plus… on aurait dit qu'elle était… sale ! jeta la gamine avec répugnance.

– Il ne faut pas parler comme ça, Juliette…

– Elle vous a fait tant souffrir, Maman, et Père, ne voyez-vous pas comme il est sombre, désespéré. Tout ça à cause d'une…

– Ta sœur est certainement morte avec son enfant. J'ai perdu tout à la fois ma fille et mon petit-fils, celui que j'ai aidé à mettre au monde. Maudite ! Je suis maudite ! »

Julie repartait alors dans des torrents de larmes désormais, semblait-il, intarissables.

Après une semaine de vaines recherches, ils en étaient tous là : personne, à une lieue à la ronde, n'avait vu une jeune femme et son bébé.

Tous baissaient les bras, las, découragés et pour certains, pressés d'en finir avec ces heures perdues à parcourir les bois, les chemins, les taillis ; il n'en était pas un à espérer encore.

Pas un ? André, lui, animé d'une volonté à soulever des montagnes, repoussait toujours au lendemain les limites de la fatalité.

« Je la connais ma filleule, elle est *volonteuse* quand elle décide quelque chose.

– *Capude*[1] tu veux dire ! se récriait Pierre.

– Appelle ça comme tu veux, pour moi c'est une qualité que de tenir tête à toute une famille liguée qui la montrait du doigt et avait décidé pour elle de l'avenir de son fils. *Le testo duro*[2] c'est toi, mon vieux, toi et ta stupide vanité. Un âne bâté, voilà ce que tu es ! Oh, tu ne m'intimides pas avec tes rodomontades de père fouettard ! »

André ne pesait plus ses mots. Son frère avec son orgueil bafoué et son cœur dur comme pierre le faisait sortir de ses gonds. Il ne lui concédait aucune excuse, lui qui, bien que le plus jeune de la famille, passait pour un sage, un tolérant.

1. *Têtue, entêtée.*
2. *Tête dure.*

Il arrivait pourtant que Pierre Chardenon, abattu, se laissât aller au désespoir. Devant ses fils et son frère, il sanglotait alors sans retenue. Des secousses agitaient ses épaules soudain moins carrées, des gémissements s'arrachaient de sa gorge nouée.

Dans ces moments-là, on ne savait plus s'il pleurait sa fille ou son honneur. Il était un homme brisé et André compatissait :

« Rentre chez toi, Pierre, tu n'en peux plus. Moi, je continue avec les garçons. »

Mu par une idée qui lui avait traversé l'esprit la nuit précédente, il emmena un matin ses neveux vers ce qu'il espérait être un espoir, une dernière chance.

« Les rochers de Rocles ! Vous vous en souvenez, les gars ? Un endroit dangereux, je vous l'accorde, mais aussi un refuge quand la *bouffado* hurle. »

L'idée avait été bonne et l'œil fureteur du berger avait déniché un brin de laine noire accroché à une aspérité rugueuse de la roche.

« Elle s'est adossée là pour s'abriter ! Clarisse est venue dans cette grotte. Mon Dieu, que de chemin a-t-elle parcouru ! »

Ils fouillèrent aux alentours, cherchant un indice, un détail qui les mènerait vers un autre et puis un autre encore.

Rien ! Il n'y avait rien sinon, à leurs pieds, le ravin blanc de givre, comme un grand trou tapissé de coton. Aveuglée par la neige, titubant dans la nuit obscure, Clarisse avait-elle chu dans ce bout du monde rocailleux et hostile ?

À tout prendre, sans que quiconque le dise, tous pensaient de même : mieux valait cette mort qu'être la proie des loups !

Personne n'avait osé évoquer cette possibilité devant Julie mais elle était au bord des lèvres de chacun et les enfants chuchotaient, à la veillée, les mots que les adultes n'osaient prononcer :

« La sœur de Juliette Chardenon, c'est bien peut-être un loup qui l'a dévorée !

– Moi, j'en ai entendu hurler la nuit dernière.
– Taisez-vous, j'ai trop peur ! Et si c'était une nouvelle bête du Gévaudan ? »

André le savait : pendant quelques soirées encore, Clarisse tiendrait la première place dans les foyers où se murmuraient des récits à faire frémir femmes et enfants. Mais bientôt, l'histoire de la jeune femme et de son bébé disparus deviendrait légende et la famille Chardenon se replierait, seule, sur son malheur.

Le berger, lui, ne voulait pas admettre que pour Clarisse et son enfant tout était fini, mais que faire ? Le bon sens lui dictait de rentrer chez lui, la rage le poussait à arpenter les bois et les sentiers, refaisant les éventuels itinéraires de Clarisse.

La sagesse et surtout la fatigue l'emportèrent. Laissant son frère et sa famille se draper dans un deuil irréparable, il s'en retourna vers sa *tchazelle,* retrouver auprès d'Hermance la sérénité qui lui faisait défaut.

C'est dans la tendresse et le réconfort des bras de sa « Renaissance » qu'il puisa un nouvel espoir. Hermance avait le mot juste, le geste apaisant.

« Ne perds pas espoir, André. Ta filleule avait la volonté de vivre pour élever son enfant. Rien n'arrête une telle détermination.

– Mancette, petite sorcière, c'est toi qui as raison ! Clarisse est bien vivante, je le sais, je le sens. Je la retrouverai ! »

* *
*

Pour ça, elle était bien vivante, la dénommée Clarisse ! Et enfin volubile, mise en confiance par une Méline illuminée de joie !

Son trop plein de larmes si longtemps contenues déferlait sur ses joues tandis qu'elle berçait son bébé dans ses bras. Ses yeux pleuraient, ses mains caressaient l'enfant tendrement chéri, ses lèvres souriaient et les mots se bousculaient dans sa bouche.

Assise sur sa chaise basse, Méline contemplait le tableau, radieuse. Elle ressemblait au « Ravi » de la crèche tant son sourire était béat, tant ses yeux pétillaient. Elle aurait presque battu des mains pour exprimer cette joie qui la transcendait : la jeune mère avait retrouvé ses esprits !

« Raconte encore, *pitchoune*[1]. Tu permets que je t'appelle ainsi ? Tu m'as donné du tracas, tu sais ?

– Pardon, pardon, Madame, et mille mercis pour tout ce...

– Ta ta ta, pas de Madame. D'abord, je suis demoiselle bien qu'on me surnomme la Veuvette mais ça, c'est une autre histoire. Appelle-moi Méline. Toi, c'est Clarisse, c'est une des rares choses que tu m'aies confiée. Et ton *droulet,* comment il s'appelle ?

– Lui c'est André Jean-Pierre », dit Clarisse avec fierté.

Puis elle ajouta, comme pour se justifier :

« Trois prénoms ne sont pas de trop pour un enfant sans nom, n'est-ce pas, Mad... Méline ? »

La Veuvette ouvrait des yeux ronds :

« Tu déraisonnes, petite. Pas de nom ? Tout le monde en a un et ton fils aussi. Soit ! Son père ne l'a pas reconnu, le pauvre, il n'a pas eu le temps. Alors, il aura le tien : André Jean-Pierre...

– Chardenon.

– C'est ton nom ?

– Oui.

– Eh bé, André Jean-Pierre Chardenon, te voilà bien pourvu, *droulet,* mais pour moi, ça ne change rien, tu seras toujours Clarou ! »

---

*1. Petite.*

La journée ne suffit pas aux deux nouvelles amies pour dérouler le fil de leurs vies respectives, chacune compatissant aux misères de l'autre.

La nuit était bien avancée lorsque Clarisse arriva au terme de son odyssée, sans cesse sollicitée par Méline qui souhaitait en connaître tous les détails.

« Mais enfin, qu'est-ce qui t'a amenée jusque devant ma porte ? La rue des Calquières ne mène qu'au Langouyrou.

– Je m'étais donc trompée ! Je croyais être dans la rue des Moulins où l'on m'avait parlé d'une filature susceptible de m'embaucher.

– Eh bé, les nouvelles vont vite ! C'est vrai qu'à peine installé, le nouveau propriétaire a, dit-on, des idées de grandeur. "Fabrique Boyer" qu'il a fait peindre sur le grand vantail de bois de son Moulin ! Et pour ta gouverne, il y a belle lurette qu'on a rebaptisé la rue des Moulins en rue des Calquières !

– Ce n'est pas ce nom que m'avait donné le laitier. Il m'avait parlé d'un Moulin de Brougerolle, je crois...

– Le Moulin de Brugeyron ! C'est bien le même dont je te parle. Il vient d'être racheté par un marchand teinturier de Marvejols. Il y a un peu plus d'un mois que ce Monsieur Boyer s'est installé avec sa jeune femme et déjà une belle marmaille, cinq petits en rang d'oignons et la jeune Madame porte une nouvelle promesse.

« Ah, il est sur tous les fronts, Pierre-Emmanuel Boyer ! plaisanta la Veuvette.

– Alors, dès demain j'irai me présenter. »

Clarisse lorgna vers la chaise où étaient pliés ses vêtements. Méline comprit son inquiétude :

« Tes habits sont propres et secs. Ne te tracasse pas, on s'arrangera pour que tu fasses bonne impression. »

* *
*

L'état de dentellière, s'il nécessite pondération, dextérité et patience, n'exclut pas la curiosité et Méline Clavel n'échappait pas à cette particularité des femmes habiles de leurs mains dont l'oreille, dit-on, est toujours tendue vers les cancans et commérages qui font la vie d'une ville.

Elle disait vrai dans ses assertions, la Veuvette : c'était bien un négociant en teinture, venu de Marvéjols, qui s'était porté acquéreur du Moulin de Brugeyron, une « fabrique » dont les roues, entraînées par le courant rapide d'un béal dévié du Langouyrou, faisaient tourner le jour les foulons à laine et la nuit, les meules à moudre seigle et froment.

La jeune Madame Boyer avait quelque peu tordu le nez à l'idée de s'exiler à Langogne, cette ville aux confins de la Lozère, entre Ardèche et Haute-Loire, loin de tout axe de circulation digne de ce nom.

Il est vrai que l'antique chemin de Régordane avait perdu de sa prépondérance au profit de la Route Royale qui allait de Paris en Espagne. Entretenue par des cantonniers qui avaient leur cahute sur ses bords, jalonnée de nombreuses hostelleries, auberges et relais de poste, elle traversait la Margeride dans un joyeux tintement de pataches, diligences et autres coches ou berlines. Autant de signes de richesses qui manquaient cruellement à la Régordane, tout juste bonne à voir fleurir tavernes et estaminets où faisaient étapes les attelages muletiers aux longs convois colorés.

« Quelle idée, mon ami, que de vous intéresser à ces grossières étoffes que sont burates et cadis, les spécialités de Langogne ? Nos serges de Marvejols, de même que les Refoulés[1] de La Canourgue ne vous attirent donc pas ?

– Je ne dirais pas non, ma chère, si les fabriques à vendre étaient dans nos moyens. Or, sans pour autant être de moindre rapport, les filatures du Gévaudan demandent moins

1. *Ainsi nommé parce que foulé deux fois.*

d'investissement financier que celles de la Margeride et se doublent de moulins bladiers aux revenus non négligeables.

– Vous, Pierre-Emmanuel, vous allez jouer les meuniers et faire de nos fils des... des... des mitrons ? s'offusqua la jeune femme.

– Minotier, Marie-Thérèse ! Minotier et filateur, et nos enfants, je le souhaite, trouveront leur place dans la diversité de notre entreprise. »

Limité dans son financement certes, mais pas dans ses ambitions, Pierre-Emmanuel Boyer !

Il avait des projets plein la tête et, aussitôt dans ses murs, il entreprit de grands bouleversements qui devaient durer... sa vie entière, relayé plus tard par ses héritiers qui n'avaient de cesse de pérenniser l'œuvre de l'ancêtre Pierre-Emmanuel.

* *
*

La jeune personne qui se présenta un matin à la porte de la Fabrique Boyer n'avait plus rien à voir avec l'ancienne Clarisse, celle des jours de tristesse et de peur, celle qui rasait les murs de Langogne, peureuse souris grise, dissimulant son péché sous sa cape de bure.

Envolée l'adolescente soumise, assujettie à un père dominateur qui lui traçait un chemin de vie non conforme à son idéal.

Elle avait revêtu sa meilleure robe, celle en lainage noir, au bustier très ajusté, boutonné du cou jusqu'à la taille qui comprimait un peu sa poitrine ferme. Elle en avait réparé le bas tout effrangé d'usure en faisant un ourlet plus conséquent qui laissait entrevoir ses fines chevilles dans ses gros bas de laine.

Méline lui avait prêté une matelote brune qui était du bien meilleur effet que son châle tout ravaudé. Ses longs cheveux de miel, rassemblés dans une natte et dissimulés en partie sous sa coiffe de percale blanche, dégageaient son fin visage aux joues roses. La dentellière, attentive à la présentation de sa protégée, lui tendit un long tablier blanc qu'elle avait prit soin d'empeser.

« Tiens, mets ce *dévantaou*[1], tu auras l'air toute pimpante. »

Ainsi apprêtée, elle s'occupa de son fils, l'enveloppa dans le burnous d'Hermance.

« Tu peux me laisser le *droulet.* Il t'embarrassera moins et me tiendra compagnie.

– Pardonnez-moi, Méline, mais je ne veux pas m'en séparer, il pourrait avoir faim. »

C'était là un des miracles de cette nuit magique qui avait vu le renouveau de Clarisse : son lait n'était pas tari !

Remis au sein maternel, l'enfant, avec patience et application sans s'exaspérer le moins du monde, avait réamorcé la source de vie que lui offrait sa mère. Méline en était tombée en prière :

« Dieu du ciel et vous, Notre-Dame-de-Tout-Pouvoir, soyez bénis pour cette merveille !

– De quoi parlez-vous, Méline ? avait questionné distraitement Clarisse.

– Eh bé, on peut dire que rien ne t'étonne, toi ! Une semaine que je nourris ton Clarou au lait de vache pendant que tu dors comme un loir, et puis hop ! il suffit que tu le prennes dans tes bras et...

– Une semaine, dites-vous ? Huit jours ? J'ai dormi tout ce temps ?

– Eh oui, ma belle ! »

Bien au chaud dans le burnous d'Hermance, André Jean-Pierre, ou plutôt Clarou, ouvrait sur la rue des Calquières

---

1. *tablier.*

des yeux tous neufs d'enfant heureux. Clarisse le portait fièrement, bien décidée à n'avoir plus honte de son petit bâtard.

Elle marchait d'un pas assuré, décidé, comme si elle allait conquérir le monde.

La Fabrique Boyer ne manqua cependant pas de l'impressionner. En pénétrant au rez-de-chaussée de la haute bâtisse, elle fut surprise par les quatre imposantes roues dentées dressées jusqu'au plafond et heureusement à l'arrêt. Un homme s'affairait autour de cette mécanique, muni d'un pot de graisse et d'un chiffon.

« Pardon de vous déranger, Monsieur, c'est pour du travail de filature, l'interpella Clarisse, préférant hausser la voix et rester à distance des engrenages aux dents menaçantes.

– À l'étage au-dessus ! répondit l'homme sans se retourner. L'escalier, là-bas, au fond, à gauche. »

Arrivée sur le pallier, l'odeur familière du suint indissociable de la laine brute irrita sa gorge et ses narines. Il n'y avait pas que cette émanation propre à la laine de mouton, mais une autre, aussi âpre, qu'elle connaissait mais ne savait y mettre un nom.

Un homme qui lui sembla immense, sanglé dans une stricte redingote noire, se planta devant elle, comme surgi de nulle part.

« Vous cherchez quelqu'un ?

– Je voudrai voir le patron… c'est pour du travail, bredouilla-t-elle, surprise et soudain intimidée.

– Le patron, c'est moi. Et que savez-vous faire ?

– Je file au rouet depuis mon plus jeune âge… Je sais aussi carder la laine au balancier…

– Alors, il faudra oublier tout ça si nous faisons affaire. Ici, ce sont les machines qui font le travail sans pour autant manger le pain des ouvriers. La machine et l'homme sont complémentaires. »

Clarisse ne comprenait pas grand-chose à ces considérations philosophiques. Pourtant, suspendue aux paroles de Monsieur Boyer, elle attendait que tombe un « oui, c'est d'accord » qu'elle espérait de tout son être.

Or, Pierre-Emmanuel Boyer était plus féru en mécanique industrielle qu'en psychologie féminine. Il entraîna la jeune postulante à travers tout le premier étage, s'arrêtant devant les machines, expliquant leur fonctionnement :

« Le cardage, voyez-vous, se fait ici en trois étapes. Vous avez devant vous la carde nappeuse qu'on appelle tout simplement la *drouse*. La laine nous arrive du rez-de-chaussée enduite d'une lotion à base d'huile d'olive, elle passe entre les rouleaux munis de petits plots d'acier acérés qui l'étirent en une nappe de trois pieds et alignent parallèlement les brins. »

« Cette odeur, c'est celle de l'huile d'olive ! Madame Fine ne la plaignait pas dans ses plantureuses *aïgo boulidos*[1] », se dit Clarisse dont les souvenirs olfactifs réveillaient des images de son séjour en Cévennes.

C'est tout ce qu'elle retenait des explications de Monsieur Boyer.

Il passa ensuite devant une autre carde qu'il appela bobineuse et en démontra l'utilité.

« Et maintenant nous arrivons à la carde fileuse qui va transformer les rubans de laine enroulés sur les bobines en un fil roulé et non pas tordu qui garde toute sa souplesse pour être tissé. Alors, jeune personne, cela vous tente de venir travailler ici ? »

Incrédule, Clarisse fixait l'homme au regard pétillant. Elle avait perdu de sa superbe et balbutiait :

« Vous m'embauchez, Monsieur ? C'est que, voilà, il faut que je vous dise…

– Ce travail ne vous convient pas ? se méprit Monsieur Boyer.

*1. Eaux bouillies (soupe à base de pain trempé, d'ail et d'huile d'olive).*

– Oh si, j'en ai tellement besoin ! Vous voyez, j'ai un enfant à nourrir, à élever. Il n'a pas de père et je n'ai plus de famille…

– Allons, allons, calmez-vous. Venez vous asseoir. »

Monsieur Boyer la conduisit dans un coin de la vaste salle, près d'une fenêtre qui surplombait le Langouyrou et devant laquelle il avait installé son bureau.

« Installez-vous, je vais établir votre livret d'ouvrière. Vos nom, prénom, âge ?

– Chardenon, Clarisse, dix-huit ans.

– Adresse ? »

Elle baissa la tête.

« Où logez-vous ?

– Pour le moment chez une personne très charitable qui m'a recueillie mais je n'ai pas de logement. Il faut que je trouve une chambre meublée.

– On va voir ce qu'on peut faire pour vous. Voilà, je vous prends une semaine à l'essai. Vous vous ferez la main sur les différentes cardes. Un franc quarante par jour pour quatorze heures de travail, fractionnées d'une heure trente de repos.

– Je pourrai amener mon enfant, je le nourris ? Il est sage, je mettrai sa corbeille dans un coin. »

Pierre-Emmanuel Boyer fronça les sourcils ; il imaginait mal son épouse laissant séjourner son enfant à naître ne serait-ce que quelques minutes dans cet antre de la laine, du suint et des vapeurs d'oléine.

Puis, il eut un sourire entendu :

« Et vous le nourririez seulement aux moments de la pause ?

– Oui, oui, Monsieur. »

Elle s'apprêtait à partir, légère.

« Clarisse !

– Oui, Monsieur ?

– Je vous attends demain à six heures. Pour le logement, je m'en occupe.

– Merci Monsieur et à demain ! »

Elle aurait sautillé dans la rue si la neige gelée qui patinait la calade[1] ne l'en avait dissuadée.

Dans le petit logis où elle l'attendait, Méline s'activait sur son carreau et les fuseaux dansaient leur ballet de dentelle. Au sourire de Clarisse, elle comprit.

« On t'a embauchée, petite ? Je suis contente pour toi.

– Je commence demain à six heures et je peux amener mon enfant. »

Méline esquissa une moue dépitée :

« Il serait mieux ici bien au chaud plutôt que dans le bruit et les bourres de laine. »

La fileuse avait perdu son jovial sourire : à peine égayé, son logis allait retrouver son silence de tristesse. Ah, l'ingratitude de la jeunesse !

– Je le nourrirai pendant les pauses. Et Monsieur Boyer doit me chercher un garni…

« Tu n'es pas bien ici ? »

Bouleversée par l'expression désolée de sa bienfaitrice, Clarisse se jeta dans ses bras :

« Oh si, Méline ! Ne vous fâchez pas mais j'ai honte d'abuser plus longtemps de votre gentillesse. Et puis, je devine que vous faites des sacrifices pour nous.

– Qui te parle de sacrifice du moment que ça me fait plaisir. Mais tu as raison, il faut te trouver une chambrette avec un bon lit et une cheminée. Pour débuter, ça suffira, nous prendrons nos repas ensemble.

– Moitié, moitié, alors ! Je vais gagner un franc quarante par jour !

– Eh bé, il est plus large d'épaules que de portefeuille, le nouveau propriétaire de la Fabrique ! »

---

1. *Empierrement d'une rue.*

# XXIII

## La Fabrique de Monsieur Boyer

LA *DROUSE* PERDAIT de sa vélocité et, dans quelques secondes, elle serait à l'arrêt complet.

Chargé de mettre en place et d'ôter la large courroie de transmission qui actionnait la carde nappeuse, le manœuvrier avait poussé son cri, maintenant familier à Clarisse.

Son « Ohohoh làààà ! » tonitruant signalait l'arrêt.

La jeune femme s'approcha, tirant des panières rattachées entre elles par un lien de chanvre. On aurait dit un petit convoi ferroviaire propre à distraire les enfants.

À grandes brassées, penchée sur la *drouse* enfin immobile, elle en extirpa de larges nappes de laine qu'elle tendait à bout de bras devant elle pour en contrôler la régularité linéaire des fibres.

Elle ne sentait plus ses épaules, guère moins son dos et ses reins. Elle n'arrivait plus à aligner ses pensées et ne rêvait que de son lit dont la paillasse, quoique rudimentaire, recevrait dans quelques heures son corps recru de fatigue. Elle entendait déjà la voix faussement courroucée de Méline, s'inquiéter pour elle :

« Comment, petite, tu veux te coucher sans souper ! La belle idée que voilà ! Et tu comptes aller loin comme ça, *bédigasse*[1] ? »

1. *Nigaude.*

Elle savait que la dentellière avait raison mais, un soir sur deux si ce n'était pas tous les soirs, elle n'aspirait à rien d'autre qu'à dormir, s'allonger enfin, détendre ses membres noués.

À demi-mot, un sourire las sur les lèvres, elle la rassurerait : « J'ai trop mangé à midi, votre *pascade*[1] tenait au corps, Méline. Tenez, je vous laisse mon fils, le temps de faire ma toilette. »

S'il était une chose qu'elle ne négligeait pas, c'était bien ce semblant d'ablutions qu'elle appelait toilette et dont elle avait fait un rituel.

Secouer énergiquement à la fenêtre son jupon de tiretaine pour l'en débarrasser des bourres et poussières ; laver dans un fond d'eau savonneuse sa coiffe de percaline et son tablier de coutil qu'elle étendait sur un fil au dessus de la cheminée : ces gestes lui paraissaient indispensables pour chasser l'odeur de suint mêlée à celle de l'huile d'olive dont la laine était ensimée. Après ça, elle pouvait s'étendre et goûter un repos bien mérité.

Dans un demi-sommeil, étape bienfaisante avant le grand plongeon dans une trop courte nuit, lui parvenait la voix de Méline qui chantait une berceuse à Clarou.

* *
*

La Veuvette n'avait pas les deux pieds dans le même sabot ! Dès qu'elle connut l'intention de Clarisse de s'installer dans un petit meublé, elle prit les devants, coiffant Monsieur Boyer au poteau.

Elle courut chez sa propriétaire. Courut... c'est un bien grand mot quand on sait que Madame Malaval occupait un appartement de trois pièces à l'étage au dessous !

---

1. *Omelette pauvre en œufs mais épaissie de farine.*

La Mère Malaval, comme on l'appelait dans la rue des Calquières, était une rentière. Ce qualificatif faisait sourire les commerçants de la ville : la Mère Malaval ressemblait si peu à une personne qui vit de ses rentes ou, tout du moins, à l'idée qu'ils s'en faisaient.

Vêtue l'été d'une robe en cretonne dégravée, l'hiver d'un cotillon de cadis, enveloppée de châles rapiécés et douteux, elle faisait peser son beurre par deux fois de crainte qu'on ne la vole, ainsi du pain et de la viande qu'elle trouvait pour l'un trop cuit, pour l'autre faisandée. Tout était sujet à demander un rabais, une petite remise, « faites un geste », avait-elle coutume de dire en prenant l'air pitoyable d'une mendigote.

Ceux qui, comme Méline ou ses autres locataires, avaient eu l'occasion de pousser la porte de son appartement du premier étage, se faisaient une autre opinion sur son état de rentière.

« La Mère Malaval, c'est une bourgeoise !

– Elle ? Il n'y a pas plus pingre ni regardante !

– Eh bé, moi je peux vous dire qu'elle ne se refuse pas le bien-être. Un chandelier à trois branches sur sa table, une cheminée dans chaque pièce, et ses fauteuils ! Dites, vous avez vu ses fauteuils ? » commentait la Veuvette.

Elle dont les fesses frottaient la paille de sa mauvaise chaise basse n'avait d'yeux que pour les deux Voltaire recouverts de velours cramoisi dans lesquels se reflétaient les flammes d'un feu d'enfer.

« Moi, ça ne me porterait pas peine de faire de la dentelle nuit et jour avec mon postérieur posé sur du velours ! »

La maison de Madame Malaval était d'un rapport fort honnête grâce au tanneur qui tenait boutique au rez-de-chaussée. Ils étaient nombreux à s'être installés dans cette rue, les mégissiers et tanneurs qui avaient agencé leurs cuves dans des entrepôts tout près du Langouyrou.

La Maison Mazaudier était florissante et payait, rubis sur l'ongle, un loyer confortable.

Au deuxième étage, plus modeste, le logis de Méline Clavel ne rapportait pas « tripette » comme le claironnait la Mère Malaval. Il n'empêche que, bon an mal an, elle encaissait trois cents francs pour une grande pièce carrée…

« Avec une fenêtre au Sud, ça n'a pas de prix ! » ne manquait-elle pas de préciser.

Sur le même pallier, dans un deux pièces, vivait un couple de quinquagénaires, tous deux employés à l'Hostellerie de l'Écu de France, à la sortie de Langogne, sur la route de Pradelles. La femme y était chambrière et le mari, voiturier. L'escalier commun, droit jusqu'à ce niveau, continuait en colimaçon pour desservir un troisième étage utilisé comme grenier à bois par le défunt père Malaval, menuisier de son vivant.

La Veuvette avait son plan : installer Clarisse et son petit juste au-dessus d'elle, dans les combles.

« Ainsi, pensait-elle, je pourrai m'occuper d'eux ! »

La Mère Malaval fit la rétive… pour la forme, alléguant les souvenirs de son mari entassés au grenier, souvenirs auxquels elle ne pouvait toucher. Trop d'émotions !

« Une pièce suffirait à ma protégée, insista Méline. C'est une bonne petite, méritante…

– Avec un bâtard !

– Ne dites pas ça, Mère Malaval. Le père est mort avant d'avoir pu l'épouser…

– Et elle, elle a eu le tort de faire Pâques avant les Rameaux !

– C'est la jeunesse, que voulez-vous ?

– Qui me dit qu'elle ne mènera pas des hommes dans ma maison ? C'est que je tiens à la respectabilité de mon immeuble, moi !

– Je me porte garante, et puis, elle est embauchée à la Fabrique Boyer ! C'est pas une garantie, ça ?

– Vingt francs par mois ! lâcha la Mère Malaval.

– Misère ! Vous l'assassinez, la pauvrette !

– C'est ça ou rien !

– Allons voir d'abord », biaisa Méline.

Toutes deux montèrent au grenier et Méline découvrit que l'on pouvait installer un logement habitable dans ces combles que le Père Malaval avait lambrissées de boiseries grossières certes, mais qui isolaient du froid comme du soleil ardent.

De plus, le grenier renfermait tout un tas de meubles et d'objets hétéroclites dans lesquels la dentellière était sûre de trouver son bonheur… en fait, celui de Clarisse.

« D'accord pour les vingt francs, Mère Malaval, mais vous faites ramoner la cheminée qui n'a pas servi depuis des lustres et vous fournissez un bon tas de bois. Moi, je m'occupe de nettoyer et de meubler la pièce. Je trouverai certainement quelque chose de convenable dans tout ce capharnaüm.

– C'est bien pour vous faire plaisir, Veuvette », minauda la rentière.

Il n'y avait pas une semaine que Clarisse travaillait à la Fabrique quand Méline lui fit la surprise.

« Alors, ton Monsieur Boyer, il t'a trouvé un logement, petite ?

Clarisse rougit, gênée, croyant que Méline voulait se débarrasser d'elle.

– Non, il ne m'a rien dit mais je vais lui parler dès demain ou bien, je chercherai moi-même. Si ça ne vous ennuie pas, Méline, il faut attendre samedi pour que j'aie ma paye.

– Allez, suis-moi, j'ai quelque chose à te montrer. »

Précédée d'un quinquet qu'elle tenait à bout de bras, Méline, et Clarisse à sa suite avec son nourrisson dans les bras, gravit les marches de bois enroulées autour de leur axe un peu vermoulu.

« Ferme les yeux, Clarisse. »

La jeune femme s'exécuta. Elle entendit tourner une poignée, grincer une porte et un souffle d'air chaud lui caressa le visage.

« Tu peux les ouvrir ! »

Clarisse ne vit d'abord que des flammes, rouges et jaunes et qui semblaient se disputer, puis son regard vagabonda dans la pièce, s'arrêta sur une table ronde entourée de deux chaises paillées. Elle s'avança vers d'une fenêtre et aperçut les reflets argentés du Langouyrou dans lequel se noyait un croissant de lune jaune.

« C'est haut, dit-elle naïvement.

– C'est tout ce que tu trouves à dire ? Et le lit ? Tu as vu le lit ? »

Elle pivota en direction du regard de Méline et, dans un renfoncement d'alcôve, elle vit le lit de bois blanc recouvert d'une courtepointe qui faisait le gros dos. Le tissu était une pâle imitation du piqué marseillais avec son assemblage maladroit d'étoffes disparates.

Clarisse y passa machinalement la main.

« C'est doux et ce doit être chaud. Mais pourquoi m'avez-vous menée ici, Méline ?

– Il te plaît ton logement, oui ou non ?

Clarisse restait coite.

– Il n'est pas très grand, c'est sûr, mais je n'ai pas dit mon dernier mot. Le grenier a d'autres ressources. Tu ne seras pas bien, là ?

– Mais c'est trop... trop beau et puis comment... Enfin, Méline, je ne comprends rien, expliquez-moi. »

Elle ne demandait pas mieux la Veuvette ! S'arrogeant le beau rôle – une fois n'est pas coutume – elle narra son insistance auprès de la Mère Malaval, ses exigences aussi. Son esprit astucieux avait fait le reste. Dans le bric-à-brac du défunt menuisier, elle avait déniché de quoi meubler confortablement le logis de Clarisse. Elle avait même découvert quelques pots étamés pour monter l'eau, des assiettes ébréchées et un trépied avec son toupin.

« Pour la courtepointe, j'ai frappé à la porte des Sœurs…

– Oh celles-là !!! Des religieuses moralistes qui voient le mal partout ! Je ne veux plus y penser mais dites-moi, Méline, tout cela a un coût et…

– Vingt francs par mois, petite et la Mère Malaval accepte le terme échu. Tu paieras à la fin de chaque mois. À toi d'économiser sur ta paye hebdomadaire.

– Pour sûr que je vais économiser ! Mais alors, Méline, je ne vous crois plus quand vous me dites être une simple dentellière. En réalité, vous êtes une bonne fée, une fée généreuse, une fée de miracles, la fée… Générosité ! Oh, je vous adore, Méline, la Fée Générosité !

– Tu n'as pas vu le plus beau… et pour cause ! Regarde, là, sous ce rideau.

– Un moïse ! Qu'il est beau !

– Ton Clarou va dormir son saoul dans ce petit berceau d'osier et moi, je garde la corbeille pour le coucher… quand tu voudras bien me le confier.

– Un petit coussin si doux, un édredon si léger, Méline ? gronda Clarisse en fronçant les sourcils d'un air comique.

– Les bonnes Sœurs du couvent Notre-Dame… encore !

– Taisez-vous, je ne veux plus rien entendre d'elles.

– Réjouis-toi, au contraire. C'est une bonne farce que nous leur faisons. Une fille-mère et son petit bâtard dans les linges du couvent, voilà un tour de passe-passe pour le moins cocasse. »

Ainsi s'était installée la vie des deux femmes que l'adversité du sort ne pouvait que rapprocher. L'organisation méthodique de leur journée, si elle n'avait rien d'excitant, apportait surtout une sécurité que Clarisse, en particulier, appréciait.

Levée bien avant que le ciel ne rougisse au levant, elle apprêtait son fils, l'enveloppait dans des langes, enroulait une *taïole*[1] autour de ses reins, encapuchonnait sa petite tête duveteuse d'un béguin en lainage duquel s'échappaient quelques boucles de soie brune.

En bas, rythmée par le pas de Clarisse, Méline avait sauté du lit et tisonnait son feu avant d'y mettre la toupine pour réchauffer la soupe.

Clarisse prenait le temps de faire téter son enfant à satiété, il n'en était pas de même tout au long de la journée. Puis, les sabots à la main pour éviter de faire trop de bruit, comme le lui avait recommandé la Mère Malaval, elle descendait chez la dentellière.

Toutes deux prenaient en silence un gros bol de soupe.

« N'oublie pas ton dîner, petite. »

Entre deux tranches de pain, Méline glissait un morceau d'omelette de la veille, ou bien une tranche de ventrèche. Il lui arrivait d'être dépourvue de produit frais, elle faisait alors deux tartines de beurre et de confiture de gratte-cul[2] qu'elle utilisait avec parcimonie.

« C'est mon péché mignon, disait-elle en se léchant les doigts. Je la préfère aux airelles.

– Alors, gardez-la pour vous, Méline. Un peu de pain et de beurre me suffisent.

– Ta ta ta. Va vite que tu seras en retard. Laisse-moi faire un *poutou*[3] à ton *droulet.* »

Le bisou claquait sur le front du chérubin bien au chaud dans le burnous d'Hermance.

Une longue journée de travail commençait pour Clarisse. Une longue journée de solitude s'ouvrait devant la dentellière qui avait insisté pour s'occuper de laver le linge de Clarou :

---

*1. Large ceinture faisant plusieurs tours.*
*2. Cynorhodon.*
*3. Baiser, bisou.*

« Les toiles et *drapets*[1] sècheront devant ma cheminée, il vaut mieux que tu économises ton bois ; la Mère Malaval est bien trop pingre et ne t'en fournira pas de si tôt. »

Un brin de ménage, un peu de lavage, quelques menues courses pour le pain ou le fromage et puis le cliquetis des fuseaux reprenait de plus belle. Ses doigts s'activaient avec un dynamisme qui l'étonnait elle-même.

La dentelle naissait, s'étalait sur le carreau, glissait sur son tablier, légère, harmonieuse, finement tarabiscotée, toujours parfaite et… toujours aussi mal payée. Ce qui n'était certes pas l'avis de la leveuse :

« Dites donc, Veuvette, vous allez me ruiner au train où vont les choses ! Tenez, j'ai fait le compte : quarante-cinq francs pour ce mois-ci.

– Vous êtes certaine du chiffre, Madame Cébélieu ? Il me semblait qu'avec le fil acheté, ça devait me faire quarante-huit francs.

– Les fils ne sont plus ce qu'ils étaient et les merciers ne font jamais bonne mesure.

– Tandis que vous…

– Moi je suis juste. Voilà votre argent. À la revoyure, Veuvette ! »

* *
*

Clarisse traîna son convoi de laine vers la carde bobineuse. La comète, sorte de large entonnoir, placée à hauteur des yeux, l'obligeait à soulever les rubans cardés qui allaient être happés avant de ressortir, au bout, pour s'enrouler sur des bobines.

Contrairement à la *drouse* qui ne demandait qu'à être chargée et déchargée – travail épuisant mais sans complications – la

1. *Langes.*

bobineuse était alimentée en continu. Les bras tendus vers l'avant, l'œil fixé sur le bout de la comète pour repérer les fils capricieux, Clarisse retenait sa respiration.

« Hia Ho ! » lança le manœuvrier comme s'il voulait faire avancer un cheval.

Les bobines s'affolèrent en tournant à vide tandis que la comète avalait avec gloutonnerie son comptant de laine. Une corbeille, une autre et puis une autre encore. Le bruit était infernal et les poussières de laine irritaient la gorge. Malgré le froid extérieur qui givrait les vitres de l'atelier, Clarisse sentait la sueur perler à son front, couler dans son dos. Cela lui donnait des frissons. Elle n'avait pas une seconde de répit pour alimenter la carde mais les bobines se remplissaient régulièrement et c'était un véritable soulagement.

Par deux fois, la veille, elle avait crié pour faire sauter la courroie. Le manœuvrier avait ronchonné, Monsieur Boyer avait bondi de son bureau près de la fenêtre. Tous étaient consternés : les bobines n'avaient pas pris les fils dégueulés par la comète, et la laine s'entassait en un monticule enchevêtré.

« Quel gâchis ! s'exclama Monsieur Boyer.

– J'ai crié tout de suite, Monsieur, se défendit Clarisse.

– Faut crier plus fort, râla le manœuvrier.

– On reprend, vite ! coupa le patron en poussant d'un coup de pied rageur le tas de fils dans un coin de l'atelier.

– Pertes et profits », soupira-t-il.

Aujourd'hui, tout paraissait se dérouler sans anicroches au plus grand soulagement de Clarisse et cela ôtait un peu de sa fatigue.

Pourtant, quand sonna la cloche de la pause, elle soupira d'aise. Un petit coup d'œil vers son fils qui s'agitait dans sa corbeille près d'un gigantesque poêle en fonte :

« Tu as faim, mon bébé ? »

Assise à même le plancher dans une encoignure de la pièce, elle lui donna le sein tout en dévorant une tranche de pain.

Vite rassasiée, le dos douloureux et l'estomac noué par le stress de la matinée, elle décida de garder l'autre pour le milieu de l'après-midi.

Pendant l'interruption du dîner, Monsieur Boyer s'éclipsait pour aller prendre son repas en famille, repas qui n'excédait pas les vingt minutes octroyées au personnel.

Alors, les trois étages laborieux reprenaient vie. Au rez-de-chaussée, les hommes de force relançaient les machines de battage et de lavage, les cardes du premier tournaient à nouveau dans un bruit d'enfer tandis qu'au second, une machine impressionnante au nom importé que seul quelques initiés arrivaient à prononcer avec l'accent, la Sprinning Jenny, se remettait en branle.

En tout et pour tout, une dizaine de personnes, hommes, femmes, enfants s'activaient dans un univers de poussière et de bruit.

Venait le moment de garnir la fileuse et ce travail réjouissait Clarisse. Moins de bourres à respirer, moins de poids à soulever, encore que les bobines demandaient précision et dextérité pour être mises en place sur cette troisième carde.

Le peigneur, longue pièce de fer plate et striée de vingt cannelures, lancé dans un mouvement régulier de va-et-vient, transformait le ruban laineux en un véritable fil roulé, tendu sur un tambour qui formait des écheveaux.

« Hia Ho ! »

Le chuintement régulier du peigneur chanta à l'oreille de Clarisse, puis il crissa et enfin, dans un crissement qui fit grincer des dents, la lame cannelée cessa son mouvement alors que le manœuvrier criait :

« Avarie ! »

La jeune femme s'affola, craignant une mauvaise manœuvre de sa part, Monsieur Boyer surgit de son bureau.

À l'autre bout de l'atelier, le manœuvrier levait les bras d'impuissance, la courroie de cuir pendouillait sur son axe alors que l'engrenage finissait sa ronde folle.

« Quelques dents de cassées ! Regardez, Monsieur, là et là aussi ! Il faut réparer.

– Combien de temps ?

– Quatre, cinq heures... si tout va bien. »

Les épaules de Monsieur Boyer s'affaissèrent. Il fallait arrêter tout le personnel des étages. Seules les batteuses et laveuses du rez-de-chaussée pouvaient continuer, elles qui étaient entraînées directement par la roue à jantes et à augets, plongée dans le béal.

« Incident technique ! hurla-t-il pour être entendu du second étage. On chôme, rentrez chez vous, on reprend demain. »

Méline tendit l'oreille. Des pas familiers montaient l'escalier.

« Clarisse ! Que se passe-t-il ? cria-t-elle effrayée par ce retour anticipé.

– Tout va bien, Méline, enfin, tout va mal, on ne sera pas payé pour la demi-journée.

– Eh bé viens t'asseoir près de moi, ça te reposera. Tiens, donne-moi un peu le *droulet* que je le cajole. Et toi, va faire un tour de ville, un peu d'air frais te fera du bien.

– À quoi bon, Méline ? Les vitrines achalandées ne sont pas pour moi. Tenez, mettez ce pain dans votre huche, il sera pour demain.

– Ne sois pas triste, petite, ça arrivera plus d'une fois. C'est la vie.

– Alors, ne perdons pas de temps. S'il vous plaît, Méline, apprenez-moi la dentelle.

– Tu veux travailler au carreau ? s'étonna la dentellière.

– Je voudrais bien essayer, oui. »

Méline alla chercher dans son coffre son carreau d'apprentie. Décidément, la vie lui réservait des bonheurs insoupçonnés. Elle n'en doutait pas, Clarisse serait une élève attentive !

# XXIV

# La foire pascale

APRÈS AVOIR EU FRISQUET pour chanter Hosanne[1] les bras chargés de buis que le curé bénissait à grands coups de goupillon, les Langonais célébrèrent Pâques dans la douceur du beau temps revenu. Certes, les matins apportaient encore quelques *barbastes*[2] mais les grandes froidures n'étaient que de méchants souvenirs.

Toute une ville, pieuse jusqu'à la bigoterie, répondit avec ferveur à l'appel des cloches, jusqu'alors silencieuses, de l'église Saint-Gervais et Saint-Protais.

Méline et Clarisse portant son Clarou dans ses bras se faufilèrent au milieu des fidèles pour trouver une place dans la chapelle de Notre-Dame-de-Tout-Pouvoir, à l'origine de leur rencontre imprévisible. La Vierge Noire, vénérée par bon nombre de Langonais, était adorée par la dentellière et sa protégée, toutes deux reconnaissantes de son intercession.

Clarisse savourait à l'avance ce temps pascal qui lui accordait deux jours de repos… rémunérés. Non pas qu'elle y entrevît matière à fainéanter mais plutôt que l'idée de passer son temps à faire de la dentelle, à veiller sur son fils et tout cela dans le calme et la douceur du logis de Méline lui semblait

1. *La fête des Rameaux.*
2. *Gelées blanches.*

une trêve agréable dans la monotonie laborieuse de son quotidien.

La Veuvette avait vu juste : Clarisse se révélait une élève appliquée, habile et particulièrement douée.

« Eh bé, tu es *biassude*[1], ma fille ! » la complimentait-elle en examinant, connaisseuse, la *bisette*[2] qui naissait entre les épingles plantées dans le carreau d'apprentie.

Elle s'était procurée à peu de frais un fil déclassé afin que son élève s'exerce sans pour autant gâcher la matière première. Clarisse écoutait les conseils de Méline et surtout observait les doigts experts de la dentellière qui semblaient travailler à l'aveugle tant le geste était précis, régulier et véloce.

Sa première bande de dentelle au point simple mais finement travaillé n'était certainement pas un chef d'œuvre à cause du fil qui se révéla de mauvaise qualité. Par endroits si effiloché qu'il cassait à la moindre tension, à d'autres, au contraire tirebouchonné par une coste[3] ou un mort-volant[4] informe, la bobine vendue par le quincaillier Rouqayrol avait ajouté à la difficulté du travail.

Pour autant, la Veuvette était fière de son enseignement et Clarisse de son ouvrage qu'elle s'empressa d'offrir à Méline :

« Un cadeau pour vous, Fée Générosité ! »

Clarisse se gargarisait de son bon mot, jailli du cœur à un moment d'intense émotion. Aussi l'employait-elle de temps en temps, rien que pour voir rosir les joues de la dentellière et briller ses yeux.

Méline retira sa coiffe blanche et derechef, y cousit à petits points le ruban de dentelle.

1. *Adroite.*
2. *Ruban de dentelle de basse qualité.*
3. *Bouchon noueux sur le fil.*
4. *Rajout de deux brins de fil.*

« Comme au temps de l'orphelinat ! Les Béates portaient une coiffe ornée de dentelle, fières de montrer qu'elles enseignaient le bon savoir, disaient-elles. À mon tour, me voilà Béate ! »

Veuvette, Fée Générosité et maintenant Béate, ah, les sobriquets ont toujours eu la vie dure !

Toutes deux avaient ri de bon cœur. Et si c'était ça, le bonheur ?

Méline n'en doutait pas. Quant à Clarisse, il y avait longtemps qu'elle n'avait pas eu le cœur si joyeux. Il lui arrivait de penser à tous ces gens qui lui avaient prêté peu ou prou d'attention, qui l'avaient secourue, écoutée, consolée et tout simplement aimée sans la juger.

Ils n'étaient pas si nombreux à vrai dire, mais dans sa grande mansuétude, elle allongeait volontiers la liste, réunissant dans son cœur Oncle André son parrain, Méline sa mère de cœur, le bon père Pradelle, Malgoire le laitier, Hermance et son burnous salvateur et Jean, Jean son grand, son seul amour qui lui avait fait un si merveilleux cadeau, les seuls qui lui avaient donné plus que ses père et mère.

« Il t'en a donné des tourments, ton cadeau ! lui avait dit un jour Méline.

– Un si beau présent se mérite, Méline. Cet enfant, c'est toute ma vie !

– Eh bé, tu l'as pas volé, ton présent ! »

Les expressions spontanées de la dentellière avaient le don de réjouir Clarisse qui partait d'un rire sans malice.

* *
*

Passées la veillée et la messe de la Résurrection qu'aucun Langonais n'aurait manqué, les voilà qui se préparaient pour le lendemain à une manifestation plus… mercantile et qui apportait son lot de réjouissances.

La foire du lundi de Pâques, traditionnelle et attendue, se préparait des semaines à l'avance dans les campagnes, les faubourgs et le cœur de ville qui connaissaient à cette occasion une affluence spectaculaire.

Tôt le matin, avant le jour, dans les prairies qui bordaient l'Allier et son affluent le Langouyrou, taurillons, bœufs et génisses, étrillés, brossés, enrubannés comme pour un comice agricole, se reposaient de leur périple matinal.

Les moutons n'étaient pas loin qui arboraient des pompons polychromes et agitaient leurs sonnailles aigrelettes.

En temps voulu, petit et grand bétail, guidés par les pâtres et les vachers, remis en troupe serrée par les bouviers au pelage noir et blanc montrant crocs et babines retroussées, entreraient en ville et seraient parqués au foirail où ils feraient l'objet de transactions âpres et impitoyables jusqu'à la *patche*[1] finale qui clôturait irrémédiablement chaque affaire.

Les faubourgs, de part et d'autre de la ville, étaient réservés aux camelots et la place était chère car ils étaient nombreux à se ruer vers cette foire de printemps dont la réputation n'était plus à faire. Il arrivait que, faute de trouver un emplacement avec leurs congénères, certains s'installent devant les boutiques de la rue Notre-Dame et du boulevard des Capucins. Des scènes vaudevillesques éclataient alors pour la plus grande joie des badauds.

Un balai à la main, le commerçant tentait de faire décamper l'outrecuidant qui s'insurgeait :

« Cette place, je l'ai payée moi, Monsieur, et ce n'est pas votre *escoubo*[2] qui me fait peur.

---

1. *Entente, accord.*
2. *Balai.*

– Et depuis quand est-il permis de faire une concurrence déloyale aux honnêtes commerçants ?

– Honnêtes ! Honnêtes, ça c'est à voir ! J'y suis, j'y reste », plagiait le camelot, sûr de son bon droit.

Dans la plupart des cas, le conflit avortait dans l'œuf, les belligérants mettant à profit la sagesse populaire qui assurait que mauvais arrangement valait mieux que bon procès.

Pourtant, il arrivait souvent qu'un quidam, plus irascible, tombât sur moins conciliant. Alors, devant un public mi-effaré mi-rieur, les empoignades succédaient aux insultes jusqu'à ce que la maréchaussée, omniprésente en tous lieux de grande concentration d'individus, intervînt.

Les hommes au bicorne orné d'une grenade et au ceinturon de cuir serré sur leur bedaine ne s'embarrassaient pas de scrupules et, même si leur seule présence parvenait à calmer les esprits, ils n'hésitaient pas à verbaliser les deux antagonistes, les mettant d'accord dans leur mécontentement.

Les badauds, pour le coup complices des frères ennemis, après avoir attisé le feu, tentaient à leur approche, de l'éteindre.

« Les pandores ! » entendait-on fuser dans la foule.

Jouant des coudes pour se frayer un passage, la botte lustrée et la moustache impressionnante, les gendarmes ne s'en laissaient pas conter – Que diable, ils n'étaient pas tombés de la dernière pluie ! – et pour peu que leurs oreilles fussent échauffées par quelques quolibets à leur encontre, le camelot et le marchand se voyaient conduits à la gendarmerie, *manu militari.*

« Mes gaillards, venez vous expliquer en notre compagnie. »

La halle aux grains, haut lieu des transactions céréalières de la ville et fierté des Langonais, devenait pour l'occasion le passage incontournable des ménagères. Y cohabitaient pour la journée, merciers, marchands de drap, de calicots et de soieries qui étalaient leur richesse dans une ambiance feutrée et faisaient tourner la tête des coquettes dans un joyeux débordement de couleurs.

Plus loin, la cacophonie était à son comble autour des tonneliers, ferblantiers et marchands de petit outillage qui couvraient les conversations de leur tintamarre. C'était à celui qui ferait le plus de battage devant son étal pour attirer le chaland.

Les hommes s'attardaient volontiers devant le modeste éventaire d'un marchand de couteaux. L'auvergnat à la carrure de bûcheron dans sa large blouse bleue et son grand feutre noir, représentait la coutellerie de Thiers et vantait, preuve à l'appui, l'efficacité de leur nouvelle production, le Laguiole.

Prenant les curieux à témoins, il leur faisait tendre un cordon de chanvre qu'il tranchait net d'un coup de son « Laguiole ».

« Si c'est pas de la bonne lame bien trempée, alors je ne m'appelle plus Baptiste ! Et le manche, de la corne de bœuf qui résiste à tout épreuve. Qui veut essayer ? »

D'autorité, il mettait le couteau dans la main d'un client.

« Du beau travail, ça, hein mon brave ? »

Il tombait parfois sur un connaisseur :

« L'abeille, elle n'y est pas.

– Quoi l'abeille ?

– Oui, l'abeille ciselée des authentiques Laguioles.

– Pour sûr que si tu veux payer l'abeille, il t'en coûtera plus qu'avec moi. Mais à quoi elle te servira cette foutue abeille ?

– J'aurai un authentique !

– Ah ! C'est de l'authentique que tu veux ? Moi, je vends de la qualité à bon prix ! »

Ah ! Comme elles étaient agréables ces voix qui réveillaient la ville de Langogne de sa trop longue léthargie hivernale. Tout ce remue-ménage, ces cris, ces sons étaient autant de fleurs claironnant l'arrivée du printemps.

* *
*

Délaissant son carreau le temps d'un traditionnel tour de foire, la Veuvette n'avait pas manqué de s'immerger dans la foule hétéroclite qui donnait à la ville sa parure de fête.

Malgré son insistance, Clarisse n'avait pas voulu l'accompagner prétextant mille choses à faire qui ne sauraient attendre. Méline avait soupiré puis souri avec indulgence, elle lisait dans le cœur de sa protégée, comme dans un livre ouvert, son grand désir de cajoler son fils.

« Celui-là, se disait la dentellière, est autant nourri d'amour que de lait. Il faut croire que le mélange est heureux à voir comme il est beau notre *droulet* ! ».

En effet, une fois son bébé bien sanglé dans des langes propres, Clarisse rejoignit le logis de Méline. Là, elle coucha l'enfant dans la *bertoule*[1] et lui chantonna une berceuse tout en faisant danser les fuseaux entre les épingles de son carreau.

Berceuses de son enfance lorsque sa mère fredonnait pour Juliette la petite dernière, comptines des veillées si prisées des enfants ou tout simplement fouillis de mots charmants que les mamans savent si bien inventer pour leur progéniture, le fils de Clarisse n'en manquait pas et semblait y prêter une attention comme s'il en saisissait le contenu.

« Alors, à tout à l'heure ! lança Méline en passant la porte.

– Prenez votre temps, Méline ! » répondit distraitement Clarisse.

Prise dans les bousculades de ceux qui remontaient le faubourg et de ceux qui, venant du pont Vieux, se dirigeaient vers la halle, la dentellière se laissait porter par la foule.

*1. Corbeille.*

Inondée de soleil, exhalant tout un ensemble d'effluves composites, la ville n'était qu'un immense et joyeux brouhaha au milieu duquel marchands et acheteurs prenaient un plaisir évident, les uns à faire étalage de leurs marchandises, les autres à se laisser appâter.

Lestée d'un modeste pécule qu'elle comptait bien dépenser – une fois n'est pas coutume –, Méline résista du mieux qu'elle put à une vague humaine qui l'entraînait vers le boulevard des Capucins. Jouant des coudes, l'alerte quadragénaire se fraya un passage vers la vieille ville. Dans le dédale des ruelles commerçantes envahies par les ménagères aux grands paniers d'osier, elle arriva sur la place des Moines et pénétra dans la boulangerie Agniel dont le comptoir de bois croulait sous une avalanche de pompes aux pommes fumantes et odorantes à souhait.

« Et pour vous, la Veuvette, une miche comme d'habitude... ?

– Une miche et deux portions de pompes, s'il vous plaît.

– Ah ! vous la gâtez votre protégée !

– Elle le mérite, Monsieur Agniel. C'est une bonne petite, courageuse, honnête, travailleuse...

– Et embarrassée d'un petit bâtard ! C'est pas Dieu possible, la jeunesse d'aujourd'hui... ! »

Bouillonnant de colère contenue, Méline avait les lèvres pincées et retenait des larmes de rages. Tous ces bien nourris obséquieux cachaient en fait leur intolérance sous une bonhomie de façade et cette attitude la révoltait. Soudain, elle décida de se rebiffer.

« Gardez vos pompes, Monsieur Agniel, et la miche aussi, j'en trouverai ailleurs. »

Satisfaite de son petit esclandre, elle sortit de la boutique le sourire aux lèvres.

À une paysanne encombrée de *bertoules*[1] où elle avait entassé sa production, Méline acheta six œufs et quelques pommes toutes ridées qui arrivaient à leur terme de consommation.

« Elles seront très bonnes en compote », assura la fermière.

« Une belle *cruchade*[2] aux pommes, se dit la dentellière, ça vaut bien une pompe du père Agniel ! »

Puis elle tâta une miche de seigle, la trouva un peu *acoutie*[3], hésita.

« Du bon seigle cultivé au Cheylard-l'Évêque, à la limite de la forêt de Mercoire, insista la paysanne. Je l'ai cuit dans la semaine. Ce sont des miches qui se conserveront tout un mois, regardez leur croûte épaisse. »

Méline regardait surtout la femme pressée de vendre sa marchandise et cherchait à découvrir sur son visage quelques traits de ressemblance avec Clarisse.

« Et si c'était sa mère ! » pensait-elle.

La femme, nullement troublée par l'attitude de sa cliente, insistait :

« Je vous fais un cadeau, deux miches pour le prix d'une. C'est une affaire, non ?

– Oui, oui, d'accord. Du Cheylard-l'Évêque, dites-vous ?

– Nos champs sont au Cheylard mais nous habitons Laubarnès.

– Ah bon ! »

Méline extirpa ses piécettes du fond de sa poche, fourra ses emplettes dans son cabas et planta là la fermière à peine étonnée de l'étrange attitude de sa cliente.

Elle sortit de la vieille ville et descendit le boulevard Notre-Dame. Un énergumène tout de rouge vêtu haranguait

1. *Corbeilles.*
2. *Crêpe épaisse garnie de fruits cuits.*
3. *Dense, qui manque de levain.*

la foule curieuse, intriguée par le bagou de cet homme qui semblait vendre du vent.

« Rien dans les mains, rien dans les poches ! Tout sur le cœur ! »

Et pour prouver la véracité de son propos, le colporteur ouvrit sa redingote incarnate pour le plus grand plaisir des badauds. Accrochés à la doublure tout aussi rutilante que l'endroit du veston, montres et breloques, médailles et colliers, dorés, chromés, argentés, captaient les rayons du soleil et jetaient des éclats de pacotilles qui se reflétaient dans les yeux intéressés des femmes du Gévaudan avides de bijoux et colifichets clinquants.

Méline s'approcha, écouta attentivement le bonimenteur. Ses yeux fixaient l'assortiment de médailles au milieu desquelles s'en trouvait une représentant un angelot.

« C'est combien, celle-ci ? » demanda-t-elle timidement en pointant le doigt vers l'objet de son choix.

Son regard s'éteignit à l'annonce du prix. Baissant la tête, elle s'éclipsa dans la foule. Cela représentait des jours et des jours, et même des semaines à travailler d'arrache-pied à la dentelle mais le travail ne lui faisait pas peur.

« J'y mettrai le temps qu'il faudra mais il l'aura sa médaille, le petit Clarou ! » se promit-elle.

Et elle rentra au logis préparer sa *cruchade.*

Alors que, repues de ce repas de fête, Méline et Clarisse s'apprêtaient à reprendre leur ouvrage, la dentellière, bien décidée à ce que la jeune femme prenne un peu de bon temps et sorte son bébé, décréta, péremptoire :

« Le *droulet* a besoin d'un peu d'air. Regarde, il est tout pâlichon. Allez, ne discute pas, on va faire un tour de foire. »

Clarisse se laissa convaincre d'autant plus que son estomac, perturbé par un repas copieux et roboratif, la poussait à faire un peu d'exercice.

Arrivée à l'intersection du pont Vieux, elles furent bloquées par le déboulement des troupeaux de moutons qu'on allait parquer sur les diverses places de la ville aménagées à cet effet.

La vente des bovins avait eu lieu toute la matinée et, le temps pour le garde champêtre de rajouter de la paille fraîche sur les bouses et les pissats, brebis et agnelets allaient prendre leur place dans un désordre de grelots et de bêlements affolés.

Tout le long du boulevard Notre-Dame, les auberges servaient encore des repas à une clientèle bien décidée à ripailler sans mesure. Il n'était pas si loin ce long temps de carême où il avait fallu se contenter de soupe maigre et de morue séchée !

Assaillie par les puissants fumets des tripoux, des ragoûts et des daubes qui s'échappaient des salles bruyantes et enfumées, Clarisse eut un haut-le-cœur.

« Je crois bien que j'ai trop mangé, Méline !

– Que dire alors de tous ces maquignons qui se goinfrent jusqu'à point d'heure ?

– Ils sont habitués et puis, ils ont fait du chemin pour venir jusqu'ici.

– Viens, allons vers la rue Villeneuve, nous aurons du bon air tout en haut. »

* *
*

Il était là, hiératique statue de pierre dressée au cœur d'un océan de laine ondulant et bêlant. Il promenait un regard vif, acéré, sur la foule qui déambulait, nonchalante et qui s'agglutinait autour de son enclos de fortune.

Le visage buriné en partie dissimulé sous le grand chapeau noir, l'allure vieillie, la barbe grisonnante : Clarisse n'eut aucune peine à reconnaître le berger. Son cœur bondit dans sa poitrine tandis qu'elle restait figée, là, à quelques mètres de lui.

La silhouette gracile et familière attira comme un aimant le regard d'André.

Alors que Méline s'inquiétait de la pâleur soudaine de la jeune mère, André le berger écartait sans ménagement son troupeau et, en trois enjambées, il fut là devant sa filleule, incrédule, surpris, transporté de joie.

Il la serra dans ses bras à la faire crier.

« Clarisse, tu es là, bien vivante ! Oh, ma Clarissou !

– Parrain ! Parrain ! » sanglotait Clarisse.

André ne relâchait pas son étreinte, transporté par tant d'émotion.

« Doucement, Oncle André, vous étouffez mon enfant !

– Mon *fia*[1] ! Il va bien lui aussi ? » s'enquit le berger en s'écartant de sa nièce.

Incapable de dire un mot, la gorge nouée, Clarisse tremblait de tous ses membres.

Méline, tout aussi émue, regardait cette insolite scène de retrouvailles : un homme grave et imposant laissant couler des larmes dans son épaisse barbe grise et une toute jeune femme secouée de sanglots au milieu d'une foule indifférente. Toujours prévoyante, elle interrompit leur tête-à-tête muet :

« Venez, ne restons pas là, il faut que vous parliez tranquillement.

– Mais, le troupeau… Attendez… »

André héla un berger de sa connaissance :

« Toine, je te confie mes bêtes. Fais comme pour toi. »

Méline marchait devant, tenant Clarou bien serré contre sa maigre poitrine. André suivait, soutenant Clarisse, titubante et bouleversée par un trop plein de sentiments qu'elle n'arrivait pas à exprimer.

1. *Filleul.*

Lui revenaient par bouffées toutes les images de sa famille, images qu'elle conservait dans un coin de sa mémoire, juste assez enfouies pour ne pas souffrir, point trop afin de ne pas les oublier.

Le reste de la journée suffit à peine pour que chacun expliqua, narra, confessa, dans un échange bouleversant, le lot d'épreuves affrontées au cours des mois écoulés.

La discrète Méline, retirée dans son coin favori près de la fenêtre, occupa le *droulet* avec mille caresses.

La nuit tombait mais Clarisse n'en avait pas fini de s'épancher, de réclamer des nouvelles de sa famille. André non plus qui voulait tout savoir de la nouvelle vie de sa filleule.

« Vous allez prendre la soupe avec nous ? » intervint timidement Méline.

Le berger se leva. Dans le modeste logis, il paraissait encore plus grand qu'au milieu de son troupeau. Il s'inclina devant la dentellière, prit sa main, la porta à ses lèvres avec respect :

« Madame Clavel, dit-il d'une voix chevrotante, vous êtes une sainte. Soyez remerciée pour votre cœur généreux. »

Puis, déclinant l'invitation, il prit sa cape, son sac et son chapeau :

« Je vous remercie mais Toine doit m'attendre avec impatience. Je reviendrai, Clarisse, à la première occasion.

– Parrain, il faut que vous me promettiez une chose : ne rien dire à mes parents. Ils ne doivent pas savoir…

– Mais enfin, petite, tu te rends compte ? C'est terrible ce que tu me demandes.

– Promettez, Parrain, je vous en supplie.

– Que crains-tu, Clarisse ? Tu as choisi ta vie, tes parents le comprendront.

– Plus tard, oui, plus tard mais il est trop tôt encore. J'ai peur que… »

Les mains jointes, Clarisse avait pris une attitude de madone orante. Son visage n'était que prière, le berger céda :

« Je te le promets, Clarisse. À bientôt ! »

Enroulé dans sa cape pour une nuit inconfortable au milieu de ses moutons, André le berger ne trouvait pas le sommeil. Son cœur fondait de pitié et bondissait de joie. Tant de souffrances avaient accablé sa jeune nièce, elle méritait bien cette sérénité, encore un peu fragile certes et chèrement acquise, qui l'habitait aujourd'hui.

« Je ne te trahirai pas, ma Clarisse, je tairai à tous le secret de nos retrouvailles… sauf à Hermance. Ô ma douce Hermance, comme tu avais raison de garder confiance, Clarisse n'est pas une personne ordinaire. Quelle détermination ! Quelle envie de vivre ! Quel amour pour son enfant ! Et toi mon frère, aveuglé de fierté, tu l'as laissée partir ! »

# XXV

## Blaise le courageux

Que ce soit grâce à une constitution robuste sous des dehors de fragilité, ou bien à une volonté farouche qui lui tenait lieu d'énergie, le zèle et le courage de Clarisse ne s'étaient pas démentis, même au plus fort des chaleurs qui accablaient la ville de Langogne depuis plus d'un mois.

Dès la Saint-Jean, fidèle à son rendez-vous, l'été s'était installé en roi et si les réminiscences des brefs instants de bonheur de son aventure cévenole s'étaient imposées dans la mémoire de la jeune femme, elle ne s'était pas laissée gagner par la mélancolie.

Sa jeune vie ne manquait pas de souvenirs heureux ou malheureux mais le présent ne se nourrissait pas plus de regrets que de remords, Clarisse en était consciente. Seul son fils lui importait. Il était le moteur de sa vie et malgré son travail harassant et ingrat, chaque jour lui apportait son lot de joie qu'elle appelait bonheur.

« Une mansarde sous les toits, un bon lit pour mon fils et moi, c'est plus que je n'en avais rêvé ! assurait-elle à Méline qui s'inquiétait de la touffeur qui régnait dans le grenier de la Mère Malaval.

– Mais le *droulet*, tu crois que c'est bon pour lui, cette *touffe*[1] ?

---

1. *Touffeur.*

– Je laisse la fenêtre ouverte et il dort comme un ange ! »

La brise légère qui la frôlait avant le lever du jour, n'avait plus sa place dès que les premiers rayons du soleil coloraient d'or les champs, à l'horizon.

Alimenter la drouse, en retirer les nappes, assurer le remplissage de la comète pour en faire des bobines, placer ces dernières sur la troisième carde afin d'obtenir un fil roulé qui approvisionnait l'atelier de tissage au second étage : toute cette activité sans cesse renouvelée ne laissait à Clarisse que peu le loisir de prêter attention à son bébé. La sueur au front et la fatigue aux reins, elle attendait avec impatience les courtes pauses qui les rapprochaient.

Depuis l'arrivée des beaux jours, elle avait simplement déplacé la corbeille qui lui tenait lieu de landau à l'abri des courants d'air établis pour rendre tolérable l'atmosphère étouffante de l'atelier.

Nullement dérangé par les bourres folâtres qui s'accrochaient à l'osier de sa couche, l'enfant plongeait dans des sommeils d'enfant heureux, se distrayait d'un rayon de soleil venant jouer sur ses menottes et tétait goulûment aux heures de répit qui découpaient la journée des ouvriers et ouvrières de la Fabrique.

* *
*

Alors que la chaleur torride exacerbait les esprits, la révolte semée dès les premiers jours d'août 1828 par les ouvriers parisiens germait dans le quotidien des manufactures du Gévaudan.

À en croire les nombreux conciliabules ajoutés aux mines conspiratrices de quelques ouvriers, cela ne faisait aucun doute : la Fabrique Boyer de Langogne avait, elle aussi, sa tête pensante en la personne de Blaise, le manœuvrier en charge du tour à aiguiser.

Lui seul savait manier cette machine aux allures de carcan, certainement le plus ancien outil de la manufacture. Le précédant propriétaire avait assuré à Monsieur Boyer qu'il s'agissait d'une fabrication artisanale datant du XVIIIe siècle.

Pierre-Emmanuel Boyer avait eu un sourire entendu :

« Je prends note : acheter un tour à aiguiser pour remplacer l'ancien devenu obsolète. »

Le vendeur s'était abstenu de toute remarque mais l'homme arc-bouté sur la machine en question, piqué au vif, avait répliqué avec audace :

« Remplacer la *tourguiso* ? Jamais ! »

Monsieur Boyer avait haussé un sourcil et, intrigué par l'homme courroucé, tenta de le rassurer :

« Vous aurez un outil tout neuf, mon brave, et moins contraignant d'utilisation. Cette *tourguiso*, comme vous l'appelez, tombera en panne d'un moment à l'autre.

– Je me fais fort de la réparer, Monsieur. Ce ne sera pas la première fois, d'ailleurs. »

Devant la détermination du dénommé Blaise, Monsieur Boyer avait biaisé :

« Eh bien, nous ferons un essai et puis nous verrons.

– C'est tout vu ! » avait grommelé Blaise.

Le tourneur intimidait Clarisse. Trapu et large d'épaules – une force de la nature –, il lui rappelait son père. Sa voix, toujours bougonne, ajoutait à la ressemblance physique pour le plus grand malaise de la jeune femme. Humble et presque caressant devant son tour à aiguiser qu'il actionnait avec précaution, graissait, polissait avec des douceurs d'amoureux, il glaçait les ouvrières qui redoutaient son regard accusateur lorsqu'elles avaient recours à ses services.

« C'est toi qui a déshabillé ces rouleaux comme une *malaoutruso*[1] ? Il faut que je remplace toute la garniture maintenant ! »

Devant l'air penaud de l'ouvrière, Blaise, l'ours mal léché, devenait nounours au cœur tendre :

« Retourne à ta carde. Faut pas que le patron te voie. Je te répare ça au plus vite. »

À ce comportement paternel, Blaise, le veuf sans progéniture, ajoutait un actif militantisme pour l'amélioration de la condition ouvrière, engagement qui l'avait amené à apprendre à lire et à écrire. La création des mutuelles ouvrières le faisait rêver et, au hasard d'une pause, il tentait de faire des adeptes.

Les hommes l'écoutaient d'une oreille attentive, les femmes, à l'image de Clarisse, plus frileuses ou plus raisonnables, résistaient à l'appel des sirènes.

« Un travail d'esclave pour un salaire de misère, c'est la vie que tu veux léguer à ton enfant ? lança-t-il à Clarisse un soir où elle ignorait une revendication qui devait remonter à Monsieur Boyer.

– ...D'autant plus que pour les *bastardous*[2] comme lui... »

Clarisse n'avait pas écouté la fin de la phrase. Le rouge aux joues et les larmes aux yeux, elle s'était jetée à corps perdu dans son travail.

La phrase était d'autant plus cruelle que Blaise avait raison, elle le savait. S'il n'était pas facile pour elle d'être une fille-mère, elle se doutait que l'état de petit bâtard pèserait lourd sur les épaules de son fils et cette perspective lui était douloureuse.

« Un petit innocent ne devrait pas expier les fautes de sa mère », se disait-elle, désespérée.

1. *Malotrue.*
2. *Petits bâtards.*

Le ministère Martignac était à l'agonie. Certes, le ministre de l'Intérieur avait rétabli l'ordre général, du moins en apparence mais ses ordonnances du 16 juin 1828 jugées anticléricales n'étaient pas du goût de Charles X, ni du clergé omnipotent.

De son côté, la Chambre des Députés, cherchant à réduire les dépenses de l'État, n'était pas favorable aux actions jugées trop philanthropiques et trop sociales de Martignac.

Le huit de ce mois d'août 1828, Polignac était nommé aux Affaires et Charles X entamait une politique réactionnaire qui eut pour conséquence de ranimer un certain mécontentement.

Sur fond de crise économique, Paris est en ébullition. On discute, on manifeste bruyamment, notamment dans le faubourg Saint-Antoine, on s'arrache les pamphlets satiriques du chansonnier Béranger. Malgré tout, les ouvriers sous-payés, affamés, pressurés par un patronat impitoyable, hésitent encore à exhumer le spectre de la grève.

Les événements qui éclataient dans la capitale trouvaient des répercussions dans tous le pays et Blaise, l'homme par qui les nouvelles étaient divulguées, se fit un plaisir de mettre en exergue l'action des canuts lyonnais :

« Nos frères de misère ont franchi le pas, eux ! Leur Société du Devoir Mutuel nous ouvre une brèche de revendications. Soyons solidaires, camarades, la laine ou la soie, c'est tout pareil. Avec les patrons, c'est misère et compagnie. »

Monsieur Boyer, le facturier de Marvejols devenu l'ambitieux patron de la filature de la rue des Calquières, n'était ni plus ni moins mauvais gestionnaire que les autres. Pour autant, la crise économique plus évidente dans les mines et la métallurgie, n'épargnait pas le textile, et en particulier celui du Gévaudan.

Au cours du mois de juillet, un charroi de laine brute retardé par un incident entre Le-Puy-en-Velay et Costaros avait généré trois jours complets d'arrêt de travail et le mois d'août débutait mal avec deux jours chômés en raison de la baisse du niveau des eaux du Langouyrou. C'était suffisant pour plonger le personnel dans une gêne financière et accroître son mécontentement.

Blaise soufflait la tempête :

« Ce n'est plus tolérable, il nous faut exiger deux francs cinquante par jour pour les hommes et deux francs pour les femmes. Pas un sou de moins ! Le patron doit nous payer honnêtement. »

Quoique absorbée par son travail, Clarisse entendait ces alléchantes perspectives. Les rêves de vie meilleure qu'elle nourrissait pour son fils la rendaient sensible à une révision des salaires alors que sa sagesse naturelle lui criait :

« Prudence ! Tout cela n'est qu'utopie ! »

Chaque semaine, elle recomptait ses sous. Sur les trente-cinq francs qu'elle amassait en moyenne tous les mois, elle déposait vingt francs chez la mère Malaval, au premier jour du terme.

Au contraire de la logeuse, Méline n'était pas pressée de recevoir les deux francs que lui donnait la jeune femme chaque semaine pour payer sa pension.

« Enfin Méline, c'est notre accord ! insistait Clarisse.

– C'est bien trop payé pour ton appétit d'oiseau. Garde tes sous pour acheter une bavette au *droulet* qui prépare ses dents. On dirait une *cagaraouletto*[1] !

Vous allez me fâcher, Méline », grondait gentiment la jeune femme.

Il arrivait que la dentellière fasse semblant de se mettre en colère. Vaincue, Clarisse rempochait alors ses piécettes et faisait claquer un gros *poutou* sur la joue de Méline.

« Merci, Fée Générosité !

1. *Petit escargot.*

– C'est pas pour toi que je le fais, *mounine*[1], mais bien pour le petit. Écervelée comme tu es, t'arrive-t-il de penser qu'il ne sera pas toujours dans ses langes ? »

Si elle y pensait ? C'était son grand souci, son beau projet ! « Le vêtir et le nourrir, se disait-elle, j'y parviendrai toujours mais j'aimerais tant pouvoir le faire instruire. S'il savait lire, écrire, compter, il pourrait devenir un Monsieur comme son père. »

Secrets à l'image de sa personne, les espoirs et visées de Clarisse restaient tus au fond de son cœur. Viendrait son heure, elle n'en doutait pas.

* *
*

À tous les étages de la Fabrique, le mécontentement était palpable et se manifestait par des apartés, des chuchotements que les hommes prolongeaient volontiers, la journée achevée, dans un estaminet de la rue Martine, autour de verres de vin à l'âpre goût de piquette.

Plus que jamais, Clarisse percevait, dans les conversations, les menaces à peine déguisées contre « ces patrons qui nous saignent à blanc ». La jeune femme redoutait que ces propos factieux ne parviennent aux oreilles de Monsieur Boyer et ne l'amènent à réduire son personnel. La hantise de perdre son travail lui procurait des sueurs froides.

C'est au rez-de-chaussée de la filature où quatre hommes étaient employés aux lourdes manipulations des roues et du battage, que les ferments de révolte semés par Blaise trouvaient un écho favorable. Blaise s'en réjouissait et ne cessait

*1. Sournoise.*

d'asticoter les fileuses et les manouvrières de cardes comme Clarisse pour qu'elles rejoignent le mouvement en gestation.

Une des plus anciennes fileuses de la Fabrique, Marie, impressionnait par sa force physique semblable à celle d'un homme. Elle faisait fonctionner sa Sprinning Jenny, mastodonte mécanique de soixante broches avec une puissance dans les bras qui détonnait avec son allure élancée et osseuse.

Marie n'était pas femme à se laisser intimider par quiconque, encore moins par Blaise, et tentait de tempérer l'ardeur des hommes qui, disait-elle, n'y voyaient pas plus loin que le bout de leur nez.

Habituée à faire bouillir la marmite, elle comptait bien avoir son mot à dire et donnait de la voix :

« Vous serez bien avancés, vous tous qui voulez changer le monde, quand la filature fermera ! Tous sur le carreau, que nous serons !

– Alors, c'est pas peu dire, la Marie, que tu es satisfaite de ton sort ! la brocardait Blaise.

– J'ai jamais dit une telle bêtise et quelques sous de plus me rendraient bien aise, pour ça, oui ! Mais vous êtes tous des balourds à vous mettre à dos les patrons. Avec eux, il faut finasser. À malin, malin et demi ! »

Blaise battait en retraite. Ses talents de rhéteur n'avaient décidément pas de prise sur ces têtes dures de fileuses !

Alors que le tourneur échafaudait, avec ses camarades, des actions propres à faire trembler le patron de la Fabrique, le ciel de Langogne s'obscurcissait de nuages bien réels.

Une chaleur orageuse rendait l'air moite et tout un chacun espérait la pluie bienfaisante qui restaurerait un débit convenable des rivières et rafraîchirait l'atmosphère. Les paysans n'étaient pas contre, qui avaient rentré foins et fourrage.

Attendu, souhaité, espéré, l'orage éclata avec une violence inouïe. Les cieux assombris étaient le théâtre d'un déchaînement d'éclairs suivi de coups de tonnerre pétaradants.

« Méline doit trembler de tous ses membres », se dit Clarisse qui avait été le témoin des terreurs de la Veuvette.

Elle la rassurait du mieux qu'elle pouvait :

« Ne craignez rien, Méline. Quand on entend le tonnerre, il est déjà loin », la rassurait-elle.

Elle regrettait de ne pas être auprès de sa chère amie pour la réconforter mais n'eut pas le loisir de s'attarder sur ses regrets.

Dans un fracas d'apocalypse, le tonnerre éclata comme une bombe en même temps qu'une décharge électrique inondait la Fabrique d'une lumière aveuglante. Clarisse se boucha les oreilles tant la déflagration se prolongeait sans faiblir.

Crevant les tuiles qui volèrent en éclat, traversant les combles, ricochant sur la ferraille des Sprinning-Jenny du deuxième étage, la foudre, boule incandescente, transperça le plancher pour venir s'écraser sur la *tourguiso* de Blaise qu'elle enflamma comme un brasier. Les mains crispées sur le mancheron de sa machine, le tourneur tétanisé, hébété, se laissait lécher par les flammes.

Avant que Clarisse n'eût le temps de le secourir, une pluie déferlante s'engouffra dans la brèche ouverte par la foudre, s'abattit sur le tourneur qui s'ébroua comme un chien sortant des flots. Retrouvant par-là même sa lucidité, il cria des ordres qui se perdaient dans le crépitement de l'orage dévastateur.

« Descendez tout ce que vous pouvez au rez-de-chaussée, la laine brute, les nappes, les bobines, les fuseaux, tout…

– Eh vous là-haut ! hurla-t-il aux fileuses et aux tisserands par le trou béant du plafond, pas de blessés ? Bloquez les machines. Tous en bas ! »

En l'absence de Monsieur Boyer retenu à Mende où il traitait des marchés pour l'exportation, Blaise, investi de responsabilités, les assumait consciencieusement malgré ses différends avec la classe dominante.

À ses injonctions s'ensuivit une débandade, un sauve-qui-peu général. Dans cette avalanche d'eau, d'éclairs, de tonnerre et de bois carbonisés qui s'éboulaient de la charpente, Clarisse chercha fébrilement la corbeille de son fils. Malgré les bruits qui le cernaient, le bébé dormait du sommeil du juste. La jeune femme descendit avec son précieux panier sous le bras. Une fois au pied de l'escalier, elle posa le petit berceau de fortune sur la première marche et remonta prestement chercher les paniers de laine comme ne cessait de clamer Blaise.

Une indescriptible confusion régnait dans la fabrique de Monsieur Boyer. Les employés, par respect pour l'outil de travail et l'ouvrage lui-même, s'acharnaient à sauver tout ce qui pouvait l'être.

Le rez-de-chaussée prenait des allures de cour des miracles ; on s'y interpellait, s'y bousculait dans le désordre inévitable que créaient les situations d'urgence. Hommes et femmes, trempés jusqu'aux os par le déluge qui tombait du ciel, pataugeaient dans un cloaque glissant.

La grande roue en bois de mélèze qui entraînait, par l'intermédiaire d'arbres, de poulies et de courroies, l'ensemble des machines de la Fabrique, s'emballait de façon alarmante.

« Il faut bloquer la roue, elle devient dangereuse, décréta Blaise. Jules, débrouille-toi pour dévier le béal ! Vite ! »

Luttant contre les rafales qui lui giflaient le visage, l'homme contourna la bâtisse, s'enfonça jusqu'à mi-cuisse dans le gour d'eau agité de tourbillons. À tâtons, il chercha la barre qui maintenait en place la plaque fermant l'écluse. En vain. Le courant d'une violence inouïe maintenait bloqué le système et la force des flots dévalant de la forêt de Mercoire empêchait toute tentative de déverrouillage.

Le dénommé Jules remonta en aviser Blaise.

« On va mettre les sabots de blocage, décida ce dernier. Cinq hommes avec des masses ! »

Le premier sabot brisa un rayon de la roue et tomba dans le canal artificiel sans pour autant ralentir le carrousel infernal de l'énorme gouvernail.

Il fallait renouveler l'essai mais la manœuvre était dangereuse. Deux hommes s'y risquèrent, engageant par la force et simultanément deux énormes sabots. Dans un craquement terrifiant, la roue trembla, hoqueta comme un chêne attaqué à sa base. Profitant de son ralentissement, deux entraves supplémentaires furent engagées entre les rayons au plus près du pivot central et l'âme de la Fabrique, domptée, se pencha sur son axe comme un oiseau blessé se couche sur son aile.

Blaise était satisfait. Pas un gars n'était blessé. Certes le matériel avait souffert mais l'heure n'était pas à ce genre d'inventaire.

Il monta à l'étage des Sprinning Jenny, s'assura qu'aucun employé n'était resté bloqué là-haut. Soulagé, il fit de même au premier étage et eut un hochement de tête satisfait : pas un panier de laine brute, pas un fuseau chargé de fil roulé, tout avait été descendu !

« Ils ont fait du bon travail, les petits gars », se dit-il.

Une clameur d'effroi le fit se précipiter dans les escaliers. Tout aussi spectaculaires que les trombes déferlant du toit, les eaux du Langouyrou envahissant la Fabrique tétanisaient les ouvriers. La rivière, d'ordinaire tranquille, naguère quasiment tarie, s'était transformée en quelques minutes en un cours d'eau grondant, furieux, dévastateur, emportant pêle-mêle laine et bobines qu'il brassait dans des remous écumants.

Dans le jour finissant, on pouvait distinguer tout un bric-à-brac hétéroclite voguer sur les flots déchaînés.

Un cri. Un hurlement de bête poignardée.

Toutes les têtes se tournèrent vers Clarisse qui clamait sa terreur.

Parmi les corbeilles d'éclisses ballottées par les eaux, se heurtant aux cailloux, rebondissant plus loin, manquant de verser à tout moment leur contenu, elle avait reconnu le panier où dormait son fils, fragile embarcation qui emportait son trésor.

« Mon fils ! Mon enfant ! »

Inconsciente de l'inutilité de son geste, elle s'élança vers la rivière lorsqu'une poigne de fer stoppa net son élan.

« Laisse-moi faire, petite ! intima Blaise.

– C'est mon enfant ! Lâchez-moi ! C'est mon bébé, là-bas dans son panier !

– Reste ici, j'y vais. Eh, vous, retenez-la ! »

Maintenue par les bras solides de Marie, Clarisse, impuissante, vaincue, s'abattit sur l'épaule de la fileuse en sanglotant.

Le panier filait droit, avec ses congénères, vers les arches du pont Vieux. Blaise qui s'était enroulé la taille d'une corde retenue à son extrémité par deux gars restés sur la rive, luttait contre les branches entremêlées, les buissons et arbustes charriés par le courant et qui gênaient sa progression.

Le tourneur s'épuisait, le panier s'éloignait puis se bloqua comme par miracle contre un tronc d'arbre arraché qui barrait la rivière. Blaise tendit le bras, se saisit du panier et s'accrocha au tronc pour reprendre son souffle.

Il poussa un « Oh hisse ! » et de la berge, les ouvriers tirèrent la corde qui ramenait l'homme et l'enfant.

Dans la Fabrique, ce ne fut qu'un cri !

« Il l'a sauvé ! Le petit est sauvé ! »

Blaise portait son précieux paquet à bout de bras et l'enfant, éveillé, abreuvait de risettes son nouvel ami.

Écorché, ruisselant mais hilare, le tourneur rayonnait de fierté en tendant à Clarisse le bébé nullement effrayé par tout ce remue-ménage.

« Tiens, ne pleure plus ! Regarde, il est sain et sauf, ton *bastardou* ! Trempé comme une soupe mais bien vivant ! »

Clarisse n'entendait pas. La terreur, l'angoisse et le trop grand bonheur avaient eu raison de sa résistance : elle s'était évanouie, pâle à faire peur, dans les bras de Marie.

# XXVI

## Les amitiés de la Fabrique

D'UN BOUT À L'AUTRE de la ville de Langogne, ce n'était qu'un cri :

« Le tourneur de la Fabrique, vous savez, Blaise ? Il s'est jeté à l'eau pour sauver un bambin !

– Un bambin ?

– Oui, un nourrisson dont la mère est cardeuse aux Calquières. Une gamine que la Veuvette a prise sous son aile avec son petit bâtard. »

Et chacun d'y aller de son imagination, inventant un lien de parenté « plus proche que vous croyez » entre Méline et sa protégée, parant de toutes les qualités le taciturne Blaise que tous regardaient hier comme un agitateur et que l'on encensait aujourd'hui.

Une seule constatation les mettait d'accord et tous s'en gargarisaient :

« Il n'y a pas à dire, le petit bâtard des Calquières est né coiffé[1] ! »

Alors qu'au lendemain de cette soirée mémorable des cadavres de moutons échoués sur les berges du Langouyrou se

1. *Avoir de la chance dans la vie.*

comptaient par dizaine, il n'était question que d'un nouveau petit Moïse sauvé des eaux.

Clarisse se remettait lentement de ses émotions auprès d'une Méline plus que jamais attentionnée et rassurante. La jeune mère tremblait encore sous le choc.

« Plus jamais je n'emmènerai mon enfant à la Fabrique ! Oh Méline, si vous saviez… j'en frémis encore. Mon petit, mon pauvre enfant.

– Là… calme-toi, petite, je te comprends et tu as bien raison. Le *droulet* sera mieux avec moi, loin de ce vacarme et de cette poussière qu'il respire à longueur de journée. Tu pourras aller travailler en toute quiétude, je veillerai sur lui. »

Un qui n'aimait pas tout ce ramdam fait autour de lui, c'était bien le discret Blaise. Bougon comme à son ordinaire, il s'irritait après toutes ces langues aiguisées qui montaient en épingle un réflexe humain jusqu'à faire de son geste un acte d'héroïsme.

La Veuvette avait tenu à lui exprimer sa reconnaissance et l'avait rassuré quant à sa soudaine notoriété :

« Ne vous tracassez donc point, Monsieur Blaise. Je les connais tous ces oiseux ! Ces *baturels à grando maïsso*[1] ! Passé le jour, passée la fête, aujourd'hui au pinacle et demain aux oubliettes.

– Dieu vous entende, la Veuvette ! Enfin… s'il y en a un…

– Monsieur Blaise, ne blasphémez pas ! »

* *
*

La fabrique de Pierre-Emmanuel Boyer, que l'on avait crue anéantie par les débordements d'un cours d'eau aux allures

1. *Bavards à grande gueule.*

tranquilles, redressa la tête dans un délai qui laissa tous les médisants pantois.

Au nombre de tous les hâbleurs aiguillonnés par une jalousie bien compréhensible, mégissiers et tanneurs, eux aussi victimes de la crue subite du Langouyrou, s'interrogeaient sur la vitalité exceptionnelle de la Fabrique de Monsieur Boyer, eux dont les entrepôts ressemblaient à des caves abandonnées. Alun, sel, cuirs et peaux avaient été emportés par les eaux et les ouvriers, sur le carreau, battaient le pavé en attendant une hypothétique reprise du travail.

Pierre-Emmanuel Boyer n'était pas le patron néophyte qu'une inexpérience de façade le laissait à penser.

S'il avait su, avec sagesse, rester humble devant le travail que ses employés connaissaient mieux que lui, ouvert à toutes les idées issues de l'habitude que les hommes et les femmes du Gévaudan pérennisaient dans la cadisserie, le patron de la Fabrique se refusait à jouer les paternalistes, attitude courante et qui n'engendrait pas toujours la confiance réciproque.

Or, c'était bien sur cette base que Pierre-Emmanuel Boyer comptait bâtir son « empire industriel » à taille humaine : la confiance réciproque dans une répartition rigoureuse des obligations. Aux ouvriers la responsabilité du travail bien fait, au patron la garantie de l'emploi par une gestion industrielle et commerciale sans faille.

Marie-Thérèse Boyer, quoique fort occupée à lui faire de beaux enfants, s'intéressait à la marche de l'entreprise et n'avait pas manqué de s'étonner que son époux cotisât à une assurance garantissant l'outil de travail.

« De telles cotisations ne vous paraissent-elles pas inutiles et coûteuses, mon ami ? Alors que vos ouvriers sont mécontents de leur salaire… Tss… Tss… je le sais, Pierre-Emmanuel, le malaise gronde. Pourquoi alimenter ces compagnies qui vous font miroiter des aides curieusement avantageuses ? À votre place, je contenterai mon personnel de quelques sous...

– Mais vous n'êtes pas à ma place, ma chère ! Il faut voir plus loin que le quotidien et votre bon cœur vous dicte une attitude de facilité. La mienne, moins populaire, consiste à prévoir. Prévoir et garantir l'outil de travail, c'est assurer l'emploi. Chacun sa méthode. »

Aujourd'hui, Marie-Thérèse Boyer regardait son époux avec admiration. Ses grandes théories qui, naguère, l'avaient laissée sceptique, portaient leurs fruits, des fruits juteux si l'on en jugeait les travaux rondement mis en œuvre au lendemain du sinistre.

Alors que tout le personnel s'attendait à chômer pendant de longues semaines, le patron organisa une réunion au milieu des décombres boueux de la Fabrique.

« Dès demain, un couvreur et son équipe viendront réparer la toiture. Pour le reste, je vous laisse juge du travail à effectuer : nettoyer, déblayer remettre en place les machines, les réparer éventuellement. Que chacun s'attelle à la tâche.

– Et pour ma *tourguiso* ? questionna Blaise.

– Mon pauvre Blaise, il faut vous rendre à l'évidence, elle a fait son temps. Vous en aurez une toute neuve, plus pratique et vous la bichonnerez tout autant que l'ancienne.

– Il faudra dire au *maistre lauzaïre*[1] de fixer une lauze creusée d'une croix sur la faîtière. Elle nous protègera de la foudre, insista, en se signant, Marie la fileuse encore bouleversée par cette boule de feu qui avait ricoché sur les Sprinning Jenny.

– Nous y veillerons, concéda Monsieur Boyer. Deux hommes suffiront pour réparer la roue à aube. Je vous ferai livrer des planches de mélèze pour remplacer les pales explosées. Allez ! Tous au boulot ! Ah Clarisse, restez là, j'ai à vous parler ! »

*1. Patron couvreur.*

La jeune femme sentit une fois de plus le sol se dérober sous ses pieds. En quelques secondes, tout un cortège de déboires lui traversa l'esprit, le pire étant qu'on lui donnât son congé. Tremblante, elle prit les devants :

« Je voulais vous dire, Monsieur Boyer, pour mon fils…

– Justement, votre fils ! C'est bien de lui dont il est question. Vous comprendrez qu'il ne m'est plus possible de tolérer sa présence dans ma Fabrique. Un de mes hommes a mis sa vie en danger à cause de lui. Vous vous rendez compte ? »

Si elle se rendait compte ! Il en avait de bonne ce Monsieur Boyer, absent au moment du drame. Elle pourrait raconter le déroulé de l'histoire, seconde par seconde, son effroi à la vue du panier emporté par les eaux, son geste désespéré et inutile vite maîtrisé par Blaise… elle tut cette bouffée d'angoisse qui l'étreignait chaque fois qu'elle évoquait la soirée de cauchemar.

« Je vous promets, Monsieur Boyer, que mon enfant restera chez Méline. J'irai le nourrir à la pause de midi.

– Enfin, vous êtes raisonnable ! Et puis, tout est bien qui finit bien. Savez-vous que mon épouse a vécu ce drame de sa fenêtre, elle en était toute bouleversée. Madame Boyer souhaite vous rencontrer, un soir après votre travail. Ne la décevez pas, c'est une mère très attentive, vous ne manquerez pas de sujets de conversations. Il faut avouer que Langogne manque un peu de distractions pour une jeune femme. »

Le cœur léger, Clarisse s'en retourna auprès de Méline et de son fils. À la dentellière qui la félicitait sur sa mine réjouie, elle narra les propos de Monsieur Boyer.

« C'est un sacré soulagement de savoir que nous reprenons le travail dès demain matin.

– À décrasser toute la fabrique ? Il vous embobine avec de belles paroles, votre Monsieur Boyer.

– Ne dites pas ça, Méline. Songez qu'il aurait pu me renvoyer à cause du bébé. »

Soudain, les dernières paroles du patron lui revinrent en mémoire :

« Il m'a demandé d'aller rendre visite à son épouse qui a observé toute la scène de sa fenêtre. Elle a tremblé pour mon enfant, comme s'il s'agissait du sien, m'a-t-il dit.

– Tu ne gagneras rien à fricoter avec les patrons, surtout pas la sympathie de tes collègues. Il n'est jamais bon de mélanger les riches et les pauvres et c'est pas les bourgeois qui y laissent des plumes. »

Clarisse écoutait le bavardage de la dentellière, un demi-sourire aux lèvres. Cette retenue que prônait Méline était certes le résultat de longues années d'expérience dont elle voulait faire profiter sa protégée, trop ingénue à son gré. Mais Clarisse devinait que sous les conseils de la Veuvette se dissimulait une jalousie, une sorte d'exclusivité de tendresse qu'elle s'octroyait à l'égard de la jeune mère et de son enfant.

Elle s'arrogeait le droit d'être leur protectrice, leur guide, leur soutien et toute intrusion dans ce petit noyau familial inespéré au milieu de sa vie solitaire, la faisait monter sur ses grands chevaux.

Exception faite de l'oncle André pour qui elle nourrissait un profond sentiment de reconnaissance, Méline prenait ombrage de toute personne susceptible de s'immiscer dans leur intimité.

« Pour vivre heureux, vivons cachés ! » Cela aurait pu être sa devise.

* *
*

La compagnie d'assurances de Pierre-Emmanuel Boyer n'avait pas fait les choses à moitié. En fait, les libéralités accordées pour les travaux de remise en état de la Fabrique étaient à la hauteur des cotisations versées, n'en déplaise à Marie-Thérèse Boyer !

Durant tout un mois où s'effectuèrent les réaménagements, le bâtiment de la rue des Calquières ressembla à une ruche en perpétuelle effervescence.

La toiture réparée, surmontée de sa lauze gravée d'une croix – Marie la fileuse avait veillé au grain –, les trois Sprinning Jenny graissées, luisantes comme des sous neufs, avaient pu recommencer à fonctionner dès que la roue à aube se mit à tourner sur son axe.

Chaque jour, par charretées, la laine en suint arrivait, que l'on déversait dans la cuve de lavage. « L'homme de fer », mécanique à deux fourches d'entraînement, se mettait en branle pour brasser, fouler, dégraisser les toisons grisâtres. Seuls les hommes pouvaient effectuer ce travail harassant qui en faisait des vieillards à cinquante ans à peine.

Pour le démêlage, la laine lavée, dépoussiérée, passait alors dans une vieille machine de fabrication artisanale datant du XVIII^e siècle. Les ouvriers l'appelaient le « loup batteur » à cause de son moyeu cylindrique muni de piques qui faisait penser aux colliers que l'on mettait aux chiens de troupeaux pour les protéger des loups.

Jugeant cette mécanique obsolète, Monsieur Boyer avait profité de la rénovation de la Fabrique pour se débarrasser de l'archaïque loup batteur et le remplacer par des cuviers en fonte à batteurs verticaux. Dans ces réservoirs, la laine était entraînée dans un tourbillon par des pales armées d'un ensemble de broches de fer disposées en hélice qui permettaient d'ouvrir les mèches de laine.

Au premier étage, Blaise l'éternel mécontent, s'il avait mis un bémol à ses revendications sociales qui n'étaient plus à l'ordre du jour, trouvait un exutoire dans son tour à aiguiser flambant neuf. Le patron le laissait fulminer à son aise, sachant que son tourneur s'attacherait à cette machine tout autant qu'à l'ancienne.

« J'aurai tout vu dans ma chienne de vie ! Un pareil outil qui fait plus de bruit que toute une escouade de *tabans* !

– Vous êtes un *réboussié*[1], Monsieur Blaise, le taquinait Clarisse en posant une main apaisante sur son bras.

– Un *roundinaïre*[2] tu veux dire ! »

Les ouvrières se gaussaient du tanneur indifférent à leurs sarcasmes, alors que leurs piques acérées, destinées à Clarisse, peinaient la jeune femme et la mettaient mal à l'aise.

« Il pourrait tomber plus mal, le vieux Blaise ! Un tendron qui lui fait les yeux doux, ça ne doit pas lui arriver tous les jours.

– C'est égal, jeune ou vieux, il ferait toujours un père pour son petit bâtard. Dans sa situation, on ne fait pas la fine bouche. »

Clarisse rougissait, s'éloignait du tanneur qui marmonnait dans sa barbe :

« Foutues garces ! »

* *
*

Depuis le fameux soir, Marie la fileuse avait pris Clarisse sous son aile, lui prodiguant une sorte d'amitié maternelle qui n'était pas du goût des autres ouvrières.

La fileuse n'en avait cure, il y avait belle lurette qu'elle menait sa vie comme bon l'entendait et qu'elle tenait les autres à distance, plus par souci d'indépendance que par crainte de leurs bavardages.

1. *Contrariant.*
2. *Ronchonneur, rouspéteur.*

« Chantez, chantez, mes alouettes, avait-elle coutume de dire avec indulgence, la jeunesse n'a qu'un temps. »

Monsieur Boyer ne s'était pas trompé en embauchant cette veuve flanquée de quatre enfants que lui avait recommandée un important filateur d'Ispagnac avec qui il entretenait des relations tout aussi amicales que professionnelles.

Quand elle avait épousé un ouvrier tisserand employé dans une grosse filature de coton à Ispagnac, la jeune Marie avait quitté sa famille et sa bonne ville de Langogne.

Un mariage heureux certes, enrichi de quatre enfants, mais une vie rude dans une contrée isolée, hostile, un univers de pierres et de pluies auquel Marie n'avait jamais pu s'habituer.

« Toute cette eau me ronge les os comme elle érode les montagnes », disait-elle lorsque les pluies d'automne n'en finissaient pas.

La *burle,* la *bouffado* et même la neige grise qui envahissait les rues de Langogne durant de longs mois lui paraissaient plus agréables que la chaleur sèche ou les pluies diluviennes propres aux hautes Cévennes.

Tout, dans ce pays de chèvres et de châtaigniers où les tombes sans croix, sans fleurs, souvent sans nom, s'accrochaient à flancs de montagne, réveillait la nostalgie d'une Lozère sereine, silencieuse, absolue dans sa douce mélancolie.

Un heureux mariage, certes, mais une vie de travail aussi car le salaire de son époux ne suffisant pas à nourrir la nichée, Marie avait retroussé ses manches et appris le métier de fileuse. Elle excellait dans ce travail et les quelques années qui suivirent auguraient d'un avenir meilleur mais le destin en avait décidé autrement : l'ouvrier tisserand fut victime d'un accident mortel.

Au chagrin de la perte de son époux s'ajoutaient l'isolement, la solitude à cinq alors qu'à Langogne sa famille lui tendait les bras.

Avant de se réfugier chez ses parents, Marie alla trouver le patron de la filature pour lui faire part de son désir de quitter Ispagnac. Elle trouva, à sa grande surprise, une oreille attentive et un soutien :

« Je vous comprends, pauvre femme, mais je vous regretterai… tout comme je regrette votre mari, un si bon tisserand. Je vais vous recommander à un ami qui se lance dans le tissage de la laine.

– Laine ou coton, ça m'est bien égal, pourvu que je puisse élever mes enfants », se résigna la jeune veuve.

Oui, Monsieur Boyer n'avait qu'à se louer d'avoir écouté le filateur d'Ispagnac. Marie était son meilleur élément et, malgré son fichu caractère, s'avérait être une personne à qui l'on pouvait faire entière confiance.

Aussi, sans hésiter, avait-il embauché également l'aîné de ses enfants, un gamin de onze ans. Petit et malingre, le fils de Marie se faufilait, rampait, crapahutait sous les Sprinning Jenny pour renouer, à longueur de journée, les fils de laine cassés. La position accroupie ajoutée au fait que l'enfant emplissait ses poumons de toutes sortes de bourres de laine qui jonchaient le sol, avait pour effet de le rendre souffreteux, toujours secoué d'une petite toux sèche qui arrachait le cœur de sa mère.

Elle trouva une solution et, sans détours superflus, mis le marché dans les mains de Monsieur Boyer :

« Jeannot travaillera à la Fabrique d'octobre à avril ; le reste du temps, j'ai décidé de le placer vacher dans une ferme. Le grand air lui refera les poumons. »

Monsieur Boyer n'avait pas discuté devant la détermination de la fileuse.

« C'est bon », avait-il répondu simplement.

Penché sur son bureau, il avait griffonné quelques chiffres tandis que Marie reprenait son travail, puis il était venu la trouver.

« Soixante-cinq francs et quarante centimes pour les sept mois de présence. J'ai arrondi, ça fera dix francs par mois pour votre fils, Marie.

– On fera avec, Monsieur Boyer », acquiesça Marie sans lever les yeux de la machine.

La santé de ses enfants valait bien un sacrifice financier et puis, si Jeannot ne recevait pas de gages pour garder les vaches, du moins serait-il logé et nourri.

« On plaint pas le lard à la ferme des Bories ! » lui avait assuré le maquignon, intermédiaire des transactions d'embauche.

Était-ce son instinct maternel inné qui rapprocha la fileuse de la jeune cardeuse ? Tout comme s'il s'agissait du sien, Marie s'inquiétait du fils de Clarisse, demandait de ses nouvelles, s'il avait bien dormi ou s'il faisait ses dents.

Avec son franc-parler, elle ne lui cachait pas sa façon de penser :

« Quelle idée t'avait prise de traîner ton mioche dans ces lieux insalubres ?

– Un si petit enfant a besoin de sa mère.

– Il est mieux chez ta dentellière ! Crois-moi, c'est une mère qui te parle. »

Une amitié discrète entre les deux femmes se tissait au fil des jours et cela réjouissait Clarisse. Elle voyait se former autour d'elle un lacis de sympathie qui lui allait droit au cœur et, tout naturellement, elle avait ajouté au nombre de ses tutélaires, Blaise le tourneur et Marie la fileuse.

* *
*

C'était un fait indéniable, la Filature des Calquières se révélait la vitrine industrielle de la ville de Langogne.

Pierre-Emmanuel Boyer, son heureux propriétaire bien installé maintenant dans sa fonction de maître filateur, avait souhaité, dans un élan de renouveau, baptiser ainsi la Fabrique.

Les anciens l'appelaient encore le Moulin de Brugeyron et se souvenaient des sacs de farine qui en sortaient sur des charretons à plateau. Les vieux souvenirs animaient les conversations des veillées.

« Alors, on n'y moud plus le grain au Moulin de Brugeyron ?

– Qui dit ça ? N'en croyez rien, l'ancêtre ! Le patron de la Filature des Calquières ne crache pas dans la soupe et les meules à moudre fonctionnent la nuit. Quatre hommes y travaillent à faire tourner la roue, verser le grain, régler la finesse de la mouture et ensacher la farine. Blé, orge, seigle, tout y passe ! »

En effet, Pierre-Emmanuel Boyer ne négligeait pas ce qui avait été la fonction première de la grande roue en mélèze et exploitait cette manne qu'était la force de l'eau si abondante en Lozère qu'on nommait « Le Pays des Sources ».

Si les métiers prédominants dans la rue des Calquières restaient, et ce malgré les calamités dues à la crue mémorable de 1828, les mégissiers et tanneurs, la Filature Boyer en était le fleuron qui, vingt-quatre heures sur ving-quatre, transformait grains et laine de toute une région.

Mieux encore ! Pour répondre aux commandes de clients de plus en plus nombreux dans le monde de la draperie et de la confection, Monsieur Boyer, après avoir acheté les laines du Velay, de Serverette et du Rouergue, en avait importé d'Espagne.

En attendant l'achat d'une troisième Sprinning Jenny et des nouvelles cardes, le patron demanda à ses employés de faire des heures supplémentaires.

« Vous commencerez à cinq heures et finirez à dix-neuf heures. Et vous serez payées six francs de plus par mois, soit deux heures de plus par jour, payées double », annonça-t-il aux cardeuses.

La plupart firent la moue alors que Clarisse entrevoyait les petites économies qu'elle pourrait se permettre.

Blaise prévoyait, dans cet accroissement du temps de travail, un abrutissement des hommes et des femmes attelés à la machine comme bœuf sous le joug mais la prudence le condamnait à une passivité vigilante. Il ne craignait pas pour lui mais pour cette jeunesse sans formation, accablée de misère dans des familles surchargées d'enfants et qui, chaque jour, mendiait du travail à la porte de la filature.

« Il y aura des jours meilleurs », promettait-il aux cardeuses qui se tenaient les reins, les manches retroussées, le cheveu en bataille.

* *
*

Méline surveillait d'un œil le lait qui venait à ébullition et de l'autre Clarou qui jouait sagement, assis sur un morceau de chiffon.

Elle avait retiré de la soupière fumante une grosse pomme de terre qu'elle écrasa à l'aide d'une fourchette. Quand le lait eut monté une ou deux fois de suite, formant une crème en surface, elle en versa un peu sur la purée grossière où fondait un morceau de beurre.

« Viens mon *droulet* manger la bonne *poupou*[1]. »

Docile, le bambin vint s'asseoir sur les genoux de la dentellière. Il ouvrait et refermait sa petite bouche gourmande sur les cuillérées qui barbouillaient un peu sa frimousse creusée de deux délicates fossettes.

1. *Soupe.*

Il faisait nuit lorsque Clarisse rentra de la filature. Elle tenait à peine debout, ses joues creuses et ses yeux cernés de bistre lui faisaient un petit visage chagrin. Pourtant sa bouche souriait. Elle plongea la main dans la poche de sa souquenille.

« Regardez, Méline, trente-six francs ! C'est ce que j'ai gagné ce mois-ci.

– Eh bé, tu les as pas volés, tes sous ! Et si tu voyais ta tête, tu n'es pas *espounpido*[1] !

– Demain c'est dimanche, je me reposerai et nous nous délecterons d'une pompe aux pommes, c'est moi qui régale ! » lança-t-elle avec entrain pour donner le change.

Posant un tendre baiser dans les cheveux noirs et bouclés de son fils, elle promit :

« Et toi, mon petit homme, je t'achèterai une *brette*[2] !

– Alors il va me casser les oreilles le *droulet* ! »

Et le large sourire partiellement édenté de Méline démentait ses propos.

1. *Epanouie, rayonnante.*
2. *Moulin à musique.*

# XXVII

## Les retrouvailles

Cela faisait maintenant deux longues années que le berger de la forêt de Mercoire vivait avec son lourd secret. Le pâtre, jusqu'alors si serein, heureux dans cette vie agreste qu'il s'était choisie, n'était désormais qu'un homme torturé.

Hermance, sa chère compagne, le soutenait dans son choix de respecter la parole donnée à Clarisse même si, comme lui, elle déplorait de laisser dans l'ignorance Pierre Chardenon et sa famille.

« C'est peut-être mieux ainsi, André ! Ta nièce te paraît heureuse avec son enfant et cette dentellière au grand cœur. Il faut lui donner du temps, à cette petite. Elle a tant souffert !

– Et Julie ? Si tu voyais ma *counhado* ! Une vieille femme ratatinée sur son malheur, rongée par les remords. Elle me fait pitié. »

Oubliant l'ostracisme dont lui et Hermance faisaient l'objet, André s'était fait un devoir de rendre quelques visites, brèves mais régulières, à son frère et à sa famille.

Il était ému devant l'attitude de sa belle-sœur qui, abandonnant toute réserve quand son mari tournait le dos, s'avouait coupable envers sa fille, la chair de sa chair, sa Clarisse si affectueuse.

« Elle ne demandait pas grand-chose, la pauvrette. Un mot gentil, un geste tendre, un peu de tout l'amour qu'elle nous donnait. Tout ce que je n'ai pas su faire. Misérable, je suis une mère misérable ! »

Ses lamentations irritaient Juliette dont la vindicte n'avait pas faibli. La morveuse les jugeait humiliantes et entretenait dans son cœur une sourde rancune dont elle n'aurait su expliquer l'origine. Il n'empêche : par-delà la mort de Clarisse à laquelle chacun s'était résigné, la cadette de la famille Chardenon n'était que blâme et condamnation à l'égard de celle qui avait jeté l'opprobre sur la famille.

En cela, elle imitait son père dont l'orgueil masquait la souffrance. Il se drapait dans son malheur et se jugeait victime. Victime d'une fille qui avait entaché son nom et son honneur, victime d'un destin injuste qui lui avait ravi la malheureuse.

« Elle aurait toujours eu sa place dans ma maison, malgré sa faute, affirmait-il pour se dédouaner. Et son enfant aurait reçu une bonne éducation à l'orphelinat des Choisinets. Mais elle n'a rien voulu entendre ! »

Ah ! Comme le rôle de martyr lui seyait bien, au père Chardenon !

La famille scindée en deux avait ses affligés et ses victimes. Au nombre des premiers, soutenant leur mère avec une maladresse d'adolescents dégingandés, Joseph et Victor ravalaient leurs larmes et Denise l'innocente se laissait aller à des tremblements incontrôlables. Tous quatre, cependant, retenaient ce que Pierre nommait leurs jérémiades devant le père et la cadette.

Les visites d'André le berger étaient un réconfort à toute la famille. Pierre trouvait chaleur et compréhension dans la puissante accolade de son frère, les jumeaux buvaient ses paroles et Julie, humble et chevrotante, lui tendait ses mains toujours glacées et plantait ses yeux délavés dans les siens.

« Vous me comprenez, vous, André ! » sanglotait-elle.

André l'attirait contre sa poitrine pour lui dissimuler son regard empli de honte.

Juliette haussait les épaules, mal à l'aise devant ces étreintes qu'elle jugeait indécentes et entraînait Denise dans la souillarde où « quelque travail urgent les attendait », disait-elle avec des airs de vieille petite fille.

Chacune de ses visites chez son frère désorientait le berger. Il réprimait les mots de réconfort prêts à jaillir de ses lèvres.

« À quoi bon ? se disait-il. Tout n'est que mensonge ! »

À son retour dans sa solide *tchazelle* du bois de Salesses, les bras de sa chère Mancette ne parvenaient plus à le consoler.

Hermance qui partageait toutes les peines et les joies de son compagnon, éprouvait comme lui ce malaise sournois que laissent les non-dits qui sont autant de plaies béantes et douloureuses.

Sans prétendre connaître parfaitement la filleule d'André, elle la devinait sensible, émotive et lorsqu'elle avait croisé son regard, un jour d'hiver à la foire de Châteauneuf-de-Randon, elle y avait lu la crainte d'une bête apeurée. Ce qui, à ses yeux, expliquait le silence qu'elle exigeait de son oncle.

Cette peur, Hermance l'analysait au long de ses nuits d'insomnie et ne trouvait pas son origine dans la violence d'un père qui se jugeait bafoué.

« Ta nièce, André, dit-elle, était habitée d'une force incroyable, capable de résister à l'ascendant d'un père et d'une mère ligués contre elle. Peu lui importait gifles et mots blessants jetés dans la colère. Une seule angoisse l'étreignait, et à mon avis la taraude encore : la peur d'être séparée de son enfant. C'est pour cela qu'elle veut se faire oublier.

– Mais mon frère n'y peut plus rien. Qu'a-t-elle à redouter de lui ? Je le connais, tout au plus, il lui tournerait le dos avec mépris !

– Cela aussi lui serait insupportable.

– Dieu que les femmes sont compliquées ! Et moi qui suis au milieu de tout cela, qui recueille les secrets, qui n'ose plus regarder ma famille en face. Je n'en peux plus de ces cachotteries.

– À toi de le lui dire, André. De lui faire entendre raison. Plus rien ni personne ne lui arrachera son fils. Va la voir, André, pour le bien de tous », conseilla Hermance de sa voix douce et rassurante.

Réitérant son cadeau de naissance, Hermance avait tricoté un petit cache-cœur à croiser sur la poitrine et nouer dans le dos.

« Il a deux ans déjà, ce petit André Jean-Pierre que j'aimerais bien connaître. Tiens, c'est pour lui. »

* *
*

Le berger fouillait du regard l'afflux de badauds et acheteurs qui, étant donné le jour déclinant, se délitait dans les rues et places de Langogne jonchées de paille humide d'où s'échappait l'odeur puissante du bétail.

André était inquiet. La foire s'était déroulée sous un ciel d'azur et il avait vu défiler toute une foule hétéroclite et joyeuse sans toutefois y apercevoir sa nièce. C'était bien la première fois qu'elle manquait un de leurs rendez-vous non formulés mais tacites. À chacune des foires aux bestiaux, André et Clarisse se retrouvaient sous le regard ému de Méline. De six mois en six mois, il voyait grandir son filleul et s'épanouir sa filleule qui arborait, les jours de fête, une toilette plus pimpante qu'à l'ordinaire.

Lors de sa fuite éperdue de la maison paternelle, elle avait pris les seules nippes qui lui appartenaient, celles qu'elle avait ramenées de son séjour alaisien.

Les beaux jours venus, et seulement le dimanche, elle enfilait son jupon de calicot groseille sur le caraco de percale blanche un peu étréci pour sa poitrine de femme. Gênée par l'étroitesse du vêtement qui dessinait ses formes, elle croisait pudiquement sur ses seins la grande écharpe parsemée de fleurettes dénichée au grenier par Mademoiselle Henriette. Ses cheveux, retenus en torsades, étaient serrés dans un bonnet de tarlatane, orné de deux *bisettes* de coton blanc tout droit sorties de ses doigts d'apprentie dentellière.

Ainsi troussée, on aurait dit la gamine insouciante qui accompagnait Madame Fine au marché d'Alais, ne fusse le bambin qui trottinait, accroché à sa jupe.

« Tu es *poulido*[1] comme un sou neuf », la complimenta Méline, la première fois qu'elle avait revêtu sa tenue printanière.

Ce matin, elle avait enfilé cette toilette, bien décidée à rencontrer son oncle à la foire. Or, son fils dormait plus que de coutume et elle n'osait pas le réveiller.

« Va voir le berger, tu *tréfoulis*[2] d'y aller ! » l'incita la dentellière.

Clarisse caressa du regard son enfant qui dormait comme un ange dans le lit de Méline.

« Je me repose ici, près de vous et du petit. Et puis, regardez, Méline, la dentelle avance ! »

La Veuvette n'était pas dupe de ces faux alibis. Si chacune des rencontres de l'oncle et de la nièce était un moment de joie partagée, il y avait aussi une telle souffrance que ces deux êtres n'exprimaient pas mais qui gâchait quelque peu leurs retrouvailles !

« Qu'est-ce que tu as derrière la tête qui te chiffonne ? Tu n'es pas heureuse de voir ton oncle ?

1. *Jolie.*
2. *Trépigne.*

– Oh si, Méline !

– Alors ?

– Je crois qu'il m'en veut de lui demander de se taire.

– Mets-toi un peu à sa place, petite. Je l'ai vu à son regard, ce n'est pas un homme *mésorguier*[1], il est franc comme l'or et le secret que tu lui demandes est lourd à porter ; pour autant, il est heureux de te voir et de voir le *droulet*. Allez, ne le fais plus attendre, réveille ton gamin et courez voir ce pauvre berger qui doit se ronger les sangs. »

Le sourire était revenu sur le visage de Clarisse. La joie l'emportait sur les appréhensions de toutes sortes.

« Comme toujours vous avez raison, Méline. En attendant que le petit se réveille, jetez un coup d'œil sur mon ouvrage. Qu'en pensez-vous ? »

Malgré ses journées à la filature qui n'en finissaient pas, malgré son dos douloureux et ses bras qui la faisaient souffrir même la nuit, la jeune femme avait pris goût à ce travail créatif et délicat que lui enseignait avec patience et compétence la Veuvette.

Lors de ses passages mensuels, la leveuse s'attardait sur les essais de Clarisse et secouait la tête d'un air entendu. Elle avait fini par admettre :

« Vous êtes une excellente éducatrice, Veuvette, bientôt l'élève dépassera le maître. Vous direz à votre protégée que le mois prochain, je lui apporterai des pelotes de fil d'Écosse et un carton à réaliser. »

À la vue du fils lisse, blanc, d'une finesse de soie, Clarisse avait battu des mains comme une enfant à qui on aurait fait un cadeau. Prompte à la réflexion, elle avait saisi les arcanes du modèle et s'y attelait dès qu'elle avait terminé sa journée.

Méline observa en connaisseuse la Chantilly festonnée destinée à être froncée sur une charlotte de fine batiste.

1. *Qui dit des mensonges.*

« Une commande pour Madame d'Estive. La femme du notaire est une bonne cliente, aussi j'exige un travail soigné », avait insisté la Mère Cébélieu.

Un pincement douloureux avait titillé le cœur navré de Clarisse. Cette femme qui l'avait humiliée, elle ne pourrait jamais l'oublier, pas plus que les mots cruels et méprisants qu'elle avait proférés à son encontre et à celle de son enfant. Mais bast !

« Pourvu qu'elle paye bien ! » se dit-elle.

« Clarisse, tu travailles mieux que moi ! s'écria Méline. On dirait que tu es née avec un carreau sur les genoux. Eh bé, ç'aurait été dommage que tu ne t'y mettes pas. La leveuse sera *espatouriffée*[1]. Une Chantilly comme ça vaut bien... »

Quelques pas dans les escaliers, un toc-toc énergique à la porte surprirent les deux femmes.

« Va voir qui c'est, petite !

– Oncle André ! s'écria Clarisse.

– C'est bien moi, petite. Seigneur, que je me suis tourmenté à ne pas te voir ! Et mon filleul ?

– Il dort, Parrain, c'est lui qui m'a retardée », mentit la jeune femme.

Avant de s'approcher du lit où s'étirait le bambin sortant des limbes de sa longue méridienne, le berger salua Méline.

« Bien le bonjour, Madame Clavel. Toujours à fabriquer des merveilles ?

– Je ne suis pas la seule, Monsieur Chardenon, regardez le travail de notre Clarisse. Sa première commande !

– Oh la la petite ! C'est autre chose que de filer au rouet. Je me doute qu'il y a cette bonne Madame Clavel là-dessous ?

– Bien sûr, Parrain. Elle a fait preuve d'une patience d'ange tant mes mains étaient gauches et mon geste *emberbestit*[2].

1. *Epatée.*
2. *Maladroit.*

– Ne l'écoutez pas, Monsieur Chardenon. Je n'ai jamais vu une dentellière aussi *desgachiate*[1] d'exécution. La Mère Cébélieu savait bien ce qu'elle faisait en lui confiant ce carton particulièrement retors et ce fil précieux qu'on appelle d'Écosse. »

La lune déjà s'imposait à l'horizon, chassant le soleil derrière la montagne dans un embrasement de cataclysme, lorsque le berger prit congé de ses hôtes.

Ils n'avaient abordé que des banalités et, pour sa part, Clarisse s'était bien gardée de l'entraîner sur des sujets qui les mettaient tous deux mal à l'aise.

Empoignant sa lourde sacoche, il se souvint du cadeau de Mancette.

« Dieu me garde d'avoir ramené ceci à la *tchazelle* ! Hermance m'aurait tiré les oreilles, dit-il en tendant le petit vêtement à Clarisse. Pour ton fils, ma belle ! »

Confuse, la jeune femme serra le petit chandail de grosse laine écrue sur son cœur.

« C'est si gentil à elle, Parrain. Embrassez-la de ma part. »

Puis soudain illuminée d'une idée :

« J'aurai un petit présent pour elle à notre prochaine rencontre. »

Méline se leva, posa son carreau sur sa chaise basse :

« Je vous fais un bout de chemin, Monsieur Chardenon. Mes jambes s'ankylosent, il faut que je marche un peu. »

André avait compris et, passée la porte, il livra son tourment à la dentellière qui lui rapporta, en retour, les réticences et les craintes qui habitaient Clarisse.

« La pauvrette a été très choquée par ces barrières qui se sont dressées devant elle et qui, toutes, avaient pour but de lui faire abandonner son enfant. Son père, les religieuses du

1. *Rapide.*

couvent Notre-Dame, les bigotes bien pensantes qui lui refusaient un travail, ce sont autant d'obstacles qu'elle a dû franchir seule.

– Alors qu'elle me semblait plus sereine, poursuivait-elle, il y a eu cette maudite crue du Langouyrou où elle a failli perdre le *droulet.* C'est beaucoup pour une jeunette de vingt ans.

– Je sais tout cela, Madame Clavel mais maintenant qu'elle est seule à diriger son destin, qu'a-t-elle à redouter de ses parents. Ne peut-elle leur accorder le pardon ?

– Ce n'est pas une question de pardon, André. Vous permettez que je vous appelle par votre prénom ? Et ce n'est surtout pas dans ce sens qu'elle le conçoit. Votre nièce porte une faute et si cette erreur de jeunesse est devenue pour elle un bonheur de chaque jour, elle sait que pour les siens, il n'en est pas de même. Elle a déçu ceux qui lui étaient chers et pense n'avoir qu'un moyen de réparer : disparaître à leurs yeux, elle et sa faute vivante.

– Même au prix de leur souffrance ?

– Elle pense qu'il est plus facile de pardonner à un être disparu.

– Alors je ne peux rien faire et dois continuer à me taire ?

– Les hasards de la vie, André, ont parfois besoin d'un petit coup de pouce ! »

* *
*

À quelques jours de l'estive, il était temps de procéder à la tonte des moutons. Pierre Chardenon fit appel, comme chaque année, à son gendre, Léon Souche.

Saigneur de cochons faisant fi des couinements désespérés de ses victimes, le maquignon de Chaudeyrac se faisait tondeur, l'espace d'une saison, peut-être pour entendre les bêlements apeurés de bêtes qu'il dépouillait de leur toison avec célérité et sans ménagement.

Julie et sa fille avaient lavé, rincé, mis à sécher la laine sur les pierres chaudes des bords de l'eau. Il y avait maintenant, dans le fenil, six gros ballots de coutils noués aux quatre bouts qui attendaient d'être vendus à Langogne.

Or, malgré les exhortations d'Étienne ou d'André, Pierre ne voulait rien entendre des conseils de ses frères et s'en remettaient à eux pour vendre ou acheter.

« C'est bien assez d'être la risée de mon village. Je ne pourrais pas supporter le regard de ceux de Langogne ou de Châteauneuf.

– Sois raisonnable, Pierre ! Nos concitoyens sont bons et compatissants et ce que tu prends pour des quolibets ne sont que murmures de compassion.

– Je n'ai pas besoin de leur pitié ! Laissez-moi, vous deux, je préfère être seul avec mes bêtes. Ce ne sont point des fourbes, elles !

– Tu perds la raison, mon frère, à fuir le monde qui t'entoure, insistait André. Grâce à Dieu, ta femme, la Julie est bien entourée par les commères.

– S'il lui plaît d'étaler sa honte, c'est son affaire !

– Il n'est plus question de honte, Pierre, mais de chagrin et ça, ça mérite le respect. »

Quand il s'agit d'aller vendre les ballots de laine, Pierre Chardenon, comme à l'accoutumée, décida de s'en remettre à ses frères.

« J'ai plus que mon faix ! lui rétorqua Étienne.

– Et moi, j'ai mon troupeau, c'est pas une petite affaire. Envoie donc les jumeaux.

– Des gamins ?

– Des gaillards de presque vingt ans ! »

Ce disant, André voyait se dessiner un hasard à qui il comptait bien donner un coup de pouce, comme l'avait suggéré la sibylline Méline.

Pierre atermoya longtemps avant de se laisser convaincre.

« Tu veilleras sur eux, André, ils n'ont pas l'habitude.

– Leur mère s'en chargera.

– Julie ? Il y a bien longtemps qu'elle n'est pas allée à Langogne. Les marchés de Chaudeyrac lui suffisent. »

Après le siège fait à son frère, il fallut faire celui de Julie. Le berger s'y attela, faisant feu de tout bois.

« Vous savez bien, *counhado,* que les Langonaises ne regardent pas à la dépense. Vos tommes et votre beurre seront vite vendus et à prix fort. Et puis, Victor et Joseph seront rassurés de vous savoir à quelques pas pour leur première foire. Ils ne sont pas habitués à tous les arcanes du métier.

– Et leur père ne peut pas les accompagner ! se récria Julie. C'est misère de laisser mes gosses se débrouiller tout seuls à la ville. »

Le berger sentit que sa belle-sœur cédait, il joua sa dernière carte :

« Et si les affaires sont bonnes, *counhado,* et je n'en doute pas, vous pourrez ramener quelque jolie cretonne pour faire un cotillon à votre Juliette. C'est qu'elle pousse, la gredine, et ressemble à une pauvresse dans ses jupons trop courts. »

* *
*

Tel un chef d'orchestre méticuleux, André le berger dirigeait, avec la complicité de Méline, les différents instruments de sa formation, en l'occurrence des personnages.

En arrivant à Langogne, alors que s'effilochaient vers le sud les dernières écharpes de brume matinale, il avait hélé un gamin oisif :

« Va dire à la dentellière de la rue des Calquières que le berger de Mercoire la demande au foirail. »

Portant au bras Clarou tout émerveillé par la foule bigarrée qui s'agitait autour de lui, Méline se rendit illico au foiral et André lui confia son plan.

« Il faudra tenir jusqu'à 2 heures, André. Le patron de la Filature donne la demi-journée aux filles tandis que les hommes rentrent la laine.

– Alors disons plutôt 15 heures, Madame Clavel, je ferais traîner jusque-là. »

Méline ne put avaler sa soupe tant les doutes l'oppressaient. Avaient-ils le droit de s'immiscer dans la vie des gens ? L'émotion ne serait-elle pas trop forte ? Autant de questions qui lui coupaient l'appétit.

Clarou dormait encore lorsque Clarisse revint de la filature.

« Fais-toi belle, Clarisse, nous allons à la foire après la sieste du *droulet.*

– J'ai de l'ouvrage, Méline, je préfère rester là. Mais allez-y sans moi, il vous faut marcher pour vos jambes, m'avez-vous dit.

– Ah non, tu ne vas pas me laisser y aller seule ! Et puis, n'avais-tu pas préparé quelque chose pour la compagne de ton oncle, cette aimable Hermance ?

– Oncle André ! Il est là ?

– S'il est là ! Au grand marché de la laine ! Il a tout son troupeau à faire tondre. »

Voilà ! Les violons de Méline étaient accordés. Restaient les cuivres du berger.

Les ménagères avaient fait leurs emplettes le matin et Julie Chardenon esquissait un sourire qui depuis longtemps lui faisait défaut.

Oh, il lui restait bien deux belles tommes et une livre de beurre au fond de sa *banaste*[1] mais elle savait se contenter :

« C'est mieux que je n'aurais vendu à Chaudeyrac. On dit bien mais, dans les villes, les bourgeoises ont l'argent facile. »

De leur côté, les jumeaux, bien guidés par leur oncle, avaient monnayé la laine lavée et de belle qualité à un prix intéressant. Fiers comme deux jeunes coqs, ils avaient remis l'argent à leur mère et se baguenaudaient, hilares, au milieu des badauds.

Un peu avant 15 heures, alors que Julie avait fait son tour de marché et revenait au foiral, un coupon de tissu fleuri sous le bras, le berger sortit deux piécettes de la poche de son gilet et les tendit aux jumeaux :

« Allez boire une limonade au café du Commerce, je vous y rejoindrai quand j'aurai terminé avec mes moutons. Attention, pas d'absinthe, jeunes gens ! »

Puis, se tournant vers Julie :

« Hermance m'a donné ce bouquet de fleurs sauvages pour offrir à Notre-Dame-de-Tout-Pouvoir. C'est un service que je vous demande, *counhado,* pouvez-vous y aller à ma place ? Il faut que je rassemble mes bêtes. Vous trouverez, Julie ? C'est la chapelle au fond, à droite dans...

– Je connais, André. J'aime bien cette Madone à l'Enfant. »

Clarisse et Méline avançaient au pas de Clarou qui leur tenait la main. Clarisse avait hâte d'offrir le petit col en dentelle qu'elle avait préparé pour Hermance.

« Ne nous presse pas, petite, Le berger ne sait pas où donner de la tête au milieu de son troupeau. Regarde, je le vois, tout *dévarié*[2], le pauvre. Que dirais-tu d'une petite prière à Notre-Dame-de-Tout-Pouvoir ?

1. *Corbeille.*
2. *Déboussolé.*

– J'allais vous le proposer, Méline. C'est chaque fois un bonheur que de prier cette madone. Je suis certaine qu'elle veille sur nous.

– Va devant, petite. Je vais acheter une brassée de *gineste*[1] toute fleurie pour décorer l'autel. »

C'était chaque fois la même impression. L'obscurité et la froideur de la pierre oppressaient quand on franchissait la porte de l'église.

Cette première perception à peine dissipée, le regard était irrésistiblement captivé par la voûte illuminée de cierges à la flamme vacillante et l'on ne pouvait s'empêcher de marcher vers cette lumière qui attirait comme un aimant.

Clarisse y était sensible et plus particulièrement aujourd'hui, sans pouvoir se l'expliquer. Son enfant dans les bras, elle s'avança vers la chapelle de la Vierge Noire.

Une silhouette frêle aux épaules voûtées, à la tête inclinée, agenouillée à même la pierre, la fit tressaillir. Elle pensa à sa mère et fut émue à cette évocation.

À l'instant, la femme en prière se releva péniblement au point que Clarisse lui tendit une main secourable.

Ce fut alors le contact charnel des deux mains accrochées qui se reconnaissaient. Ce furent les regards qui plongeaient l'un dans l'autre, et puis enfin les bras qui s'ouvraient et l'on ne savait plus qui berçait l'autre en pleurant en silence.

Puis il y eut des mots qui étaient inutiles mais qui se bousculaient sur les lèvres pour libérer le cœur.

« Ma petite fille, mon enfant ! J'ai tant espéré, tant prié !

– Maman ! Maman ! Je pleurais votre nom dans mes nuits sans sommeil ! Comme c'est bon de vous voir, enfin ! »

Et aussi des pardons qui n'étaient plus de mise :

« Je n'ai pas été une bonne fille à vous causer tous ces tourments !

---

*1. Genêt.*

– Je bats ma coulpe, mon enfant, moi qui n'ai pas su t'écouter ni te comprendre. »

Enfin, ce fut l'enfant, objet de tout le drame, qui devint le héros :

« Maman, je vous présente votre petit-fils André Jean-Pierre Chardenon !

– Déjà un petit gars ! Oh le joliet ! Viens mon petit *droulet,* viens que je te *poutoune*[1]. »

Le logis de la dentellière s'avéra trop exigu pour que chacun y trouve un siège. Alors, pendant que Victor et Joseph promenaient leur petit neveu le long du Langouyrou, Julie, Clarisse, Méline et André se libérèrent des secrets, des regrets, des mensonges qui étouffaient leur vie.

Méline et André, spectateurs perspicaces, se doutaient bien que les retrouvailles par eux orchestrées, n'effaceraient pas les années de souffrance. Tout juste étaient-elles un baume sur les plaies cicatrisantes. Peut-être une ouverture sur l'avenir ?

Rien ne pouvait l'assurer, surtout pas les dernières paroles de Julie :

« Désormais, je ferai les marchés de Langogne et nous pourrons nous voir ! »

Pas un mot sur le père, ni sur le retour au bercail.

Longtemps après leur départ, Clarisse et Méline découvrirent, posés sur la table, les tommes et le beurre invendus, de même que le coupon de cretonne fleurie acheté pour Juliette.

---

1. *Embrasse.*

# XXVIII

## Le petit bâtard des Calquières

Une flopée de gamins courait en piaillant dans la rue des Calquières. Pieds nus, ils dévalaient la calade[1] et finissaient leur course folle sur la rive du Langouyrou, terrain privilégié de leurs jeux d'enfants insouciants dans les brûlants après-midi d'été.

Clarou n'était pas le dernier à s'égayer avec les autres bambins du quartier. Petit angelot aux boucles brunes qui frôlaient ses épaules, il désarmait la pauvre Méline qui s'essoufflait à sa suite en plantant droit ses grands yeux d'azur espiègles et caressants dans ceux, faussement courroucés de la dentellière :

« Ma Gran Line, je ne suis plus un marmot qu'il faut surveiller ! »

Il lui arrivait, fort de l'indulgence de celle qu'il appelait Grand-mère, de prendre des grands airs et dire avec malice :

« Je vous y prends, ma Gran, à vous mettre en retard dans votre ouvrage. C'est la mère Cébélieu qui va chanter misère ! »

Méline le chapitrait pour la forme, promettait de tout rapporter à Clarisse mais, secrètement, s'émerveillait des réparties du gamin de cinq ans, si judicieuses et empreintes de bon sens.

1. *Chaussée empierrée.*

« Clarou, sacripant[1], tu mériterais que je te caresse le bas du dos, menaçait-elle en levant sa main qui n'avait jamais donné une seule taloche.

– Clarou, viens, dépêche-toi, on va jouer aux barres[2] ! » s'égosillaient les gamins.

Baptisé Clarou par Méline aux premiers jours de leur épique rencontre, le fils de Clarisse était connu dans tout le quartier sous ce prénom singulier.

Le gamin ne s'en formalisait pas, trouvant même plaisant d'être associé à sa mère dans cette fusion de prénom.

La fusion justement ne s'arrêtait pas là. Entre la mère et l'enfant, l'amour réciproque et inconditionnel qui les unissait bien avant la naissance, croissait en intensité.

Le diablotin qui déboussolait Méline à longueur de journée redevenait séraphin avec sa mère. Il la couvait des yeux, grimpait sur ses genoux, sollicitait des bisous, affamé de ce contact charnel dont Clarisse n'était pas la dernière à se rassasier. Il était si beau, son André Jean-Pierre !

L'enfant, subtil dans son raisonnement, faisait nettement la différence. Pour sa mère, il était André Jean-Pierre – trois prénoms, il faut bien ça pour un enfant sans nom, lui avait-elle sobrement expliqué, un sanglot dans la voix – et il s'arrangeait de cette explication évasive.

Pour autant, il demanda l'assentiment de Clarisse :

« Si ça vous ennuie pas, Maman, j'aime autant que les autres m'appelle Clarou. Il y a un peu de vous dans ce surnom et ça me plaît. »

Elle l'avait rassuré en posant un baiser au milieu de ses boucles folles.

*1. Chenapan.*
*2. Jeu de courses entre deux camps.*

Pour la plupart des gens, il était cependant le petit bâtard des Calquières, ce qui ne manquait d'irriter Méline et de peiner Clarisse. André Jean-Pierre s'était hasardé un jour à demander :

« C'est quoi un bâtard, Maman ? »

Le visage bouleversé de sa mère lui avait fait regretter aussitôt cette question. Futé, il ne songea plus qu'à la divertir avec une audacieuse pirouette :

« Regardez Maman et vous aussi ma Gran Line, je fais le poireau ! »

Clarisse avait ri aux larmes et Méline le gourmanda avec mollesse :

« Tu vas te rompre le coup à faire le fou comme un *cadel*[1] ! »

La vie, dans le quartier des Calquières plus que partout ailleurs, était rythmée par les saisons.

En effet, au plus fort de l'été, la proximité du Langouyrou en faisait un havre de fraîcheur. Méline était de ceux qui s'y installaient du matin au soir, son carreau sur les genoux, ne rentrant chez elle qu'à l'heure des repas.

« Pour sûr que ça me change des quatre murs de mon logis ! » répliquait-elle à ceux qui, la voyant prendre ses quartiers d'été, la brocardaient gentiment :

« Alors, la Veuvette, on déménage ? »

Confié à la dentellière depuis sa malheureuse aventure sur les flots en furie du ruisseau de Langogne dont il n'avait aucune souvenance, Clarou prisait cette période de l'année où il pouvait s'ébattre à loisirs avec les gamins du faubourg.

De cette liberté surveillée – la pauvre Méline était perpétuellement sur le qui-vive – le fils de Clarisse usait et abusait, écorchait ses genoux, déchirait ses culottes, croquant à pleines quenottes les plus belles années de son enfance.

---

1. *Chiot.*

Le soir, blotti contre sa mère dans le lit de bois blanc qu'ils partageaient, là-haut dans leur mansarde, il s'endormait, fourbu d'une fatigue saine, les pommettes enflammées, ivre de grand air.

L'hiver, le long hiver du Gévaudan s'étirait lentement dans le logis étroit de Méline qui trouvait enfin un peu de répit dans la surveillance du bambin dont le plus grand bonheur était d'alimenter le foyer de la dentellière. Une bûche, puis une autre. Il fallait hausser le ton pour qu'il ne brûle pas la réserve de bois, comme ça, pour le plaisir de voir danser les flammes.

Méline lui avait acheté quatre billes de plâtre qui avaient rapidement perdu leur couleur. Qu'importe, le fils de Clarisse passait des heures, affalé sur le plancher de la pièce, à jouer, tirer, éparpiller, chercher sous la table ou bien sous le lit ce qu'il appelait « mes billes à moi ».

« Regardez, ma Gran Line, je vais faire un carreau avec mes billes à moi. »

La vie s'écoulait ainsi autour de Clarou. Son univers, limité à sa mère et à Méline, lui convenait parfaitement.

Il y avait bien cette grand-mère Julie qu'il voyait de temps en temps, qui lui apportait quelques œufs, du beurre ou du fromage et qui lui passait une main rapide dans les cheveux comme si elle avait craint de s'y brûler.

L'enfant sensible, au jugement pointu, n'avait pas manqué de remarquer cette infinie tristesse qui habitait Julie, une tristesse qui se reflétait alors dans les yeux de Clarisse, pourtant heureuse de revoir sa mère.

« Elle est patraque, ma Gran Julie ? On dirait toujours qu'elle a mal quelque part. C'est pas comme vous, ma Gran Line. Sûrement que vous avez perdu vos dents à rire tout le temps ! »

Méline se laissait entortiller par ces cajoleries d'enfant ; elle était heureuse d'avoir la première place, après Clarisse bien sûr, dans le cœur du *droulet.* Pour autant, elle tentait de rétablir l'aura de Julie Chardenon aux yeux du gamin :

« Il te faut être très gentil avec ta Grand-mère Julie, Clarou. C'est une bonne personne qui n'a pas une vie facile. »

À quoi le petit rétorquait :

« Je suis gentil avec elle parce que je parle d'elle dans la prière que Maman me fait réciter tous les soirs. Je demande à l'enfant Dieu de protéger ma Gran Line et ma Gran Julie, ma maman aussi et mon parrain André ! »

En voilà un qui avait la côte auprès de Clarou !

Impressionné dans ses toutes jeunes années par le personnage à la longue cape et au grand chapeau noir, il vouait maintenant une adoration sans borne à cet homme à la parole rare mais au sourire franc, qui le faisait sauter sur ses genoux.

Et puis, n'était-il pas le seul homme qui entrât, quoique épisodiquement, dans sa vie ?

Pour l'enfant sans père, élevé dans le giron des femmes, le pâtre incarnait la force, le courage et même le savoir qu'il distillait dans de petites phrases, piquant la curiosité du gamin précoce.

« Alors mon *fia,* sais-tu ce que peut dissimuler une cape de berger ?

– Un mouton peut-être, suggérait le petit en toute logique.

– Mieux que ça, mon garçon. Un cadeau pour les enfants sages.

– C'est quoi un cadeau, Parrain ?

– Un cadeau c'est quelque chose de précieux que l'on donne à quelqu'un pour lui faire plaisir.

– Alors si je vous donne un *poutou,* Parrain, c'est un cadeau ?

– C'est ça, mon garçon mais ça peut être aussi… cela ! »

Devant la mine perplexe de son filleul, André avait dû expliquer :

« Tu vois, c'est un petit bateau. Tu pourras le poser sur l'eau, il flottera. Je l'ai creusé pour toi dans une branche de cornouiller. »

Le bateau de l'oncle André avait été la gloire de l'été pour les gamins des Calquières qui n'avaient jamais eu de jouet aussi raffiné. Et chacun des petits copains qui avaient le privilège d'y toucher devait supporter l'avertissement de Clarou :

« Attention, il est précieux, c'est un cadeau de mon parrain ! »

Pour Clarisse, la vie s'écoulait en longues journées de travail à la Filature. Par-ci, par-là, il arrivait que quelques sous viennent gonfler son bas de laine mais c'était au prix d'une existence méticuleusement organisée dont elle ne se plaignait pas.

Après les quelques mois de travail intensifs à la Filature afin de rattraper le temps perdu et d'honorer les commandes urgentes, le patron avait ramené tout son personnel à des horaires normaux.

Tout en regrettant les francs supplémentaires si bienvenus pour maintenir le frêle équilibre de son budget, Clarisse avait apprécié ses heures passées en compagnie de son fils et de sa chère Méline.

Et puis, la dentelle avançait plus vite. La leveuse avait toujours un travail à lui proposer qui monopolisait son attention mais qui la comblait de satisfaction. Elle s'appliquait à suivre les cartons aux arabesques alambiquées et rougissait sous les compliments de Méline.

« Je le sentais bien petite, tu es faite pour la dentelle. Tu as le don ! »

À la Filature des Calquières, l'attention protectrice de Marie la fileuse avait évolué vers une amitié solide malgré la différence d'âge.

Marie appréciait la jeune femme silencieuse et efficace qui abattait son lot de travail sans rechigner et n'entretenait pas des conversations qui dérapaient souvent vers le ragot ou la médisance.

De son côté, Clarisse aimait le franc-parler de Marie et le bon sens dont elle faisait preuve en toute occasion. Son cœur de mère souffrait de voir Jeannot, le gamin de Marie, s'étioler dans la Filature. Elle avait les larmes aux yeux à l'entendre tousser et avait été la première, peut-être la seule, à conforter la fileuse dans son choix de le placer vacher.

« Vous avez bien fait, Marie. Jeannot sera mieux dans les champs que dans toute cette poussière.

– Je mettrai un peu moins de lard dans la soupe et un peu plus de saindoux sur notre pain noir », avait soupiré Marie avec fatalité.

Dès lors, chaque fois que Julie Chardenon, lavant sa conscience, déposait sur la table des produits de sa ferme, tout naturellement Clarisse portait une tomme ou des œufs à son amie Marie.

* *
*

Comme Monsieur Boyer en caressait depuis quelques temps l'intention, l'achat d'une troisième Sprinning Jenny venait d'être conclu.

La transaction n'avait pas été aisée, le patron de la Filature étant scrupuleux tant sur le parfait état de la machine achetée d'occasion que sur le prix à y mettre.

Ses tergiversations de tous poils irritaient quelque peu son épouse qu'il délaissait souvent, courant les foires industrielles à Lyon, à Paris et même dans la morne plaine du Nord où les équipements industriels en matière de filature l'avaient laissé pantois.

« Pensez, Marie-Thérèse, narrait-il à son épouse, que nos Sprinning Jenny sont déjà dépassées. Leur grande sœur, la

Mull Jenny est tout bonnement épatante. Une pareille mécanique, ça vous laisse rêveur ! » concluait-il doctement.

Ce disant, Pierre-Emmanuel Boyer avait la moustache qui frisait et ses yeux pétillaient. Marie-Thérèse connaissait par cœur ces signes jubilatoires et s'irritait des perpétuelles idées novatrices qui germaient dans le crâne de son époux.

« Vous n'avez pas l'intention d'en faire l'acquisition, j'espère ?

– Songez donc, mon amie, que cette impressionnante machine, avec ses cent vingt broches, effectue le travail de plusieurs dizaines de fileuses...

– Justement ! Que deviendraient alors ces malheureuses ?

– Il faut vivre avec son temps, ma chère, ou bien mourir. Mais je vous rassure, pour l'instant mes finances m'ont tout juste permis d'acheter une autre Sprinning Jenny et par ma foi, je pense avoir fait une bonne affaire.

– À la bonne heure !

– Mais je ne dis pas... plus tard... dans quelques années... »

Lorsque la nouvelle Sprinning Jenny fut livrée, toute luisante de graisse, Monsieur Boyer se vit dans l'obligation d'embaucher du personnel : un ouvrier pour actionner le chariot et une fileuse dont le travail consistait à alimenter des fuseaux en bobines de laine roulée et d'en tirer plusieurs brins pour les assujettir sur les soixante broches de la machine.

Poussée par Marie et même recommandée par elle à Monsieur Boyer, Clarisse postula à cette place de fileuse qui lui faisait gravir un échelon dans la hiérarchie de la Filature.

Malgré sa timidité et sa modestie, elle sut convaincre le patron de lui permettre de faire un essai qui s'avéra concluant.

Dire que c'était une sinécure serait loin de la vérité, pourtant, malgré la célérité, l'adresse et la vigilance dont il fallait faire preuve, Clarisse trouvait dans ce nouvel emploi un répit à ses membres courbatus.

Elle n'avait plus à soulever les lourdes nappes de laine pour remplir et vider la *drouse,* ni alimenter la comète tout en ayant un œil sur les bobines en rotation.

« Je ne vous remercierai jamais assez, Marie, d'avoir appuyé ma demande auprès de Monsieur Boyer pour le filage. C'est tellement moins fatigant !

– Attends un peu, ma belle, ne parle pas trop vite. Quand l'Alfred aura pris le coup pour actionner le chariot, tu ne sauras plus où donner de la tête.

– C'est égal, Marie, je me préfère ici à travailler avec vous et puis j'ai maintenant un franc soixante par jour. C'est à regarder, n'est-ce pas ? »

« Ah, pourvu que la vie ne lui ôte pas son candide optimisme ! » pensait Marie.

Alors qu'elle eût traité tout autre que Clarisse de naïve *idéiouse*[1], elle prêtait une oreille complaisante à ses projets d'avenir, si fous qu'ils lui paraissent.

« Dès qu'il sera en âge, je voudrais que mon fils aille à l'école, échafaudait Clarisse. Je sais que cela demande de l'argent mais je travaillerai des nuits entières s'il le faut. »

Marie tentait maladroitement de la ramener sur terre :

« Et tu tomberas malade ! Tu seras bien avancée d'avoir engraisser le clergé pour qu'il apprenne les lettres à ton gosse.

– Vous parlez des Frères des Écoles Chrétiennes ? Ce n'est pas à eux que je confierai l'éducation de mon enfant. Ah ça non ! Mais Blaise m'a parlé d'une loi assez récente qui obligeait les communes d'assurer l'enseignement primaire.

– Chapeauté tout de même par les soutanes noires, tu peux m'en croire, ma fille ! Et puis, tu as le temps d'y penser.

– Oh le temps passe si vite ! »

---

1. *Rêveuse.*

* *
*

Il y avait moins de cohue que pour un jour de foire mais la ville de Langogne commençait à s'animer. Fidèles au rendez-vous de la traditionnelle *bote*[1] du premier dimanche d'août, citadins et paysans des alentours n'auraient manqué cette réjouissance annuelle pour rien au monde.

Les chaleurs torrides de juillet s'étaient diluées dans quelques gros orages et le ciel, redevenu bleu, portait la promesse d'un beau mois, ni trop chaud, ni trop humide.

Pour la fête votive, chacun avait à cœur de sortir ses plus beaux atours. Si les foires et marchés étaient le règne des bourses bien garnies et des gros portefeuilles, la bote était celui des chapeaux de feutre taupé et des bijoux clinquants.

Les anciens, engoncés dans leurs habits de fête, celui des noces et des enterrements, cherchaient un bout de banc pour délasser leurs jambes fatiguées. Les femmes avaient troqué leur vieille palatine contre un châle d'indienne aux longues franges noires tandis que les hommes, ceux qui avaient connu le siècle précédent, glissaient leurs vieux os dans leur désuet habit à la française. Témoins d'une époque révolue, les bas de coton sur la culotte courte et la redingote vert puce symbolisaient surtout leur jeunesse envolée.

Assis côte à côte pour une journée d'oisiveté, ils regardaient les couples plus déliés qu'eux tourner au rythme d'une bourrée bruyante et désordonnée.

Petites gens et gros bourgeois se côtoyaient dans un même élan joyeux, dansant au son d'une cabrette, d'une vielle ou d'un flageolet. Les plus modestes oubliaient, le temps d'un branle-gai[2], leur casaquin démodé et leur pantalon de velours

*1. Fête votive.*
*2. Danse à trois temps originaire du Poitou.*

alors que les nantis révélaient leur amour des bijoux en exhibant coulants[1] et montres à gousset tressautant sur leur bedaine.

« On va faire un tour à *ramatge* ?
– Où dites-vous, Méline ?
– À *ramatge* ! À la *bote,* si tu préfères. C'est ainsi qu'on disait dans mon village de Haute-Loire.
– Qu'irions-nous y faire ? s'enquit Clarisse dubitative.
– Ce que font tous les gens à la *bote,* pardi ! Il y a le bal où les couples gambillent, les hommes jouent aux quilles, les gamins au jeu de massacre. Les autres, eh bé, ils regardent faire.
– Ma Gran Line a raison, Maman, il faut y aller. On doit bien s'amuser à *ramatge* ! s'enflamma Clarou, roulant des yeux de velours à sa mère incapable de lui résister.
– Toi, alors ! Pourvu que tu t'amuses ! gronda-t-elle pour la forme.
– C'est l'âge du jeu, ma fille, et il est bien court », approuva Méline, sentencieuse.

Songeuse, Clarisse se demandait si, pour elle, il y avait eu l'âge béni des rires et des jeux. Du plus loin qu'elle se souvînt, elle se revoyait assise devant le rouet, accroupie pour traire les vaches, courbée dans les bois à cueillir groseilles, myrtilles ou champignons.

Le jeu, elle n'en avait pas souvenance mais évoquait avec bonheur les veillées d'hiver au cours desquelles l'oncle André contait des histoires fantastiques. Là encore, lui revenait en mémoire la souffrance de ses doigts écorchés quand, tout en buvant les paroles de l'oncle adoré, elle arrachait les bourres

---

*1. Sautoirs.*

de laine accrochées aux *cardouilles*[1] dont se servait son père pour carder.

Clarisse était resplendissante dans la plénitude de ses vingt-quatre printemps.

Avec beaucoup de goût et d'habileté, elle avait rafistolé une des nippes de l'héritage alaisien. La robe de piquet vert dont elle avait agrémenté l'encolure d'une bordure de dentelle lui seyait mieux que le caraco blanc décidément trop étroit et dont elle avait fait cadeau à Marie pour l'une de ses filles.

Elle avait remisé les lourds sabots de bois et enfilé une paire d'espadrilles qu'elle portait sans bas, ni chaussette. Bien qu'usés de la toile qu'elle avait rapiécée plusieurs fois et de la corde qu'elle avait enduite de poix, elle espérait bien faire durer ses « spadrillo » un ou deux étés.

Le petit chapeau de paille fine qui encadrait son charmant visage lui venait de Méline. La fileuse l'avait retrouvé au fond d'une malle, aplati, sans allure ni tenue.

« C'est une petite folie de mes vingt ans, de l'époque où le sapeur Meynard me faisait la cour, avait-elle soupiré en le tendant à Clarisse. Tiens, regarde ce que tu peux en faire. »

Elle en avait fait un flatteur couvre-chef, lui redonnant sa forme en le portant humide pendant toute une nuit, puis en y cousant un ruban de velours vert qu'elle nouait sous son menton.

« Vous êtes la plus jolie des mamans ! » s'était écrié Clarou en se jetant dans ses bras.

Si le gamin était fier de sa mère, Méline se rengorgeait de déambuler au bras de sa protégée, à la mine si modeste mais si digne et si jolie.

La plus jolie et la plus sage !

---

1. *Chardons.*

Toute sa personne inspirait le respect et même les hommes assis à la terrasse du café du Commerce qui n'étaient pourtant pas les derniers à émettre des sifflements au premier jupon virevoltant, gardaient leur quant-à-soi sur son passage tant elle donnait l'image de jeune fille sage.

Cédant aux insistances de Clarou, Méline et Clarisse se dirigèrent vers le foirail où était installé un rudimentaire jeu de massacre : quelques figurines de bois aux couleurs vives posées sur des barriques, un cordon tendu à distance entre deux piquets pour délimiter la position des tireurs et des petits tas de boules de chiffons remplies de son, empilées sur le sol.

« Je peux jouer, Maman ? demanda Clarou après avoir observé le déroulement de plusieurs parties. Je voudrais bien rafler le sachet de guimauves. »

Presque à contrecœur, mais le sourire de l'enfant balaya ses regrets, elle sortit une piécette de son aumônière de toile pendue à son poignet.

« Vise bien si tu veux gagner les guimauves. »

Les six balles n'y suffirent pas pour renverser les six figurines et l'enfant, déçu, leva vers sa mère son petit visage chagrin dans une demande informulée qu'elle prit le parti d'esquiver :

« Tu es encore un peu trop petit pour ce jeu. Observe bien comment font les autres et plus tard tu réussiras. »

L'enfant comprit et n'insista pas mais il restait planté à regarder attentivement tous les gestes des participants.

« Votre petit frère a l'air captivé, Mademoiselle ! »

Clarisse se tourna vers le joueur qui, sans interrompre son tir, lui avait adressé la parole. Elle rougit mais, paralysée par la timidité, ne put dissiper le malentendu.

Partie de la halle aux grains, une farandole endiablée happant hommes et femmes, volontaires ou non, déboula sur le foiral.

Entraînée par surprise dans la file des danseurs, saisie par chaque main, Clarisse se sentit enlevée, prise dans un piège joyeux de musique et de rires. Un instant affolée, elle chercha des yeux son enfant, l'aperçut tenant fermement la main de Méline, tous deux assis sagement sur le rebord de la fontaine. Puis elle ne pensa qu'à régler son pas sur celui de la bande pour ne pas tomber.

Elle entendit une voix grave qui, devinant ses pensées, la rassurait :

« Vous ne risquez rien, mademoiselle, je vous tiens solidement ! »

En effet, une grande main chaude et puissante écrasait ses doigts. Elle leva les yeux et reconnut l'homme qui l'avait prise pour la grande sœur de son fils.

Elle laissa fuser son rire léger, puis, fermant les yeux, grisée, elle s'abandonna au plaisir de la danse.

# XXIX

## Monsieur Antoine, un triste sire

UNE ATROCE MIGRAINE vrillait les tempes de Clarisse. Les battements de son cœur qui s'y répercutaient martelaient son crâne douloureux.

Elle se leva sans faire de bruit pour ne pas troubler le sommeil béat de l'enfant qui dormait à ses côtés. À tâtons, elle chercha un mouchoir qu'elle trempa dans un peu d'eau et l'appliqua sur son front. Un imperceptible soulagement la conforta dans l'idée de ne pas se recoucher d'autant que des haut-le-cœur l'amenaient au bord des vomissements.

Une sourde colère montait en elle qui décuplait sa nervosité, son angoisse et par-là même, relançait ses maux de tête avec une violence accrue.

L'emportement et le courroux qui l'agitaient étaient entièrement retournés vers elle et sans cesse, dans son esprit, défilaient des images de la veille.

« Quelle sotte dévergondée que de m'être donnée en spectacle dans cette sarabande ! Et cet homme qui m'a pris la main et la serrait à l'en broyer, quelle audace ! Et moi, pauvre niaise, qui ne la lui retire pas illico. Il a bien dû jubiler, derrière ses moustaches en crocs, de voir que sa méthode d'approche marchait avec une gourdasse de ma trempe. Ah mon Dieu ! comme j'ai honte d'avoir farandolé devant toute la ville, moi la fille-mère qui n'ai pour toute richesse, que mon honnêteté et ma bonne réputation ! ».

À ruminer sur ce qu'elle appelait son dévergondage, Clarisse ne trouvait pas d'apaisement à sa migraine. Pourtant, quand ce fut l'heure, elle se prépara et partit travailler. Soucieuse de dissimuler à Méline ses traits tirés par l'insomnie, elle entrebâilla la porte de la dentellière et, du seuil, l'interpella :

« Vous êtes levée, Méline ? Clarou dort encore, moi je file, je suis en retard.

– Et ton déjeuner ?

– Pas le temps !

– Ton midi alors ! dit-elle en lui tendant ses habituelles tranches de pain tartinées de beurre ou de saindoux, selon les finances, et qu'elle enveloppait d'une serviette de table.

– Quelle mine de papier mâché ! remarqua Méline. Qu'est-ce qu'il t'arrive, petite ?

– Un peu de migraine, Méline, ça va passer. »

Et elle descendit quatre à quatre les escaliers.

C'était un des moments les plus animés de la journée dans le quartier des Calquières.

Du centre ville, des faubourgs et même des villages proches, des dizaines d'hommes, de femmes et d'enfants l'empruntaient pour aller travailler, qui à la Filature Boyer, qui aux moulins bladiers ou à foulons, qui encore aux brasseries, tanneries, mégisseries, enfin tous ces métiers auxquels le Langouyrou et ses dérivations en béals apportaient l'essence vitale.

« Bonjour, Mademoiselle ! Il va faire une belle journée. »

Perdue dans ses pensées, Clarisse n'avait pas prêté attention à l'homme au bourgeron noir qui ajustait son pas sur le sien et dont le bras frôlait la manche de son caraco.

« C'est bien vous qui accompagniez le garçonnet, hier au jeu de massacre ? »

Clarisse sursauta, regarda l'homme, rougit et baissa la tête en pressant le pas.

« Oui, oui, c'est moi. Excusez-moi mais je suis en retard », marmonna-t-elle en jetant des regards furtifs autour d'elle, craignant qu'on ne la vît en compagnie masculine.

L'homme se méprit :

« Vous cherchez quelqu'un ? Un fiancé peut-être ? Un mari ?

– Non, non je n'ai personne... »

Aussitôt, une petite voix intérieure la morigéna : « Et voilà, encore une bourde ! Ma pauvre fille, tu n'as pas plus de cervelle qu'un moineau ! »

Elle gravit comme une folle les escaliers de la filature, faillit déraper sur le dernier et entendit les mots que lui criait l'homme et qui résonnaient comme une menace :

« Alors, à bientôt, Mademoiselle ! »

La journée à la Filature s'étira en longueur et n'apporta pas d'apaisement à la tension nerveuse de Clarisse. À plusieurs reprises, Alfred dut l'avertir :

« Attention, Clarisse, j'envoie le chariot ! Tu es dans les nuages ? »

Marie, à qui rien n'échappait, la trouva, elle aussi, rêveuse et lui en fit la remarque :

« Toi, tu m'as l'air dans la lune ! Ah que c'est beau d'être jeune et de bailler aux corneilles... ou au prince charmant ! »

Piquée au vif, Clarisse répondit avec une irritation, une virulence que la fileuse ne lui connaissait pas :

« J'ai un mal au crâne terrible, si vous voulez savoir !

– Tu passeras chez moi, ce soir et je te donnerai des racines de pissenlit, tu en feras une infusion.

– Ne vous dérangez pas, Marie, Méline a tout ce qu'il faut. »

À la sortie du travail, Clarou attendait sa mère. Parce qu'il dormait ce matin lorsqu'elle était partie, il lui tardait de retrouver Clarisse même si pour cela il devait délaisser ses camarades de jeux.

« Que fais-tu là, mon chéri ? Tu es tout seul ? Et Méline ?

– Ma Gran Line est rentrée, elle avait un peu froid et moi, je voulais vous voir. C'est long, toute une journée sans vous !

– Je sais, dit-elle en le soulevant dans ses bras et en baisotant ses joues roses et rondes. Méline avait froid, dis-tu ? Avec ce beau soleil ? Elle n'est pas malade, au moins ? Viens rentrons. »

Une silhouette qu'elle reconnut et redoutait de voir surgir, se planta devant eux.

« Bonjour, petit, tu me reconnais ?

– Oui, vous êtes le monsieur de la *bote*. Vous êtes très fort au jeu de massacre ! »

Clarisse tirait le gamin et avançait à grandes foulées. La présence de cet homme l'irritait et leurs rencontres, fortuites ou non, lui déplaisaient au point qu'elle pressa le pas.

Sans s'offusquer, l'homme insista :

« Re-bonjour, Mademoiselle. Votre journée s'est bien passée ? »

Sans répondre, Clarisse s'engouffra dans le couloir de la maison Malaval et pénétra dans le logis de Méline comme dans un refuge.

La dentellière était à ses fuseaux comme à l'accoutumée avec, et cela parut évident à Clarisse, une lassitude dans le geste et même dans la voix quand elle s'enquit :

« Ta migraine va mieux, petite ? Je t'ai fait une tisane de serpolet.

– Merci Méline et vous ? Que se passe-t-il ? Vous avez des frissons ?

– C'est passé. Un courant d'air, peut-être ! »

Et le silence retomba dans la pièce, chacune s'abîmant dans ses pensées. Seul Clarou semblait loin des préoccupations des deux femmes.

Après le repas, quand il se fut endormi, comme cela lui arrivait souvent, dans le lit de Méline, cette dernière planta ses yeux fatigués mais perspicaces dans le regard de Clarisse, semblant lire dans son âme tourmentée :

« Qu'est-ce qui te chagrine, petite ? Raconte-moi. »

Des sanglots secouèrent Clarisse, torrent trop longtemps réprimé et maintenant ininterrompu. Avec patience, Méline attendit que la jeune femme retrouvât son calme et put parler. Alors Clarisse déballa tout : sa honte, son inconduite, sa légèreté, son inconscience... Elle n'avait plus de mot pour dire combien elle avait été sotte et dévergondée aux yeux de toute une ville.

« Et c'est ce qui te met dans un état pareil ? Quelle enfant tu fais, ma petite Clarisse ! Qui oserait te dire que tu n'as pas le droit de t'amuser un peu, toi qui travailles avec un acharnement exemplaire ? Tu veux que je te dise, petite : ce qu'il se passe dans ta tête, c'est une tempête dans un verre d'eau ! Ni plus, ni moins.

– Vous êtes indulgente, Méline, mais il faut regarder la vérité en face. Le temps des distractions, s'il a jamais existé pour moi, est bel et bien révolu. Je me dois à mon travail, à mon fils. Quelle serait sa vie si, par mon attitude, je prêtais le flanc aux médisances, aux railleries ? Il aurait honte de sa mère en plus de porter sa croix de petit bâtard.

– Jamais ! Enfonce-toi ça dans ton crâne de *testudo*[1] : ton fils n'aura jamais de telles pensées à ton égard. Il te doit tout, le *droulet,* et quand il sera en âge de comprendre...

– Ne lui dites rien, Méline. Il y a des choses trop dures pour le raisonnement d'un enfant.

– Toujours est-il que tu n'as à rougir de rien petite, pas plus de ton passé que de ton présent.

---

1. *Entêtée.*

– Je ne vous ai pas tout dit, Méline. L'homme du jeu de massacre qui m'a prise pour la grande sœur de Clarou, je l'ai revu aujourd'hui. Par deux fois, il m'a adressé la parole et moi, empêtrée dans ma gaucherie, je ne lui ai pas répondu, pas même pour le détromper sur mon supposé petit frère.

– Prends un peu d'assurance, que diable ! Un bonjour ça n'engage à rien. L'attitude de ce monsieur n'avait rien de blâmable. »

Tant pour Clarisse que pour Méline, la nuit fut la bienvenue pour requinquer les corps recrus de fatigue et mettre l'esprit au repos.

Clarisse, réconfortée par les propos de la dentellière, se sentit apaisée :

« Méline a raison. À quoi bon me torturer pour de pareilles vétilles ? Combien de femmes sont abordées dans la rue sans que leur réputation en pâtisse. »

C'était devenu une habitude et finalement elle ne déplaisait pas à la jeune femme : Antoine Chassefière – il s'était poliment présenté – se voulait le chevalier servant de la charmante Clarisse. Quelques pas le matin le long de la berge du Langouyrou, le même itinéraire le soir en sens inverse, Clarisse ne boudait plus sa compagnie.

Tout en l'accompagnant un bout de chemin, il entretenait la conversation et parlait de lui.

Cela ne faisait que deux mois qu'il travaillait comme *blancher*[1] à la tannerie des frères Mazaudier qui tenaient boutique dans la rue des Calquières mais dont les bassins de trempage et de rinçage ainsi que les granges de séchage se trouvaient dans les entrepôts le long du Langouyrou.

« J'avais huit ans quand mon père m'a placé à la tannerie Malières à Annonay. Le "travail à la rivière", ça me connaît !

1. *Tanneur.*

Des journées entières, l'hiver, l'été, à patauger dans les eaux de la Cance pour débarrasser les peaux de tout le sel ! À quatorze ans, sans tambour ni trompette, j'ai tout quitté, patron, famille, pour faire mon tour de France. "Ardéchois l'Echarnoir" qu'on m'appelait chez les Compagnons, à cause du couteau à deux poignées qui me servait à racler les peaux pour les débarrasser de leurs graisses. »

Clarisse écoutait les confidences de Monsieur Antoine et se disait que, pas plus à Langogne qu'en Ardèche, la vie n'était facile.

« Cela ne vous a pas été trop pénible de quitter votre famille et partir vers l'inconnu, Monsieur Antoine ? »

Le *blancher* eut un haussement d'épaule :

« La famille, vous savez... nous étions douze enfants, du moins je crois, et le père distribuait plus de taloches que de morceaux de lard dans l'assiette.

– Mais votre mère, Monsieur Antoine ?

– Pauvre femme ! Avait-elle seulement un mot à dire ? Elle est morte, à ce que je sais, et le père n'est pas vaillant. Vous avez de la chance d'avoir une maman aussi souriante que Madame Méline. »

Prise au dépourvu, Clarisse s'entendit répondre :

« Méline n'est pas ma mère, c'est une amie très chère. »

Et elle planta là Antoine Chassefière.

Le coup de froid de Méline masquait une vérité dont la dentellière prit rapidement conscience. La fièvre qui l'avait terrassée et qu'accompagnait une respiration sifflante faisait présage d'une grosse bronchite au mieux, pire d'une pleurésie de triste mémoire pour Clarisse.

« Il faut appeler un médecin, Méline. Ma mère a failli en mourir, seules les piqûres l'ont sauvée.

– Ne t'affole pas, petite, ça va passer. »

Cela passa, en effet. La fièvre tomba, la respiration et les battements du cœur redevinrent normaux, ce qui rassura Clarisse et permit à Méline de pavoiser :

« Tu vois, petite. Tu te troubles et paniques pour un rien. »

Elle donnait le change et dissimulait par tous les moyens, les douleurs rhumatismales qui s'attaquaient jour après jour à toutes ses articulations, les sueurs qui succédaient aux frissons et la lassitude de tout son corps.

Plus question de courir après Clarou comme elle l'avait fait jusqu'à ce jour. Dieu merci, l'hiver, malgré son cortège de misères, apportait le calme de son logis sommaire mais confortable à son goût.

« Enfin tu as osé parler à Monsieur Antoine ! Eh bé, tu vois, il ne t'a pas mangée. C'est mieux ainsi, on ne sait jamais.

– Jamais quoi, Méline ?

– Écoute-moi bien, Clarisse, tu as vingt-cinq ans et la vie devant toi. Je serais heureuse que tu trouves un mari, un bon gars qui prendrait soin de toi et de ton fils.

– Un mari ! Ne me parlez pas de cela, Méline. Non, jamais !

– Il ne fait pas dire "Fontaine je ne boirai pas de ton eaux". Un compagnon, c'est surtout une épaule sur laquelle s'appuyer et un père de substitution pour…

– Je ne lui ai pas dit pour mon enfant, Méline, avoua Clarisse à mi-voix, les yeux baissés et la tête penchée sur son ouvrage afin de dérober son trouble au regard perspicace de la dentellière.

– Et moi qui croyais… Tu n'es pas raisonnable, ma fille ! »

Une fois de plus, la jeune femme eut droit à un sermon en règle censé lui donner suffisamment d'audace avec les gens qu'elle avait de courage et de vaillance pour affronter la vie quotidienne.

Plus pour faire plaisir à sa chère Méline que par conviction, elle lui promit de ne plus atermoyer.

À tête reposée, elle réfléchit à leur conversation et fut intriguée par l'insistance de Méline. Il lui semblait que la chère femme poussait sa protégée vers une relation qui parlait d'avenir. Elle qui prenait ombrage de quiconque s'immisçait dans la vie de Clarisse !

« Ce n'est pas de Méline, si possessive dans ses affections ! »

* *
*

Antoine Chassefière avait préparé tout un tas de *croupons*[1] qui s'empilaient dans un coin de l'entrepôt.

Passablement irrité, il attendait avec impatience le jeune apprenti qui devait le seconder pour monter au séchoir toutes ces pièces de cuir.

Or, l'arpète n'en finissait pas de remplir les bassins de lait de chaux pour y tremper les peaux.

« Tu te bouges, l'arsouille ? hurla-t-il.

– J'arrive, j'arrive, M'sieur Antoine ! » cria le petit gars apeuré en essuyant ses mains crevassées à son pantalon.

Un violent coup de pied aux fesses le propulsa sur l'amas de croupons.

« Peut-être comme ça tu comprendras mieux ! Allez, grimpe à l'échelle, je t'envoie les peaux. »

Sa colère était à peine retombée quand Antoine Chassefière aperçu Clarisse qui sortait de la Filature. Il brossa son bourgeron d'un revers de main et rajusta sa casquette puis se composa une mine engageante.

« Bonsoir, Mademoiselle Clarisse, pour peu on se manquait à cause d'un chenapan qui lambinait au pelanage.

1. *Découpes de peaux tannées.*

– Et moi j'ai pris du retard car les courroies n'en faisaient qu'à leur tête, ça arrive.

– Il y a quelques temps que je n'ai pas vu votre petit frère…

– Justement, je voulais vous parler de lui, Monsieur Chassefière.

– Appelez-moi Antoine.

– Oui, Monsieur Antoine. Clarou… enfin… André Jean-pierre, c'est mon fils. »

Voilà, c'était dit !

« Votre fils ? Mais alors…

– Oui, Monsieur Antoine, je suis une fille-mère. Le père de mon enfant est décédé accidentellement peu avant notre mariage. »

Encore un petit mensonge !

Le tanneur restait coi. Lui d'ordinaire si disert ne disait pas un mot, immobile, bras ballants.

« Maman ! Maman ! »

Clarisse regarda dans la direction de l'enfant qui courait à sa rencontre. Un sourire éclaira son visage, aussitôt crispé par un pli d'angoisse lorsqu'elle entendit l'enfant qui criait :

« Maman, venez vite, ma Gran Line est tombée ! »

D'un geste rageur, Antoine Chassefière jeta sa casquette à terre.

« Décidément, c'est pas mon jour ! » marmonna-t-il entre ses dents.

Ce soir, le tanneur en voulait à la terre entière. Il plongea une main dans la poche de son bourgeron, y tâta quelques pièces et d'un pas résolu se dirigea vers l'estaminet de la rue Martine.

*   *
*

Méline reprenait des couleurs et maîtrisait enfin son essoufflement qui avait fait craindre le pire à Clarisse.

« Plus de peur que de mal ! » jeta-t-elle dans un soupir.

Tandis que Clarisse lui posait des compresses d'eau salée sur son genou volumineux, la dentellière s'embrouillait dans une explication qui masquait la véritable cause : la faiblesse.

« Dégourdie comme je suis, j'ai dû glisser sur une bille de Clarou. Pauvre de moi, quel *pallas*[1] !

– Il aura à faire à moi quand il reviendra de chez Marie. On n'a pas idée de laisser traîner ses billes !

– Tu l'as envoyé chez Marie ? Pour quoi faire ?

– Chercher de l'huile camphrée pour appliquer sur votre genou. Ce ne sera pas du luxe, regardez comme il est enflé. »

Oui, elle le savait, Méline. Aujourd'hui, c'était son genou qui était bouffi, et pas à cause de sa chute, mais demain ce serait peut-être son coude ou bien son épaule. Ainsi évoluaient ces terribles rhumatismes articulaires qui, après ses membres, s'attaquaient à son cœur.

La mort ne lui faisait pas peur, la souffrance non plus et il fut une époque où elle aurait quitté ce monde sans regret, presque avec joie.

Mais aujourd'hui, sa vie avait changé, ses bonheurs quotidiens l'accrochaient à la vie. Alors, la Veuvette luttait et demandait à Dieu de différer un peu son grand départ vers Lui. Plus encore que sa joie d'avoir auprès d'elle Clarisse et son enfant, n'avait-elle pas à veiller sur eux ? N'était-elle pas investie de cette mission depuis que Notre-Dame-de-Tout-Pouvoir les avait mis sur sa route ?

* *
*

1. *Une pelle, une chute.*

Si ce n'était le sale caractère du *blancher*, ses emportements impulsifs et ses colères homériques, les frères Mazaudier n'auraient eu qu'à se louer d'Antoine Chassefière.

Sa capacité de travail et les *boutes* irréprochables qui sortaient de ses mains expertes ne pouvaient que les satisfaire.

Les muletiers, nombreux à transporter huile et vin, s'étaient passé le mot : les *boutes* de la tannerie Mazaudier de Langogne sont les meilleures de la région.

En fait, la réputation de la ville, en la matière, ne datait pas d'hier. Déjà au XVIII^e^ siècle, la fabrication de ces grosses outres en peau de mouton en avait fait sa renommée.

Or, depuis qu'ils avaient embauché Monsieur Antoine, les tanneurs se frottaient les mains, la notoriété de leur entreprise était assurée. Grassement, ils augmentèrent le salaire journalier de leur meilleur *blancher* de vingt centimes par jour et lui promirent :

« Du train où vont les affaires, bientôt tu seras l'ouvrier le mieux payé de Langogne. »

À quoi Chassefière avait rétorqué :

« Si je suis encore ici ! J'ai d'autres projets, moi. »

Il n'empêche, projets ou pas, les mois avaient passé et il était toujours là et sapait sans vergogne l'atmosphère des entrepôts par ses sautes d'humeur aussi violentes que fugaces.

Il n'y avait qu'avec la jeune fileuse qu'il retrouvait un caractère égal, dépourvu de toute acrimonie.

Certes, la révélation de Clarisse avait altéré, durant quelques jours, la jovialité de Monsieur Antoine. La jeune fille sage à laquelle il souhaitait faire sa cour l'avait déçue et la présence de ce petit bâtard mettait à mal ses prétentions.

Puis, il s'était ravisé, bien décidé à contourner l'obstacle que représentait cet encombrant gamin.

À Clarisse qui, s'étonnant de le voir si taciturne et bougon, lui qui avait la plaisanterie au bout des lèvres, prenait des nouvelles de son travail, il répondit :

« La routine, la triste routine ! Il est bien certain que je ne passerai pas ma vie dans ce bled.

– Où que vous alliez, Monsieur Antoine, ce ne sera pas Byzance, comme dit Méline !

– Que vous dites, Clarisse ! Pourtant, croyez-moi, il est des contrées qui nous attendent à bras ouverts pourvu que nous soyons honnêtes et courageux. »

Et sans entrer dans les détails, Antoine Chassefière lui parla de cet Eldorado qu'était l'Algérie. Le transport gratuit de Marseille à Oran qu'on accordait à ceux qui se sentaient l'âme de colons. Le matériel agricole, les graines et semences, la charrue, les bœufs et la charrette qui attendaient là-bas sur des hectares de terre, sans loyers, sans impôts et qu'ils pourraient acquérir au bout de cinq ans « pour une bouchée de pain ».

Volontairement il oubliait de préciser que les futurs colons s'engageaient à contracter mariage avant leur départ, qu'ils devaient produire des certificats d'aptitude physique et de bonne moralité et de plus, posséder en propre mille cinq cents francs pour faire face aux premiers frais. Telles étaient les véritables conditions exigées par le bureau de colonisation du Gouvernement Général de l'Algérie.

Il aurait pu ajouter le revers de la médaille : la terre en friche, le climat déroutant, les fièvres, le manque d'eau.

Troublée, Clarisse s'en était ouverte à Méline :

« Monsieur Antoine ne manque pas de projets et pour le moins, ambitieux ! C'est égal, quitter son pays pour des territoires inconnus, il faut être courageux... ou complètement fou !

– C'est à voir, petite. La témérité paye parfois. Ce Monsieur Antoine est un homme réfléchi, m'est d'avis qu'il est bien renseigné sur les avantages à tirer en s'expatriant. »

Méline avait rendu les armes, résignée désormais devant la maladie qui, elle n'en doutait plus, usait son cœur jusqu'à la corde.

Elle sentait que ses forces déclinaient et souhaitait, avant de partir, voir sa protégée et le petit Clarou mieux installés dans la vie.

Ce Monsieur Chassefière apparaissait comme la providence et de là à encourager la jeune femme, il n'y avait qu'un pas que la dentellière franchit en espérant que l'avenir lui donnerait raison.

« Monsieur Antoine serait un bon mari, Clarisse, et un père pour Clarou. Ne le trouves-tu pas agréable ?

– Méline ! Qu'est-ce que vous me chantez là ? Monsieur Antoine est un ami, rien de plus.

– Ta ta ta ! Il te sait sur la réserve et n'ose se déclarer. À toi de l'encourager.

– Ne me parlez pas ainsi, Méline. On ne peut aimer qu'une fois. Ma vie, maintenant, c'est mon fils et vous.

– L'amour, ah l'amour ! Et la raison, petite ? Épouser un brave homme, fonder un foyer solide, avoir d'autres enfants...

– Taisez-vous, Méline ! »

Dans la tête de Clarisse défilaient des images fugitives de sa grossesse cachée, de son accouchement clandestin, de sa fuite éperdue. Il n'y avait rien eu de raisonnable dans tout cela, rien qu'elle ne souhaitât revivre. Pas une seconde !

« Réfléchis, ma fille, ne te laisse pas influencer par les mauvais souvenirs. »

Une qui ne tenait pas le même discours, c'était bien Marie la fileuse.

Clarisse lui avait parlé de sa relation toute amicale avec le *blancher,* et du désir qu'il avait de quitter la ville pour s'expatrier en Algérie.

« Méfie-toi de cet homme, Clarisse. Ses paroles ne sont que miroir aux alouettes.

– Rassurez-vous, Marie, je ne lui ai accordé que mon amitié.

– C'est déjà trop ! »

À quelques temps de là, Marie était revenue à la charge :

« Sais-tu que ton Monsieur Antoine était fin saoul hier soir en sortant de l'estaminet de la rue Martine ? Il menait du boucan et s'en est pris à des gamins qui jouaient sous la halle. C'est un joli Monsieur que celui-là !

– Monsieur Antoine ? Vous devez confondre, Marie ! »

Clarisse n'était pas loin de croire que Marie déversait sur l'innocent Antoine sa hargne envers les hommes. Jamais le tanneur ne lui avait donné l'image d'un homme qui s'adonne à la boisson, ni même à la violence. Il était trop poli, trop respectueux. Certes, le cœur de Clarisse ne s'éveillait pas à son approche comme il avait bondi pour Monsieur Jean !

Mais la raison parlait d'estime et de confiance, d'espérance aussi quand le tanneur semait dans l'esprit de la jeune femme des germes de vie nouvelle copieusement arrosés par les encouragements de Méline.

« Savez-vous, Méline, qu'en plus du matériel agricole, un couple de colons reçoit dix quintaux de fourrage, huit de semences et cinquante centimes par jour jusqu'à la récolte… dans un pays où le soleil en permet deux par an ?

– Quand je te disais, petite… »

* *
*

Le printemps revenu, Clarou s'impatientait d'aller courir dans les rues et venelles d'autant plus que ses copains battaient joyeusement le pavé, criaient et s'égayaient sur les bords du Langouyrou.

Trop fatiguée pour le suivre, Méline lui fit promettre d'être sage, prudent et de revenir pour midi.

Il revint à onze heures, le visage tout noir de larmes essuyées par ses mains sales.

« Mais qu'est-ce qu'il t'arrive, mon *droulet* ? se lamenta Méline.

– Il est méchant, Monsieur Antoine ! Il m'a jeté à terre en criant : "Dégage de là, espèce de petit bâtard !" »

# XXX

## Le départ de Méline

IL FALLAIT QU'ELLE en ait le cœur net ! Jamais la dentellière n'avait entendu Clarou dire un seul mensonge mais elle voulait s'assurer que le *droulet,* soupçonnant quelque intimité entre sa mère et le tanneur, n'y prenne ombrage et affabule comme le font les enfants dont c'est la seule défense.

Dans le cas contraire, il ne serait pas dit que quiconque s'en prendrait à son petit innocent, surtout pas ce Monsieur Antoine en qui elle avait mis de si grands espoirs.

Après ses habituelles recommandations, Méline laissa partir Clarou à ses jeux d'enfant épris de liberté et de grand air après le long hiver qui l'avait confiné dans le logis exigu de la dentellière.

Candide et sans rancune, il s'apprêtait à s'ébattre sur son terrain de jeu favori devant les entrepôts Mazaudier. Méline ne l'en dissuada pas, au contraire. Tout juste insista-t-elle :

« Tu me promets d'être sage, mon *droulet* ?

– Promis, ma Gran Line ! »

De sa fenêtre, elle suivit la flânerie nonchalante du gamin qui reprenait possession des effluves printaniers de la rue des Calquières.

Il ne suffisait pas, pour mener à bien son enquête, de l'épier de loin. Il fallait qu'elle allât discrètement sur les lieux et cela lui demanda un effort qui lui coupait le souffle.

Elle s'assit sur un morceau de parapet, échoué là, au bout de la rue, par on ne savait quel hasard. De ce poste d'observation panoramique et qui, cependant, la dissimulait aux yeux de tous, elle suivit les va-et-vient des ouvriers avec, en fond, le groupe de gamins qui échangeaient leurs billes.

« Attention devant ! »

C'était Antoine Chassefière qui, aidé d'un ouvrier, roulait sur sa base une cuve contenant du jus de châtaigniers, couramment utilisé dans la profession.

Pas assez prompt pour s'écarter de leur trajectoire, le jeune arpette portant des seilles d'eau fut heurté par la cuve qui roula sur son pied nu.

Antoine Chassefière se jeta, furieux, sur son souffre-douleur et, sans même regarder sa blessure, lui asséna une bourrade qui le propulsa cul à terre.

Eructant une suite d'insultes et d'invectives, l'écume aux lèvres, le tanneur ne se contenait plus. Timidement, l'ouvrier voulut s'interposer et fut rabroué sèchement.

De leur carré de jeu, les gamins, témoins de la scène et pris de sympathie pour le jeune apprenti à peine plus âgé qu'eux, abandonnèrent leurs billes et vinrent l'aider à se relever.

Cette solidarité des plus faibles ne fut pas du gré de Monsieur Antoine. Se retournant vers la petite bande, il reconnut Clarou, le saisit par un bras et le secoua violemment.

« Encore toi sur mon chemin, sale mioche ? Tu sais où elle est ta place, espèce de bâtard ? À l'orphelinat ! Crois-moi, je vais m'occuper de ton cas ! »

Et, mettant toute sa hargne dans son geste favori, il l'envoya rouler d'un coup de pied aux fesses. Cédant à la peur, la bande s'enfuit comme une volée de moineaux, suivie à distance de Clarou qui « chouinait » en massant son fessier douloureux.

De son observatoire, Méline avait tout vu, tout entendu, elle était pétrifiée. Incapable de s'élancer promptement au secours de son cher Clarou, elle considérait avec effroi et désespoir tout ce bel avenir qu'elle avait échafaudé pour Clarisse et son fils et qui s'écroulait devant ses yeux embués et son cœur malade.

« Et moi qui les voyais casés, heureux, sous la protection d'un brave époux, d'un bon père ! Misère de misère ! »

À son retour de la Filature, Clarisse s'étonna du silence pesant qui régnait dans le logis de la dentellière.

Elle y trouva la Veuvette, blême et triste dans son lit avec, à son côté, Clarou pelotonné, le visage chagrin.

Ils avaient longtemps parlé tous les deux et s'il avait été aisé de consoler l'enfant brutalisé, répondre à ses questions n'était pas dans ses cordes. Comment expliquer à un petit garçon ce qu'était un bâtard ? Elle préférait, pour cela, s'en remettre à Clarisse.

La dentellière réfléchit longtemps à la conduite à tenir et eut beau retourner cent fois le problème dans sa tête, une évidence revenait sans cesse, Clarisse devait être avisée. Ce n'était pas un mauvais rêve qui s'efface au point du jour venu ; elle avait vu, de ses yeux vu, le rictus mauvais d'Antoine Chassefière invectivant Clarou. Elle n'en doutait plus : le *blancher* n'accepterait jamais l'enfant dans son foyer.

En toute franchise et sans détours, elle narra tout ce qu'elle avait vu, entendu et confessa son erreur :

« J'avais tort, petite, et j'en suis bien marrie. Ma seule excuse c'est que je voulais te savoir heureuse, toi et le petit.

– Mais je suis heureuse, Méline. Mon enfant et vous suffisez à mon bonheur. Vous n'en doutez pas, j'espère ?

– Je sais, je sais, petite, mais j'arrive au bout de ma vie...

– Ce n'est pas vrai, Méline !

– Si c'est vrai et tu le sais bien. J'ai repoussé longtemps et très fort cette idée, toi-même fait mine de ne pas remarquer le mal qui me gagne mais il est là et nous n'y pouvons rien.

– Raison de plus, Méline, pour que je sois auprès de vous plus que jamais. Ce Monsieur Antoine ne m'a rien demandé et moi je ne lui ai rien promis. C'est vrai, je l'avoue, que ses projets pour ambitieux qu'ils soient, après m'avoir effrayée me paraissaient un gage d'avenir. Plus que l'amour, la confiance m'incitait à réfléchir mais, toucher à un seul cheveu de mon enfant, c'est mal me connaître... Désormais, je veillerai à ce que nos chemins ne se croisent plus. En attendant, j'ai deux mots à lui dire. »

Sans l'ombre d'une hésitation, elle se rendit à la tannerie Mazaudier bien décidée à dire son fait au malotru.

« Monsieur Chassefière est là ? demanda-t-elle à un ouvrier encombré d'un énorme sac de sel.

– Monsieur Antoine ? Plus pour longtemps, Mademoiselle ! Le patron est en train de lui donner son compte. »

Devant l'air étonné de la jeune femme, il s'empressa d'ajouter en baissant la voix :

« C'est pas trop tôt qu'il soit viré, ce malfaisant ! Personne ne le regrettera. Pour un peu, il se prenait pour le maître et les autres pour ses esclaves. Ah, ils en ont mis du temps, les frères Mazaudier, pour découvrir sa vraie nature, eux qui n'avaient que "Monsieur Antoine par-ci, Monsieur Antoine par-là". Une brute que cet homme-là, c'est pas l'arpète qui vous dira le contraire avec ses deux *arpions*[1] écrasés ! »

Clarisse avait le cœur qui se soulevait. Le fourbe, le mielleux, le triste personnage ! Elle aurait préféré fuir, ne plus voir son visage trompeur mais c'eut été une lâcheté de sa part. Elle l'attendit dans la rue des Calquières et, dès qu'il sortit, l'apostropha :

« Vous êtes un être misérable, Monsieur ! Porter la main sur un enfant, un petit sans défense, le traiter de bâtard sans chercher à comprendre. Vous faites partie de la race des méchants. Plût à Dieu, Monsieur, qu'à l'âge d'homme, mon fils ne vous rencontre jamais sur sa route. Il saurait vous faire rendre

*1. Orteils.*

excuse par la force, ce que, malheureusement, je ne puis. À ne plus vous revoir, Monsieur ! »

L'altercation avait attiré l'attention des passants et des boutiquiers. Tous connaissaient la jeune et discrète fileuse. Tous découvraient l'exécrable tanneur.

Une salve d'applaudissements clôtura la diatribe de Clarisse. Droite et majestueuse, drapée dans sa dignité retrouvée, elle rentra chez elle pour pleurer à chaudes larmes, libérant la tension qui lui avait donné le courage d'affronter le tanneur.

* *
*

Les mois ont glissé sur ce triste épisode que Clarisse a rapidement chassé de son esprit.

D'autres préoccupations sont venues perturber le rythme de leur vie à trois. Méline a eut plusieurs accès de ces douleurs atroces qui lui coupaient le souffle.

Des nuits de veille pour Clarisse qui remontait ses draps, tapotait son oreiller, lui faisait avaler tisanes et décoctions, massait ses membres recroquevillés de crampes soudaines.

Des journées entières à ne pas la quitter, craignant qu'elle ne passât en la seule compagnie de Clarou. Ces jours-là, elle envoyait son fils à la Filature Boyer pour prévenir de son absence. Autant d'heures, de journées qu'elle n'a pas assumé son travail, ce qui a réduit son modeste budget.

L'hiver 1835, si rude et si long, a laminé les forces de Méline. Tout lui était douleur. Ses doigts crispés sur les fuseaux qu'elle ne voulait abandonner pour rien au monde, ses chevilles et ses pieds gonflés qui ne la portaient plus, et ce cœur qui soudain la serrait, bloquant son souffle durant de trop longues secondes.

Poussifs comme un vieux soufflé de forge, ses poumons ahanaient pour reprendre leur rythme.

Et ce froid qui toujours la tenait !

Clarou était chargé d'entretenir scrupuleusement le feu. Clarisse lui avait donné pour consigne d'utiliser le bois de leur appartement.

« À quoi bon chauffer notre chambre ? Nous n'y allons que pour dormir alors que Méline a tant besoin de chaleur. Surtout ne laisse pas s'éteindre son feu, mon enfant, recommandait-elle avant de partir au travail.

– Je vous promets, Maman, je veillerai sur ma Gran Méline, elle aura un bon feu. »

Il n'avait que sept ans, le *droulet,* et se débrouillait comme un petit homme, conscient de ses responsabilités.

Mettre l'eau à chauffer, ça il savait faire. Y ajouter un poireau, des feuilles de chou, un navet, une rave, il l'apprit et n'était pas peu fier de servir la soupe à la dentellière.

Grimpant sur une chaise, il atteignait les bols, dressait le couvert, courait chercher le pain.

Rien ne lui échappait. Pas plus les provisions qui s'épuisaient que l'argent qui rentrait parcimonieusement.

« Ce serait bien que les beaux jours reviennent et que ma Gran Julie nous apporte un peu de beurre, confia-t-il un jour à Méline.

– Tu n'as pas honte d'espérer les visites de ta grand-mère pour te remplir le ventre ? Une soupe bien trempée, ça ne te suffit donc pas ?

– C'est pour Maman. Cela fait plusieurs jours qu'elle part avec son pain sec, sans beurre ni saindoux.

– C'est vrai, mon *droulet* ? »

Le gamin opina de la tête. Méline resta pensive quelques instants puis se décida. À quoi bon l'avarice !

« Clarou, veux-tu m'attraper cette boîte en fer, là-haut, sur l'étagère haute ?

– La bleue avec le ruban autour ?

– Oui, celle-là. »

C'était le trésor de guerre de Méline, les économies de toute une vie de travail.

Sans enfant ni famille, la dentellière s'était résignée depuis longtemps à cette idée qu'elle finirait inéluctablement ses vieux jours à l'hospice. N'était-ce pas le sort des vieillards esseulés ? Une seule chose lui répugnait : y entrer en indigente. Partager son lit avec une inconnue aussi pauvre et misérable qu'elle, promiscuité redoutée, réminiscence de son enfance à l'orphelinat où tout était commun, la couche, le linge et parfois l'écuelle quand elles étaient en surnombre.

Aussi la boîte bleue avait-elle reçu régulièrement quelques francs grignotés sur la vie de tous les jours. Le ruban fané, noué autour, en était la clé secrète, le cadenas inviolable qui, toujours, même aux pires moments de gêne, avait retenu la Veuvette.

Pour Clarisse, elle fit joyeusement sauter le cadenas abimé.

« Tiens, prends ces sous mon droulet et va chercher du beurre et un peu de fromage. Du lait aussi qu'on mettra ce soir dans l'*ourdiat*[1]. Couvre-toi bien parce qu'il fait froid. »

L'air courroucé de Clarisse en disait long sur son mécontentement. Marie la fileuse, peu habituée à voir son amie d'humeur chagrine, s'en inquiéta :

« Quelque chose ne va pas, Clarisse ?

– C'est mon fils. Regardez, Marie, il a glissé ce morceau de fromage au milieu de mon pain.

– Un bon *talhon*[2], en vérité !

1. *Orge perlée.*
2. *Morceau.*

– Moi j'appelle ça du gaspillage mais à sept ans on ne se rend pas compte, ce qui m'inquiète, c'est avec quel argent il a pu l'acheter. »

Disant cela, elle pâlit. Et s'il l'avait volé ?

Le soir, alors que tous deux se pelotonnaient sous la courtepointe élimée dans leur mansarde glaciale, elle lui demanda des explications.

Clarou raconta la boîte bleue et son ruban abimé, les pièces que Méline y entassait.

Clarisse était pétrie de honte et voulait rendre l'argent à Méline et ce fut le gamin, si raisonnable et réfléchi, qui l'en dissuada :

« N'en faites rien, Maman, elle aurait trop de peine. Si vous aviez vu sa joie quand elle m'a tendu les pièces en me disant : “Tiens, droulet, va acheter du beurre et du fromage !”

– Tu as raison, mon fils, dit Clarisse en baisant le front du petit. Nous allons lui rendre tous ses bienfaits d'une autre façon, en l'aimant très fort ! Elle le mérite. »

* *
*

Avec le printemps, les marchés de Langogne reprirent de l'activité et par deux fois, Julie Chardenon rendit visite à sa fille en fin de marché.

Son regard triste et sa voix chevrotante témoignaient de ce chagrin si lourd qui la minait. Clarisse ne disait rien ; seule sa mère avait le pouvoir de changer les choses, de faire éclater la vérité, en un mot de crever l'abcès purulent qui empoisonnait sa famille. Le voulait-elle seulement.

L'ambiguïté de ses sentiments engendrait un climat tendu entre elle et la dentellière, un antagonisme unilatéral fait de gratitude en même temps que de jalousie. La Veuvette l'avait bien compris, qui se rencognait dans la fenêtre ou plus souvent au fond de son lit lors des rares apparitions de la mère de Clarisse.

Julie demandait à sa fille si tout allait bien, la serrait longuement dans ses bras sans un mot, ébouriffait les boucles noires de son petit-fils d'un geste qui se voulait tendre et qui n'était que maladroit, puis, furtivement, elle posait sur la table une tomme, des œufs, une terrine de pâté…

Après son départ, Clarisse attirait le petit dans un coin de la pièce, hors de portée de l'ouie fine de la dentellière.

« On va les faire durer un bon bout de temps, ces provisions. Pas question de *décasquiller*[1] de sitôt la boite bleue de Méline ! »

Tandis que Clarisse et son fils ourdissaient des menus complots propres à adoucir la vie de Méline, celle-ci tissait autour d'eux une toile protectrice.

Préparée à un départ qui soulagerait ses maux, elle entendait protéger, par-delà la mort, ceux qu'elle considérait comme sa famille.

À la leveuse qui se désespérait de perdre une maîtresse dentellière, elle fit promettre de fournir à Clarisse coton, cartons et commandes.

La mère Cébélieu se fit tirer l'oreille :

« Il me faut de la production, moi ! Et qu'est-ce qu'elle me donne, votre Clarisse ? Quelques ouvrages, de-ci de-là. Parfaits, ça je le reconnais mais convenez avec moi, Veuvette, que tout cela manque de régularité.

– À cause de moi, Mère Cébélieu, moi qui lui mange son temps avec mon vieux cœur qui s'emballe et mes poumons qui manquent de *bouffé*[2]. Mais vous verrez quand je n'y serai plus… Faites-lui confiance, s'il vous plaît.

1. *Décrocher, descendre.*
2. *Souffle.*

– C'est pour vous que je le fais, alors ! Trente ans que nous nous côtoyons, que nous commerçons, c'est pas rien.

– Topez-la, la Mère, je compte sur vous ! »

Après la leveuse, ce fut la mère Malaval que Méline fit mander à son chevet.

« J'ai une faveur à vous demander.

– Dites voir un peu, s'enquit la logeuse.

– Vous n'avez pas à vous plaindre de la petite, je pense ? C'est une locataire sérieuse, discrète et de bonne compagnie.

– Je ne m'en plains pas ! Qu'allez-vous chercher là, Mère Clavel ? Pourquoi ces questions ?

– Parce qu'il faut qu'on s'entende, nous deux. Je ne vais pas aller beaucoup plus loin…

– Et moi donc ! Je suis plus âgée que vous et…

– Mais vous êtes en meilleure forme. J'arrange mes affaires et vous demande qu'après ma mort, ce soit la petite qui reprenne mon appartement. Elle ne va pas passer toute sa vie dans un *poustat*[1] !

– Eh ! Vous en avez de belles ! C'est pas le même prix. Elle pourra payer, la petite ?

– Elle pourra ! Vous savez écrire, Mère Malaval ?… Alors notez ! »

Sous la dictée de Méline, la logeuse écrivit d'une plume malhabile « qu'elle s'engageait à louer le logis du second étage de sa maison à la dénommée Clarisse Chardenon, fileuse de son état, pour la somme annuelle de trois cents francs, payable en douze fois à terme échu. De plus la demoiselle Chardenon jouira des meubles et objets contenus dans ledit appartement pour en avoir hérité de Méline Clavel. En outre, elle pourra prendre le lit de bois blanc de son galetas et l'installer pour son fils dans un coin du logement ».

1. *Une soupente.*

« Il ne va pas rester toute sa vie dans le lit de sa mère, le *droulet*, ce serait bon pour en faire un *amaïri*[1] ! »

La réflexion spontanée de Méline avait fait rire les deux femmes puis la mère Malaval avait pris congé de la Veuvette en se frottant les mains :

« Je vais pouvoir louer le *poustat* sans que la Veuvette m'impose ces conditions cette fois ! »

Méline n'était pas encore morte, que diable !

Les rires et les jeux étaient bien finis. Au chevet de Méline pendant que sa mère travaillait à la Filature, Clarou en avait pris son parti.

« C'est bon pour les mioches de courir les rues ! » affirmait-il avec une conviction qu'il était loin d'éprouver.

Avec une patience rare chez un enfant de son âge, vif et malicieux, il savait donner le change et réconforter la malade qui se lamentait d'être la cause de sa claustration estivale.

« Courir après une balle ou jouer au jeu des mouchoirs, merci bien ! Savez-vous, ma Gran, ce qui me ferait plaisir ?

– Et quoi donc, mon *droulet* ?

– Gambader au milieu d'un troupeau de moutons ! Les regarder brouter, écouter leurs sonnailles, jouer avec le chien. Ah ! Mon parrain est bien chanceux qui vit dans la forêt entouré de ses bêtes ! »

Cela n'étonna pas Méline. Le berger, après avoir effarouché les premières années du bambin, en était devenu le héros, celui dont il enviait l'existence libre et indépendante.

Paré de toutes les qualités, il était un modèle pour Clarou, un Clarou rayonnant dès que son parrain descendait à la ville. Se prenant pour un grand garçon, l'enfant ne grimpait plus sur ses genoux mais l'enveloppait d'un regard admiratif qui n'échappait pas à Méline.

---

*1. Enfant dans le giron de sa mère.*

« Espèce de petit gredin, tu te verrais bien porter la cape et la limousine, ma foi !

– Pour ça oui, ma Gran ! Sauf qu'il faudrait que je vous quitte. Et aussi maman ! »

* *
*

Ce fut Méline qui les quitta. Son âme s'envola avec les premières feuilles d'automne, laissant Clarisse et son fils, seuls et désemparés.

La jeune femme l'avait soignée, veillée, dorlotée avec une telle abnégation, un tel amour, que la dentellière, dans ses prières, remerciait Dieu d'avoir mis sur sa route cette fille, sa fille, celle qu'elle n'avait jamais eue, un ange tombé du ciel.

C'était bien, en effet, avec le dévouement d'une fille aimante que Clarisse avait adouci les derniers mois de la dentellière, la veillant chaque nuit, assise sur une chaise. L'une comme l'autre redoutait l'heure de la séparation et mettaient dans leurs gestes, leurs regards, tout ce que les lèvres ne peuvent prononcer, tout ce que le cœur ne parvient pas à livrer, tout ce que les mots altèrent parce qu'ils ne sont pas assez vrais, assez forts…

Comme elle l'avait vu faire aux pieds de Notre-Dame-de-Tout-Pouvoir, Clarisse déposa une brassée de genêts sur la tombe de Méline, simple monticule de terre surmonté d'une croix.

Sans même en rougir, elle se prit à penser, ce jour-là : « Je n'aurai pas autant de peine pour ma mère. Oh Méline, la vie ne sera plus la même sans vous ! »

Non, la vie n'avait pas la même saveur sans Méline. Chaque jour, Clarisse découvrait sa bonté, son amour dans les dispositions qu'elle avait prises pour ses protégés. Parce que c'était

Méline et qu'elle l'avait voulu ainsi, Clarisse emménagea dans le logis du deuxième étage et installa le lit de bois blanc pour son fils.

Clarou joua le fier :

« Un lit pour moi tout seul ! »

Mais dans l'obscurité, il trempa de larmes son oreiller de crin. Il était si bien dans les bras de Maman !

## XXXI

## L'accident

MONSIEUR HENRI AVAIT-IL, comme son père, l'étoffe d'un manufacturier ? Saurait-il seconder le patron de la Filature des Calquières, un peu dépassé par l'essor foudroyant de la Fabrique langonaise ? Saupoudrerait-il sa gestion d'une once d'humanisme répondant en cela à une attente de plus en plus pressante de la classe ouvrière ?

Autant de questions que les employés de la Filature ne manquaient pas de se poser, les uns en interrogations muettes et d'autres, à la tête desquels s'exprimait le vieux Blaise, en revendications qui avortaient dans l'œuf.

C'est Pierre-Emmanuel Boyer lui-même qui avait déclenché cette attitude expectative de tout le personnel lorsque, quelques années plus tôt, il avait déclaré, poussant devant lui un grand jeune homme tout en bras et en jambes, engoncé dans un austère costume de drap sombre :

« Je ne vous présente pas Henri-Toussaint, mon fils aîné. Vous l'avez tous connu en culottes courtes, aujourd'hui il porte le col dur des étudiants en droit. Il me tarde que ses professeurs aient terminé de lui inculquer les rouages de la législation française afin qu'il puisse me seconder ici. Bardé de quelque beau diplôme, il ne lui manquera qu'un peu d'expérience pour qu'il m'aide à hisser notre Filature en bonne place au très prisé Carnet des Établissements Industriels. »

Priés de prêter attention aux propos de leur patron, hommes et femmes avaient arrêté leur machine et, dans le calme revenu, tous avaient écouté avec complaisance et une certaine curiosité tout en lâchant des commentaires à mi-voix.

« Le fils de Monsieur Boyer, ce grand échalas sans un poil au menton ?

– Des études de droit pour faire fonctionner des machines ? Il aurait mieux valu que son père l'attelle à la *drouse* ou bien le loup batteur !

– Il n'a pas l'air costaud, le gars de Monsieur Pierre. *Paouvré el*[1] ! Il lui manque l'air de la montagne, pardi ! »

Clarou, Jeannot et les deux autres gamins du deuxième étage s'étaient extirpés du dessous des Sprinning Jenny sous lesquelles ils passaient leurs journées à renouer les brins de laine. Habitués à ramper tels des anguilles, cela leur avait été aisé de se faufiler entre les ouvriers et de se retrouver au premier rang, regardant avec des yeux ronds le costume bien coupé de Monsieur Henri, ses chaussures en cuir brillantes de lustrage et sa drôle de chemise au col raidi qui le faisait paraître encore plus grand, encore plus guindé.

« C'est Henri-Toussaint, je le reconnais. C'était toujours lui qui servait la grand-messe et goûtait le vin blanc ! chuchota Jeannot à l'oreille de Clarou.

– Pas possible ! M'sieur Henri, celui que je voyais passer de la fenêtre de Méline ? “C'est le fils de la Filature. Tu vois, il va à l'école chez les Capucins !” me disait ma Gran.

– Chut ! Tais-toi, Clarou, il va parler. »

« Le grand dadais imberbe » prit la parole et d'une voix assurée et grave, remercia son père, salua le personnel, le remercia de la confiance qu'on voulait bien lui concéder.

« Ensemble, nous ferons de grandes choses, mes amis. Mon père a su mettre cette entreprise sur de bons et solides rails et

1. *Pauvre de lui, malheureux. !*

je l'en remercie. Avec son aide et la vôtre, nous pousserons la Filature des Calquières vers des sommets. Je ne vous le cache pas, la conjoncture n'est pas au beau fixe, les investisseurs renâclent, le climat politique est agité, mais les clients sont là qui ne demandent qu'à s'approvisionner en bons et beaux produits manufacturés. À nous de savoir répondre à leur attente. Je vais mettre les bouchées doubles pour obtenir mon diplôme et revenir travailler avec vous dans notre bonne ville de Langogne. Merci à tous. »

Un salut à la ronde, une franche accolade à papa, Henri-Toussaint Boyer n'était pas le grand dadais que son allure de jouvenceau pubère donnait l'air. La prestance, l'esprit d'analyse et d'organisation sourdaient de toute sa personne en plus d'une attitude de jeune loup aux dents longues.

S'il en est un qui saurait prendre le train de la Révolution industrielle en marche, ce serait bien Monsieur Henri !

D'aucuns diront que Pierre-Emmanuel Boyer avait bien préparé le terrain pour l'ascension de son fils et ils n'auront pas tort.

Des machines arrivaient de France et d'ailleurs, le plus souvent d'Angleterre et de Belgique, plutôt d'occasion mais toujours en excellent état.

S'ajoutait une demande récurrente de petites mains, de grouillots et autres arpètes, au service des ouvriers, bien rodés autour de leur machine.

À la mort de Méline, outre le chagrin inconsolable qu'elle éprouvait, Clarisse se trouva dans une gêne financière qui lui faisait l'effet d'un précipice qui l'attirait irrésistiblement.

Leur vie à trois où les revenus des dentelles de la Veuvette et le salaire de Clarisse, mis en commun, leur avaient assuré pendant les années écoulées une stabilité fragile, certes, mais dont les deux femmes, modestes, savaient se contenter, faisait partie d'un passé révolu. Leur vie simple, économe et frugale suffisait à la plus âgée et convenait à la plus jeune, heureuse de cette existence paisible et laborieuse après la grande tourmente qui avait bouleversé sa jeune existence.

L'argent gagné par Clarisse grâce à ses peu nombreuses mais si jolies dentelles allait tout droit dans une cagnotte bien définie.

– Quand mon fils aura dix ans, si tout va bien je pourrai l'envoyer à l'école. Regardez, Méline, j'aurai bientôt assez pour acheter le tissu de son uniforme. Il faudra penser aux galoches aussi, et à une cape pour l'hiver.

Ainsi s'échafaudaient les projets de Clarisse.

* *
*

Clarou avait neuf ans quand il fut embauché à la Filature des Calquières ! Les rêves de Clarisse s'étaient envolés dans la maladie de Méline, le médecin et les médicaments, les jours de veille à ne pas travailler.

Le contenu de la boîte bleue au ruban fané de la pauvre Méline et celui du bas de laine de Clarisse avaient fondu comme neige au soleil.

Vaillante et courageuse, Clarisse avait reculé le moment inévitable de voir son fils entrer à la Filature. Outre la dentelle qui occupait ses soirées jusqu'à ce que ses yeux se ferment de fatigue, la jeune femme lavait le linge pour les bourgeois.

Le dimanche, au petit jour, elle partait au lavoir de la rue Haute l'hiver, sur les bords du Langouyrou en été, une conque posée sur la vieille brouette empruntée à la mère Malaval.

Agenouillée sur son banc de bois, elle donnait du battoir, frottait, tordait chemises, draps, nappes et serviettes jusqu'à l'épuisement de ses bras. La soirée la retrouvait assise sur la chaise basse de Méline, le carreau sur les genoux.

« Il fait bon se reposer un peu », disait-elle à Clarou avec un piètre sourire.

L'enfant n'était pas dupe.

« Je ne veux pas que vous partiez comme ma Gran Line, Maman.

– Qui t'a mis ça dans la tête, mon petit ? Méline était malade, usée, elle…

– Et vous, n'êtes-vous pas fatiguée alors que moi je ne fais rien ?

– Tu nous fais la soupe…

– Les gros sous que je rapporte là ! Deux de mes camarades travaillent à la Filature et…

– Jamais tu m'entends ! Tousser comme ce pauvre Jeannot à s'en décrocher un poumon, ramper dans les bourres de laine, dans la graisse des machines. Se geler en hiver et suffoquer l'été, ce n'est pas ce que je veux pour toi, mon enfant. »

Elle avait pourtant dû s'y résoudre, la mort dans l'âme, dans le seul dessein de ne pas avoir sans cesse le ventre affamé ou la crainte de se retrouver sans un toit.

Clarisse avait négocié avec Monsieur Boyer.

« Deux francs cinquante par semaine…

– Trois francs, Monsieur Boyer, sinon ce n'est pas possible de…

– Non, non, Clarisse, n'insistez pas. Douze heures par jour alors que dans les usines textiles du Nord, c'est quinze heures.

– Il n'a que neuf ans, Monsieur Boyer.

– Dix heures par jour et six jours semaine, c'est mon dernier mot, Clarisse, ça vous va ? »

Tête basse, elle n'avait pu que murmurer :

« Merci, merci bien, Monsieur Boyer. C'est d'accord. »

L'enfant vif et enjoué avait amené avec lui sa joie de vivre communicative. Il travaillait avec entrain, semblant narguer les mécanismes qui frôlaient son dos. Ses mains habiles renouaient les fils en un temps record, évitant les engrenages qui ne pardonnaient pas.

Sa mère partait deux heures avant lui. Elle effleurait d'un baiser les boucles brunes de l'enfant endormi, sa façon à elle de lui demander pardon, pardon de ne pas savoir, de ne pas pouvoir lui offrir une enfance et une vie décente. Puis elle partait sur la pointe des pieds, chaussant ses sabots au bas des escaliers.

L'enfant endormi sautait alors vivement de son lit, se vêtait à la hâte et courait jusqu'à la halle aux grains.

L'astucieux gamin n'avait pas les deux pieds dans le même sabot ; il avait rencontré au hasard de ses escapades en cœur de ville, le laitier et son mulet, sa carriole et ses bidons de bois.

Malgoire connaissait l'histoire du gamin, lui, un des maillons de la chaîne de solidarité tendue en son temps à la jeune Clarisse.

« Alors c'est toi le petit bâtard des Calquières ? lui avait dit le bonhomme. Je t'ai vu, tu étais au maillot et je n'aurais pas donné cher de ta vie, mon *drolo*[1]. »

Entre Malgoire et Clarou, une amitié était née et tout naturellement le laitier lui proposa :

« J'ai peine à monter les escaliers pour livrer les bourgeois. Voudrais-tu être mes jambes, Clarou ?

– Pour sûr, M'sieur Malgoire ! Topez-la, demain je suis votre homme. »

Ils avaient fait la *patche* comme ils l'avaient vu faire à la foire et, dès le lendemain, Malgoire avait son « homme » qui escaladait quatre à quatre les marches des maisons cossues en criant comme il l'avait entendu faire par son ami :

« Lait frais ! *Aqui lo bon lachon*[2] ! »

1. *Gamin.*
2. *Voilà le bon lait !*

Vite fait, bien fait ! Malgoire lui donnait un cruchon de lait et de temps en temps une piécette. Abrutie de fatigue, Clarisse se laissait berner :

« Il nous reste du lait ? Dimanche je te ferai une *cruchade*[1], mon chéri.

Les piécettes amassées se transformaient en bougies dont Clarou prenait soin d'approvisionner sa mère. Ni vu, ni connu !

* *
*

Le printemps, ses marchés et ses foires ramenaient la visite de Julie Chardenon. Toujours brefs, toujours empreints d'une infinie mélancolie, silencieux et cependant nimbés d'amour, les passages de grand-mère Julie devenaient jours de fête pour Clarou. Le garde-manger se réapprovisionnait : confiture, beurre, fromage, saucisson.

« C'est tout ce qu'il me reste, s'excusait Julie qui n'avait pas été sans remarquer le dénuement de sa fille et de son petit-fils.

– Vous nous gâtez trop, Maman, soupirait Clarisse tout en se réjouissant pour son petit.

– C'est peu, trop peu, ma fille, mais c'est tout ce que je peux faire pour vous. »

Que de regrets transsudaient dans ses paroles ! Que d'impuissance et de désespoir !

Si les visites de Julie étaient des jours de grâce, celles de l'oncle André étaient réjouissances.

Le berger n'était pas dupe : sa filleule avait la misère qui lui collait après comme une méchante compagne et il n'y pouvait rien.

---

*1. Crêpe épaisse et sucrée.*

Pour autant, il se voulait joyeux, protecteur, rassurant et sortait des trésors de son grand sac de cuir. Deux truites prises au bouillon blanc.

« Elles frétillent encore », disait-il à Clarou qui les lissait du doigt.

Des grives piégées à la *tendelle.* Un pot de confiture de myrtilles.

« Hermance vous a fait des *chaoudels*[1].

– Parrain, embrassez-la pour nous. Oh la bonne personne !

– Attendez ! Attendez ! Et voilà des *caoussettos*[2] ! »

Tricotées à cinq aiguilles en un tube parfait, le talon au point piqué pour lui donner du renfort, les chaussettes d'Hermance duraient la vie des rats et ça, c'était une chance.

* *
*

Ce n'étaient pas les jours heureux du temps de Méline mais Clarisse et son fils étaient ensemble, forts de leur amour. Aucun des deux ne se plaignait.

L'ombre au tableau était le travail du petit. Clarisse tendait l'oreille à la toux d'un enfant. Et si c'était son fils ?

Or Clarou allait bien. Sans cesse en mouvement, debout, assis, accroupi, les yeux et la tête mobile, il était rodé à ce travail ingrat qu'il exerçait maintenant depuis plus de trois ans.

Quel méchant coup du sort le frappa un matin alors qu'il rattrapait d'une main deux fils de sa machine et de l'autre, celui qu'avait oublié Jeannot au souffle court.

Ce n'était pas la première fois que le fils de Clarisse donnait un coup de main à celui de Marie pour lui éviter les coups de gueule du lanceur et la retenue de salaire du patron.

---

1. *Gâteaux secs.*
2. *Chaussettes.*

Ce jour-là, tout se joua dans une seconde de trop à retirer sa main. Lancé avec la force musclée du lanceur, le chariot de fer partit comme un boulet de canon, pliant au passage les broches sur le fil tendu.

À mi-parcours, au plus fort de son élan décuplé par la graisse enduite sur le support, le chariot aux allures de sabot faucha l'avant-bras de Clarou dans le mœlleux de la chair, entraîna l'enfant léger pour le projeter, en fin de course, sur les engrenages de fer.

Des cris jaillirent. Celui de l'enfant surpris par la violence du choc, celui du lanceur qui jurait comme un charretier, celui de Clarisse qui vacilla devant la vision atroce de son fils, son enfant chéri crucifié entre deux étaux de ferraille.

Il y eut quelques secondes d'hésitation puis, du rez-de-chaussée aux étages, l'agitation fut à son comble. Les ordres étaient hurlés pour faire sauter les courroies, apporter de l'aide. Aux appels de toutes sortes s'ajoutèrent rapidement des allées et venues, des escaliers qu'on monte, qu'on dévale aussi vite.

Hébétée, presque en dehors de tout ce brouhaha, Clarisse liquéfiée s'était ruée vers son enfant dont elle maintenait la tête entre ses mains qui tremblaient.

Pas une larme ne perlait à ses yeux mais tout son corps frissonnait, ses dents claquaient, ses lèvres balbutiaient des mots que l'enfant n'entendait pas.

Toute vie retirée de son visage, Clarou, les yeux clos, ses lèvres blêmes, barrées d'un filet de sang qui coulait de son nez, exhalait une respiration qu'on percevait à peine.

Alors qu'un ouvrier courait chercher un médecin, Blaise et Marie, flageolante mais courageuse, entreprirent de dégager le malheureux enfant de sa prison de fer.

« Laisse-nous faire, dit-elle doucement à Clarisse. Eh vous, les filles ! Occupez-vous de la mère ! Bougez-vous un peu ! »

Après un temps qui lui parut une éternité, Clarisse, que l'on maintenait à grand peine éloignée de son fils maintenant allongé sur une civière improvisée, vit un docteur immense se planter devant elle.

Elle attendait le pire de ses lèvres. Elle faillit hurler de joie.

« C'est vous la maman du petit ? Je vais être franc avec vous, Madame. Ses blessures sont graves, très graves mais je ne crois pas trop m'avancer en vous disant qu'on va pouvoir le sauver. »

Sauver ! Elle n'avait entendu que ce mot et voulut se ruer vers le petit blessé qui gémissait faiblement.

« Laissez-moi, je veux voir mon fils. Je vous en prie, il a besoin de moi, il est si petit !

– Calmez-vous, Madame, vous le verrez plus tard. On va le transporter chez les Dames Hospitalières et ensuite nous vous ferons venir à son chevet. Faites-moi confiance, petite Madame. »

Aveuglée de larmes, retenue par Marie et Blaise qui tentaient de l'apaiser, Clarisse vit disparaître le fardeau si léger aux bras des deux porteurs.

Jusqu'alors prostré dans un coin, le lanceur du chariot se rua aux pieds de Clarisse.

« Pardonne-moi, Clarisse, je ne l'ai pas vu, je te le jure, je n'ai rien vu ! »

La jeune femme posa simplement sa main sur son épaule.

« Je sais », dit-elle sans colère.

Marie raccompagna Clarisse et ne se résolut pas à la laisser seule à son logis. La longue nuit de veille commença pour les deux femmes, entrecoupée de sanglots bruyants, de larmes silencieuses, de malaises, de cauchemars également lorsque la jeune femme tombait quelques minutes dans un sommeil agité.

Avant même qu'on la fît demander, Clarisse se présenta au petit matin à la porte de l'établissement des Dames Hospitalières. Elle attendit longtemps avant qu'on ne la conduisît enfin dans une grande chambre de quatre ou cinq lits séparés par des draps tendus.

Sur un lit immaculé, Clarou, blanc comme un linceul, dormait. Ses sourcils froncés témoignaient de la souffrance qu'il n'avait pas la force d'exprimer. La jeune femme se tenait raide et paralysée devant ce petit corps qu'elle devinait meurtri sous le drap remonté jusqu'au menton.

Une religieuse en cornette et le médecin de l'établissement entrèrent dans la chambre. À leur mine, Clarisse comprit que c'était l'heure du bilan. Elle serra les poings, accrochée à leurs lèvres. La religieuse retira le drap et laissa parler le docteur.

« Procédons par ordre, dit ce dernier. Les blessures de l'avant-bras sont bénignes bien que spectaculaires. Comme vous le voyez, nous avons recousu les plaies qui cicatriseront rapidement. L'humérus a été cassé franc, c'est une chance ! Nous le maintenons entre deux planchettes. Quatre à cinq semaines devraient suffire à consolider l'os. Chez un enfant, c'est très rapide et sans séquelle, dans la plupart des cas.

– Sa poitrine ? interrogea faiblement Clarisse en pointant le doigt sur un bandage qui entourait le torse de son fils.

– Je ne vous cache pas, Madame, que c'est là une blessure qui ne me plaît guère. Deux côtes sont fracturées dont une a perforé le poumon, d'où cette hémorragie nasale que nous avons pu juguler. Il reste que nous ne savons pas ce qu'il se passe à l'intérieur. Deux à trois jours sont nécessaires pour nous éclairer.

– Les poumons ! Il a pris mal ?

– Ses poumons vont bien, Madame, mais sont gênés par les côtes enfoncées qui les compriment. Ce n'est pas une maladie mais un accident. »

Qu'avait-elle à faire de cette subtile différence ?

« Mon enfant, il ne va pas mourir, dites, docteur ?

– Je vous le répète, petite Madame, patience ! Pour l'hématome à la tête…

– Sa tête, mon Dieu, sa tête ! Qu'y a-t-il ?

–Un hématome je vous dis. Un amas de sang, si vous préférez, dû au coup violent contre le montant de la machine. Ce sang s'est accumulé au niveau du pariétal...

– Mon petit, il va mourir...

– Taisez-vous, il vous entend au contraire et a besoin de vous, de votre courage, de votre force. Vous lui avez donné la vie, insufflez-lui la volonté de continuer. Dans un premier temps, nous poserons deux sangsues derrière son oreille droite. »

Clarisse ne doutait plus d'être en enfer, un monde chimérique et grimaçant l'entourait et malgré tout elle s'accrochait à ses heures, ses minutes qui s'écoulaient si lentement, à l'écoute du petit souffle de vie qui soulevait à peine le corps de son enfant.

Elle oscilla dans cet univers dantesque où les infirmières à cornette lui faisaient l'effet de grands oiseaux de proies et cela dura des jours et des nuits jusqu'à ce qu'une voix douce comme du miel sur son cœur torturé, la fit émerger de son cauchemar.

« J'ai faim, Maman. Aïe ! je ne peux pas bouger mon bras. Pourquoi ? »

Le bonheur ! La joie exultante ! La félicité ! Tout le reste parut vétille. L'avant-bras était cicatrisé, l'humérus se ressoudait convenablement, l'hématome à la tête avait été résorbé grâce à ces horribles bestioles.

Merveilleuses bestioles !

« Je te revois dans trois semaines, mon petit miraculé, précisa le médecin en donnant l'autorisation de sortie. D'ici là, pas d'imprudence, du repos et une bonne nourriture. Du fromage et du lait pour réparer les os et de la viande de bœuf pour refaire du sang. Tu as failli te saigner comme un goret, sacripant ! »

Il parlait d'or, l'angélique docteur, pourtant Clarisse prit ses recommandations au pied de la lettre et n'avait de cesse de faire avaler les aliments recommandés au jeune convalescent.

Après l'horrible cauchemar, Clarisse croyait vivre dans un monde merveilleux. Le médecin qui réparait les corps avait toute sa gratitude. Monsieur Boyer et son mystérieux contrat d'assurance qu'il lui brandissait sous le nez en riant lui avait ôté un immense poids d'inquiétude :

« Tous les frais pour soigner votre fils sont pris en charge, Clarisse. Voilà une avance. »

Tout un quartier solidaire défilait dans le petit logis de la rue des Calquières pour égayer les longues journées solitaires de l'enfant.

Ah, comme il faisait bon vivre dans cette ville !

« Lève le bras, mon garçon ! Plus haut, tu peux ? Bien, c'est parfait. Les poumons, maintenant. »

Le médecin plaqua une sorte de petit entonnoir froid contre le dos de Clarou. Il introduisit dans ses oreilles deux tubes flexibles reliés à la plaque froide et hocha longuement la tête.

« J'entends un sifflement. »

Tout sourire disparut du visage de Clarisse.

« Oui, je suis sûr, il y a une petite lésion pulmonaire qui n'est pas encore réparée. Tousse, mon garçon. Flagrant ! »

Clarisse triturait son mouchoir.

« Vous l'avez bien nourri ? Il s'est reposé au moins ? »

Clarisse fondit en larmes.

Combien de journées de travail, combien de lessives, combien de pelotes de fil avait englouties son cher petit sous forme de caillé, de lait chaud et de miel, de tranches de bœuf rouge, alors qu'elle se détournait pour manger son pain sec ?

« Ne vous affolez pas, Madame. Ah ! Ces jeunes mères qui dramatisent tout ! On va arranger ça.

– Mais comment, docteur ? Que faire ?

– Une bonne nourriture est indispensable et je vois à ces joues rondes, à ses jambes musclées que vous y avez veillé. Ce n'est pas suffisant dans son cas, il lui faut le grand air, les ballades en forêt, la vie à pleins poumons. »

Il ajouta avec quelques réticences :

« Il y a de très bons établissements qui accueillent les jeunes convalescents mais je ne vous cacherai pas, Madame, qu'il en coûte plusieurs dizaines de francs par jour. »

Clarisse ne fit pas répéter. Dix francs, vingt, trente, mais où les prendrait-elle ? Les largesses des assureurs de Monsieur Boyer se bornaient aux actes médicaux, pas aux séjours en villégiature. Le médecin comprit l'incongruité de sa proposition.

« Cet enfant n'a-t-il pas des grands-parents, des oncles, une tante, une parentèle quoi ! susceptible de l'accueillir à la campagne.

– Si bien sûr ! » s'enflamma Clarisse rassérénée.

* *
*

Julie Chardenon baissait la tête telle une condamnée. Elle aussi se réjouissait de voir le petit pratiquement guéri de ses blessures alors qu'elle avait tremblé pour lui, à sa dernière visite.

Mais la demande de Clarisse l'avait désespérée.

« Je ne peux pas, ma fille. Dieu m'est témoin que je ne peux pas ! Ne me demande pas une chose pareille, mon enfant. Je suis une misérable, je le sais, mais jamais je ne pourrai affronter ton père, tu dois me comprendre. »

Clarisse était tombée à genoux devant sa mère.

« Pitié pour mon petit, ma mère ! Il lui faut de l'air, du bon air, rien de plus ! Vous ne pouvez pas nous abandonner une seconde fois. »

Julie était partie sans un mot, étouffée de honte et de chagrin.

* *
*

Dissimulant sa tristesse sous une fébrilité inhabituelle, Clarisse entassait les quelques affaires de son fils dans un grand carré de toile.

« Fais bien attention à ne pas trop user tes sabots, mon enfant. Veux-tu que nous convenions d'un moment précis dans la journée pour être en communion ? Tu penseras très fort à moi alors qu'au même instant je penserai à toi. Ce sera comme si nous étions ensemble.

– Le soir dans mon lit ?

– Oui, ce sera parfait.

– Le matin aussi ?

– Si tu veux !

– Tout le jour ?

– Tout le jour, sans perdre une seconde, je penserai à toi. Reviens-moi guéri, mon trésor. »

Le baluchon était prêt, les recommandations faites, il fallait se mettre en route.

« Quelques heures de marche ne te font pas peur, mon garçon ? Si tu te sens fatigué, tu me le dis, je te porterai sur mes épaules.

– Je serai vaillant, Parrain. Avec vous, j'irais au bout du monde.... si Maman était du voyage. »

Le berger abrégea le moment crucial de la séparation.

« Hermance va me tirer les oreilles si je n'arrive pas à l'heure pour la traite. Ah, tu vas avoir du travail, mon *fia* ! En avant, marche devant avec le chien ! »

Tandis que Clarou s'en allait prendre sa place à la tête du troupeau, André le berger entoura de son bras les épaules de Clarisse secouées de sanglots.

« Ne pleure pas, ma belle, nous allons en faire un costaud de ton petit garçon.

– Je sais, Parrain. Sans vous…

– C'est toi qui nous fais l'honneur de nous confier ton fils. Je te promets, Hermance et moi serons digne de ta confiance. Souris, ma Clarissou. »

Ses trop-pleins de chagrin comme ses grandes joies, c'est à Notre-Dame-de-Tout-Pouvoir qu'elle les confiait.

Les mains vides mais le cœur gonflé d'espoir, elle s'agenouilla devant la madone à l'enfant. Une longue et silencieuse prière s'envola vers les cieux tandis qu'un baume apaisant la délivrait de sa détresse.

« Les mères sont faites pour souffrir, Clarisse, tu ne fais pas exception à la règle. Mais sois en paix, ma fille, ton enfant est entre de bonnes mains. »

Avait-elle rêvé cette voix rassurante ? Dans son oratoire tout brillant de cierges enflammés, Notre-Dame-de-Tout-Pouvoir lui souriait.

# XXXII

## Le jeune berger

Comme une vieille défroque laissée en chemin, le surnom de Clarou était resté aux Calquières. Dans sa nouvelle vie entre l'oncle André et sa compagne Hermance, il avait revêtu son prénom officiel, tout empreint de symboles.

André Jean-Pierre, rapidement réduit à Jean-Pierre pour éviter les confusions, n'avait pas tardé à prendre ses marques tant dans la *tchazelle* du berger qu'au milieu des moutons paissant aux pâturages.

Le soir venu, comme il en avait convenu avec sa mère, il pensait à elle très fort, racontait silencieusement sa journée, l'imaginait seule à faire de la dentelle et les larmes lui venaient aux yeux. Mais le lendemain, la même joie exubérante le tirait de sa paillasse, le faisait courir à l'extérieur et embrasser du regard les montagnes et les bois, les tapis d'herbe verte, tout ce qui constituait son nouveau bonheur.

Pour l'avoir vu faire par son parrain, il montrait le ciel, en masses sombres ou au contraire, annonçait tout guilleret :

« La journée sera belle, je ne vois que du bleu ! »

À son arrivée et bien que sa mère l'en avait averti, il avait eu un mouvement de recul en découvrant le profil torturé d'Hermance.

Avec tact et douceur, elle avait raconté l'accident de son enfance et tout naturellement, l'enfant avait caressé d'un doigt prudent la joue crevassée.

« Je vous fais mal, Hermance ?

– Tu me fais plaisir au contraire. Sais-tu que les enfants de ton âge me jetaient des pierres à me voir ainsi laide à faire peur ?

– Vous êtes très jolie, Hermance. Presque aussi belle que maman.

– Voilà un beau cadeau que tu me fais. Viens, j'en ai un pour toi. »

Écartant le troupeau, Hermance amena l'enfant vers un abri de feuillage sous lequel une brebis était couchée sur le flanc. Entre ses pattes tétait un agnelet.

« Il est à toi, Jean-Pierre. Sais-tu comment tu vas l'appeler ?

– À moi ? Rien qu'à moi ? Comme il est doux, s'écria-t-il en caressant la laine blanche aux reflets quelque peu rosés.

– Elle est douce, c'est une fille.

– Je peux l'appeler Câline ?

– Va pour Câline ! »

Au milieu des hautes futaies, prêtant l'oreille à des voix cachées, s'émerveillant de spectacles invisibles, Jean-Pierre sentait la forêt, en humait toutes les fragrances, découvrait les fleurs et les fruits d'été.

Il courait, léger, et ne savait si c'était ses pieds nus ou bien le vent qui le portait. Il s'enivrait de cette liberté qui le grisait éperdument.

La campagne éveillée lui offrait la vaste étendue verte qui ondulait au vent.

Il rentrait fourbu, les bras chargés de gentianes et de gueules de loup qu'il offrait à Hermance. Le soir, il s'endormait la tête sur les genoux de son parrain, écrasé d'une vivifiante fatigue.

Il ne l'avait pas déçu, ce parrain adulé. Son héros, son modèle revêtait encore plus d'importance, de grandeur dans son univers qu'était la forêt de Mercoire.

« Vous savez tout faire, Parrain. C'est vous qui avez construit la *tchazelle* ?

– Eh oui, mon garçon ! Avec Hermance, on ne pouvait continuer à vivre dans des cabanes de berger qui laissent passer la pluie et la neige.

– C'est beau ici ! s'extasiait le gamin, puis il se reprenait aussitôt :

– J'aime bien Langogne aussi parce qu'il y a maman. »

Un petit sanglot étouffé, une larme vite essuyée et l'enfant partait en courant retrouver Câline qui bêlait à son approche.

Câline, Stella la petite chienne, les moutons, les brebis et les chèvres, les premiers fruits acides puis les beaux cèpes noirs : la forêt livrait tous ses trésors cachés quand elle se savait aimée et respectée.

Le petit citadin gorgé de liberté goûtait avec avidité cette vie simple dans un grand vent d'amitié avec les bêtes. Il reprenait des couleurs, avait un meilleur souffle, se sentait vigoureux. De son bras fracturé, il ne ressentait qu'une petite gêne qui ne l'empêchait nullement de faire tourner la *ginguelle*[1] pour diriger le troupeau.

Ménageant ses sabots, il allait pieds nus sur l'herbe tendre, coiffé d'une casquette qui lui donnait un air fripon.

Parfois, il faisait l'important au milieu du troupeau ; à d'autres moments, au contraire, il chantonnait joyeux :

« *Au moutou l'esquirou, a l'anheleto l'esquireto !*[2] »

À la fin de l'été, Hermance sortit de son baluchon des culottes de velours côtelé qu'il eut beaucoup de peine à enfiler. L'essayage déclencha leur hilarité.

1. *Badine.*
2. *Au mouton la cloche, à l'agnelle la clochette.*

« Tu as forci, mon garçon, c'est pas peu dire ! Quel élégant tu fais ! »

Puis redevenant sérieuse :

« Ta maman ne te reconnaîtrait pas.

– Maman ! Elle va venir ?

– Non, tu sais bien qu'elle travaille. Mais ton oncle se rend à la foire de la Saint-Michel. Veux-tu l'accompagner ? »

* *
*

La joie des retrouvailles s'entacha des affres de la séparation. La mère et le fils bavardèrent toute la journée, ils avaient tant à se dire et la fin de l'après-midi fut là, bien trop tôt, pour mettre fin à ce bref intermède dans leur douloureuse séparation.

André Jean-Pierre s'extasiait devant sa mère, si jeune, si belle malgré sa vieille robe qu'il fit semblant de trouver coquette, malgré ses yeux cernés, son visage amaigri. Il ne voyait que ce regard brillant de joie qui ne se lassait pas de détailler les jambes musclées du gamin, ses joues rondes et roses, son air heureux.

« Savez-vous, Maman, que j'ai une brebis à moi ?

– À toi ?

– Oui, je l'appelle Câline. Elle m'appartient, je vous assure !

– Et qu'en feras-tu quand tu reviendras ici ? »

Une ombre imperceptible balaya le visage de l'enfant, il baissa la tête sans répondre. Mais cette gêne n'avait pas échappée à Clarisse. Son fils ne languissait donc pas de revenir chez elle. Elle en resta troublée, chercha à savoir.

« La vie te plaît donc tant au milieu des moutons ?

– Elle me plairait beaucoup plus si vous étiez avec moi », esquiva le gamin.

Bien que bouleversée de le voir repartir, Clarisse se consola : son enfant, elle n'en doutait pas, était en voie de guérison. Tout en lui respirait la santé, la joie de vivre !

Fallait-il qu'elle soit une sotte égoïste pour se lamenter sur son sort ! La vie de son enfant, son bonheur ne passaient-ils pas avant toutes choses ?

Ce serait vraiment mal remercier Hermance et son oncle que de se montrer jalouse de l'affection que le jeune garçon leur portait, eux qui spontanément s'étaient offerts pour l'accueillir alors que sa grand-mère lui refusait cette chance.

Clarisse, cependant, n'éprouvait aucune haine envers sa mère. Au contraire, elle plaignait cette femme totalement soumise à son mari au point de se priver des joies d'être grand-mère. Souvent, elle avait une pensée pour elle.

Oh, il n'y avait plus cet élan d'amour inconditionnel qu'elle lui avait voué depuis sa naissance, il s'était dilué dans les manquements de Julie. Mais c'était sa mère et elle lui inspirait plus de pitié que de rancœur et n'oubliait jamais de la porter dans ses prières.

Clarisse était bien inspirée de prier pour sa mère. Nul ne pouvait ignorer, au Cheylard-l'Evêque, qu'un mal rongeait Julie Chardenon.

Aucun signe extérieur ! Le chancre était sournois et s'attaquait à l'âme.

Dans son entourage, qui s'en étonnait ? Pas plus son époux, éternel taciturne que Denise hébétée, ni même les jumeaux pris dans le tourbillon des amours de leur âge. Seule Juliette peinait avec sa mère, d'une souffrance amère et violente à la fois et elle maudissait Clarisse bien au-delà de la mort.

Tout un hiver à trembler pour son fils ! Clarisse l'imaginait fiévreux et enrhumé, toussant, éternuant, pris au piège dans la forêt de neige.

Le printemps n'arriverait donc jamais qui lui ramènerait des nouvelles de son fils ?

Ses yeux ne pleuraient pas, fixés sur la dentelle qui naissait de ses doigts mais tout son être tremblait pour l'enfant adoré.

L'avenir ? Pour elle, c'était le retour de Clarou, guéri de tous ses maux, de toutes ses blessures. Elle ne voulait pas songer plus loin et n'avait pas répondu aux paroles encourageantes de Monsieur Henri qui avait pris ses fonctions à la filature.

« Mon père m'a tout raconté de l'accident de votre fils. Il sera toujours le bienvenu dans notre filature dès qu'il sera remis », dit-il d'un ton paterne.

Elle avait balbutié un « merci, Monsieur Henri », mais repoussait de toutes ses forces cette éventualité. L'heure n'était pas à la décision.

Oui, jamais hiver ne parut si long à la jeune femme. Jamais la Lozère hivernale, venteuse et solitaire ne l'avait irritée au point de souhaiter s'endormir pour ne se réveiller qu'avec les primevères.

Travailler, s'abrutir du matin au soir dans une activité qui épuisait le corps et puis dormir, si possible, pour ne plus penser. La Filature, les lessives abondantes, la dentelle qui ramenait au logis l'ombre bienveillante de Méline, Clarisse ne s'accordait aucun répit mais ne se plaignait pas. Tout cela n'était rien à côté du constat douloureux : il lui manquait son fils !

* *
*

Un adolescent hâlé pressait le pas dans la rue des Calquières. Revigoré par sa longue marche nocturne, malgré la fraîcheur du petit matin, quelques gouttelettes de sueur perlaient à son front et même dans ce début de duvet qui ombrait sa lèvre.

Il s'arrêta devant l'immeuble de la mère Malaval. Les sabots à la main, il gravit les escaliers jusqu'au premier étage et frappa deux ou trois coups légers à la porte de Clarisse.

La jeune femme mit quelques secondes à ouvrir, occupée qu'elle était à démêler sa longue chevelure.

Son cœur bondit dans sa poitrine. Bien sûr qu'elle reconnaissait son enfant, la chair de sa chair, mais un gamin espiègle l'avait quittée à l'automne et le printemps revenu lui ramenait un presque jeune homme, portrait vivant de son tendre amoureux alaisien.

« Mon fils !

– Maman ! »

Ils s'admiraient réciproquement.

Lui, déjà connaisseur, détaillait la svelte silhouette, l'ovale du visage dans lequel brillaient deux yeux noisette pailletés d'or. Plus que tout cet ensemble, les longs cheveux de miel croulant au bas des reins lui parurent si attirants qu'il avança la main.

« Je peux, Maman ? »

Un sourire heureux.

L'adolescent lissa, caressa la parure encore en liberté alors que Clarisse prenait entre ses mains le visage à fossettes.

« Tu n'es plus le même !

– Et je ne vous plais plus ? taquina-t-il, ému.

– Tu es beau, grand et fort. Je ne pouvais rêver mieux. Comment m'acquitterai-je de cette énorme dette auprès de mon parrain et de sa chère Hermance ?

– Vous savez, Maman, que les cœurs généreux n'attendent aucun merci.

– Qui t'a rendu savant ? Tu parles comme un livre. »

Les yeux de Clarou pétillaient de malice :

« Un livre, dites-vous ? Mancette vous aurait-elle transmis ses dons de devineresse ?

– Qu'est-ce que tout ce galimatias que tu me débites, mon fils ? Tous ces beaux mots m'embrouillent. Où veux-tu en venir ? »

Clarou se fit câlin :

« N'aviez-vous pas un rêve qui vous tenait à cœur, petite mère ?

– J'en ai eu plusieurs, avoua-t-elle tristement, mais les rêves s'envolent quand le sort est injuste.

– Un rêve pour moi ? Bon, je vais vous aider. »

Il sortit un papier bien plié dans sa poche, une feuille de magazine, de journal, peu importe, et qu'il avait eu soin de conserver sur lui.

Suivant d'un doigt les mots qui n'étaient que mystère aux yeux de Clarisse, il lut sans se presser tout un morceau de page.

Clarisse s'était assise sur la chaise basse de Méline. Les mains jointes, elle fixait l'index de son fils traçant sur le papier une ligne invisible. Ses yeux se brouillèrent, elle pleurait de joie.

« Qui t'a appris, mon enfant ? dit-elle suffocant de contentement.

– Le bon curé Pradelle, Maman. Il vous envoie son bonjour et sa bénédiction.

– Le saint homme ! »

Clarou raconta les visites du Père à la *tchazelle*, du temps qu'il lui consacra pour enseigner les lettres et puis, l'hiver venu, ce fut l'enfant qui fit les trajets deux fois par semaine au presbytère de Chaudeyrac.

« Parrain déblayait un chemin après chaque chute de neige. Ah, la patience de mon oncle et celle du brave curé !

– Il a fait du bon travail.

– Il n'en a pas fini avec moi, m'a-t-il dit. Les chiffres gardent encore leurs secrets qu'il doit me révéler…

– Tu vas repartir ? »

Clarou ne répondit pas. Par crainte de la réponse, Clarisse se garda bien d'insister. L'adolescent se souvint alors d'un paquet qu'il avait posé sur une chaise.

« Savez-vous qu'on apprend plein de choses en forêt, en plus de savoir lire ? Les loups, par exemple, ne sont pas nos ennemis. Oh que non !

– Les loups ! Que me chantes-tu là ?

– Eh bien, regardez, Maman ! »

Il brandissait le petit colis grossièrement enveloppé.

« Des bottines de cuir ! Et que viennent faire les loups dans...

– J'en ai abattu deux avec l'aide de mon parrain. Et savez-vous ce qu'ils m'ont rapporté ? Douze francs chacun ! Le maire de Chaudeyrac m'a félicité en me donnant les vingt-quatre francs gagnés. « Tu es un habile chasseur, mon garçon », m'a-t-il dit. J'ai partagé avec parrain, bien sûr. Il n'en voulait pas puis, devant mon insistance, il les a pris pour faire un cadeau à Hermance, une pèlerine pour remplacer la sienne toute usée.

– Et pour moi des bottines alors que tu es vêtu de peu et de misère, ce n'est pas raisonnable !

– Je n'ai pas tout dépensé, Maman. Tenez, vous me ferez tailler *un parel de braillo*[1] et m'achèterez une chemise de chanvre à la prochaine foire. »

L'heure approchait à laquelle Clarisse devait se rendre à son travail.

« Veux-tu déjeuner, mon enfant ? Moi, il faut que je me prépare pour partir à la Filature. Sers-toi, tu sais encore où sont les bols, j'espère ?

– Les yeux fermés, Maman ! »

Tous deux partirent d'un grand éclat de rire qui détendit l'atmosphère. Il ne fut plus question de phrases qui dérangent. « C'est votre heure, Maman ? Laissez-moi préparer vos tartines... comme avant. »

1. *Une paire de pantalon.*

Les tranches de pain étaient déjà sur la table, prêtes à être enveloppées dans la serviette à carreaux qu'il avait toujours connue. Il ôta d'une musette, qui pendait à son épaule, une terrine de pâté.

« Du pâté de grives que parrain a prises à la *tendelle.* Vous m'en direz des nouvelles ! »

Et il en enduisit les deux morceaux de pain. Timidement, Clarisse demanda :

« Oncle André ne viendra pas me voir ?

– Bien sûr que si, Maman ! Dès la fin de la foire, nous reviendrons. Ne rentrez pas trop tard. »

Clarisse et le berger parlèrent longuement alors que Clarou reprenait avec plaisir possession des lieux de son enfance et promenait Stella sur les bords du Langouyrou où de jeunes gamins couraient dans l'herbe verte.

« Que faire, mon Oncle ? Je tremble à l'idée que mon fils retourne à la Filature. D'un autre côté, je ne puis vous imposer plus longtemps cette charge. De plus, le brigand est si heureux chez vous… et moi si malheureuse sans lui !

– C'est encore trop tôt pour aborder ce sujet, petite. Le médecin t'a recommandé toute une année de vie au grand air. Laissons faire le temps et dors sur tes deux oreilles, Clarisse, ton fils est de la race des costauds. Il te reviendra, sois en sûre, avec une insolente santé. »

Elle avait tant attendu son retour ! Pourtant, trois mois, six mois de plus ce n'était pas une affaire. À nouveau, elle se reprocha son trop grand égoïsme.

Résignée, elle serra son fils dans ses bras et regarda le bel adolescent allonger le pas à la tête du troupeau ondulant et désordonné.

« Il ne lui manque plus que la cape et la limousine pour faire un vrai berger », se dit-elle.

* *
*

Le médecin était épaté et ne savait que dire. Il y a un peu plus d'un an, convaincu de leur nécessité, il avait déballé toute la panoplie des soins et des bons gestes pour amener la guérison du petit blessé : repos, nourriture saine et abondante, grand air surtout. Autant de recommandations qui avaient fait leurs preuves… dans les milieux aisés.

En proposant cette hygiène de vie à la jeune mère si démunie, il n'avait pas douté de prêcher dans le désert. Or, le grand garçon au buste droit, aux joues sainement colorées qui se tenait devant lui apportait un criant démenti.

« Mon petit miraculé de la Filature, c'est bien toi ? Est-ce possible ? Alors là, chère Madame, je vous rends hommage ! »

Clarisse rougit.

« J'y suis pour si peu…

– Tss, Tss, Tss ! À mon avis, vous vous mésestimez. Ce grand gaillard peut vous dire merci. »

Le stéthoscope, c'était bien ainsi que l'on nommait ce bizarre écouteur en forme d'entonnoir, se promena sur le dos, les côtés, le torse de l'adolescent, apportant un sourire de satisfaction sur le visage du médecin.

« Eh bien voilà, tout est parfait, jeune homme. Tu peux te rhabiller. Dis-moi, quel âge as-tu ?

– Bientôt quinze ans, Monsieur !

– Tu exagères, Jean-Pierre. À peine plus de quatorze.

– Et quels sont les projets d'un garçon de quatorze ans et demi ? trancha le docteur. Tu retournes à la Filature ? »

Clarisse blêmit. Son fils fit la moue. Le médecin attendait une réponse et tourna un visage interrogateur vers la jeune mère.

« Monsieur Boyer m'a promis de le reprendre mais je crois qu'il est trop grand pour travailler sous les Sprinning Jenny….

Et je m'en réjouis ! Il pourrait l'embaucher aux écritures maintenant qu'il est instruit. »

Le médecin n'en finissait pas de sourire béatement : étonnante famille ! Sa foi en l'humanité en fut revigorée.

« Eh bien toi alors, tu n'arrêtes pas de me surprendre ! »

Clarou ne partageait pas la gaîté de l'homme de l'art. Une petite moue plissait son front et allongeait sa lippe.

« Quelque chose te chiffonne, mon garçon ?

– Que fera mon parrain si je reprends un travail à la filature ? Il a besoin de moi pour mener son troupeau et ceux qu'on lui confie. »

Le médecin n'entra pas dans une décision familiale, cela outrepassait son domaine.

Passant une fois de plus au-dessus de son propre désir, Clarisse ne songea qu'au bonheur de son enfant.

Approuvée par l'oncle André, elle y mit cependant une condition qui émanait d'une grande sagesse.

« Une vocation, dis-tu ? Tu veux être berger, en faire ton métier ? Tu es jeune, mon enfant, tes désirs peuvent changer.

– Oh je ne crois pas, Maman !

– Enfin, ton parrain et moi préférons procéder ainsi et te laisser encore deux ans de réflexion. Cela te paraît-il raisonnable ? »

La même lippe retroussée, le même pli au front.

« Laisse-moi terminer avant de faire ta mauvaise tête. C'est Marie la fileuse qui m'a soufflé cette solution. Comme son fils Jeannot, tu travailleras à la Filature d'octobre à avril et les cinq mois d'estive, tu redeviens berger. Tu auras alors seize ans bien sonnés, cela te semble-t-il raisonnable pour porter la cape et la limousine. »

Pris d'une frénésie qui le transportait de joie, Clarou souleva sa si légère maman et la fit tournoyer, couvrant son cou, ses joues, sa nuque de baisers tendres et fous.

# XXXIII

## Les dernières volontés de Julie

Malgré les longs mois d'estive à attendre le retour de son enfant et les hivers d'angoisse à trembler qu'il ne lui arrive malheur à la Filature, Clarisse devait se rendre à l'évidence : les deux années d'attente et de réflexion accordées à son fils s'étaient écoulées sans qu'elle n'y prenne garde, apportant leur lot de bons et de mauvais jours.

L'emploi aux écritures dont elle avait rêvé pour son petit « savant » ne fut pas proposé au jeune homme. Le vœu pieux était par trop ambitieux.

Monsieur Henri toisa l'adolescent presque aussi grand que lui mais de plus avantageuse carrure. D'un œil connaisseur et quelque peu envieux, il apprécia la robustesse qui émanait du jeune Clarou, testa ses aptitudes à prendre des initiatives et lui confia l'approvisionnement en laines produites localement.

« Pas une chaumine où l'on ne file au rouet dans notre région. Et combien de paysans stockent leur laine en suint dans de mauvaises conditions en attendant les foires. Au résultat, une production de médiocre qualité ! Ce n'est pas ce que je recherche. Tu assureras un ramassage régulier par une tournée que nous allons définir avec mon père. »

Tenant fermement la bride du puissant mulet attelé à un haquet idéalement conçu pour recevoir les ballots de laine, Clarou allait de ferme en ferme, de village en hameau, parfois dans des ruelles étroites où seule sa charrette étrécie et sans ridelles parvenait à passer.

À la force des bras, il hissait sur son épaule les manteaux des moutons et c'était un peu comme s'il était parmi eux. Un jour que sa mère lui en faisait la remarque, il avait souri de ses belles dents prêtes à croquer la vie :

« À tout prendre, je les préfère sur pattes ! »

Qu'avait-elle à s'inquiéter de la dangerosité de ce travail, loin des traîtresses machines de la filature, la soucieuse Clarisse ?

Certes, les chemins n'étaient qu'ornières et éboulis que cachaient pendant plusieurs mois d'épaisses couches de neige. Bordées souvent de congères instables et d'obstacles imprévus, les routes de Lozère, comme partout en France, ne manquaient pas de marauds qui convoitaient les chargements même si pour cela il fallait abandonner le charretier bastonné, mourrant dans un ruisseau.

Et puis – toujours ces vieilles superstitions – ne dit-on pas : « Jamais deux sans trois ! » ?

Or, par deux fois déjà la Filature des Calquières avait failli lui ravir son enfant.

Alors, à tout prendre, autant le savoir heureux dans les bois qu'il affectionnait, au milieu des bêtes dont il aimait partager la vie simple et vraie en osmose avec la nature.

Clarisse avait eu le temps de se faire une raison et, n'écoutant que son cœur généreux, elle avait décidé de ne plus s'opposer à la vocation de son fils. Elle dont la vie tournait autour de cet enfant, fruit d'une faute mais surtout d'un bel et tendre amour, ne songeait une fois de plus qu'à son bonheur, même si elle devait en souffrir.

Un paquet volumineux était posé sur le lit de Clarou. Il entra, s'ébroua un peu devant le feu avant de poser ses lèvres glacées sur la joue tiède de sa mère.

Comme à son ordinaire, Clarisse prolongeait sa dure journée de fileuse en s'adonnant à la dentelle.

Un brin malicieuse, elle tourna la tête vers le lit de son fils qui suivit son regard.

« Qu'est-ce que c'est, Maman ?

– Quel âge as-tu, mon fils ?

– Seize ans depuis hier. L'avez-vous oublié ?

– Veux-tu toujours devenir berger comme ton parrain ? La décision t'appartient, désormais. C'est ta vie, mon enfant.

– Une vie que je vous dois Maman et j'en connais le prix que vous avez payé », dit-il avec un doux et mélancolique sourire, sachant avec qu'elle volonté, quel courage, la jeune fille d'alors avait dupé toute sa famille pour lui, uniquement pour lui.

Puis, chassant ces pensées douloureuses, son visage s'enflamma :

« Si je veux toujours être berger ? Plus que jamais, Maman ! Avec l'aide de mon parrain, j'espère obtenir le statut de berger communal, ce qui serait bien pour débuter. Je serais payé au nombre de têtes par troupeau. Dans les premiers temps, je ferais suivre la cabane que doit me fournir la commune, de même que les barrières de pacage, mais…

– Nous parlerons de tout cela après. Ouvre donc ce paquet ! »

L'avait-elle suée cette lourde cape de grosse bure brune, cirée à l'extérieur pour la rendre étanche, et toute doublée de laine jaunâtre et bouclée ! Et cette sacoche en tous points identique à celle de l'oncle André et qui l'avait fait rêver dans son enfance, tant elle lui semblait contenir d'objets mystérieux !

Découpée dans un gros cuir fauve et odorant aux larges surpiqûres de cordonnet, raide encore mais si lisse au toucher, elle paraissait faite pour durer l'éternité.

Clarou ne fit que caresser la cape et la sacoche d'une main respectueuse puis tomba à genoux devant sa mère assise. Il enfouit son visage en pleurs dans le tablier blanc comme il le faisait pour cacher ses chagrins d'enfant.

« Jamais ! Jamais je n'oublierai tout ce que vous faites pour moi, ma douce, ma si chère Maman !

– Ne retiens qu'une chose, mon fils, je ne fais que t'aimer chaque jour de ma vie et cela suffit à mon bonheur. »

Ils restèrent longtemps, dans les bras l'un de l'autre. Cette fusion charnelle, née à travers la paroi d'un abdomen, n'avait jamais cessé, ne cesserait jamais.

La fougue du jeune homme le poussa à rêver plus loin, plus haut, à bâtir un avenir où sa mère aurait la première place.

« Vous savez, Maman, oncle André m'a appris toutes les ficelles du métier... Enfin presque. Par exemple, les contrats de fumature entre les éleveurs et ceux qui louent leurs prés, c'est au berger de les négocier à l'intérêt des deux parties, sans oublier le sien, bien sûr ! Et le *migou*[1] a un prix qui se discute. Cela me permettra, petit à petit, de me constituer un cheptel. Alors, alors, écoutez Maman, avec l'aide de mon parrain, je construirai une *tchazelle* où nous vivrons tous les deux. Adieu la Filature ! Adieu les pénibles lessives ! Adieu la dentelle...

– Plus de dentelle ? Ce serait oublier notre chère Méline !

– Alors, va pour la dentelle !

– Tout cela est bien beau, mon cher enfant, Dieu fasse que tu y parviennes. Pour le moment, je me contenterai des foires et des marchés pour te voir, t'embrasser. N'est-ce pas sur ces lieux que j'ai renoué avec des êtres chers, oncle André mon parrain, ma pauvre chère mère ? »

Clarisse soupira à cette évocation. Cela faisait longtemps qu'elle n'avait pas vu Julie.

---

*1. Fumier de mouton.*

Après son refus catégorique de prendre l'enfant convalescent, Julie Chardenon avait espacé les visites à sa fille. Un lourd dégoût de son attitude la taraudait, gâtait leur relation.

Comme à son habitude, elle se délestait de quelques provisions en s'excusant :

« C'est tout ce que j'ai pu…

– Il ne fallait pas, Mère, coupa un jour Clarisse raidie dans sa peine et que Julie prit pour de la colère à son égard.

– Plus tard, tu auras ton dû, ma fille », murmura-t-elle en s'esquivant.

Cela avait été le dernier échange de paroles entre les deux femmes. Julie ne se montra plus à Langogne.

« Elle a dû choisir d'aller à Châteauneuf-de-Randon », pensa Clarisse avec une pointe de chagrin.

Désormais, elle n'attendit plus les visites de sa mère et, bien qu'elle s'en défendît, ce lui fut une souffrance supplémentaire.

* *
*

Terrassée par un mal obscur, Julie Chardenon dépérissait à vue d'œil. Elle fuyait les femmes du village, s'isolant dans une solitude qui confinait à la réclusion.

Le regard toujours embué, la parole rare, le geste lent de lassitude, elle sentait la vie se retirer lentement et ne faisait rien pour la retenir.

À Pierre son époux qui avait proposé – ô miracle – de faire venir le médecin, elle avait répondu en haussant les épaules :

« Ne dépense pas ton argent pour une cause perdue, mon homme. »

Et quelques jours plus tard, alors que, la trouvant couchée à l'heure de midi, il réitérait sa proposition, elle s'énerva après lui.

« Un médecin ! Tu n'as que ce mot à la bouche ! Ces gens-là ne peuvent pas tout guérir et tu le sais bien. Ne souffrons-nous pas, tous deux, du même mal ? Fais venir plutôt le père Pradelle.

– Julie, tu ne vas pas mourir ?

– Il y a bien longtemps que je le souhaite ! Seulement avant, il faut que je me confesse. Le curé m'apportera un peu de paix. Dieu sait combien j'en ai besoin ! »

Ce ne fut qu'un murmure dans le village ; le père Pradelle est venu au chevet de la Julie ! Et chacun d'y aller de son commentaire :

« Elle a dû passer un sacré moment à confesse ! Laisser partir sa fille dans la neige…

– C'est bien le drame de sa vie. À quoi bon lui jeter la pierre ?

– C'est pas facile d'élever des filles de nos jours, il faut la comprendre. »

La mort de son frère aîné aux obsèques duquel elle n'assista pas, prétextant sa trop grande fatigue, lui avait donné le coup de grâce.

« C'est le Pierre qui se frotte les mains ! Sans enfant, les biens de Justin Hugon vont à ses frères et sœurs.

– La belle affaire ! À ce qu'on dit, la Julie n'a pas eu la meilleure part. Les Hugon n'ont jamais aimé que leurs héritages tombent en quenouille[1] !

– Une grange, un lopin de jardin et une pièce de seigle, c'est toujours bon à prendre, ma foi ! Et ça m'étonnerait que le Pierre y crache dessus. »

Le père Pradelle arborait toujours un visage tourmenté dès qu'il sortait du chevet d'un malade, plus encore d'un mourant.

1. *Tomber en succession dans les mains d'une femme.*

Dans ces moments, le brave curé semblait porter sur lui les stigmates de tous les malheurs du monde, les péchés et les vices que le moribond lui avait confiés. Il fallait alors que sa foi fût profonde pour qu'il ne jugeât pas et transmît un pardon dont il n'était que l'humble intermédiaire.

Après plusieurs visites à Julie Chardenon et bien que celle-ci fût plus près de la tombe que du berceau, il s'en revenait serein et presque guilleret à son presbytère de Chaudeyrac. Dès le lendemain, il lui faudrait filer à Châteauneuf-de-Randon pour une affaire urgente et cela le réjouissait.

Trois jours plus tard, il était une nouvelle fois au Cheylard-l'Évêque pour célébrer les obsèques de Julie Chardenon.

Une bombe ! Un tremblement de terre ravageur ! Un cratère béant dans la cuisine de Pierre Chardenon ! Des déflagrations à répétitions en vérité !

La première lorsque le père Pradelle arriva chez Pierre accompagné d'un homme en redingote noire, à la mine sévère et compassée, tenant à la main un grand cartable de cuir.

Aux questions muettes que trahissait l'attitude étonnée de Pierre et de ses enfants, l'homme s'empressa de répondre :

« Votre épouse, Monsieur Chardenon, et votre mère à vous les enfants, a fait déposer un testament à mon étude par le biais de Monsieur l'abbé Pradelle et ce, en toute légalité.

– Un testament, ma femme ? Et qu'avait-elle, la pauvre à transmettre. À part de la misère et des malheurs dont on ne manque pas...

– Un bien qui lui a échoué récemment à la suite du décès de son frère Justin Hugon. »

Restait à annoncer la suite. Maître Chalvidan ne s'y résolvait pas. Le père Pradelle crut opportun de prendre les devants. Avec une infinie délicatesse, il posa sa main sur le bras de Pierre Chardenon, chercha son regard et se jeta à l'eau :

« Pierre, avant de partir, votre épouse s'est libérée d'un lourd secret qu'elle vous taisait depuis de longues années. Elle n'était pas fière de sa lâcheté mais manquait de courage, d'audace peut-être, craignait de vous faire souffrir...

– Des secrets, Julie ? Une femme si droite !

– Et si malheureuse ! Soyez fort, gardez votre calme, Pierre. Écoutez ce qu'a à vous dire Maître Chalvidan. Après nous aurons tout le temps de nous expliquer. »

Le tabellion sortit un mince dossier de son cartable, le posa sur la table et prit une grande inspiration.

*« Moi Julie Marie Germaine Hugon, épouse Chardenon, lègue les biens m'appartenant en propre à ma fille Clarisse Marie Andréa Chardenon et à son fils André Jean-Pierre Chardenon, tous deux domiciliés à Langogne rue des Calquières, pour en jouir en pleine propriété et ce, à partir de ce jour.*

*Je prie mes autres enfants de ne point prendre ombrage de ce legs, eux qui ont reçu de mon vivant plus que je n'ai su donner à ma fille Clarisse et à mon petit-fils, sachant que d'autre part, ils seront bénéficiaires en temps et en heure que Dieu l'aura décidé, de l'héritage commun à leur père et à moi pour l'avoir constitué au long de notre vie commune... »*

Au stade de cette lecture, Maître Chalvidan marqua une pause. Les jumeaux baissaient la tête d'un air coupable. Juliette écarquillait des yeux de mégère hystérique et Pierre jetait des regards hébétés à la ronde.

Dans le silence de plomb de la maison, le notaire continua :

*« Désignation des biens : une grange attenante à une remise et un lopin de terre à usage de potager sis à Saint-Flour-de-Mercoire. Une pièce ensemencée de seigle au lieu dit Les Huttes, aussi sur la commune de Saint-Flour-de-Mercoire. Un rouet en bois de mélèze que le sieur Chardenon voudra bien remettre au présent notaire pour en laisser disposer à sa légataire.*

*Fait à ce jour sous ma dictée pour être exécuté.*

*Ayant obtenu le pardon de Dieu dans la confession, j'en demande autant à ma famille... si elle le peut.* »

La tête dans ses mains, Pierre Chardenon pleurait à chaudes larmes !

Tout lui fut raconté, plus tard, lorsque ses sanglots se furent apaisés. Ainsi, ses fils savaient ! André son frère aussi ! Et Julie son épouse, et le père Pradelle ! Tous lui avaient tu que Clarisse était vivante et élevait son fils à quelques lieues d'ici.

Il n'y avait plus de colère dans cet homme accablé. Plus de honte ni d'orgueil, source de tout ce drame. Des remords, des regrets ? À quoi bon revenir sur ce triste passé ?

Julie, par ses dispositions testamentaires, avait ouvert la voie du repentir, du pardon accordé mais surtout du pardon espéré. Pierre se demanda si Clarisse saurait jamais l'absoudre.

* *
*

Clarisse apprit le décès de sa mère par l'oncle André et Clarou qui vinrent exprès à Langogne.

« Il ne faudrait pas que maman l'apprenne par hasard d'une bouche étrangère. Sa peine sera grande, je dois être à ses côtés, avait dit Clarou en se rendant au bois de Salesses chez son parrain.

– Je t'accompagne, mon *fia*. À l'enterrement de ta grand-mère, le père Pradelle est venu me parler en aparté et il m'a donné une lettre pour ta mère. »

Les mains agitées de tremblements, Clarisse ne pouvait se résoudre à ouvrir la lettre que venait de lui donner André. D'une pauvre voix inaudible, elle murmura :

« Je ne saurai la lire.

– Vous permettez, Maman ? »

Clarisse tendit l'enveloppe à son fils, croisa les mains comme pour une prière.

« Je t'écoute.

– C'est le père Pradelle qui t'écrit sous la dictée de Grand-mère Julie. »

Clarou, la gorge nouée, eut beaucoup de peine à terminer sa lecture. Tous trois pleuraient et curieusement leurs larmes étaient douces, apaisantes comme avaient dû l'être les derniers instants de Julie, après sa confession libératrice.

À travers son chagrin, Clarisse osa sourire :

« Tu vois, mon fils, c'est ce que j'attendais : une reconnaissance ! Oh, je ne dis pas non sur les biens matériels, nous en ferons bon usage mais ce sont ces mots : *Je lègue à MA FILLE, à MON PETIT-FILS !* Merci, Maman. »

* *
*

Devant la porte d'entrée, André et Hermance attendaient. Le berger mettait sa main en visière pour scruter le bout du chemin. Ce fut sa compagne qui annonça leur arrivée :

« Ils arrivent ! J'entends une carriole. »

Que d'émotions vivait Clarisse en ce beau mois de mai aux senteurs de chèvrefeuille !

Fleur parmi les fleurs dans une modeste mais seyante robe de basin vert tendre, coiffée du petit chapeau de paille de Méline agréablement agrémenté d'un ruban du même ton que la robe, on aurait dit une jeune épousée entrant dans son nouveau foyer.

D'ailleurs, son fils ne voulut-il pas la soulever pour passer le seuil ?

« Quel grand fou tu fais ! Je ne suis plus une gamine.

– Trente-cinq ans ! Cela vous paraît-il si vieux ou bien jouez-vous la coquette ?

– Lâche-moi, gredin ! »

Elle se précipita dans les bras d'Hermance et les deux femmes restèrent longuement enlacées. Point n'était besoin de parler, plus tard peut-être mais toutes deux se comprenaient sans un mot.

Puis Clarisse se sentit entraînée par son fougueux rejeton.

« Alors, que pensez-vous, Maman, de votre nouvelle maison ? » Oncle André et moi y avons mis tout notre savoir.

La grange n'avait pas changé de destination et déjà, André Jean-Pierre y avait entassé des provisions pour son troupeau, des outils de jardin, des seaux à traire, tout l'arsenal du berger avait pris place dans ce qui avait été le fenil du père Hugon.

Le hangar attenant était devenu une maison d'habitation avec sa grande pièce à vivre et son imposante cheminée, la souillarde au nord. À l'aide d'un escalier de bois, on accédait à l'unique chambre, celle de Jean-Pierre qui jouxtait le fenil et qu'il avait déjà aménagée à sa façon.

Pour le solide jeune homme, ce fut un jeu d'enfant de vider le haquet prêté par Monsieur Henri et sur lequel il avait chargé tout l'avoir de sa mère donné par la généreuse Méline.

« Je mets votre lit près de la cheminée, Maman. Je vous laisse le soin de ranger tout le reste, il me faut rendre la charrette avant la nuit. Je vais prendre une *acourche*[1]. »

Déballant ses bagages, Clarisse en sortit un paquet pour Hermance.

« J'ai un petit présent pour vous, Mancette. »

Elle coiffa Hermance d'une sorte de béguin à nouer sous le menton, bordé d'un large feston de dentelle qui tombait bas sur le front, effleurait les yeux et ondulait sur les joues. Les vilaines brûlures mal cicatrisées disparurent sous cette couronne de dentelle.

Comme il était simple de donner du bonheur !

---

1. *Un raccourci.*

* *
*

Pierre Chardenon n'eut pas le courage de porter le rouet à sa fille mais il envoya Joseph au plus tôt et Clarisse se réjouit de revoir ce frère qu'elle chérissait.

« Victor s'est marié, lui annonça-t-il.

– C'est bien. Et toi, mon frérot ? Tu n'as pas encore trouvé la perle rare ?

– Peut-être est-il encore trop tôt pour en parler à notre père. Notre deuil est encore récent.

– Tu es raisonnable, Joseph. Viens me voir quand tu veux, tu seras toujours le bienvenu à Saint-Flour. »

Les vieilles habitudes, dit-on, ne se perdent pas. Clarisse se remit au rouet comme si elle l'avait quitté la veille. Pour autant, elle n'abandonna pas sa dentelle à laquelle elle passait le plus clair de son temps.

En accord avec la Mère Cébélieu, elle lui apportait son travail à Langogne à la date convenue, percevait son salaire et repartait avec une nouvelle commande.

Ses adieux à la Filature avaient été touchants. Ni les patrons ni les employés n'étaient prêts à oublier une si courageuse jeune femme.

De son côté, elle n'avait que reconnaissance avec cette sorte de famille qui lui avait ouvert ses portes au plus profond de son dénuement.

La laine, la dentelle et le jardin potager occupaient ses journées, et l'hiver serait vite là qui lui ramènerait son berger de fils.

Après la moisson et en accord avec André Jean-Pierre, elle avait cédé la terre de seigle des Huttes à un neveu et elle put acheter quelques *doublens*[1], point de départ d'un troupeau qui ne demandait qu'à grandir.

« Cet hiver, lorsque les troupeaux auront fait leur *davallée*[2], je construirai une bergerie attenante à la grange », avait promis Jean-Pierre en comptant son pécule.

Clarisse n'en doutait plus, elle avait trouvé le bonheur et son fils rayonnait !

N'avait-elle pas observé, non sans angoisse, son beau garçon bouclé sourire à belles dents à une jouvencelle ?

La petite Rose Thérond était une jeunette d'à peine quinze printemps, mignonne à croquer dans son jupon de droguet qui découvrait ses fines chevilles. Une trop grande pudeur retint Clarisse de parler à son fils, de le mettre en garde contre les émotions qui bouleversent une vie.

Mais Jean-Pierre était sage et savait qu'une échéance l'attendait : cette inique période militaire qui désignait au sort qui part ou bien qui reste. Clarisse aussi redoutait qu'une malchance ne s'acharnât sur le jeune berger et qu'il tirât sept ans.

Il partit un beau jour à Mende qu'il rejoignit à travers bois et Clarisse pria toute la journée.

Sur le soir, alors qu'elle attendait avec impatience le retour de son garçon, une ombre assez massive s'approcha timidement de sa maison et s'arrêta à distance. L'homme parla d'une voix grave, une voix qu'elle aurait reconnue entre mille.

Respectant son attitude de retrait, elle ne se leva pas et continua son ouvrage.

« Si le petit tire un mauvais numéro, il faudra me le dire. Je vendrai une terre et nous payerons un remplaçant. »

Pierre Chardenon pivota lentement sur ses talons et repartit en s'appuyant sur une canne.

---

1. *Moutons de deux ans.*
2. *Descente (dans la plaine).*

« Oui, ce serait bien si vous lui payez un remplaçant », entendit-il alors qu'il s'éloignait.

La chance fut avec le jeune homme. Dès lors, plus rien ne s'opposait à son mariage avec la charmante petite Rose.

Au bras de son grand fils adoré qu'elle conduisait fièrement à l'autel, Clarisse souriait. À quoi bon gâcher cette journée par une mélancolie qui l'emmenait quelque part en Cévennes, au bras d'un autre jeune homme aux boucles brunes ?

Son fils était heureux !

# Table des matières

## Chez le même éditeur

*L'Arbre de la Liberté,* Marieke Aucante
*Le Voyage de Bricolin,* Alain Aucouturier
*Le Chant des cimes,* Noël Aujoulat
*Isidore,* Jean Auroux
*Le Miracle de Combesèque,* René Barral
*Les Soleils de l'hiver,* René Barral
*Trois billes et quelques grenouilles,* Daniel Berndt
*Les Airelles du loup,* Danièle Bordron
*Zéphyrin le grand,* Jacques Boutinet
*Le Trésor de la combe,* Claude Burel
*Marie Ollier, une femme de l'Ardèche,* Marie Nicole Cappeau
*La Colline aux secrets,* Frédéric Castillo
*La Tilleuleraie,* Michel Chaillou
*Les Saisons oubliées,* Lucienne Chapé
*La Belle Confiance,* Marie-France Comte
*Le Destin de Jeanne,* Jean-Charles Cougny
*Trois Brins de paille,* Jean-Charles Cougny
*La Fille du passeur,* Jean-Pierre Croizier
*Le Secret de Marcenat,* Jean-Pierre Croizier
*Les Grands Tilleuls,* Véronique Debeusscher
*Carnet d'un journaliste,* Jean-Claude Delaygues
*Le Clos des Grognards,* Hugues Douriaux
*Le Temps des loups,* Hugues Douriaux
*La Maison des vents perdus,* René Dujardin
*Le Grand Ruisseau,* Paul Fabre
*Les Âmes simples,* Roger Faindt
*Le Maître Tanneur,* Alain Fisnot
*Le Secret d'Antonin,* Alain Fisnot
*La Montagne du matin,* Marie-Claire Fougère
*Le Chien vert,* Georges Frélastre
*L'Étang de la discorde,* Xavier Gardette
*Michelin et sa ville, je t'aime moi non plus,* Pierre-Gabriel Gonzalez
*Le Chant des martinets,* Joseph Gourgaud
*Lou Medici,* Pierre Jarry
*Les Bois noirs,* Robert Job
*La Charme,* Fabienne Lab
*Les Sarments d'amour,* Henriette Landry
*Les Enfants de la porcelaine,* Suzanne Lavisse-Serre
*Paysans sans terre,* Suzanne Lavisse-Serre
*La Boissière,* Gilles Letournel
*Carnet d'un marin,* François Malgorn
*Le Hameau près du ciel,* Alysa Morgon
*Le Temps des galettes,* Bernard Morin
*La Chambre aux herbes,* Christine Muller

*Les Dames du vignoble,* Christine Muller
*On achève bien les cigognes,* Christine Muller
*Demain viendra l'aurore,* Alain Paraillous
*Les Oubliés du Vercors,* Sylvain Pettinotti
*L'Appel des cimes,* Jean Piron
*Un si long chemin,* Annie Plait
*Une si longue absence,* Annie Plait
*Le Petit Bâtard,* Mireille Pluchard
*L'Avant-dernier des Camarguais,* Christian Plume
*La Faille de Saint-Christau,* René Potamio
*Privadou des Lauzes,* Alain Privat
*La Dernière Cuvée de Marianne,* Nicole Provence
*La Ferme aux secrets,* Michel Rietsch
*Un papillon sur l'épaule,* Laurent Rohr
*La Dernière Alouette,* André Soury
*Le Pain blanc,* André Soury
*La Terre de la colère,* André Soury
*La Belle Insoumise,* Bernard Tabary
*Ceux d'Alsace,* Suzanne Tabo
*Les Doigts d'or d'Élise,* Jérôme Thirolle
*Aller simple pour Trélouzic,* Yann Venner
*La Disparue de Guingamp,* Yann Venner
*La Belle Guérisseuse,* Michel Verrier
*Le Mystère de Millepertuis,* Michel Verrier
*La Rivière aux secrets,* Michel Verrier
*Cornélius Troucelier,* Josette Villefranque
*Les Eaux troubles de la Dordogne,* Louis-Olivier Vitté
*Les Logis rouges,* Catherine Wolff

# La Doigts d'or d'Élise

*Jérôme Thirolle*

432 pages - 16 x 24 cm - 9782915521634 - 21 €

Un grand destin attend Élise, jeune ouvrière talentueuse. Elle rêve en secret de Paul, le fils du patron de la Fabrique et s'imagine créer des gants de fine facture. Ni les nombreux tourments de la vie, ni la guerre qui éclate n'auront raison de sa passion et de son amour…